Ellen Berg

Jünger geht immer!

atb aufbau taschenbuch

Ellen Berg

Jünger geht immer!

(K)ein
Liebes-Roman

aufbau taschenbuch

MIX
Papier | Fördert
gute Waldnutzung
FSC® C083411

ISBN 978-3-7466-4103-4

Aufbau Taschenbuch ist eine Marke der Aufbau Verlage GmbH & Co. KG

1. Auflage 2025

www.aufbau-verlage.de
10969 Berlin, Prinzenstraße 85

Bei Fragen zur Sicherheit unserer Produkte wenden Sie sich bitte an
produktsicherheit@aufbau-verlage.de.
Satz LVD GmbH, Berlin
Druck und Binden CPI books GmbH, Leck, Germany

Printed in Germany

Kapitel 1

O mein Gott, das hat sie nicht wirklich gesagt. Doch nicht heute. Doch nicht jetzt. Und sowieso schon mal gar nicht!

Fassungslos starre ich meine Mutter an. Oder habe ich mich verhört? Ich meine, wie schräg müsste man drauf sein, um auf der eigenen Goldenen Hochzeit zu verkünden: »Hiermit gebe ich unsere Trennung nach fünfzig Ehejahren bekannt«? Das wäre einfach zu, zu … Mir fehlen die Worte.

Leider deuten die eingefrorenen Mienen der anderen Gäste darauf hin, dass ich mich keineswegs verhört habe. Es ist mucksmäuschenstill im Saal. Kein Gläserklirren ist zu hören, kein Besteckgeklapper, nicht das kleinste Tuscheln. An die vierzig Menschen schweigen so laut, dass es in den Ohren dröhnt. Alle schauen vollkommen verdattert zur Goldenen Braut, die so seelenruhig an der festlichen Tafel steht, als hätte sie nicht gerade eine Bombe platzen lassen.

Sogar mein Mann blickt von seinem Handy auf. Die ganze Zeit hat er darauf rumgedaddelt, obwohl das nun wirklich unhöflich ist. Na ja, kenne ich schon. Jetzt malt sich ein WTF-Ausdruck in Karstens Gesicht. Ja, what the fuck. Eine bessere Umschreibung fällt mir beim besten Willen nicht ein.

»Sag mal, tickt deine Mutter noch richtig?«, flüstert er mir zu.

Ich habe keinen blassen Schimmer. Nur eines weiß ich: Was

sie da abzieht, ist eine Ungeheuerlichkeit. Oder ein kapitaler Fall von Demenz. Dabei ist meine Mutter doch noch total fit für ihr Alter. Nicht jeder kommt mit zweiundsiebzig so lebendig und dynamisch rüber. Ihr Gesicht strahlt, ihr bodenlanges hellblaues Kleid schmiegt sich an einen bemerkenswert sportlichen Körper, das neuerdings blond gesträhnte Haar hat sie sich elegant hochstecken lassen. Von einem Friseur, den ich eigens für sie organisiert habe.

Aber was habe ich hier eigentlich nicht organisiert?

Langsam verwandelt sich meine Fassungslosigkeit in dicke, fette Wut. Weiß sie überhaupt, wie viel Aufwand ich betrieben habe, um diese Goldene Hochzeit zu stemmen? Seit Monaten bin ich im Nebenjob Wedding Plannerin. Ach, was sag ich, das ist ein Fulltimejob. Schließlich sind tausend Dinge zu bedenken, wenn man aus einer Familienfeier ein unvergessliches Event machen will. Da muss man sich schon richtig reinhängen.

Von der Location über die Gästeliste bis zu Deko, Menüfolge und Getränkeauswahl habe ich nichts dem Zufall überlassen. Allein den Festsaal auszuwählen, war eine Herausforderung. Nicht zu klein, nicht zu groß, nicht zu nobel, nicht zu rustikal, auf keinen Fall zu teuer, aber bloß keine billige Bude. Find so was mal. Die Suche hat mich volle drei Wochen gekostet, anfangs im Internet, danach mit meinem klapprigen alten Golf. Tagelang bin ich durch die Gegend gekurvt, bis ich die perfekte Location entdeckt hatte: den Lindenhof, ein Ausflugslokal mit einem parkähnlichen Garten für den Sektempfang und einem gemütlichen Saal für die Feier.

Was will man mehr? Auf diese Frage hat meine Mutter gerade eine höchst originelle Antwort gegeben.

»Ihr Lieben …«, in ihrem Gesicht breitet sich ein Lächeln aus, das ich mittlerweile als leicht irre interpretieren würde, »mir ist bewusst, dass die Bekanntgabe unserer bevorstehenden Scheidung überraschend kommt. Doch ihr müsst euch keine Sorgen machen. Herrmann und ich gehen in beiderseitigem Einvernehmen auseinander.«

Sie wirft einen Blick zu meinem Vater, der mit versteinerter Miene an seinem Ehering dreht. So viel dazu.

»Dies ist ein Tag der Freude und der Dankbarkeit«, fährt sie mit diesem sehr irritierenden Lächeln fort. »Wir feiern fünfzig gemeinsame Jahre – und die Freiheit. Ja, endlich frei sein, das habe ich mir schon lange gewünscht.«

Na toll. Und wofür habe ich dann den Saal geschmückt? Unzählige Male bin ich auf eine wackelige Leiter geklettert, um weiße und goldene Luftballons an der Decke zu befestigen. Von den weiß-goldenen Blumengestecken und der selbstgebastelten goldenen Fünfzig an der Stirnwand ganz zu schweigen. Sogar die Tischkarten habe ich per Hand geschrieben, mit einem goldenen Stift, versteht sich, und in endlosen Diskussionen das Menü mit dem Küchenchef abgestimmt: klassische Hochzeitssuppe mit Markklößchen, frischer Spargel an Pesto-Schaum, Kalbskarree mit Kartoffel-Brokkoli-Gratin, Lava-Schokotörtchen auf Campari-Erdbeeren.

Hinzu kam die Berücksichtigung diverser Unverträglichkeiten: Der eine isst keinen Zucker, der andere verträgt kein Gluten, meine Tochter Ella ist laktoseintolerant. Trotzdem habe ich alles hingekriegt. Geschafft haben wir es nur bis zum Kalbskarree. Und als Nachtisch serviert meine Mutter angebrannten Friede-Freude-Eierkuchen.

Fuck! Sie hätte sich wahrlich einen besseren Zeitpunkt für ihre behämmerte Ankündigung aussuchen können!

Mit dieser Meinung stehe ich keineswegs allein da. Die allgemeine Missbilligung ist mit Händen zu greifen und macht sich durch enerviertes Kopfschütteln und halblaut gezischte Unmutsäußerungen Luft. Beim Sektempfang im Garten war die Stimmung noch heiter, gelöst, richtig fröhlich. Die Stehtische hatte ich mit weißen Hussen und vergoldetem Efeu dekoriert, zwei Kellner reichten Canapés, ein Tenor sang italienische Liebesarien. Alle waren hellauf begeistert. Auch vom anschließenden Essen.

Vor dem Fleischgang hielt mein Vater dann die Rede, die ich in mehreren durchgrübelten Nächten für ihn geschrieben hatte: *Fünf Jahrzehnte der kleinen und großen Ereignisse, der tiefen innigen Liebe, der kleinen Streitigkeiten und überschwänglichen Versöhnungen. Fünfzig Jahre durch Dick und Dünn, Hand in Hand, Herz an Herz …* Sweet, oder?

Mein Vater ist noch immer eine eindrucksvolle Erscheinung, ein großer weißhaariger Herr Anfang achtzig, der sich aufrecht hält, mit kantigen Gesichtszügen, die seine Willenskraft verraten. Ich war unendlich gerührt, als er Wort für Wort meine Rede ablas. Im Handumdrehen hatte ich Pipi in den Augen. Gibt es etwas Herzerwärmenderes als zwei Menschen, die fast das gesamte Leben miteinander geteilt haben?

Für meine Mutter offensichtlich ja.

»Wir alle machen Kompromisse, um des lieben Friedens willen. Aber lohnt sich das?« Bedeutungsvoll schaut sie von einem zum anderen, als erwarte sie allen Ernstes Zuspruch für ihren unsäglichen Sermon. »Oder, anders gefragt: Wie lange muss man Kompromisse ertragen? Ich habe die Fünfzig vollgemacht, Jahr für Jahr, Monat für Monat, Tag für Tag. Jetzt ist Schluss. Wie steht's bei euch? Ich sehe hier einige Paare, die sich nichts mehr zu sagen haben, wenn wir mal ehrlich sind. Warum zusammenbleiben, wenn man sich nur noch gegenseitig blockiert?«

Ein Raunen geht durch die Gäste. Es klingt nicht sehr freundlich. Der eine oder andere scheint sich angesprochen – und auf den Schlips getreten zu fühlen.

Auch ich frage mich, ob meine Mutter etwa Karsten und mich meint. Das wäre ja wohl die ultimative Unverschämtheit. Okay, zurzeit läuft es alles andere als geschmeidig bei uns. Aber das ist noch lange kein Grund, einfach hinzuschmeißen. Immerhin haben wir einander ewige Liebe geschworen, gemeinsam ein Haus gebaut, das wir noch viele Jahre lang abstottern werden, nicht zuletzt eine Familie gegründet.

Apropos. Wo sind eigentlich unsere Kinder?

An ihrem Platz jedenfalls nicht. Dort stehen nur zwei unberührte Teller mit erkaltetem Kalbskarree. Sie müssten mal kurz raus, hatten Noah und Ella nach dem Spargelgang gesagt, bisschen chillen und so, Familienfeiern seien so furchtbar langweilig. Mit siebzehn und fünfzehn eine durchaus verständliche Sicht der Dinge.

Wenn die wüssten, was hier gerade abgeht. Die allgemeine Entrüstung macht sich mittlerweile in lautstarkem Stimmengewirr Luft. Dabei kann meine Mutter noch froh sein, dass meine beiden älteren Brüder nicht erschienen sind. Die würden ihr was husten. Aber André jettet mal wieder beruflich um die Welt, und Henry glänzt sowieso meist durch Abwesenheit. Nur ich stehe wie immer auf der Matte, wenn unsere Eltern etwas brauchen.

Anne, die allzeit bereite Vorzeigetochter. Ich könnte schreiend im Kreis laufen, dass meine ganze Arbeit umsonst war. Und als hätte meine Mutter nicht schon genug Unheil angerichtet, spricht sie immer weiter, mit fester Stimme und kämpferisch erhobenem Kinn.

»Wollt ihr den Kopf in den Sand stecken?«, fragt sie in die Runde. »Alles so laufen lassen? Es erfordert Mut, einen Schlussstrich zu ziehen. Doch ich kann nur jedem wünschen, diesen Mut aufzubringen, wenn sich der gemeinsame Eheweg als Sackgasse entpuppt.«

Zwischenrufe werden laut. »Was soll das?«- »Jetzt reicht's aber mal!« Auch ich kann mich kaum noch beherrschen. Wie geht das noch mal mit schlechten Nachrichten? Einatmen und ausrasten? Erbittert zerknülle ich meine weiße Stoffserviette und schleudere sie von mir.

»Danke, Mama, wir haben genug gehört!«

»Bin gleich fertig, Anne, Liebes«, erwidert meine Mutter völlig unbeirrt vom stetig ansteigenden Geräuschpegel. »Natürlich habe ich darüber nachgedacht, ob ich diese Goldene Hochzeit abblasen soll. Aber warum eigentlich? Ist es nicht wunderbar, dass Herrmann und ich fünfzig Jahre geschafft haben? Betrachtet den heutigen Abend einfach als Trennungsparty. Bei der Gelegenheit möchte ich euch jemanden vorstellen, der …«

»Schluss jetzt!«, kreischt eine weibliche Stimme.

Alle spähen in die Richtung, aus der die Stimme gekommen ist. Ach herrje. Wutbebend springt Tante Beate auf, die Schwester des Goldenen Bräutigams, eine ebenso betagte wie beleibte Dame mit untadelig ondulierten weißen Löckchen, die zur Feier des Tages ein auffallend figurbetontes Satinkleid in Tomatenrot gewählt hat.

»Wie kannst du nur, Felicitas!«, spricht sie vor Empörung zitternd aus, was alle hier denken.

»Ich kann, weil ich's kann«, erwidert meine Mutter mit einer Gemütsruhe, die an Wahnsinn grenzt.

»Aber du machst alles kaputt!« Tante Beate unterstreicht ihre Worte, indem sie imaginäre Gegenstände mit den Handkanten zertrümmert. »Schon mal was von Taktgefühl gehört? Oder von Rücksicht auf die Gefühle anderer?«

»Weißt du«, eingehend betrachtet meine Mutter das Weinglas in ihrer Hand, als ob eine superwichtige Erkenntnis darin rumschwimmen würde, »es gibt auch falsche Rücksichtnahme. Früher sagte man: Mit der Scheidung warten wir, bis unsere Eltern tot sind. Aber was ist mit den Eltern selbst? Sollen die etwa mit der Scheidung warten, bis die Kinder tot sind? Nein, ich finde …«

Der Rest geht in einem unbeschreiblichen Tumult unter. Stühle fallen krachend um, Gläser zerbrechen, Teller landen scheppernd auf dem Boden, während vierzig Gäste gleichzeitig zu meiner Mutter rennen.

Okay. Ich fahr dann mal nach Hause und bekomme einen Nervenzusammenbruch.

Kapitel 2

Nein, ich bin nicht nach Hause gefahren. Aber ob ich das hier ohne Nervenzusammenbruch überstehe, wage ich zu bezweifeln. Was jetzt?

Es gibt die Ruhe vor dem Sturm – und die Ratlosigkeit danach. Mit vielem habe ich gerechnet. Dass meine relativ unfallfrei pubertierenden Kinder heimlich kiffen oder mein alter Golf seinen Geist aufgibt oder mein Mann doch noch lernt, die Spülmaschine einzuräumen. Nur die Ehe meiner Eltern, die war für mich in Erz gegossen. Feuervergoldet.

Vielleicht hätte mich stutzig machen sollen, dass meine Mutter gar kein großes Fest wollte. »Aber so ein Ereignis muss doch gebührend begangen werden!«, hatte ich protestiert, »überlass alles mir, ich kümmere mich darum.« Was ich dann ja auch getan habe. Es ist einfach nicht fair, eine derart liebevoll durchgeplante Feier in die Tonne zu treten.

Mein Herz trommelt hart gegen die Rippen, und mein Puls rast, als ich mich endlich durch die anderen Gäste hindurch zu meiner Mutter vorgekämpft habe.

»Mama …« Ich muss mich räuspern, meine Stimme klingt heiser vor Wut. »Warum zur Hölle zerlegst du deine Ehe und diese Feier gleich mit? Ich versteh's einfach nicht.«

Die Umstehenden nicken erbost. Da haben sie sich extra in

Schale geworfen, viele Damen waren bei ihrer Kosmetikerin für den attraktiven Glow, die Herren haben ihre besten Krawatten rausgekramt, alle freuten sich auf ein rauschendes Fest und bekamen stattdessen eine Hiobsbotschaft vor den Latz geknallt.

»Anne, Schatz, du dramatisierst«, sagt meine Mutter.

»Ach, tue ich das? Dann erklär mir doch mal bitte, was hinter deinem unmöglichen Verhalten steckt.«

»Du hast ja keine Ahnung.« Seufzend nimmt sie einen Schluck Wein. »Ich war immer eine gute Ehefrau. Ich habe immer getan, was man von mir erwartete: auf ein eigenes Berufsleben verzichtet, mich um Mann, Haushalt und Kinder gekümmert, mich als Person quasi aufgelöst. Jetzt ist Schluss mit Service, Schluss mit der ewigen Nörgelei, Schluss damit, die Erwartungen anderer zu bedienen, und vor allem: Schluss mit einem Kerl, der mir seit fünfzig Jahren auf die Nerven geht. Jetzt bin ich dran!«

Schockstille. Betreten schauen alle zu Boden. So was sagt man nicht. So was denkt man nicht mal.

Besonders pikiert ist das »Team Waldmarsch«, die Nordic-Walking-Truppe, mit der meine Mutter fünfmal pro Woche durch die Gegend marschiert. Auch ich bin neuerdings dabei, weil ich dringend was für mich tun muss. Im Team Waldmarsch falle ich mit meinem Hüftgold nicht weiter auf. Das Durchschnittsalter liegt bei gefühlten Hundert Jahren, Instagram-taugliche Sanduhrfiguren sucht man vergeblich. Dass alle zur Goldenen Hochzeit eingeladen wurden, empfanden sie als große Ehre. Nun ist ihnen das Lächeln gründlich aus dem Gesicht gerutscht.

Nur ein Gast wirkt so gar nicht düpiert: ein ziemlich gut aussehender Mittdreißiger, der mir schon beim Sektempfang aufgefallen war. Was er hier zu suchen hat, weiß ich nicht, ich habe ihn noch nie vorher gesehen.

»Bitte, wir sollten nicht vorschnell urteilen«, sagt Mr. Unbekannt und streicht sich eine dunkle Haarsträhne aus der Stirn. »Für das Recht auf Glück gibt es kein Verfallsdatum. Im Gegenteil. Je älter man wird, desto gründlicher sollte man darüber nachdenken, wie man den Rest seines Lebens verbringen will.«

»Firlefanz«, knurrt Tante Beate, die sich unter Einsatz ihrer Ellenbogen ebenfalls bis zu meiner Mutter vorgearbeitet hat. »Was sich Felicitas hier leistet, nenne ich einen Egotrip erster Güte.« Nahezu hasserfüllt blitzt sie ihre Schwägerin an. »Was soll jetzt aus Herrmann werden? Hast du auch mal darüber nachgedacht? All die Jahre hat mein Bruder für dich gesorgt, dir jeden Wunsch von den Augen abgelesen. Und das ist jetzt der Dank? Dass du ihn kalt lächelnd abservierst?«

»Lächelnd ja, kalt keineswegs.« Mit einer Hand glättet meine Mutter die schimmernde hellblaue Seide ihres Kleids. »Wir haben in den vergangenen Monaten viele Gespräche geführt.«

»Was für Gespräche?«, faucht Tante Beate.

»Ich wollte etwas ändern, unserer Ehe neues Leben einhauchen. Aber du kennst ja Herrmann, der ist ein oller Sturkopf. Alles sollte so bleiben, wie es war: Er sitzt den lieben langen Tag auf der Couch und lässt sich bedienen, abends schraubt er im Keller an seiner Modelleisenbahn herum, weil das ja neuerdings wieder Trend ist. Ob ich damit glücklich werde oder nicht, interessiert ihn einen feuchten Pups.«

Wow. Sie macht es tatsächlich noch schlimmer. Allein, wie sie über Papa spricht! *Feuchter Pups?* Ist das noch meine Mutter?

»Überzeugt mich alles nicht«, entgegnet Tante Beate aufgebracht. »Warum jetzt? Warum nach vollen fünfzig Jahren eine Ehe beenden? Das ist doch, als ob man seit Stunden dringend mal muss und dann kurz vor dem Klo in die Hose macht.«

Jo. Musste vielleicht auch mal gesagt werden. Feingefühl ist nachweislich nicht die größte Stärke von Tante Beate.

Währenddessen steht der zukünftige Ex-Mann meiner Mutter etwas abseits an der Stirnwand des Saals, direkt unter der goldenen Fünfzig. Seinen Rücken hat er den Gästen zugekehrt, am rechten Ohr klemmt sein Handy. Mit wem telefoniert er denn? Falls er Redebedarf hat, und davon kann man definitiv ausgehen, braucht er doch kein Telefon. Seine gesamte Familie und all seine Freunde sind hier. Nicht zuletzt ich, seine ja wohl hoffentlich über alles geliebte Tochter.

Oder spricht er etwa mit einem meiner Brüder? Dann muss er wirklich sehr verzweifelt sein. Alarmiert löse ich mich aus dem Pulk, der meine Mutter umringt, und laufe zu ihm.

»Papa? Alles in Ordnung?«

»Sekunde.« Mit einer Hand schirmt er das Handy ab. »Mein Anwalt ist dran. Bis jetzt hatte ich die unterschriebenen Scheidungspapiere zurückgehalten, aber du siehst ja selbst: Die Ehe mit deiner Mutter ist Geschichte. Jetzt muss ich das Vermögen in Sicherheit bringen. Also lass mich gefälligst weitertelefonieren, ja?«

Ich bin unfähig, etwas zu erwidern. Seine abweisende Art verschlägt mir buchstäblich den Atem. Was mein Vater da von sich gibt, bedeutet Krieg. Scheidungskrieg.

»Nun geh schon«, raunzt er mich an. »Mein Anwalt hat nicht ewig Zeit.«

Verständnislos mustere ich sein vertrautes Gesicht, dem die vielen Falten etwas sympathisch Lebenserfahrenes verleihen. Nur der harte Zug um den Mund ist neu. Auch die steile Falte zwischen seinen Augenbrauen kenne ich noch nicht. Plötzlich erscheint er mir verändert. Fremd. Oder ist das etwa sein wahres Gesicht, das er mir bisher verborgen hat?

Vollkommen verstört schleiche ich zur Tafel zurück. Da denkst du, du kennst deine Eltern in- und auswendig, und dann das. Meine Mutter betätigt sich als Party Crasher, mein Vater ist auf einmal kalt wie ein Fisch, beide wollen die Scheidung. Das macht mir Angst. Ich gehöre zu der Fraktion Alles-soll-so-bleiben-wie-es-immer-war. Doch nun ist meine Welt unversehens ins Wanken geraten. Ich übrigens auch. Ich muss mich an einer Stuhllehne festhalten, so schwindelig ist mir auf einmal.

Aus dem Augenwinkel beobachte ich, wie Tante Beate einen Kellner herbeiwinkt, der nichtsahnend mehrere hübsch dekorierte Dessertteller auf einem Tablett hereinträgt. Mit bloßen Händen schnappt sie sich gleich zwei Schokotörtchen vom Tablett und vertilgt sie in Rekordgeschwindigkeit.

»Tante Beate«, hauche ich konsterniert. »Was machst du da?«

»Glücklich ist, wer verfrisst, was nicht mehr zu ändern ist«, antwortet sie kauend, wobei ein Klecks flüssiger Schokolade auf ihr rotes Kleid tropft. »Oder erwartest du etwa Mitleid, weil du neuerdings Scheidungswaise bist?«

Also nee, so viel Sarkasmus habe ich nicht verdient. Was ist denn bloß los? Warum lässt einer nach dem anderen die Maske fallen? Als ich mich abwende und Tante Beate mit ihren vermaledeiten Törtchen stehenlasse, muss ich feststellen, dass die Feier auch anderswo völlig aus dem Ruder läuft.

Onkel Gerhard, der immer so aussieht, als würde er die entsorgten Toupets von Heino auftragen, hat seine Füße aufs Tischtuch gelegt und pafft eine Zigarre. Cousine Natascha sitzt auf dem Schoß ihres neuen Freunds und knutscht ungeniert. Herr Mattenklott, ein langjähriger Mitarbeiter meines Vaters, kippt klare Schnäpse, die er sich von einem schief grinsenden Kellner reichen lässt. Und meine Freundinnen Beatrice und Carina, die quasi zur Familie gehören? Dem Anlass entsprechend tragen beide schicke Cocktailkleider in matten Rosé-Tönen sowie schwindelerregende High Heels, auf denen ich es nicht mal bis zur Toilette schaffen würde.

»Das ist pures Gold für meinen Blog«, lächelt Beatrice, die ungeniert Handyvideos aufnimmt. »Wie die fünfzehnte Staffel einer Serie: Der Hype ist vorbei, die Handlung wird immer verworrener, dauernd tauchen neue Gesichter auf, trotzdem bleibt man dran.«

»So ein kaputter Plot ist eigentlich nur noch zu toppen, indem jemand stirbt«, ergänzt Carina. »Aber Spaß beiseite: Ich bin entsetzt. Man kann doch nicht einfach eine langjährige Ehe canceln. Wo bleiben da die Werte? Hättest du nicht etwas dagegen tun können, dass sich deine Eltern trennen, Anne? Vorbeugend sozusagen?«

Na, besten Dank auch. Jetzt bin ich auf einmal schuld? Meine Contenance dreht mittlerweile im roten Bereich. Bloß weg hier. Bloß weg von diesem Desaster.

Kapitel 3

Wie getrieben laufe ich raus in den Garten, wo ich erst mal tief durchatme. Hier ist es wenigstens friedlich. Vögel singen, üppige Rhododendronbüsche blühen weiß und rosa, kreisförmig angelegte Rosenbeete verströmen einen betörenden Duft. Im rötlichen Abendlicht sieht der Garten noch romantischer, noch verwunschener aus als beim Sektempfang. Nichts lässt ahnen, was für ein Chaos nur wenige Meter entfernt ausgebrochen ist.

Neben einem Springbrunnen mit einem nackten Putto, aus dessen bestem Stück es fröhlich plätschert, finde ich eine Bank. Schluchzend sinke ich darauf nieder, froh, endlich allein zu sein und meinen Gefühlen freien Lauf zu lassen. Der Enttäuschung, der Trauer, der Wut. Ach, was weiß ich.

»Hey, kann ich helfen?«

Ich zucke zusammen. Vor mir steht der smarte Unbekannte, der vorhin Partei für meine Mutter ergriffen hat. Auch das noch.

»Sie würden mir sehr helfen, wenn Sie mich in Ruhe lassen«, schniefe ich, während ich so tue, als sei es völlig normal, tränenüberströmt im Grünen rumzuhocken. »Was ich momentan brauche, ist Privatsphäre.«

»Das trifft sich gut. Ich auch.«

Als hätte ich mich nicht klar und deutlich ausgedrückt, setzt er sich einfach neben mich auf die Bank. Aufdringlicher Kerl.

Demonstrativ rücke ich ein Stück von ihm ab. Was nimmt der Blödmann sich heraus? Was hat er überhaupt auf dieser Feier zu suchen?

Jetzt fällt mir wieder ein, dass es noch mehr unbekannte Gesichter unter den Gästen gibt. Meine Mutter hat sie auf die Einladungsliste gesetzt. Kommentarlos. Womöglich haben ihr ja ihre neuen Bekannten den Floh ins Ohr gesetzt, eine fünfzigjährige Ehe auf den Müll zu befördern?

»Schöner Schlamassel, das gerade, aber ganz bestimmt kein Weltuntergang«, sagt der Unbekannte und streckt mir seine rechte Hand hin. »Tom Merseburger, freut mich, Sie kennenzulernen.«

Ich bin so überrumpelt, dass ich die Hand ergreife. Ein reiner Höflichkeitsreflex, denn ich habe gerade so was von gar keine Lust, Bekanntschaft mit irgendwem zu machen. Schon gar nicht mit einem Typen, der sich Zugang zu einer Familienfeier erschlichen hat und dann auch noch Verständnis für das unsägliche Verhalten meiner Mutter zeigt.

»Anne Stegner, die Tochter der Goldenen Braut«, nuschele ich. Mit meinem rechten Fuß kicke ich ein paar Kieselsteinchen ins nächste Rosenbeet. »Oder sollte ich sagen: die Tochter der goldenen Scheidungskandidatin? Im Übrigen würden Sie mir einen Riesengefallen tun, wenn Sie mich in Frieden lassen.«

Seine Antwort besteht aus einem breiten Lächeln. Ha! Der hält sich wohl für unwiderstehlich! In seinem gut geschnittenen Gesicht leuchten grüngoldene Augen, mit denen er Frauen vermutlich reihenweise den Kopf verdreht. Mir nicht. Ich finde ihn einfach nur daneben. Wie werde ich die Klette bloß wieder los?

»Ich möchte Ihnen ja kein Gespräch aufdrängen, Frau Stegner«, entspannt faltet er die Hände hinter dem Kopf und lehnt sich zurück, »aber wollen Sie vielleicht darüber reden? Das tut manchmal …«

»Finde den Fehler«, falle ich ihm ins Wort. »Sie wollen mir kein Gespräch aufdrängen und texten mich trotzdem voll? Obwohl ich gesagt habe, dass ich Privatsphäre brauche?«

»Stimmt, das sagten Sie bereits. Allerdings habe ich den Eindruck, dass das nicht ganz der Wahrheit entspricht.«

Für den ultimativen Frauenversteher hält er sich also auch noch. Viel Glück dabei. Mit so was beißt er bei mir auf Granit. Ich bin eine gestandene Frau von achtundvierzig Jahren, die nicht gleich in Ohnmacht fällt, nur weil sie von einem zugegebenermaßen unglaublich attraktiven Mann angesprochen wird. Mist. Habe ich das wirklich gerade gedacht?

»Nur keine Scham«, fügt er weich hinzu. »Sie können mir gern Ihr Herz ausschütten.«

Diesem aufdringlichen Dämlack? Das wäre ja, als ob man bei McDonald's nach der Weinkarte fragt.

»Nein, danke. Wenn ich Gesprächsbedarf habe, wende ich mich vertrauensvoll an meinen Mann.«

Verstimmt nagt er an seiner Unterlippe. Klar, so eine Abfuhr bekommt er nicht alle Tage. Recht so. Zwar sieht er eigentlich ganz sympathisch aus, aber das ist noch lange keine Lizenz für verbale Überfälle.

»Wo ist er denn, Ihr Gatte?« Auch er kickt jetzt ein paar Kieselsteine ins Rosenbeet. Mit weißen Sneakers, die er zu seinem modisch eng geschnittenen dunkelblauen Anzug trägt. »Sollte er Ihnen nicht zur Seite stehen in Ihrem aufgelösten Zustand?«

Ja, sollte er. Tut er aber nicht. Verärgert stelle ich fest, dass Mr. Frauenversteher einen wunden Punkt getroffen hat. Karsten ist halt nicht so die Gesprächskanone, und auch sonst läuft unsere Kommunikation eher suboptimal. Vermutlich sitzt er in irgendeiner Ecke, daddelt weiter auf seinem Handy rum und denkt gar nicht daran, mich zu trösten oder mir etwas Aufbauendes zu sagen. Wie ich mich fühle, wie es mir geht – kein Thema für Karsten.

»Mein Mann und ich verstehen uns auch ohne Worte«, behaupte ich. »Das ist das Wundervolle an einer glücklichen Ehe.«

»Gratulation«. Eine neue Ladung Steinchen landet im Rosenbeet. »Ist wohl so was wie ein Sechser im Lotto, Ihr Mann, was?«

Schwer atmend betrachte ich die zartgelben Rosen, deren Duft geradezu berauschend ist. Wann hat mir Karsten eigentlich das letzte Mal Blumen mitgebracht? Falsche Frage. Überhaupt ist hier so einiges falsch. Zum Beispiel, dass unsere Ehe wundervoll ist. Oder glücklich.

Aus den geöffneten Fenstern des Festsaals weht Musik herüber. Whitney Houstons *I Will Always Love You*, gespielt von der Band, die ich für den Tanz nach dem Festessen bestellt habe. *Time to Say Goodbye* wäre eindeutig passender.

»Die Rede Ihrer Mutter hat mich sehr berührt«, sagt mein unerwünschter Banknachbar unvermittelt. »Wir sollten alle von Zeit zu Zeit die Tafel wischen und überlegen, ob wir das Leben führen, das wir uns immer erträumt haben.«

Nein, ich will mich nicht mit ihm unterhalten. Wirklich nicht. Doch solche neunmalklugen Sätze kann ich nicht unwidersprochen stehen lassen.

»Das wahre Leben findet allerdings nicht in unseren Träumen

statt«, entgegne ich schärfer als beabsichtigt. »Für Sie vielleicht. Die meisten anderen Leute müssen Verantwortung tragen und auch mal zurückstecken, wenn nötig. »

Ich spüre, wie er mich von der Seite ansieht, und werde rot. Wieso das denn? Weil ich so resigniert klinge? So verdammt illusionslos? Was sieht er in der verheulten Endvierzigerin mit dem aschblonden Pagenschnitt und dem weitgeschnittenen geblümten Sommerkleid, das ihre runden Hüften kaschieren soll? Bestimmt findet er mich spießig. Und uralt. Auf ein Sahneschnittchen wie diesen Tom Merseburger muss ich ja durchschnittlich wirken. Ich bin halt der Hausfrauentyp, nett, aber reizlos, obendrein ziemlich frustriert. Und zwar nicht nur wegen meiner Eltern.

Wieso denke ich überhaupt über solche Dinge nach? Kann mir doch egal sein, ob er mich interessant oder gar anziehend findet. Der ist doch so simpel gestrickt, wenn der zwei Gehirne hätte, wäre er nicht zweimal so schlau, sondern doppelt so blöd.

»Respekt, dass Sie es mit der Verantwortung so ernst nehmen«, sagt er eine Spur amüsiert. »Ich hoffe aber doch, dass Sie sich auch mal eine Auszeit von Ihren Pflichten gönnen? Über die Stränge schlagen? Spaß haben? Tanzen gehen, so was in der Art?«

Tanzen. Also wirklich. Allenfalls heute auf der Goldenen Hochzeit hätte ich eine Chance auf rhythmische Bewegung gehabt. Nicht etwa mit Karsten, der ist ein Tanzmuffel, aber vielleicht mit Onkel Gerhard, der die goldene Ehrennadel des Tanzvereins *Kesse Sohle* am Revers trägt.

»Spaß wird überschätzt«, höre ich mich sagen.

Im selben Moment merke ich, wie hoffnungslos dämlich das klingt. Geradezu blechern. Eine Pause entsteht. Schweigend sehen wir dem Springbrunnen-Putto zu, aus dessen Gemächt es unaufhörlich sprudelt. Ich will gerade aufstehen, als sich Tom Merseburger zu mir herüberneigt.

»Schade, dass Ihr Spaßfaktor so schauderhaft niedrig liegt, Frau Stegner.« Er lächelt mich an. »Man sollte sich immer alle Optionen offenhalten, Ihre Mutter ist das beste Beispiel dafür. Und Sie? Schon mal über einen Change nachgedacht?«

Wie bitte? Einen kurzen Moment lang bin ich sprachlos. Wie kommt dieser Typ dazu, mir so eine indiskrete Frage zu stellen?

»Change ist was für Leute, die nicht wissen, wo sie hingehören«, entgegne ich sehr von oben herab. »*Dafür* ist meine Mutter das beste Beispiel. Im Übrigen: Wer offen für alles ist, muss aufpassen, dass ihm nicht eines Tages das Hirn rausfällt.«

Auch diese Sätze klingen dämlich. Ich schäme mich, dass mir nichts Besseres einfällt.

»Ohne Ihnen zu nahe treten zu wollen«, er schaut mir jetzt so eindringlich in die Augen, dass mir ganz mulmig wird, »der Schlüssel zum Glück steckt von innen. Vielleicht sollten Sie ihn mal umdrehen, um Ihr volles Potenzial zu entfalten. Ich glaube nämlich, bei Ihnen gibt es noch jede Menge Luft nach oben.«

Kapitel 4

Ist es nicht gemein, dass ein einziger Satz alles infrage stellen kann? Ob ich will oder nicht, auf der Heimfahrt vom Lindenhof muss ich nicht nur dauernd über die verunglückte Goldene Hochzeit nachdenken, auch das Gespräch mit diesem unausstehlichen Tom Merseburger will mir nicht mehr aus dem Kopf.

Jede Menge Luft nach oben. Der Kerl hat echt Nerven. Was bildet der sich eigentlich ein, einer wildfremden Frau so was zu sagen?

Leider gehört Schlagfertigkeit nicht zu meinen herausragenden Talenten. Deshalb fällt mir erst jetzt, mit schmählicher Verspätung, die Antwort ein: Passen Sie mal auf, Sie kleiner Besserwisser, ich bin zufrieden, sogar zufriedener als die meisten Frauen meines Alters, und zwar so was von. Ich kann stolz sein, dass ich seit vierundzwanzig Jahren verheiratet bin und zwei Kinder so gut wie großgezogen habe. Ich wohne in einem entzückenden Haus mit Garten, habe großartige Freunde und einen spannenden Job als Rechtsanwaltsfachangestellte in der Kanzlei meines Mannes. An meinem Leben gibt es nichts auszusetzen. Rein gar nichts.

Dachte ich jedenfalls. Bis mich der blöde Luft-nach-oben-Spruch aus meiner Komfortzone geschubst hat. Und das auch noch im falschen Moment. Oder im richtigen, wie man's nimmt.

Seit einiger Zeit macht mir zu schaffen, dass ich unaufhaltsam auf die Fünfzig zuschlittere. Ja, mein Leben und ich feiern in zwei Jahren Goldene Hochzeit. Wie ein Menetekel schwebt die furchterregende Fünfzig über meinem Kopf. Da kommt man ins Grübeln, was man eigentlich mit dem Rest seiner Zeit anfangen will. Wenn einem dann noch gesagt wird, man hätte nicht sein volles Potenzial ausgeschöpft, kommt man ganz schön ins Schleudern.

Unwillkürlich steige ich auf die Bremse. Da ich Fahrdienst habe, weil Karsten von jeher behauptet, ohne Alkohol überlebe er meine Eltern nicht, sollte ich mich wohl besser auf die Straße konzentrieren, statt mir den Kopf über die Bemerkungen eines gewissen Herrn Merseburger zu zerbrechen. Den Blödmann sehe ich ja sowieso nie wieder. Außerdem steuere ich die heilige Familienkutsche, Karstens geliebten anthrazitgrauen BMW. Ein Kratzer, und er flippt aus.

»Mum, wenn du noch langsamer fährst, kannst du auch gleich parken!«, tönt es von hinten.

Das ist mal wieder typisch Noah. Was will man auch von einem Siebzehnjährigen erwarten, dessen beachtliche Körpergröße über einen noch entwicklungsbedürftigen Verstand hinwegtäuscht? Mütter sind halt peinlich, wenn man siebzehn ist. Immer. Weiß ich doch.

»Danke für den Tipp, mein Großer.«

Gas geben, weitermachen, schärfe ich mir ein. Deine Familie nach Hause bringen. Noch schnell eine Maschine Wäsche anstellen, die Reste vom Festmenü eintuppern, später beim Lesen eines guten Buchs einschlafen. Und bloß keine Sinnfragen stellen. Dass sich deine Eltern scheiden lassen wollen, ist schon emotionaler Stress genug.

Ich kann es immer noch nicht glauben. Es will mir einfach nicht in den Kopf, wie man es mit zweiundsiebzig fertigbringt, sozusagen auf den letzten Metern etwas so Hirnrissiges anzustellen.

»Granny war heute echt der Hammer«, meldet sich in diesem Moment Ella zu Wort.

»Wieso?« Ich verstelle den Rückspiegel ein wenig, damit ich meine Teenagerkinder im Fond sehen kann. »Ihr habt doch gar nichts mitbekommen, oder?«

»Wir haben *alles* mitbekommen«, grient Noah. »Total krass, wie Oma die öde Party aufgemischt hat.«

»Irgendwie auch cool.« Nachdenklich wickelt Ella eine Strähne ihres exakt geglätteten brünetten Haars um den Zeigefinger. »Im Ernst, fünfzig Jahre mit demselben Mann, und dann noch mit Opa? Das hält doch keiner aus.«

»Also bitte«, schaltet sich Karsten ein, der auf dem Beifahrersitz mit seinem unvermeidlichen Handy beschäftigt ist. »Du bist fünfzehn. Über solche Dinge kann man sich in deinem Alter noch kein Urteil erlauben.«

»Wann denn? Kurz vor scheintot?« Ella macht einen Schmollmund. »Ich werde jedenfalls nie heiraten.«

»Was bleibt dir auch anderes übrig?«, zieht Noah sie auf. »Nicht schlau genug für Twitter, nicht hübsch genug für Instagram, nicht originell genug für TikTok, willkommen im Club der Singles.«

»Musst du gerade sagen, alte Chillkröte«, revanchiert sich Ella. »Ich rede von was anderem: Wie soll ich mit dreißig wissen, auf wen ich mit vierzig stehe? Oder mit vierzig, wen ich mit fünfzig gut finde?«

»Deine Mutter wusste schon mit Mitte zwanzig, dass ich der

Richtige bin«, erwidert Karsten ein bisschen zu selbstgefällig für meinen Geschmack. »Und wir sind immer noch zusammen, da siehst du mal, wie gut das mit dem Heiraten funktioniert.«

Darauf erwidert Ella nichts. Sie muss auch gar nichts sagen. Ihre schiefe Grimasse spricht für sich: So eine Ehe wie Eure will ich nicht mal geschenkt.

Ist natürlich alles eine Frage der Perspektive. Wenn man fünfzehn ist und die ersten Jungsgeschichten ganze Schmetterlingspopulationen im Bauch rumflattern lassen, hängt der Himmel noch voller rosaroter Sternchen. Da wird geschwärmt und geseufzt und stundenlang gechattet, da hat man noch hochromantische Vorstellungen von einer Beziehung. Verglichen damit führen Karsten und ich eine komplett unromantische Ehe. Leben nebeneinander her, reden nur das Nötigste, versuchen irgendwie, miteinander klarzukommen. In unserem Alter muss man halt mit dem vorhandenen Material arbeiten.

Auf einmal überläuft mich ein Frösteln. Ist das wirklich alles, was ich über meine Ehe sagen kann?

Ich werfe einen Blick zum Beifahrersitz. Karsten ist der Typ Mann, der optisch beneidenswert gut altert. Demnächst wird er vierundfünfzig, und im Laufe der Jahre hat er rein äußerlich eher gewonnen. Die Falten geben ihm etwas Kerniges, die ersten grauen Haare verleihen ihm eine Aura reifer Seriosität, seinen Körper hält er durch Joggen in Form. Früher punktete er auch mit Charme. Mittlerweile gehört er zu jenen Menschen, mit denen man auf keinen Fall im Aufzug stecken bleiben will: übellaunig und dauergenervt. Wenn er überhaupt mal lacht, dann über die Flachwitze unserer Kanzleisekretärin. Witze von der Sorte: Habe gerade beim Brötchen angerufen – war belegt!

Jetzt ist sein Mund nur ein dünner Strich. Stumm schaut er geradeaus. Vielleicht geht ihm gerade dasselbe durch den Kopf wie mir: Irgendwann hat man geheiratet, irgendwann stellt man fest, dass alles nur noch Routine ist.

Wo sind die Gefühle geblieben? Die zärtlichen Momente? Die Gewissheit, dass es diesen einen Menschen gibt, mit dem man sein ganzes Leben teilen möchte?

»Was macht Granny denn jetzt?«, will Ella wissen. »Schmeißt sie Opa raus?«

»Opa rausschmeißen«, echot Noah. »Das lässt der sich doch nie im Leben gefallen.«

»Dann gibt es ja noch mächtig Zoff.«

Das befürchte ich allerdings auch. Meine Eltern wohnen in einem schmucken Einfamilienhaus; schwer vorstellbar, dass einer von ihnen freiwillig auszieht. Ginge es nach meinem Vater, müsste wohl meine Mutter ihre Sachen packen. Schließlich will er sie auch finanziell ausbooten, wenn ich es richtig verstanden habe. Mit anderen Worten: Der Schlamassel, von dem Tom Merseburger gesprochen hat, fängt gerade erst an.

»Ähm, na ja, so eine Trennung ist ein langwieriger Prozess«, halte ich mich bedeckt. »Da muss noch einiges geklärt werden.«

Karsten sieht mich an, als hätte ich den Verstand verloren.

»Was gibt es da zu klären? Deine Mutter cancelt ihre Ehe, also soll sie sehen, wo sie bleibt.«

Was, was, was? Ich traue meinen Ohren nicht.

»Jetzt mal halblang, Schatz. Willst du etwa behaupten, dass eine Frau bestraft werden sollte, wenn sie ihren Mann verlässt?«

»Jedenfalls sollte sie nicht auch noch dafür belohnt werden«, antwortet er misslaunig.

»Autsch.« Im Rückspiegel sehe ich, wie Ella die Augen verdreht. »Der Oberpatriarch hat gesprochen.«

»Autsch trifft es nicht mal ansatzweise«, ätzt Noah.

Für mich hörte es sich sogar fast wie eine Drohung an: Wehe, Anne, du kommst auf den Gedanken, dich von mir zu trennen.

Karsten ist Anwalt. Da weiß man, was zu tun ist, um bei einer Scheidung seine Schäfchen ins Trockene zu bringen. Gewappnet ist er auf jeden Fall, denn einmal stand unsere Ehe schon auf Messers Schneide: im letzten Sommer, als Karsten verdächtig oft am Wochenende in der Kanzlei arbeitete und ich herausfand, dass er sich dort mit seiner neuen Kollegin Sandra traf. Definitiv nicht der Hausfrauentypus, diese Sandra. Vielmehr eine sehr junge, sehr hübsche, sehr kurvige Person, deren Röcke kürzer waren als mein Geduldsfaden.

Klingt das nach Klischee? Nun, wenn ich etwas gelernt habe, dann: Männer sind nicht sonderlich originell, wenn die Libido Limbo tanzt.

Ich fand das alles grauenvoll. Gut, jede Ehe wird irgendwann monoton, aber wenigstens wird der Gatte monogam. Auch unsere Ehe verläuft ziemlich eintönig. Nur das mit der Monogamie hat Karsten nie richtig hingekriegt. In dieser Hinsicht kann ich auf einen reichen Erfahrungsschatz zurückgreifen. Es ist wie ein Reflex bei ihm. Ein Jagdinstinkt. Druck auf dem Stift, Tinte auf dem Füller, was weiß ich.

Wenn ich ihn dabei ertappe, wie er irgendeiner Frau mit auffallenden sekundären Geschlechtsmerkmalen hinterherschaut, ist er tief zerknirscht und anschließend der liebevollste Mann der Welt. Das macht es ja so schwierig. Karsten kann süß sein, zugewandt. Aufmerksam. Damit kriegt er mich jedes Mal wieder rum, wenn ich schon drauf und dran bin, ihn zu verlassen.

Doch bei dieser Sandra knallten alle Sicherungen bei ihm durch. Zwar haben wir uns noch mal zusammengerauft, uns sogar ein Probejahr zugestanden, doch die Zweifel blieben. Auch meine Selbstzweifel. Bin ich noch begehrenswert genug? Reicht es noch für Karsten – oder überhaupt für irgendwas? Will ich mir überhaupt solche Fragen stellen? Jedenfalls habe ich ihm immer wieder eine Chance gegeben. Ich weiß, das klingt nach Schwäche. Aber ich bin nun mal ins Gelingen verliebt, nicht ins Scheitern. Deshalb sind wir immer noch ein Paar.

»Wie geht es denn nun mit deinen Eltern weiter?«, fragt Karsten, ohne den Kopf zu heben. »Will sich deine Mutter wirklich scheiden lassen? Oder war das nur eine verrückte Laune? So eine Scheidung ist sauteuer. Das lohnt sich doch gar nicht mehr in dem Alter.«

»Wieso, Oma ist erst zweiundsiebzig«, widerspricht Ella. »Da hat sie noch mindestens fünfzehn gute Jahre.«

»Vielleicht hat sie ja eine Late Life Crisis«, denkt Noah laut nach. »Oder die falschen Tabletten genommen.«

»Morgen früh fahre ich hin und versuche, es ihr auszureden«, erkläre ich wild entschlossen.

»Sehr gut«, nickt Karsten, »bring sie zur Vernunft.«

Inzwischen sind wir fast daheim angelangt. Im Schein der Straßenlaternen erkenne ich die vertrauten Straßen, die gepflegten Vorgärten, die hübschen Häuser. Es war immer mein Traum, hier in der Vorstadt zu wohnen, wo es so herrlich grün und ruhig ist. Dieser Traum hat sich erfüllt. Aber führe ich auch das Leben, das ich mir erträumt habe?

Vielen herzlichen Dank, Tom Merseburger. Sie haben mir gründlich den Tag versaut.

»Sag mal, Mum«, Ellas Stimme klingt auf einmal quietschig, »wer war eigentlich der Hottie, mit dem du im Garten geflirtet hast?«

Karstens Kopf ruckt zu mir herum.

»Du hast – was?«

Kapitel 5

Da denkst du, du setzt liebe süße Kinder in die Welt, und stellst fest, dass du Mitwisser produziert hast, die alles frohgemut ausplaudern. Das ging ja schon im Kindergarten los. Noah erzählte arglos, dass Karsten und ich oft getrennt schlafen, Ella berichtete, ich hätte was mit dem Amazon-Paketboten, weshalb er fast täglich vorbeikomme. Wenn mich die Erzieherinnen und Erzieher darauf ansprachen, grinsten sie vielsagend.

Doch dass meine Kinder auch noch als Teenager heikle Dinge ausposaunen, ist so ziemlich das Letzte, was ich gebrauchen kann. Karsten hat plötzlich diesen gefriergetrockneten Ausdruck im Gesicht, der nichts Gutes verheißt. Das gibt Ärger. Richtig Ärger.

»Ich kann Mum verstehen«, setzt Ella noch einen drauf. »Was für'n Smartie.«

»Für mich sah's eher aus, als hätte der Typ Mum angebaggert«, wirft Noah ein.

»Quatsch. Alles Quatsch.« Meine Hände umklammern das Lenkrad. »Das war nur harmloser Smalltalk. Ein Zufallsgespräch mit einem Gast, den meine Mutter eingeladen hat.«

»Dafür warst du aber ganz schön lange weg«, muffelt Karsten. »Scheint dir gefallen zu haben, mit irgendeinem Kerl im Garten zu sitzen.«

»Wie gesagt, ich kannte ihn gar nicht.«

»Macht die Sache doch umso interessanter«, gluckst Ella.

Hoffentlich fragt mich Karsten jetzt nicht, worüber wir geredet haben.

»Worüber habt ihr denn geredet, Anne, Schatz?«

Prompt schießt mir das Blut in die Wangen. Könnte Karsten in meinem Gesicht lesen wie in einem offenen Buch, stände da: über mein wunderbares spaßbefreites jämmerliches Leben. In Großbuchstaben.

»Ach, das war nur … ich weiß es gar nicht mehr genau«, eiere ich rum.

»Jedenfalls sah er wirklich hot aus.« Ella stupst ihren Bruder mit dem Ellenbogen an. »Und ich glaube, er war sehr an Mum interessiert. Viele jüngere Männer fahren auf ältere Frauen ab. Das liest man doch jetzt immer wieder. Wie nennt man die noch? Cougars?«

»Milfs«, korrigiert Noah sie fachmännisch. »Mothers you like to … weißt schon. Es gibt auch Dilfs, Daddys you like to … Aber in der Milf-Liga ist Mum nicht wirklich unterwegs, oder?«

»Was soll das dumme Gerede?«, schimpft Karsten. »Ältere Frauen und jüngere Männer, das ist doch, also, das ist …«

»Ich glaube, das Wort, das du suchst, ist sexy«, kichert Ella.

»Next level shit«, ergänzt Noah.

»Schluss damit!«, brüllt Karsten.

Selten habe ich ihn so aufbrausend erlebt. Fühlt er sich etwa provoziert von dem Gedanken, ein jüngerer Mann könnte sich für mich interessieren?

Von *Cougars* und *Milfs* habe ich durchaus schon mal gehört. In meiner Vorstellung sind das überreife Damen mit perfekten Körpern, die sich lasziv auf Seidenbettlaken räkeln und Youngsters vernaschen wie andere Frauen Trüffelpralinen. Es würde mir nicht im Traum einfallen, so was mit mir in Verbindung zu bringen. Abgesehen davon, dass ich einen Ehering am Finger trage, bin ich viel zu verklemmt für solche Extravaganzen.

Doch, doch, Sex ist schon ein Thema für mich. Na ja. War. Damals, als Karsten und ich uns kennenlernten, brannte die Hütte. Wir waren so wild aufeinander, dass wir keine Gelegenheit ausließen, übereinander herzufallen, sogar auf Parkbänken und Autorücksitzen. Als die Kinder kamen, war's erst mal vorbei mit spontanen Einlagen. Auch danach kam die Sache nie wieder richtig in Schwung. Nach dem Motto »Weihnachten ist öfter« passierte nur noch alle Jubeljahre mal was im Bett, mittlerweile befinden wir uns im Brüderchen-und-Schwesterchen-Modus. Und mein Körper ist seither zur enterotisierten Zone geworden. Allein die Idee, einen anderen Mann zu küssen, liegt außerhalb meiner Vorstellungskraft. Ich meine – hä? Wer sollte sich denn für mich als Frau oder, noch krasser, für meinen achtundvierzigjährigen Körper interessieren? Ich nehme ihn ja selber kaum noch wahr, es sei denn, es zwickt im Rücken, oder die Hose spannt am Bund.

»Ashton Kutcher ist sechzehn Jahre jünger als Demi Moore, trotzdem waren sie einige Jahre verheiratet«, sagt Ella flüsternd, aber gut hörbar für Menschen, die über einen funktionierenden Satz Ohren verfügen.

»So wie die beiden aussehen, ging's bestimmt ab«, flüstert Noah zurück.

»Junge Männer wissen nicht, was sie tun, aber sie tun es die ganze Nacht. Sagt zumindest Madonna. Und die muss es echt wissen.«

»Jetzt haltet endlich die Klappe!«, explodiert Karsten. »Habt ihr denn nur Blödsinn im Kopf?«

Im Rückspiegel sehe ich, wie sich die beiden abklatschen. Offensichtlich bereitet es ihnen ein diebisches Vergnügen, ihren notorisch geistesabwesenden Vater aus der Reserve zu locken.

»Was machen wir denn nun Schönes mit dem angebrochenen Abend?«, wechsle ich das Thema, um die gereizte Atmosphäre aufzulockern. »Bei dem schönen Wetter könnten wir uns doch noch alle ein bisschen draußen auf die Terrasse setzen.«

»Nee, bin mit Marco verabredet, Pub Ji spielen«, winkt Noah ab.

»Ich kann auch nicht, muss für meinen Mathetest lernen«, schließt sich Ella an.

»Und ich muss noch ein paar Unterlagen aus der Kanzlei holen«, brummt Karsten.

Unwillkürlich ziehe ich den Bauch ein. Hallo Zweifel, da seid ihr wieder.

»Dein Ernst? Am Samstagabend?«

»Dafür kann ich dann morgen zu Hause arbeiten, Schatz.« Er macht sein Wichtig-wichtig-Gesicht. »Es geht um einen neuen Mandanten. Rupert Sanders ist ein Top-Klient, da muss ich gut vorbereitet sein.«

Womit sich ganz nebenbei die Aussicht auf einen gemeinsam verbrachten Sonntag erledigt hätte. Wäre es ein normaler Wochentag, könnte ich mich wenigstens mit meinen Freundinnen Carina und Beatrice verabreden. Doch die haben selbst Familien, für die der Sonntag reserviert ist. Wie so oft, werde ich morgen allein auf der Terrasse sitzen und auf den Sonnenuntergang warten, um mir ein Glas Rotwein zu genehmigen. Vielleicht auch zwei. Oder drei.

Mir graut vor diesen einsamen Sonntagen. Leider kann man eben auch in einer Familie sehr einsam sein. Zwar bin ich rund um die Uhr von meinen Liebsten umgeben, werde aber eher als Servicekraft betrachtet. Wie es mir geht, was mich bewegt, was ich mir wünsche, darüber reden wir nie. Allenfalls Ella fragt manchmal, ob alles okay ist. Womit sie wohl meint, dass ich nicht so aussehe, als ob alles okay für mich ist.

Unser Haus kommt in Sicht, ein zweistöckiger Walmdachbungalow, die Architektur gewordene Gemütlichkeit plus Garten und Doppelgarage. Genau das, was man in dieser Gegend mit all den Wir-sind-wahnsinnig-glücklich-Familien erwartet. Von so einem Haus habe ich früher ebenfalls geträumt. Nur dass man darin vielleicht gar kein so traumhaftes Leben führt, dieser Gedanke ist mir früher nie gekommen.

Kaum habe ich vor dem Garagentor angehalten, als es alle sehr eilig haben auszusteigen. Seit dem Milf-Disput ist die Stimmung ja auch ziemlich im Eimer.

Während ich die Fernbedienung für das Garagentor aus dem Handschuhfach fische, gondelt mir alles Mögliche durch den Kopf. Die verpatzte Feier. Die furchterregende Fünfzig. Die *Luft nach oben.* Was könnte *da oben* auf mich warten? Ich habe keine Ahnung. Ich habe einfach viel zu lange nicht mehr darüber nachgedacht. Warum auch? Irgendwie ist mein Leben doch gelaufen. Die guten Jahre sind vorbei, meine Jugend sowieso, inzwischen bin ich eine berufstätige Ehefrau und Mutter, die halt funktionieren muss, damit der Laden läuft. Das war's. Mehr ist nicht drin. Ob ich glücklich bin, interessiert ja keinen. Ob ich noch Träume habe, ob ich eventuell mehr will, auch nicht. So was gesteht man mir einfach nicht zu – und ich mir selbst am allerwenigsten. Eine Nummer, wie sie meine Mutter heute abgezogen hat, ist unvorstellbar für mich.

Fünf Minuten später stehe ich im Badezimmer und begutachte mich so unbarmherzig im Spiegel, wie es nur Frauen tun. Irgendwas ist doch immer. Eine neue Falte hier, eine etwas schwammige Stelle dort, ein rotes Pünktchen, wo vorher keins war. Früher, also ganz viel früher, war ich richtig stolz auf meinen Körper. Ich mochte meinen straffen Busen, und mein Bauch war immer flach wie ein Bügelbrett. Auch meine Beine konnten sich sehen lassen. Dann kamen die Schwangerschaften. Es war schön, das werdende Leben in meinem Bauch zu spüren, weniger schön waren die Dellen, die sich danach nicht mehr wegtrainieren ließen. Auch die Besenreiser an den Oberschenkeln waren alles andere als willkommen. Müsste mich ja nicht weiter stören, weil ich mich Karsten schon lange nicht mehr nackt zeige, aber fürs Ego ist das alles nicht gerade der Burner.

Wir Frauen sind halt Weltmeisterinnen in Sachen Selbstkritik. Ganz anders Männer. Karsten zum Beispiel betrachtet sich allenfalls flüchtig im Spiegel, dann zwinkert er seinem Spiegelbild zu und findet sich toll.

Also los, Anne. Wie findest *du* dich? Du lebst noch. Aber bist du auch noch lebendig?

Meine erste Bilanz fällt weniger niederschmetternd aus als gedacht. Gut, meine Prime Time ist vorbei. Fältchen gehören in meinem Alter halt dazu, und seit Neuestem brauche ich eine Lesebrille fürs Kleingedruckte. Aber meine Augen haben noch einen gewissen Glanz, und meine Lippen, na ja, sind immer noch sinnlich und voll.

Wenn nur nicht dieser resignative Ausdruck um den Mund

wäre. Etwas Verzagtes, Hoffnungsloses, als hätte ich nichts Schönes mehr zu erwarten. Nur die üblichen Meilensteine: Noahs Abiball, meine Silberne Hochzeit, mein fünfzigster Geburtstag, Ellas Abiball, so was in der Art. Aber nichts, was mir ein erregendes Gefühl der Vorfreude beschert, dieses Kribbeln, mit dem man sich in jungen Jahren die Zukunft ausmalt: als große verlockende Wundertüte.

Wie lange erträgt man es zu wissen, dass nichts mehr kommt?

Manchmal wünschte ich, jemand würde mir auf die Schulter klopfen und sagen: April, April, das ist gar nicht dein Leben. Und auf einmal kommt mir ein seltsamer Gedanke: Ich will meine Zukunft zurück.

Kapitel 6

»So aufgebrezelt? Bist du nicht zu alt für solche Glitzerfummel?«

Missgelaunt sitzt Karsten am gedeckten Frühstückstisch und schaut zu, wie ich die obligatorischen Spiegeleier in die Pfanne haue. Es ist halb neun. Wir sind nur zu zweit in der Küche, unsere Kinder stehen sonntags selten vor Mittag auf.

»Mir war halt nach einem anderen Look«, erwidere ich etwas lahm.

»Anders ist nicht automatisch besser.«

Aha. Wieder was gelernt. Auch wenn mich diese Lektion etwas stutzig macht. Sollte sich ein Mann nicht freuen, wenn seine Frau hübsch angezogen ist? Normalerweise bevorzuge ich an Wochenenden den bequemen Schlabberlook: ausgeleierte Jogginghose, XXL-T-Shirt, uralte Sneakers. Doch seit gestern hat sich etwas verändert. Ob das an der verunglückten Goldenen Hochzeit liegt oder an meinem aufmerksamen Blick in den Spiegel oder am Gespräch mit Mr. Unausstehlich …

Gut, an Letzterem. Eindeutig. Als ich neben ihm auf der Bank saß, wurde mir bewusst, dass ich meine Weiblichkeit in die hinterste Ecke meines Daseins verbannt habe. Dass ich mich eigentlich gar nicht mehr als Frau wahrnehme, sondern nur als wandelndes Neutrum. Wo ist der flippige Feger geblieben, der ich mal war? Die temperamentvolle junge Frau, die die Welt erobern wollte, sich für alles und jeden interessierte und flirtete, was das Zeug hielt? Die die Nächte durchtanzen konnte und immer für verrückte Ideen zu haben war? Schon allein äußerlich fand ich mich auf einmal schrecklich trutschig. Warum in aller Welt das tantenhafte Blumenkleid? Wieso hat es das überhaupt in meinem Schrank geschafft, neben all die anderen langweiligen Klamotten? Warum die spießigen halbhohen Pumps, praktisch und geländegängig, aber schreiend unsexy?

Heute Morgen habe ich lange überlegt, was ich anziehe. Das Resultat ist eine Jeans, die einen wurstartigen Wulst über dem Bund formt, aber immerhin meinen Po betont – was sogar Karsten registriert hat, wenn ich mich nicht täusche. Dazu trage ich einen lila Blouson mit Glitzersternchen, den ich mal für eine Siebziger-Mottoparty gekauft habe. Statt der ausgelatschten Sneakers sind heute hochhackige Sandaletten in einem Nude-Ton dran. War ein Spontankauf, jetzt werden sie zum ersten Mal ausgeführt. Dafür habe ich mir extra die Zehennägel rosa lackiert und einen passenden Lippenstift aufgetragen.

»Oder triffst du jemand Spezielles?«, hakt Karsten nach.

»Nur meine Mutter, was denkst denn du«, verteidige ich mich, da ich sehr wohl den lauernden Unterton seiner Frage herausgehört habe. »Die freut sich, wenn ich mal *anders* aussehe.«

Karstens Stirn umwölkt sich. Weil er ein Gewohnheitsmensch ist und keine Überraschungen mag? Nein, weil er eifersüchtig ist, wie ich keine zwei Sekunden später rausfinde.

»Wirklich nur deine – Mutter«, wiederholt er gedehnt. »Oder den Typen, mit dem du gestern geflirtet hast?«

Ich wusste, dass er mir diese Geschichte irgendwann aufs Butterbrot schmieren würde. Gestern Abend war er noch lange in der Kanzlei, angeblich, um nach den Unterlagen für seinen neuen Mandanten zu fahnden, so dass mir ein Gespräch über diese Thematik vorerst erspart blieb. Doch auch heute Morgen fühle ich mich dieser Diskussion nicht gewachsen. Schließlich muss ich noch die Trennung meiner Eltern verdauen. Beziehungsweise verhindern. Ja, verhindern, unbedingt!

Unschlüssig stehe ich da, mit dem Pfannenwender in der einen und einem Teller in der anderen Hand, als Noah reingeschlurft kommt. In einer gerade noch so über dem Hintern hängenden Trainingshose, deren Farbe nicht mehr erkennbar ist, so oft musste ich sie schon heimlich waschen. Jungen in Noahs Alter haben einen nahezu animalischen Geruch. Irgendwas zwischen Iltis und Moschusochse.

»Hi Leute.« Verschlafen reibt er sich die Augen und schaut zwischen Karsten und mir hin und her. »Was gibt's zum Frühstück? Dicke Luft?«

»Der feine Herr sollte mal lieber duschen«, grantelt Karsten.

»Danke, angekommen.« Tranig schaut sich Noah in der Küche um, dann öffnet er den Kühlschrank und klaubt drei Milchschnitten heraus. »Die nehme ich mit nach oben, dann könnt ihr mit dem weitermachen, was auch immer ihr hier tut.«

Deprimiert sehe ich ihm nach, wie er aus der Küche schlappt. Noah hat recht. Dicke Luft gehört bei uns zum Sonntagmorgen wie die Butter aufs Brötchen.

Dabei ist die Küche eigentlich meine Wohlfühlzone. Die bordeauxroten Einbauschränke harmonieren mit den Polstern der Armlehnstühle, die sich um einen runden Tisch aus Kiefernholz gruppieren. Dazu passen die ebenfalls bordeauxrot gemusterten Küchengardinen und der gleichfarbige Mülleimer. Gerahmte

Fotos von Noah und Ella in allen möglichen Altersstufen runden das Ensemble ab.

Lange habe ich die Küche als herzenswarmes Zentrum unseres Familienlebens empfunden, als Hort der Geborgenheit. Dass sie immer häufiger zum Schauplatz mühseliger Hakeleien mit Karsten werden könnte, war nicht vorgesehen. Und dass sich nun auch noch ein handfester Ehestreit ankündigt, verleidet mir jetzt schon das Frühstück. Eilig fülle ich den Teller mit zwei Spiegeleiern und stelle ihn vor Karsten hin.

»Wir reden ein andermal, ja? Bin spät dran, meine Mutter hat noch was vor. Viel Erfolg mit deinen Akten!«

Bevor Karsten protestieren kann, laufe ich aus der Küche und weiter zur Garage. Es fühlt sich an wie eine Flucht.

Krass. Schließlich gab es in den ersten Jahren unserer Beziehung nichts Schöneres für mich als unsere Zweisamkeit. Wir machten alles zusammen, wirklich alles, genossen sogar trivialen Alltagskram wie Einkaufen und Putzen, wenn wir es im Zweierpack erledigten. Unsere Freunde nannten uns die Siamesischen Zwillinge. Nie sah man den einen ohne die andere und umgekehrt. Gemeinsam waren wir stark und glücklich. Ein Dream Team. Jetzt sind wir nur noch ein Team. Wenn überhaupt.

Wann hat das eigentlich angefangen? Dass ich mich in Karstens Gegenwart unwohl fühle?

Das frage ich mich immer noch, als ich schon längst in meinem alten Golf sitze und die Straßen entlangtuckere. Schwamm drüber, spreche ich mir Mut zu. Fokussier dich lieber darauf, deiner Mutter ins Gewissen zu reden. Das ist jetzt dein Thema. Sag ihr, dass diese Scheidung eine Schnapsidee ist. Bisher hat sie meistens auf dich gehört.

Gestärkt von dieser Überzeugung, gebe ich Gas.

Zehn Minuten später stelle ich den Wagen vor dem Haus meiner Eltern ab und stöckele auf meinen nagelneuen Sandaletten durch den Vorgarten. Wehmut erfasst mich beim Anblick der blühenden Pracht. Wenn mein Vater seine Drohung wahrmacht und einen Krieg vom Zaun bricht, muss am Ende noch das Haus samt Garten verkauft werden. Es wäre ein Jammer. Was meine Mutter hier geschaffen hat, kann man nur als Paradies bezeichnen. Rhododendronbüsche wechseln mit bunten Staudenbeeten ab, Rosen ranken sich um weiße Spaliere, dazwischen blühen Hortensien in Blau, Weiß und kräftigem Rosa.

Und das alles will sie aufs Spiel setzen, nur weil sie sich diese völlig unnötige Scheidung in den Kopf gesetzt hat? Das hübsche weiß gestrichene Einfamilienhaus wäre doch groß genug, um einander aus dem Weg zu gehen. Schließlich kann man auch unter einem Dach leben, wenn man sich einander entfremdet hat. Darin habe ich ja selbst einige Übung.

Den letzten Satz werde ich selbstverständlich weglassen.

Nachdem ich geklingelt habe, dauert es eine Weile, bis meine Mutter öffnet. Verwundert reiße ich die Augen auf. Warum trägt sie ein bodenlanges Flatterkleid mit knallbuntem Folkloremuster, als wäre sie gerade aus einem indischen Ashram ausgebüxt?

»Guten Morgen«, ruft sie fröhlich und schließt mich so überschwänglich in die Arme, als hätten wir uns seit Monaten nicht gesehen. »Komm rein, ich habe gerade Frühstück gemacht.«

Irgendetwas ist hier faul. Ich schlucke.

»Seit wann trägst du solche Walle-Walle-Kleider?«

»Gegenfrage: Seit wann machst du dich am Sonntag so schick? Ist irgendetwas Außergewöhnliches in deinem Leben passiert?«

Mütter. Die haben einen untrüglichen, nahezu unheimlichen Instinkt.

»Und in deinem Leben?«, versuche ich von mir abzulenken.

»Wart's ab.«

Nein, ich habe lange genug gewartet. Schon während ich ihr durch den Flur in die Küche folge, feuere ich die Argumente ab, mit denen ich mich munitioniert habe.

»Bestimmt gibt es eine bessere Lösung als die Scheidung, Mama. Papa und du, Ihr macht nur eine Krise durch, das ist vollkommen normal. Geht ein bisschen auf räumliche Distanz. Vielleicht ziehst du in den ersten Stock, und Papa richtet sich im Erdgeschoss ein? Wäre doch eine konstruktive Idee. Dann könntet ihr …«

Die Worte bleiben mir im Halse stecken. Inzwischen haben wir die Küche erreicht, und an dem Platz am Tisch, der seit Menschengedenken meinem Vater vorbehalten ist, sitzt ein fremder Mann. Ein deutlich jüngerer Mann als mein Vater. Minimal ergraut, mit einer energetischen Ausstrahlung, die den hochfrequenten Sportler verrät, und einem tiefenentspannten Gesichtsausdruck, als sei er hier zu Hause.

»Ich möchte dir jemanden vorstellen.« Die Stimme meiner Mutter vibriert eigentümlich, als sie die Hand des Mannes ergreift. »Das ist Johannes Merseburger, mein neuer Lebensgefährte.«

Kapitel 7

Es gibt Situationen im Leben, die ich als Hä?-Moment bezeichne. Dies ist so ein Moment. Aber was für einer. Meine Mutter hat einen neuen … was? *Was?*

»Hallo Anne«, sagt der Mann. »Freut mich, Sie kennenzulernen.«

Ich bringe keinen Ton heraus. Das hier übersteigt mein Fassungsvermögen. Mit offenem Mund starre ich den Kerl an, den meine Mutter soeben ihren – Herrschaftszeiten, ich wage das Wort kaum zu denken! – *Lebensgefährten* genannt hat. Wie lange läuft das schon? Warum habe ich nichts davon mitbekommen?

»Johannes wollte gerade gehen.« Völlig ungeniert haucht meine Mutter dem fremden Mann einen Kuss auf die Wange. »Ciao, Schatz, bis später.«

»Bis später, freu mich auf dich.«

Meine Nackenhaare stellen sich senkrecht. Das ist doch alles nicht wahr. Nur ein fieser Alptraum, aus dem ich gefälligst aufwachen möchte. Einmal den Wecker, bitte!

Doch so sehr ich mir auch wünsche, diese groteske Turteltäubchen-Nummer nur zu träumen, bleibt mir ein gnädiges Erwachen verwehrt. Mein Vater ist immer noch wie vom Erdboden verschluckt, der fremde Mann macht sich immer noch höchst real in der Küche breit. Zärtlich umarmt er meine Mutter, dann nickt er mir kurz zu und lässt uns allein. Quälende Sekunden später fällt die Haustür ins Schloss.

»Ma …, äh, Mama.« Mein Mund ist so trocken, dass mir die Zunge am Gaumen klebt. »Was … wie … o Gott …«

»Den Herrgott lassen wir mal beiseite«, lächelt sie milde. »Möchtest du dich vielleicht setzen? Hast du Hunger? Es gibt lauter vegane Snacks, tierwohlkompatibel und klimaneutral. Wenn du magst, kann ich dir auch einen Grünkohl-Orange-Ingwer-Smoothie mixen.«

Und ich drehe gleich durch. Smoothies! Meine Mutter und Smoothies! Obwohl sie doch immer von sich sagte, sie sei Sternzeichen Kaffee mit Aszendent Buttercroissant!

Verwirrt schaue ich zum Tisch. Tatsächlich sieht es darauf aus wie in einer veganen WG. Müsli, Obstsalat, geröstete Tofuwürfel, gegrillte Zucchini, Salat mit Bambussprossen. Was ich jetzt gebrauchen könnte, wäre ein Valium-Wodka-Espresso. Oder, wie wir in der Kanzlei sagen: in dubio Prosecco. Was ist bloß in die Frau gefahren, die ihrem Mann jahrzehntelang Eier mit Speck zum Frühstück serviert hat? Und die Fleischportionen allenfalls mit Alibi-Gemüse dekorierte? Warum plötzlich dieser vegane Trip? On top zu ihrem angeblichen Lebensgefährten, der locker zehn Jahre jünger ist als sie?

Das war's. Ich kann nicht mehr. Bislang habe ich mich zusammengerissen, aber wenn ich jetzt nicht Dampf ablasse, platze ich wie eine Bratwurst.

»Das ist doch heller Wahnsinn, Mama!«, bricht es aus mir heraus. »Warum willst du für irgendeinen viel zu jungen Mann alles zerstören, was dir bisher heilig war? Deine Ehe, deine Familie, unseren Zusammenhalt?«

Ihr Lächeln verblasst ein bisschen. Doch sie fängt sich schnell. Gemessenen Schritts wechselt sie zur Küchenzeile und beginnt, Grünkohl in kleine Stücke zu schneiden.

»Ich verstehe deine Gefühle, Anne. Ich verstehe auch, wenn du wütend bist. Falls du beabsichtigst, Geschirr an die Wand zu werfen, nimm bitte die hässlichen Teile. Vielleicht die gruseligen Sammeltassen, die mir meine Schwiegermutter damals zur Hochzeit geschenkt hat?«

Langsam mache ich mir echt Sorgen. Fehlt nur noch, dass sie sagt: Ja, gut, ich hab ein Rad ab, aber schau doch, wie schön es rollt.

»Du bist irgendwie wesensverändert«, stöhne ich und sinke auf den nächstbesten Stuhl. »Nimmst du etwa Psychopharmaka? Oder liegt das an diesem, diesem …«

Ich will den Namen aussprechen, doch er erstirbt mir auf den Lippen. Johannes Merseburger. Ein gigantischer Gong dröhnt in meinen Ohren. *Merseburger*, verdammt.

»Kann es sein, dass dieser Johannes einen Sohn namens Tom hat?«, krächze ich.

»So ist es.«

Also hat meine Mutter nicht nur ihren Gatten aus dem Haus geschmissen, sondern mit ihrem neuen Galan auch noch Familienzuwachs in Gestalt dieses unausstehlichen Tom Merseburger bekommen.

»Was soll das werden, Mama? Eine Patchworkfamilie? Sorry, das ist mir zu viel Biodiversität.«

»Ich weiß gar nicht, was du gegen Tom hast.« In ihren Augen flackert es listig. »Immerhin habt ihr euch gestern Abend im Garten gut unterhalten, stimmt's?«

»Eher nicht.«

»Komisch, man erzählte mir von einem angeregten Gespräch. So hatte ich es ja auch erhofft. Deshalb hatte ich Tom eingeladen, zusammen mit seinem Vater.«

Das schlägt dem Fass den Boden aus. Wie vom Donner gerührt sitze ich da.

»Du hattest die Stirn, deinen neuen … Dings, zu deiner Goldenen Hochzeit einzuladen?«

»Zur Trennungsparty«, verbessert sie mich mit provozierender Nachsicht. »Eigentlich wollte ich Johannes bei der Gelegenheit unseren Gästen vorstellen. Aber dazu ist es ja leider nicht mehr gekommen.«

Leider? Dem Himmel sei Dank! Die Goldene Hochzeit war sowieso schon eine Katastrophe, doch die Vorstellung, meine Mutter hätte den Gästen auch noch den Nachfolger meines Vaters präsentiert, lässt mich nach Luft schnappen. Hektisch öffne ich den Reißverschluss meines lila Blousons ein Stück weit und fächele mir mit einer Serviette Kühlung zu.

»Das alles ist ein schrecklicher Fehler, Mama. Du bist da in was reingerutscht, ohne die Konsequenzen zu bedenken.«

»Irrtum, Kind. Vielmehr habe ich die Konsequenzen gezogen, die längst überfällig waren.« Meine Mutter hält mitten im Grünkohlschneiden inne. Nachdenklich betrachtet sie meine etwas zu enge Jeans, dann fängt sie an, eine Ingwerwurzel zu schälen. »Nach außen hin haben dein Vater und ich das harmonische Paar gespielt. Aber das war schon lange eine Farce.«

»Man nennt es Ehe«, entgegne ich aufgebracht. »Irgendwann stellt jede Frau fest, dass ihr Ritter in der schimmernden Rüstung eine in Alufolie gewickelte Mogelpackung ist. Da nützt es auch nichts, einen neuen Mann auszuprobieren. Nach der ersten Verliebtheit geht doch alles nur wieder von vorn los.«

»Du scheinst ja eine Expertin in Sachen Mogelpackung zu sein«, schmunzelt sie, als ob sie das immer schon vermutet hätte. »Ich meine etwas anderes: Unsere Ehe funktionierte, solange ich funktionierte. Jeden Tag habe ich mit Liebe für euch gekocht und saubergemacht wie eine Putzfrau im Dauer-Home-Office. Ich habe sogar Liebe in die Hemden deines Vaters reingebügelt. Zufrieden war er nie. Aber jetzt bin ich an einem Punkt, an dem ich nicht mehr kann. Und an dem ich vor allem nicht mehr will.«

»Dann …«, ich überlege fieberhaft, »dann nimm dir eben eine Haushaltshilfe.«

»Toller Lösungsansatz, immer schön haarscharf am Problem vorbei – könnte von deinem Vater sein.«

»Mama …«

»Ich verrate dir ein Geheimnis«, erklärt sie mit dieser neuen festen Stimme, die mir schon bei ihrer gestrigen Rede aufgefallen ist. »Frauen altern anders als Männer. Besser, um genau zu sein.«

Ich verschlucke mich fast an der Zucchinischeibe, die ich mir vom Tisch stibitzt habe.

»Wovon sprichst du? Cellulitis? Wechseljahrbeschwerden? Osteoporose?«

»Das sind körperliche Veränderungen. Ich spreche von der mentalen Fitness, vom Mind Set.«

Und ich verstehe nur noch Bahnhof. Zumal ihre weiteren Erläuterungen im ohrenbetäubenden Krach des Mixers untergehen, in dem sie Grünkohl, Ingwer und Orangensaft zu ihrem abartigen Smoothie verwurstet.

Zutiefst erschüttert sehe ich ihr zu. In der Küche meiner Kindheit, dem Inbegriff meiner emotionalen Heimat. Dachte ich jedenfalls. In dieser cremefarbenen Landhausküchenidylle habe ich meinen ersten Spinatbrei durch die Gegend gespuckt, meine Kindergarten-Brotdosen in Empfang genommen, als Schulkind Eintöpfe gelöffelt, als Teenager an Cornflakes geknabbert. Das alles nimmt sie mir jetzt weg. Weil sie rückwirkend die Erinnerungen an ein harmonisches Familienleben zerstört. Ihre Ehe – eine *Farce*. Das ist ein Stich mitten ins Herz.

Endlich verstummt das röhrende Geräusch des Mixers.

»Guck mich bitte nicht in diesem Ton an«, sagt meine Mutter.

»Was erwartest du denn? Ein Tischfeuerwerk? Konfettikanonen?«

»Du könntest dich wenigstens ein bisschen für mich freuen.« Vorsichtig gießt sie den grünlichen Smoothie in ein hohes Glas und hält es mir hin. »Johannes ist ein fantastischer Mann. Und nicht nur das. Schon lange habe ich mich nach einer Veränderung gesehnt, weil ich den Stillstand nicht mehr ertragen konnte – die immergleichen Abläufe, die erstarrten Rituale, die trostlose Gleichförmigkeit. Ich wollte was Neues wagen, meinen Horizont erweitern. Mit deinem Vater wäre das niemals möglich gewesen. Also habe ich schon länger mein eigenes Ding gemacht. Dann kam Johannes. Er tickt genauso wie ich, will auch etwas verändern, ist neugierig auf das, was das Leben noch für ihn zu bieten hat. Es passt einfach. Ganz nebenbei hat er meinen Blick wieder für das Schöne geöffnet. Plötzlich sehe ich die Welt mit ganz neuen Augen.«

»Klingt eher, als ob du eine neue Brille brauchst«, entgegne ich, während ich ihr das Glas abnehme. »Der ist doch mindestens zehn Jahre jünger als du.«

»Fünfzehn.«

Himmelherrgott!

»Das ist falsch, so falsch«, ächze ich nach einem Schluck Smoothie, der ungefähr so schmeckt, wie ich mich fühle.

»Für mich ist Johannes genau richtig«, hält meine Mutter dagegen. »Und selbst wenn es falsch wäre – auf Grabsteinen stehen keine Zeugnisnoten. Auf meinem würde ich gern lesen: Sie hat ihr Leben genossen, spät, aber umso lustvoller.«

O nee. Ganz, ganz schlimmes Stichwort. Bis jetzt hatte ich ausgeblendet, dass der Begriff Lebensgefährte ja auch gewisse körperliche Aktivitäten einschließt. Also bitte. Eine zweifache Großmutter stürzt sich in ein *lustvolles* Abenteuer mit einem fünfzehn Jahre jüngeren Mann? Das ist Kopfkino, das keiner braucht. Wie werde ich bloß die Bilder in meinem Kopf wieder los?

»Frauen sind achtsamer für die verschiedenen Lebensphasen«, erklärt meine Mutter völlig unbeeindruckt von meinen entgleisten Gesichtszügen. »Erst war ich Nur-Ehefrau. Dann Ehefrau und Mutter. Nachdem ihr Kinder aus dem Haus wart, wieder die Vierundzwanzig-Stunden-Ehefrau mit Vierundzwanzig-Stunden-Hausfrauenverpflichtungen. Als sich dein Vater dann zur Ruhe setzte, wurde es unerträglich. Rund um die Uhr für einen Mann da sein, der seinen Altersfrust mit schlechter Laune kompensiert, ist mindestens so anstrengend, wie zehn Kleinkinder zu betreuen. Diese Rolle als allzeit bereite Dienerin will ich nicht mehr. So wie ich keinen Mann gebrauchen kann, der mich darauf reduziert. Johannes würde das niemals tun. Er akzeptiert und unterstützt meine Ambition: Ich will noch mal durchstarten.«

»Mit zweiundsiebzig.«

»Alt ist man erst, wenn man keine Entscheidungen mehr trifft«, befindet meine Mutter. »Und genau da liegt das Problem: Männer und Frauen altern asynchron.«

»Was soll das denn bitte heißen?«

»Dein Vater wollte stehen bleiben, ich will weitergehen. Er spricht immer nur von der Vergangenheit, ich möchte das Leben nach vorne leben.«

Inzwischen bin ich der Verzweiflung nahe. Das klingt alles so künstlich, so auswendig gelernt. Als hätte jemand ihre Festplatte gehackt und mit Schadsoftware geflutet. Wie soll ich da noch die Ehe meiner Eltern retten?

»Mama.« Ich räuspere mich, weil ich einen dicken Kloß im Hals habe. »Du siehst das zu einseitig. Wenn Papa begreift, dass er von deiner positiven Lebenseinstellung profitieren kann, wird er sich ändern.«

»Ein über achtzigjähriger Mann?« Meine Mutter hebt eine Augenbraue. »Genauso gut könntest du versuchen, einem Elefanten doppelt eingesprungene Flickflacks beizubringen. Glaub mir, ich habe wirklich alles getan, ihn für Neues zu begeistern. Studienreisen, inspirierende Hobbys, gemeinsame Freizeitaktivitäten wie die Nordic-Walking-Gruppe. Von mir aus auch Stuhl-Yoga. Tja, Fehlanzeige. Je mehr Vorschläge ich machte, desto bockiger wurde er.«

»Bitte, sei nicht so streng mit ihm«, flehe ich sie an. »All die Jahre hat er seine Spedition geleitet, immer schwer geschuftet, das Geld nach Hause gebracht. Da darf man sich doch auch mal Ruhe gönnen, oder?«

»Er verwechselt das mit Friedhofsruhe.«

»Wie wäre es dann mit einer Paartherapie?«

»Wozu? Im Grunde waren wir nie ein Paar. Nur zwei Menschen, die zusammengelebt haben, anfangs aus Liebe, dann aus Gewohnheit. Es gibt nichts, was uns verbindet, außer euch Kindern und ein paar schönen Erinnerungen.«

»Das ist wirklich alles?«

Geistesabwesend nestelt sie an ihrem bunten flattrigen Gewand herum, das förmlich schreit: Hey, ich bin der textile dritte Frühling! Spätestens, als sie vor einiger Zeit mit blonden Strähnchen auftauchte, hätte ich misstrauisch werden müssen. Dabei weiß doch jeder dösige Dussel, dass eine neue Frisur das todsichere Zeichen für eine neue Liebe ist.

»Ich weiß zu schätzen, was du hier versuchst, ehrlich, doch es ist sinnlos«, sagt sie nach einer Weile. »Ich möchte noch was erleben. Herausfinden, was das Leben für mich bereithält außer der Wiederholung des Immergleichen. Das, liebe Anne, unterscheidet reife Frauen von den meisten älteren Männern.«

Entmutigt lasse ich den Kopf hängen. Das hier ist Mission impossible. Doch einen Trumpf habe ich noch im Ärmel.

»Ich will ja nicht pingelig sein, aber warum muss es ein fünfzehn Jahre jüngerer Mann sein? Überhebst du dich nicht ein bisschen? So was hat doch keine Zukunft.«

»Ach was, jünger geht immer.«

Mit einem schalkhaften Lachen setzt sie sich zu mir an den Tisch. Überhaupt wirkt sie wie ein vergnügter Teenager, so gelöst und heiter, als hätte sie nicht die besten Jahre hinter sich, sondern sei gerade mittendrin. Ihr altersschönes Gesicht leuchtet, ihre Augen funkeln. Allmählich habe ich den Eindruck, dass ich die Erwachsene von uns beiden bin. Obwohl ich ja auch nicht gerade erwachsen aussehe in meinem lila Glitzerblouson.

»Johannes ist so inspirierend », säuselt sie. »Endlich ein Mann, der frisch im Kopf ist und noch was vorhat mit seinem Leben.«

»Gratulation, dass du deinen Traummann gefunden hast«, stoße ich bitter hervor. »Schon mal darüber nachgedacht, dass im Wort Lebensgefährte das Wort Lebensgefahr vorkommt?«

»Willst du mich etwa bevormunden? Oder gleich entmündigen?« Das Funkeln in den Augen meiner Mutter erlischt und macht einem kühlen Ausdruck Platz. »Ich war nie eine Helikoptermutter, jetzt brauche ich auch keine Helikoptertochter. Warum kannst du nicht akzeptieren, dass ich mein eigenes Leben lebe?«

»Weil es einen gewaltigen Haken gibt: Was ist mit Papa? Wie geht es ihm damit? Wo ist er überhaupt?«

»Dein Vater«, sie holt tief Luft, »ist heute Morgen ausgezogen. Bis auf Weiteres wohnt er bei Tante Beate, seiner reizenden Schwester.«

Kapitel 8

So ist es also, wenn eine ganze Welt einstürzt. Ich bin fix und fertig, als ich mich durch den blühenden Vorgarten zu meinem Wagen schleppe und losfahre. Ich will nichts mehr hören. Keine weitere Schocknachricht, keinen weiteren Schlag vor den Bug. Mir reicht schon, dass meine Mutter einen viel zu jungen Lover hat und mein Vater demnächst womöglich eine Geliebte, die hundertzehn ist. Fehlt nur noch das Zelt, und der Zirkus ist komplett.

Atmen, Anne. Tief und regelmäßig atmen. Wer sagt, dass Mutter-Tochter-Beziehungen einfach sind?

Keiner. Natürlich. Das Dumme ist, dass ich einen Teil ihrer Überlegungen sogar nachvollziehen kann. Zum Beispiel die Sache mit dem asynchronen Älterwerden. Interessanter Gedanke. Gefühlt befinde ich mich in einer Phase, in der man nicht mehr Jugendlichkeit vortäuscht, aber auch noch nicht die *Apotheken Umschau* liest. Wenn ich nicht im Alltagstrott gefangen wäre, hätte ich durchaus Lust auf neue Erfahrungen. Reisen in ferne Länder zum Beispiel oder eine neue Sprache lernen. Vielleicht auch noch mal beruflich umsatteln. Bislang haben solche Ideen unerkannt in mir geschlummert, doch durch das Gespräch mit meiner Mutter wird mir plötzlich bewusst, wie viel ungelebtes Leben in mir steckt, wie viel unerfüllte Abenteuerlust.

Ganz anders Karsten. Wann ist er eigentlich der alte Mann auf der Couch geworden?

Wenn er abends aus der Kanzlei kommt, will er nicht mehr reden, nichts mehr unternehmen. Nur essen und seine Ruhe. Wie mein Vater. Die weiteren Aussichten gestalten sich eher trübe. Meinen großen Wunsch, einen Städtetrip nach Rom, Paris oder Barcelona, blockt Karsten hartnäckig ab. Zu stressig. Neue Restaurants mit vielversprechenden gastronomischen Trends erkunden? Keine Lust. Kino? Wird durch Netflix und Videospiele ersetzt. Gemeinsame Aktivitäten? Zu seinem letzten Geburtstag habe ich ihm einen Tanzkurs für uns beide geschenkt; der liebevoll mit Herzstickern verzierte Gutschein landete wenig später auf dem Schreibtisch unserer Sekretärin.

Trotzdem. Meine Mutter ist komplett auf dem Holzweg.

Und dann wäre ja auch noch dieser grässliche Tom Merseburger, der jetzt quasi zur Familie gehört. Unserem Gartengespräch nach zu urteilen, findet er nichts dabei, dass sein Vater mit einer fünfzehn Jahre älteren Frau angebandelt hat. Oder war das nur gute Miene zum peinlichen Spiel?

Hm. Die Variante hätte was. Wenn ich schon nicht meine Mutter zur Besinnung bringen kann – vielleicht schafft er es ja bei seinem Vater? Dem muss man doch eigentlich nur vor Augen führen, dass meine Mutter in zehn Jahren zweiundachtzig ist und er siebenundsechzig. Welcher rüstige Rentner will dann mit einem verwitterten alten Besen zusammenleben? Okay, das war nicht fair. Eigentlich sogar total frauenfeindlich. Ich selber würde es ja auch ziemlich daneben finden, wenn man mich nur aufs Äußerliche reduziert. Andererseits ist nicht von der Hand zu weisen, dass ein derartiger Altersunterschied ganz schön viele

Probleme mit sich bringt. Was, wenn meine Mutter pflegebedürftig wird, ihr Johannes aber noch voll fit ist? Steht er dann auf der Matte, um sie zu unterstützen, oder macht er sich grußlos aus dem Staub?

Das Lämpchen der Benzinanzeige reißt mich aus meinen verqueren Überlegungen. Der Tank ist so gut wie leer, weil ich in den letzten Tagen andauernd zum Lindenhof gefahren bin, um alles für die Goldene Hochzeit vorzubereiten. Ich schaue zur Uhr. Zeitlich ist Tanken kein Problem. Wegen des fluchtartigen Verschwindens aus der Küche meiner Mutter werde ich früh genug zu Hause sein, um das Mittagessen vorzubereiten. Letztlich viel zu früh. Sonntags hat Karsten ja immer extrem schlechte Laune.

Bei der nächsten Gelegenheit biege ich rechts ab und steuere die Tankstelle meines Vertrauens an. Es ist brechend voll dort. Genau genommen handelt es sich ja auch um einen Supermarkt, in dem man nebenbei Kraftstoff erwerben kann. Scharen von Menschen kaufen hier noch schnell fürs späte Frühstück ein, an den Zapfsäulen ist es fast leer.

Während ich den Tankdeckel abschraube und mich mal wieder wundere, warum die Benzinpreise demnächst den Goldpreis toppen, fällt mein Blick auf einen feuerroten Pickup, der rasant angeschossen kommt und auf der anderen Seite der Zapfsäule hält. Sein Besitzer steigt aus. Und nicht nur das. Er winkt mir zu.

»Guten Morgen, schöne Frau.«

Ungläubig schaue ich mich um. Kann doch nicht sein, dass er mich meint. Doch da ist keine andere Frau. Nur schlaftrunkene Familienväter mit ihrem quietschfidelen Nachwuchs sowie ein älterer Herr, der die Windschutzscheibe seiner Limousine von Insekten befreit.

»Ist das nicht ein herrlicher Tag?«, fragt der Pickup-Fahrer gut gelaunt. »Die Sonne lacht, und der Himmel strahlt wie Ihre Augen.«

Was soll man davon halten? Nichts. Erstens: Er ist viel zu jung, um sich für mich zu interessieren, geschätzte Anfang dreißig, während bei mir demnächst die Vier vor der zweiten Zahl wegradiert wird. Zweitens: Er sieht auf eine Weise gut aus, die ihn zum Schwarm junger Mädchen prädestiniert. Blondes kurzes Haar, athletische Figur, Fetzenjeans, weißes T-Shirt. Alles klar so weit? Deshalb murmele ich nur ein halbherziges »Danke, gleichfalls« und hefte meine Augen wieder auf die Anzeige der Zapfsäule. Auch als der Typ an mir vorübergeht, blicke ich nicht auf. Warum sollte ich?

Blöd nur, dass er drei Minuten später genau vor mir in der Kassenschlange steht.

»Da sind Sie ja«, lächelt er und wirkt ehrlich erfreut. »Ich wollte Ihnen nämlich noch sagen, dass ich Ihr Outfit richtig cool finde. Mag den Style.«

Offensichtlich mag er auch wahllos verteilte Komplimente. Und Chips mit Sour-Cream-Geschmack, von denen er sich gleich drei Tüten aus dem Regal geholt hat. Er folgt meinem Blick.

»Ach, das.« Spitzbübisch kneift er ein Auge zu. »Manchmal genieße ich es, einfach unvernünftig zu sein. Sollten Sie auch mal ausprobieren.«

Wie er bei solchen Essgewohnheiten seinen athletischen Body auf Zack hält, ist mir ein Rätsel. Geht mich aber nichts an. Interessiert mich auch nicht. Um ihm das in aller Deutlichkeit zu signalisieren, ziehe ich mein Handy aus der Tasche und schreibe meinen Freundinnen Carina und Beatrice eine Nachricht in unseren WhatsApp-Chat.

> Hi Mädels, tut mir leid, dass die Goldene Hochzeit so ein Flop war. Können wir reden? Ich weiß, es ist Sonntag, aber vielleicht kriegen wir später einen Call hin?

Carina, die sich selbst als digitalen Junkie bezeichnet, schreibt sofort zurück.

> Wir MÜSSEN reden! Was ist bloß mit deiner Mutter los? Hat die sich mit Prozac das Hirn weggehobelt? Ich könnte um 21.30 Uhr. Da sind die Kinder im Bett, und Marco geht joggen. Kuss, Carina

»Ihr Freund muss ja sehr verliebt sein, dass er so schnell antwortet«, höre ich die Stimme des Pickup-Fahrers.

Überrascht sehe ich ihn an. Seine Lippen sind leicht geöffnet, seine himmelblauen Augen leuchten. Plötzlich wird mir heiß. Solche Blicke bin ich nicht gewöhnt. Außerdem riecht er gut, richtig gut, was man ja nun wirklich nicht von jedem Mann behaupten kann: frisch geduscht, dezentes Rasierwasser, Abenteuer. Abenteuer?

»Ich kann Ihren Freund verstehen«, legt er grinsend nach. »Frauen wie Sie muss man mit der Lupe suchen.«

Noch so ein schmierlappiges Kompliment. Na warte. Das war nicht mein Freund, sondern meine Freundin Carina, will ich schon kontern, als ich mich bremse. Warum nicht ein bisschen hochstapeln?

»Ja, er ist sehr verliebt«, flöte ich.

»Und Sie? Sind Sie auch in ihn verliebt?«

Mir wird noch etwas heißer, als ich merke, wie das Blut in meine Wangen schießt. Was ist das bitte für eine schräge Konversation in einer Kassenschlange zwischen lauter sonntäglich verschlafenen Leuten, die noch schnell Brötchen, Marmelade und Eier besorgen?

»Ich heiße Marvin, freut mich, Sie kennenzulernen«, stellt er sich vor, als seien wir auf einer Cocktailparty.

»Ähm, Anne.«

Zögernd ergreife ich seine ausgestreckte rechte Hand. Und ziehe meine ganz schnell wieder zurück, weil die Berührung ein Ganzkörperkribbeln in mir auslöst, als hätte ich in eine Steckdose gefasst.

»Der nächste bitte!«, ruft die Frau hinter der Kasse in diesem Moment. »Sie sind dran, junger Mann!«

Mit einem bedauernden Schulterzucken dreht er sich um und zahlt mit losen Geldscheinen, die er aus seiner Hosentasche holt. Ganz schön lässig. Bevor er sich zum Gehen anschickt, wirft er mir einen weiteren Blick zu, der mir durch und durch geht.

»Man sieht sich, schöne Frau.«

Nee. Bestimmt nicht. Allerdings muss ich zugeben, dass mir das elektrisierende Kribbeln beängstigend gut gefallen hat. Und natürlich auch, von einem Mann als weibliches Wesen wahrgenommen zu werden. Das ist mir ewig nicht passiert. Heißt es nicht, ab vierzig sind Frauen unsichtbar für die Herrenwelt? Einfach nur noch da, wie in die Jahre gekommene Möbelstücke, die man irgendwann gar nicht mehr bemerkt? Jedenfalls kann ich mich nicht erinnern, dass mich ein Mann in den letzten Jahren derart angeflirtet hätte. Früher, ja, da gab es das. Als ich noch eine gewisse Lebenslust versprühte und es genoss, wenn ich einen Blick auffing, in dem Interesse, vielleicht sogar mehr als das vibrierte. Aber jetzt? Mit achtundvierzig?

Zwei weitere WhatsApp trudeln ein. Die Erste ist von Beatrice.

21.30 Uhr geht klar. Bin immer noch voll von der Rolle wegen gestern. Arme Anne, hast Dir so viel Mühe gegeben mit der Goldenen Hochzeit …

Die zweite WhatsApp klingt nicht so erfreulich.

Wo bleibst du denn? Ich finde meine Laufschuhe nicht. Außerdem ist die Küche nicht aufgeräumt, hier sieht's aus wie Sau. Was gibt's eigentlich zum Mittagessen?

Nett. Für dich soll's rote Rosen regnen. Mit Vasen.

Als ich wenig später zu meinem Auto gehe, ist der Pickup verschwunden. Dafür klemmt ein Zettel unter meinem Scheibenwischer. Eine Kassenquittung. Neben zweiundachtzig Litern Superbenzin listet sie drei Tüten Chips auf. Neugierig drehe ich den Zettel um. Auf der Rückseite steht mit Kugelschreiber gekritzelt: *Würde Sie gern wiedersehen. Vielleicht auf einen Kaffee? LG Marvin.*

Dazu eine Handynummer.

Hoppla. Der traut sich was.

Während ich noch darüber nachdenke, ob ich den Zettel wegwerfen soll, versenke ich ihn in meiner Handtasche. Und das, obwohl das überhaupt keinen Sinn ergibt. *Jünger geht immer?*

Von wegen. Ich bin eine achtundvierzigjährige verheiratete Frau, da trinkt man doch keinen Kaffee mit einer Zufallsbekanntschaft. Schon gar nicht mit einem so jungen Typen.

Kopfschüttelnd steige ich ins Auto und lasse den Motor an. Gewohnheitsmäßig schaue ich dabei in den Rückspiegel, um den Status meines Lippenstifts zu checken: verschmiert, zerbröckelt oder aufgegessen? Nanu. Was ist denn mit meinem Gesicht passiert? Meine Augen strahlen ja wirklich, und ich lächle wie ein Schulmädchen. Was hat dieser Marvin mit mir angestellt?

Ja, ich bin achtundvierzig. Aber warum fühlt es sich gerade so an, als sei ich siebzehn plus einunddreißig Jahre Erfahrung, die mir nichts, aber auch gar nichts nützen?

Pass bloß auf dich auf, ermahne ich mich. Du bist keine Frau für Dummheiten.

Und dann krame ich den zerknitterten Zettel aus meiner Handtasche, streiche ihn glatt und wähle die Nummer, die draufgekritzelt ist.

Kapitel 9

»Hi Mädels!« Aufgekratzt winkt Carina in die Kamera. »Alles schick so weit?«

Sie ist es definitiv. Keine von uns drei Freundinnen sieht rund um die Uhr derart makellos gestylt aus wie Carina. Schulterlanges dunkelblondes Haar umspielt perfekt gewellt ihr in Nude-Tönen geschminktes Gesicht, dazu trägt sie eine olivfarbene Seidenbluse, die ebenso perfekt auf ihre Augenfarbe abgestimmt ist.

Überhaupt wirkt Carina einschüchternd perfekt, seit sie sich für ein konsequentes Hausfrauen- und Mutter-Dasein entschieden hat. Das sei jetzt sogar bei jungen Frauen immer beliebter: Der Trend gehe halt zu Tradwives. Bis vor Kurzem wusste ich nicht mal, was das ist. Carina hat es mir erklärt. Ganz bewusst leben solche Frauen das traditionelle Rollenmodell. Was so viel bedeutet, dass der Mann das Geld verdient und die Gattin daheimbleibt. Carina liebt es. Sogar einen »Business Case« hat sie daraus gemacht, mit einem Back-Channel auf TikTok, der sofort durch die Decke gegangen ist.

»Hi Carina.« Schnell schiebe ich die Rotweinflasche aus dem Sichtfeld der Laptopkamera, so dass man nur noch mein Weinglas und den Garten im Hintergrund sieht, romantisch beleuchtet von verschnörkelten Outdoor-Laternen. Muss ja nicht jeder wissen, dass die Flasche schon fast leer ist. »Super siehst du aus.«

»Danke, Hase. Wie geht's dir?«

»Hab noch ganz schön zu knacken an der Pleite mit der Goldenen Hochzeit.«

»Schlimm, dieser Verfall der Werte«, seufzt Carina. »Was soll aus unserer Gesellschaft werden, wenn nicht einmal mehr der Familienzusammenhalt klappt?«

»Ach, das wird schon«, meint Beatrice, die im Bildschirmfenster daneben in einem hochgeschlossenen perlgrauen Kleid auf der Couch Platz genommen hat. »Vor dir sitzt geballte Kompetenz für alle Lebenslagen.«

Das ist mehr als ein Spruch. Im Gegensatz zu Carina arbeitet Beatrice nämlich manchmal. Im Home Office. Als Life Coach. Ihr Aushängeschild ist ein Mami-Blog, auf dem sie das gesamte Leben mit ihren drei Kindern online stellt, vom morgendlichen Zähneputzen bis zum Gutenachtkuss. Geschmackssache. Aber lukrativ. So ganz habe ich nie verstanden, warum Leute hohe Summen dafür hinlegen, von Beatrice beraten zu werden. Sie begründet es mit ihrer Problemlösungskompetenz. Wenn man Ende vierzig sei, habe man die ersten Stürme auf unruhigen Gewässern hinter sich und könne Schiffbrüchigen einen Rettungsring zuwerfen.

»Wir sind dein Dreamteam!« Mit Daumen und Zeigefingern formt Carina ein Herz. »Durch unsere reichen Erfahrungen mit einem harmonischen Familienleben bist du vor allen Eventualitäten gefeit!«

Womit denn auch klargestellt wäre, dass ich keineswegs zum Team *Geballte Kompetenz* gehöre. In den Augen von Carina und

Beatrice rangiere ich in jener Liga bedauernswerter weiblicher Wesen, die einen uninteressanten Job dem erfüllten Hausfrauendasein vorziehen.

Sie sagen es nicht offen, aber für sie bin ich das Opfer einer altmodischen Ideologie, die Emanzipation mit sinnfreiem Ackern verwechselt. Dauernd tun sie so, als hätten sie im Monopoly des Lebens gewonnen, während ich angeblich nie über Mensch-ärgere-dich-nicht hinausgekommen bin.

Nicht zum ersten Mal frage ich mich, was uns drei eigentlich noch verbindet.

Kennengelernt haben wir uns im Jurastudium. Damals entstand eine enge Freundschaft, zeitweise lebten wir sogar in einer WG zusammen. Keine von uns hat es bis zum zweiten Staatsexamen geschafft. Damit enden aber auch schon die Gemeinsamkeiten. Es wäre eine lachhafte Untertreibung zu sagen, dass wir uns seitdem auseinanderentwickelt haben. Carina und Beatrice halten sich viel darauf zugute, ein angenehmes Leben zu führen, mit gut verdienenden Männern, vorzeigbaren Kids, ökologisch unbedenklicher Ernährung und umweltgerechten Carsharing-Verträgen. Was sie nicht daran hindert, in gigantischen SUVs zum Biomarkt zu fahren.

»Wie können wir dir helfen, Anne?«, fragt Beatrice munter. »Um es gleich vorwegzunehmen: Meine Ratschläge sind heute natürlich kostenlos.«

»Danke, wie lieb von dir.«

»Also, ich bin wahnsinnig enttäuscht von deiner Mutter«, kommt Carina direkt zur Sache. »Bisher habe ich sie immer bewundert. Immerhin war sie schon ein Stay-at-home-Girl, als es den Begriff noch gar nicht gab.«

»Absolut«, pflichtet Beatrice ihr bei. »Ich verneige mich vor jeder Frau, die nicht auf die falschen Versprechungen einer sogenannten Karriere reinfällt, für die sie dann Mann und Kinder vernachlässigt.«

Sie redet von mir. Ich übergehe den Seitenhieb.

»Ja, sie war immer eine tolle Hausfrau und Mutter«, sage ich nur.

»Das leuchtende Beispiel für die Vorteile einer traditionellen Ehe«, schwärmt Carina. »Wie hätte sie sich sonst so gut gehalten? Felicitas sah fantastisch aus gestern. Ihre sportliche Figur – einfach top! Auch die neue Frisur lässt sie um Jahre jünger aussehen.«

Das ist mein Stichwort.

»Sie hat einen Lover, der fünfzehn Jahre jünger ist«, falle ich mit der Tür ins Haus.

»Was?«, kreischt es mir zweistimmig entgegen.

»Und mein Vater ist schon ausgezogen.«

Entsetztes Schweigen. Carina gießt sich ein Glas Mineralwasser ein, die teure Sorte aus aufgetautem Gletschereis, angeblich das reinste Wasser der Welt, die Flasche für dreiunddreißig Euro. Dagegen nimmt sich Beatrice fast bescheiden aus: Ihre französische Limonade mit Goldflöckchen kostet nur fünfzehn Euro. Dreißig Milliliter Luxus.

»Ihr seht, diese Ehe ist so gut wie kaputt«, ziehe ich ein vorläufiges Resümee. »Irgendeine Idee, wie man sie reparieren könnte?«

Als Erstes findet Beatrice ihre Sprache wieder.

»Ich würde das als verspätete Pubertät deuten. Also, sehr, sehr verspätet. Deutsche-Bundesbahn-mäßig.« Sie kichert ein bisschen. »Vermutlich hat sie ihre Jugend verpasst, die Rebellion gegen ihre Eltern. Nun holt sie das nach. Wahrscheinlich ist es nur eine vorübergehende Phase. Sie will sich einfach mal ausprobieren.«

»Ich fürchte, über dieses Stadium ist sie weit hinaus«, seufze ich.

»Fünf-zehn Jah-re jün-ger.« Carina lässt sich jede Silbe auf der Zunge zergehen, ihre unsichtbar geschminkten Lippen wölben sich zu einem Schnütchen. »Ich bin jetzt siebenundvierzig. Dann wäre mein Lover ja, wartet …«

»Zweiunddreißig«, kommt ihr Beatrice zuvor, die immer schon besser im Kopfrechnen war.

»Krass«, haucht Carina.

Ja, krass. Mit so einem halbgaren Mann habe ich mich übrigens verabredet. Für morgen Mittag. Auf den sprichwörtlichen Kaffee, der bekanntlich einigen Interpretationsspielraum zulässt. Was mich geritten hat, ein Treffen, vielleicht sogar ein Date zu vereinbaren, weiß ich selber nicht so genau. Langeweile? Ehefrust? Oder weil ich mich geschmeichelt fühle, von einem Frauenschwarm wie diesem Marvin beachtet zu werden? Wahrscheinlich eine Mischung aus allem. Doch das erwähne ich so wenig wie die Tatsache, dass meine Rotweinflasche fast leer ist.

»Wie ist das eigentlich mit so einem Jungspund im Bett?«, fragt Carina unvermittelt. »Kann der immer? Will der immer? Hat der andere Sachen drauf als ältere Männer?«

»Also wirklich.« Beatrice hebt tadelnd einen Finger. »Wie bist du denn unterwegs?«

»Na ja, Annes Mutter ist zweiundsiebzig und findet es ja offensichtlich spannend mit einem Jüngeren im Bett.«

»Sei so gut und lass es, Carina«, schalte ich mich ein.

»Wieso, wäre doch interessant zu wissen«, entgegnet sie. »Na, ich glaube sowieso nicht, dass es viele Männer gibt, die auf ältere Frauen stehen.«

»Wer wenig weiß, muss viel glauben, ich recherchiere lieber«, verkündet Beatrice. Das Klappern ihrer Tastatur ist zu hören. »Da haben wir's. Mädels, haltet euch fest: Siebzehn Prozent der deutschen Frauen sind mit einem jüngeren Partner verheiratet.«

»Und das sind wahrscheinlich nur die Beziehungen mit Trauschein«, regt sich Carina auf. »Die Dunkelziffer liegt bestimmt viel höher!«

»Dreiundzwanzig Prozent!« Beatrice nimmt einen Schluck von ihrer Luxuslimonade. »Stellt euch das mal vor: Bei den unverheirateten Paaren sind dreiundzwanzig Prozent der Frauen deutlich älter. Das ist fast ein Viertel aller Beziehungen!«

»Warum denn bloß?«, jammert Carina. »So ein jüngerer Mann hat doch nichts und ist doch nichts. Da *müssen* die Frauen ja schuften.«

Nachdem ich im toten Winkel der Laptopkamera eine zweite Flasche Rotwein geöffnet habe, halte ich es für angebracht, die Diskussion abzukürzen.

»Hochinteressant, aber könnten wir bitte auf unser Problem zurückkommen?«

»Ähm, was war noch mal das Problem?«, fragt Carina, die mit gespitzten Lippen an ihrem kostbaren Gletscherwasser nippt.

»Mein Schäfchen, watest du mal wieder knietief im Kuchenteig?«, unkt Beatrice. »Wir müssen Annes Mutter zurück in den Hafen der Ehe lotsen und ihren Vater gleich mit!«

»Ach ja, klar.«

»Felicitas sollte sich ein Beispiel an ihrer Tochter nehmen.«

Auch Beatrice trinkt einen Schluck. »Ich meine, Anne hatte letztes Jahr ebenfalls eine Ehekrise. Wann läuft noch mal euer Ultimatum ab?«

Ich muss mich schon sehr beherrschen, um nicht einfach den Laptop zuzuklappen. Das Ultimatum war Karstens Idee. Nach seinem Seitensprung gelobte er Treue, was sonst. Ein ganzes Jahr sollten wir es noch mal probieren und dann entscheiden, ob wir weiter zusammenbleiben. Ich fand das schräg, wenn nicht verletzend. Hätte er nicht einfach sagen können: »Schatz, es tut mir so leid, kommt nie wieder vor?« Trotzdem habe ich mich darauf eingelassen, vielleicht deshalb, weil es so schön bequem ist, Probleme zu verdrängen.

In zweieinhalb Wochen endet das Ultimatum. Wir sprechen nie darüber. Vermutlich ist es uns beiden peinlich.

»Bleiben wir doch bei meiner Mutter«, biege ich das heikle Thema ab.

»Und ihrem fünfzehn Jahre jüngeren Lover!« Carinas Stimme klingt aufgeraut, doch es hört sich eher nach Faszination als Empörung an. »Unglaublich!«

»Reines Kamikaze«, orakelt Beatrice, deren Tastatur wieder klappert. »Hier, da haben wir's: Das Trennungsrisiko liegt bei einem Altersunterschied von fünf Jahren bei durchschnittlich achtzehn Prozent. Bei einem Unterschied von zehn Jahren aber bereits bei knapp vierzig Prozent! Möchte ja mal wissen, wie das bei fünfzehn Jahren Unterschied aussieht. Wahrscheinlich beläuft sich die Trennungsquote dann locker auf sechzig bis siebzig Prozent.«

»Ich habe meiner Mutter schon gesagt, dass so eine Beziehung keine Zukunft hat«, referiere ich den Stand der Dinge, während ich mir unauffällig ein weiteres Glas Rotwein eingieße. »Da bahnt sich eine Tragödie an. Mein Vater plant eine hässliche Scheidung. Deshalb wird meine Mutter irgendwann alles verlieren: ihr Haus, den Garten, am Ende auch ihren Lover. Aber das hat sie natürlich ausgeblendet, als sie bei der Goldenen Hochzeit, die keine war, ihre flammende Rede hielt.«

»Wer war eigentlich dieser unfassbar gut aussehende Typ, mit dem du während der Feierlichkeiten, die keine waren, im Garten gesprochen hast?«, schweift Carina ein weiteres Mal ab. »Dieser Hottie im dunkelblauen Anzug?«

Warum muss sie jetzt ausgerechnet Tom Merseburger erwähnen? Schon die flüchtige Erinnerung an unsere Unterhaltung löst eine Flut eigenartiger Gefühle in mir aus. Verwirrung. Trotz. Und ein völlig unangebrachtes Beben im Sonnengeflecht.

»Er ist der Sohn vom Lover meiner Mutter«, antworte ich. »Sozusagen ein Familienmitglied in spe.«

»Mama? Mit wem redest du?« In ihrem alten hellblauen Bärchen-Schlafanzug kommt Ella auf die Terrasse geschlendert und schaut neugierig in den Laptopmonitor. »Ach so. Hallo Mädels.«

»Hallooooo«, echoen Carina und Beatrice.

»Mal wieder im Desperate-Housewives-Modus?«, flachst Ella.

»Süße, du wirst es auch noch kapieren«, erwidert Beatrice hoheitsvoll. »Domestic engineering ist eine Glücksgarantie. Zu Hause bleiben, Mann und Kinder versorgen, das relaxt das Leben ungemein.«

»Das Einzige, was einem fehlt, ist der Versöhnungssex«, fügt Carina glucksend hinzu. »Weil es nämlich keinen Streit mehr mit dem Mann gibt.«

Beatrice verzieht das Gesicht.

»Keine Witze über dieses ernste Thema. Sagen wir es offen: Die Vereinbarkeit von Familie und Beruf ist der größte Schwindel der Neuzeit.«

»Da würden mir aber noch ganz andere Sachen einfallen«, merkt Ella an. »Viel Wasser trinken bügelt alle Falten weg, rasierte Haare wachsen schneller nach, Reis klumpt nicht, wenn man die Körner einzeln kocht.«

Daraufhin schauen Carina und Beatrice so beleidigt in die Kamera, als wollten sie sagen: Komplett verkorkst, das Mädchen, na ja, bei der Mutter …«

»Ciao, Carina«, flötet Ella. »Und vergiss nicht, einen schönen Schmollkornkuchen zu backen!«

Von wem hat meine Tochter eigentlich diese kesse Art? Von mir? Eher nicht. Ich denke mir meinen Teil, beschränke mich aber auf diplomatisches Schweigen. Vielleicht ein Fehler. Als Ella wieder ins Haus gegangen ist, komme ich direkt auf das Wesentliche zurück.

»Was würdet ihr denn nun an meiner Stelle konkret unternehmen, um die Ehe meiner Eltern zu retten?«

Versonnen reibt Beatrice mit dem Zeigefinger ihre Nasenwurzel.

»Darüber muss ich erst mal nachdenken.«

»Ich auch«, piepst Carina.

»Danke, Mädels.« Ich erhebe mein Glas und proste ihnen zu. »Ihr wart wirklich eine große Hilfe.«

Kapitel 10

Diese herrliche Waldluft. So frisch und klar und würzig! Genüsslich schließe ich die Augen. Es ist Montagmorgen, wie immer, wartet eine herausfordernde Woche auf mich. Doch diesen Moment muss ich mir einfach gönnen. Entschleunigen, innehalten, bei mir sein. Morgens um halb sieben ist die Welt im Wald noch in Ordnung. Fast jedenfalls.

»Wird das noch was vor Weihnachten?«, durchschneidet ein diamantscharfer Sopran das Vogelgezwitscher. »Mach hin, Anne, die anderen haben schon einen ziemlichen Vorsprung!«

»Ja-ha! Komme gleich!«

Ein Atemzug noch, ein zweiter. Dann öffne ich die Augen und laufe los. In einiger Entfernung wartet Erika auf mich, die selbsternannte Chefin unserer Nordic-Walking-Truppe. Die anderen sind uns in der Tat schon um einiges voraus, aber gut erkennbar zwischen den dicht stehenden Bäumen. Alle tragen Funktionskleidung in Farben, die für das menschliche Auge nicht geeignet sind. Neongelb, Schockhellgrün, Magenta.

Wie bekifft muss ein Designer sein, um sich so was auszudenken?

Ich halte mich lieber an graue Jogginganzüge, weil ich die Nordic-Walking-Stöcke schon albern genug finde. Der größte Rest der Menschheit übrigens auch. Wie oft musste ich mir schon von irgendwelchen Spaßvögeln anhören: »Entschuldigung, Sie haben Ihre Skier verloren« oder »Guck mal, eine Stockente«.

Ich beschleunige meinen Schritt, bis ich Erika eingeholt habe, eine kompakte ältere Dame, deren leuchtend hennarotes Haar mit ihrer magentafarbenen Trevirajacke konkurriert. Nordic Walking ist ihr Leben. Nicht von ungefähr hat sie sich *Wander Woman* auf den linken Unterarm tätowieren lassen. Mit Anfang siebzig. Irgendwie klasse, finde ich. Die Zeiten, in denen Senioren staubgraue Popelinemäntel nebst gleichfarbigen Dauerwellen trugen und sich auf Kaffeefahrten betrügen ließen, nähern sich zu Recht ihrem Ende.

»Nett, dass du auf mich gewartet hast«, bedanke ich mich bei ihr.

»Kein Ding, du quasselst wenigstens nicht so viel.« Ungehalten zeigt Erika mit einem ihrer Stöcke auf das Trüppchen vor uns. »Walken statt talken ist unser Motto. Nun sieh dir das an. Alle schnattern um die Wette, weil sie rauskriegen wollen, was mit deiner Mutter los ist.«

Das wüsste ich auch ganz gern. Gestern habe ich mir noch lange den Kopf zerbrochen, wann mir erste Veränderungen hätten auffallen müssen. Die neue Haarfarbe, ja, die habe ich bemerkt, so wie ihre deutlich erschlankte Figur. Auch, dass sie auf einmal mit Begriffen wie Achtsamkeit, Tierwohl und Klima hantierte. Hinzu kam ihr neu erwachtes Interesse an Klamotten. Tagelang haben wir ihre Schränke ausgemistet und das ganze Zeug in einen Secondhandladen gebracht. Danach wurde ihre Garderobe sportlicher, modischer.

Mir erschien das nicht weiter absonderlich. Als junge Frau war meine Mutter Verkäuferin in einem Damenmodengeschäft. Sie kannte sich super aus mit Stoffen und Schnitten, wusste immer, was angesagt war, nähte sogar selbst. Bis mein Vater in typischer Meine-Frau-muss-nicht-arbeiten-Manier darauf bestand, dass sie die Berufstätigkeit aufgab.

Geblieben ist ihr Sinn für Stil. Und der ändert sich gerade gewaltig, offenbar ihrem Johannes zuliebe.

Mittlerweile haben wir die Gruppe erreicht. Alle schwatzen erregt durcheinander, während sie durch das dicht mit Farn bewachsene Unterholz stapfen. Wanderwege wären zu einfach. Im Team Waldmarsch sucht man die Challenge.

»Wir sind hier nicht beim Kaffeeklatsch!«, ruft Erika. »Wir haben noch einen langen Weg vor uns, Zielpunkt ist heute der Karpfenteich. Also Tempo, Leute!«

»Aber Felicitas erzählt gerade von ihrem Neuen«, widerspricht Werner, schlappe Achtundsiebzig und mit seinem tief gebräunten Gesicht zum schlohweißen Haar ein Gentleman-Hingucker à la Sky Dumont.

»Genau, wir müssen alles erfahren«, sekundiert Hella, ungefähr im selben Alter wie Werner und die unbestrittene Diva unserer Truppe. Bereits jetzt, am frühen Morgen, hat sie sich Smokey Eyes und einen dunkelroten Kussmund geschminkt. »Am Ende fällt Felicitas noch auf einen falschen Fuffziger rein!«

»Oder auf einen Heiratsschwindler«, gibt Werner zu bedenken.

Alle nicken besorgt. Das Team Waldmarsch ist eben nicht irgendeine Sportgruppe, es ist eine verschworene Gemeinschaft, in der man aufeinander aufpasst. Entsprechend ist seit vorgestern im Gruppenchat die Hölle los. Anfangs wegen der spektakulär missratenen Goldenen Hochzeit, danach, weil meine Mutter im Chat ihren neuen Beziehungsstatus mit einem fünfzehn Jahre jüngeren Mann verraten hat. Heute Morgen natürlich das Topthema, auch wenn das unserer selbsternannten Herbergsmutter Erika so gar nicht gefällt.

»Man kann nicht vorsichtig genug sein«, warnt Hella. »Neulich hatte ich wieder so einen Enkeltrick-Betrüger am Telefon.«

»Und bei Felicitas wäre bestimmt einiges zu holen, wenn sie sich einen guten Scheidungsanwalt nimmt«, orakelt Werner.

»Macht euch bitte keine Gedanken.« Kraftvoll setzt meine Mutter ihre Füße voreinander, wobei die kobaltblaue Kombination aus hautenger Leggins und schmal geschnittenem Hoodie ihre wirklich beeindruckende Figur betont. »Johannes ist ein Traumtyp. Als frühpensionierter Finanzbeamter ist er nicht nur hochseriös, er hat auch beschlossen, ein Leben in Achtsamkeit zu führen.«

»Puh, einer vom Finanzamt?« Hella senkt den Daumen ihrer rechten Hand, die in einem pinkfarbenen Radler-Handschuh steckt. »Das sind die Schlimmsten.«

»Selbstverständlich respektiere ich deine Meinung«, erwidert meine Mutter mit der kaugummiartigen Geduld einer UN-Diplomatin. »Andererseits sollte man jedem Menschen zunächst wertfrei und liebevoll begegnen.«

»Aber nicht jeder Mensch ist das voll wert«, witzelt Werner.

»Wir sollten ihn testen«, schlägt Janine vor, die eigentlich Roswitha heißt, aber beschlossen hat, auf ihre alten Tage eine neue Identität für sich zu erfinden. Unternehmungslustig ruckelt sie an ihrem babyrosa Basecap herum, auf das sie eigenhändig *Nicht ohne meine Stöcke* gestickt hat. »Wie wär's, wenn wir diesem Johannes mal ordentlich auf den Zahn fühlen?«

»Bloß nicht«, entfährt es meiner Mutter, die auf einmal gar nicht mehr so diplomatisch wirkt.

»Wenn er nichts zu verbergen hat, ist das doch vollkommen harmlos.« Hellas dick getuschte Wimpern klappern aufgeregt. »Wir beschatten ihn nur ein bisschen. Wäre doch interessant zu wissen, mit was und wem er seine Zeit verbringt, wenn ihr nicht gerade Händchen haltet.«

»Auf keinen Fall!« Meine Mutter bleibt stehen. Ihre Unterlippe bebt, und ich sehe, dass sie nur noch mühsam ihren Zorn unterdrückt. »Das ist lieb gemeint, aber vollkommen überflüssig und wäre außerdem eine empfindliche Verletzung seiner Privatsphäre.«

»Wohl wahr, Privatsphäre ist ein hohes Gut«, stimme ich ihr zu.

Nicht ganz uneigennützig, wie ich zugeben muss. Heute Mittag treffe ich Marvin. Ist zwar nichts dabei, ein wenig mit der jüngeren Generation zu plaudern, aber ich würde nur ungern dabei beobachtet werden.

»Die Idee mit dem Test ist hervorragend, Beschattung beschlossen, Diskussion beendet!«, ruft Erika. »Weiter geht's! Und nicht vergessen: beherzter Stockeinsatz, Oberkörper nach vorn, große Schritte für raumgreifendes Schreiten! Wir sind hier beim Nordic Walking, nicht bei Walking Dead!«

Das sagt sie jedes Mal, richtig zufrieden war sie noch nie. Erika favorisiert die sogenannte Fitnesstechnik, die angeblich die besten Trainingseffekte bringt, und verachtet die sogenannte Softtechnik, die sie nur für läppisches Spazierengehen mit Dekostöcken hält.

Schweigend setzen sich alle wieder in Bewegung. Die Blicke, die hin und her fliegen, sprechen jedoch dafür, dass Janines Idee einer klammheimlichen Beschattung nicht nur bei Hella, Werner und Erika Anklang findet. Vermutlich geht es dabei weniger um brisante Erkenntnisse als um ein willkommenes Projekt. Wer möchte nicht mal Miss Marple und Mister Stringer spielen, wenn er viel Zeit und wenig Abwechslung hat?

Auch ich habe ein Projekt. Allerdings eines, das in eine etwas andere Richtung geht. Da mein Call mit Carina und Beatrice ein krachender Schlag ins Wasser war, bleibt mir nur noch ein Ausweg: Ich muss mich mit Tom Merseburger verbünden, um meine Mutter vor dem Fehler ihres Lebens zu bewahren. Diese ebenso liebenswerte wie liebesverwirrte Frau muss gerettet werden. Vor sich selbst.

Unterdessen hat sie ihr Tempo beträchtlich angezogen und ist den anderen bereits einige Meter voraus. Hechelnd schließe ich zu ihr auf.

»Hey, Mama. Wie geht's dir?«

»Stell mir lieber eine Frage, deren Antwort du noch nicht kennst.« Erbittert rammt sie ihre Metallstöcke in den weichen Waldboden. »Testen. Beschatten. Wo sind wir denn? Beim Geheimdienst?«

»Sie meinen es doch nur gut«, versuche ich zu vermitteln.

»Dann haben sie wohl ein neues Motto: Lebe jeden Tag, als wärst du das Letzte.«

Überrascht horche ich auf. So sarkastisch habe ich meine Mutter ja noch nie erlebt. Sie scheint tief verletzt zu sein, dass man ihren Lebensgefährten derart infrage stellt. Frisch verliebt ist man halt besonders dünnhäutig. Und hormonell sicherlich auf einem hohen Level. Wahrscheinlich hat meine Mutter zurzeit mehr Sex als ich. Verdammt. Warum denke ich über so was nach?

»Tut mir leid«, murmele ich.

»Ach ja?« Ein unfreundlicher Seitenblick trifft mich. »Wer hat denn gestern versucht, mir Johannes auszureden?«

»Tut mir ebenfalls leid«, schwindele ich mit schlechtem Gewissen, weil es mir absolut nicht leidtut. »Ich werde ihn akzeptieren, Mama.« In diesem Augenblick durchzuckt mich ein Geistesblitz. »Auch seinen Sohn werde ich akzeptieren.«

»Tom?« Jetzt ist es meine Mutter, die überrascht guckt. »Was hat der denn damit zu tun?«

Vorsicht. Sie darf nicht mal ahnen, was ich im Schilde führe. Es ist schuftig, es ist verwerflich, es muss sein.

»Na ja, da er jetzt sozusagen zur Familie gehört, sollten wir uns alle besser kennenlernen.«

»Alle …?«

Ich marschiere eine Weile so ruhig und in mich gekehrt weiter, als ob ich angestrengt nachdenke und mir alles gerade erst einfällt.

»Zunächst steht natürlich ein längeres Treffen mit deinem Johannes an«, erwidere ich schließlich. »Aber auch mit Tom. Wir hatten keinen idealen Start gestern, das würde ich gern wiedergutmachen.«

Federnd hüpft meine Mutter über eine Baumwurzel, bevor sie antwortet.

»Freut mich, dass du an deinen Vorurteilen arbeiten willst.«

Also kauft sie mir die Zerknirschung ab. Jetzt nur nichts überstürzen. Ich lege eine Kunstpause ein, hebe meinen Blick zu den grünen Baumkronen, die hoch in den Himmel ragen, und stolpere fast über besagte Baumwurzel.

»Wie erreiche ich Johannes und Tom? Habt ihr schon einen Familienchat?«

»Hoppla.« Misstrauisch runzelt meine Mutter die Stirn. »Lass es ruhig angehen, ja? Johannes muss sich ja auch noch an die neue Situation gewöhnen, und Tom hat alle Hände voll zu tun mit seinem Restaurant. Er ist sozusagen rund um die Uhr dort.«

»Er hat ein Restaurant?«

»Das Vegan Paradise. Ist ganz neu, scheint aber prima zu laufen.«

Aha. Daher also der vegane Trip. Und eine Spitzengelegenheit, ganz unverbindlich Kontakt mit ihm aufzunehmen. Einfach hingehen, ihn in ein Gespräch verwickeln, die Pros & Cons erörtern – bei denen die Kontras selbstverständlich überwiegen –, fertig ist meine erfolgreiche Intervention.

Bliebe nur noch ein Fragezeichen: Wie ernst ist es meinem Vater mit der Scheidung? Da er bei seiner Schwester eingezogen ist, die er überhaupt nicht leiden kann, hofft er vielleicht doch noch, dass der Spuk bald vorüber ist. Was bedeutet, dass er mit fliegenden Fahnen zu meiner Mutter zurückkehren wird, sobald sich der Fehltritt Johannes Merseburger erledigt hat.

»Wie geht's eigentlich Papa?«, frage ich ins Blaue hinein.

»Papa?« Die Miene meiner Mutter verfinstert sich, ein grimmiger Zug verzerrt auf einmal ihr Gesicht. »Der will mit Tante Beate die Reise nach Rom antreten, die du uns zur Goldenen Hochzeit geschenkt hast. Aber das werde ich zu verhindern wissen.«

»Du wirst – warum?«

»Er hat angefangen«, erklärt sie wie ein Kindergartenkind, das sich für ein Sandkastenscharmützel rechtfertigt. »Herrmann hat mir in den letzten Monaten derart zugesetzt, dass ich die Reißleine ziehen musste. Wenn ich nicht zur Vernunft käme, würde er andere Saiten aufziehen, so seine Worte. Schließlich wolle er keine Frau, die auf ihre alten Tage so viel Wirbel macht.«

Da ich meinen Vater bei der Goldenen Hochzeit so kalt und abweisend erlebt habe, bin ich geneigt, ihr zu glauben.

»Anfangs war ich am Boden zerstört«, fährt meine Mutter fort. »Doch im Nachhinein muss ich ihm sogar dankbar sein. Sein Starrsinn stand für alles, was ich nicht mehr wollte: Stillstand, Resignation, sich selbst aufgeben. Wäre er nicht so unnachgiebig gewesen, hätte ich vielleicht niemals die Energie für einen Neuanfang entwickelt. Und was für eine Energie! Ich besuche Yoga-Kurse, habe die vegane Ernährung für mich entdeckt, lese Bücher über die Erweiterung des Bewusstseins. Als ich dann Johannes kennenlernte, spürte ich sofort, dass wir seelenverwandt sind. Auch er wollte nicht so weitermachen wie bisher. Deshalb ist er der ideale Gefährte für das große Abenteuer, das man Leben nennt. Echtes Leben.«

»Aber Johannes ist nicht nur ein seelenverwandter Gefährte für deine neue Lebensphase, oder?«

»Stimmt.« Sie wird ein bisschen rot. »Was als Seitensprung begann, wurde Liebe.«

»Ein großes Wort.«

»Und eine großartige Erfahrung. Ich empfinde es als unglaubliches Geschenk, dass ich mich in meinem Alter wieder als Frau fühlen darf, mit allem, was dazugehört.«

»Mama«, ich schlucke, »sprichst du etwa von …?«

»Life changing Sex.« Sie lächelt. »So sagen das die jungen Leute heute doch, oder? Life changing Sex?«

Kapitel 11

Es ist schon eine vertrackte Sache mit älteren Leuten: Sie werden unterschätzt. Permanent. Weder traut man ihnen die sinnvolle Verwendung von Emojis zu noch ein aktives Liebesleben. Älteren Damen schon gar nicht. Jedenfalls habe ich das Wort *Seitensprung* bislang immer nur mit Kerlen verknüpft, und zwar solchen diesseits des Rentenalters. Mit Karsten zum Beispiel. Aber dass ausgerechnet meine Mutter aus ihrer Ehe ausgebrochen ist, überfordert mich.

Natürlich hat sie erstaunlich gute Argumente, sich neu zu orientieren. Aber Sex? Männer sind Jäger und Sammler, bei Frauen existieren solche Kategorien nicht. Und nun spricht meine Mutter von *life changing Sex.*

Gern hätte ich mehr erfahren. Keine Details natürlich, aber so im Allgemeinen. Selbst die brave Carina wollte ja wissen, wie es mit einem jüngeren Mann im Bett ist. Doch meine Mutter beendete unser Gespräch mit den Worten: »Eine Nacht kann alles verändern, mehr sag ich nicht.« Zack, dicht gemacht, viel Raum für schräge Fantasien gelassen.

Dabei sollte ich wohl selber aufpassen, dass ich nicht auf Abwege gerate. Seit Stunden ringe ich mit mir, ob ich das Treffen mit Marvin absagen soll. Es wäre richtig. Es wäre vernünftig. Dennoch bringe ich es nicht fertig, ihm eine simple kleine Message wie *Schade, klappt leider nicht* zu schreiben. Meine Neugier ist zu groß, auch diese flirrende Aufregung, etwas Verbotenes zu tun.

Wenn du einmal in die Steckdose gefasst und dieses elektrisierende Gefühl gespürt hast, willst du mehr davon. Egal, wohin das führt.

Hast du sie noch alle?, zetert eine strenge Stimme in meinem Kopf. Du bist nur neben der Spur wegen der Trennung deiner Eltern, aber das ist noch lange kein Grund, deine Ehe aufs Spiel zu setzen. Ach nee, welche Ehe denn?, mischt sich eine andere Stimme ein, die gleichermaßen süß wie teuflisch klingt. Der Lack ist ab, die Luft ist raus, und seit Anne ihre klimakterischen Hitzewallungen hat, teilen Karsten und sie ja nicht einmal mehr das Bett. Nicht mal ab und zu. Damit wäre dann neben vielem anderen auch ihr Sex nach langem Siechtum entschlafen. Und das soll eine Ehe sein?

Nun ja. Fakt ist, dass bei mir eigentlich schon der Ofen aus war, als Karsten das Probejahr vorschlug. Im Grunde genommen hätte ich damals sofort einen Schlussstrich ziehen müssen. Wer braucht schon eine halbherzige Beziehung? Fragt sich nur, warum mir das erst jetzt bewusst wird.

»Wie lange werden Sie denn Mittagspause machen?«, holt mich die Kanzleisekretärin aus der hitzigen Debatte in meinem Kopf.

Lulu Kornfeld ist jung, vielleicht Ende zwanzig, eine niedliche Person mit dunkelblonden Locken und herzförmigem Gesicht, dem die großen, künstlich bewimperten Augen etwas Puppenhaftes verleihen. Karsten hat sie eingestellt.

»Nicht lange.« Nervös nestele ich an meinem Haar. »Ein Stündchen oder so werde ich weg sein.«

»Wie, du gehst essen?«

Oje, ausgerechnet jetzt kommt Karsten aus seinem Büro. Was für ein unterirdisches Timing. Peinlich berührt stehe ich im grau gestrichenen Eingangsbereich der Kanzlei und halte meinen Blick auf die gut geputzten dunkelbraunen Lederschuhe meines Mannes gesenkt. Der scannt mich misstrauisch von oben bis unten. Aber da ist nichts Auffälliges an mir. So wie immer, trage ich meine Bürouniform: langweiliges dunkelgraues Kostüm, weiße Bluse, spießige Pumps. Soll ja keiner auf die Idee kommen, ich könnte in meiner Mittagspause mit jungem Gemüse verabredet sein, statt selbiges zu verspeisen.

»Ich hole mir nur schnell einen Salat«, behaupte ich, »vorher habe ich einen Termin beim Frauenarzt.«

Letzteres entspricht zwar nicht der Wahrheit, erstickt aber zuverlässig jede Nachfrage. Meiner Erfahrung nach reagieren Männer geradezu panisch auf alles, was in medizinischer Hinsicht mit dem weiblichen Unterleib zu tun hat. Erzähl ihnen von deiner Eierstockzyste, und sie sind schneller weg, als du Gynäkologe sagen kannst.

»Ach, du lieber Gott«, stöhnt Karsten.

In seinem Gesicht malt sich bereits der Fluchtreflex. Er tauscht einen entnervten Blick mit Lulu Kornfeld, die sich dadurch bemüßigt fühlt, einen ihrer gefürchteten Flachwitze loszulassen.

»Zu welchem Arzt geht Pinocchio?«

Interessiert kein Schwein, doch Karsten brennt auf die Pointe.

»Bitte, bitte verraten Sie es mir, Frau Kornfeld!«

»Er geht zum Holz-Nasen-Ohren-Arzt!«, prustet die Sekretärin.

O Gott. Doch auch Karsten lacht. Ob aus reiner Höflichkeit, oder weil er scharf auf diese junge Frau ist, darüber will ich lieber nicht nachdenken.

»Ich geh dann mal«, verabschiede ich mich.

»Moment, Anne.« So schnell, wie Karsten in Lachen ausgebrochen ist, wird er wieder ernst. »Wenn du schon rausgehst, kannst du mir was mitbringen. Einen Salat mit Hühnerbrust, ohne Dressing, ohne Tomaten, ohne Croutons, dafür mit Ei, Gewürzgurke sowie einem Spritzer Himbeer-Balsamico.«

Und wo soll ich diese kranke Zusammenstellung herbekommen? Aber was verspricht man nicht alles, wenn man nur noch wegwill.

»Wird gemacht, Schatz. Du kriegst deinen Salat. Mit Hühnerbrust, Tomaten, Croutons und … ach ja, ohne Himbeer-Balsamico.«

Meine Stimme hat ein bisschen geschwankt, und ganz exakt habe ich die Zutaten wohl auch nicht auf die Reihe bekommen, aber Karsten ist schon weitergegangen, mit diesem zerstreuten Gesichtsausdruck, den er immer hat, wenn er einen neuen Fall bearbeitet.

Die Sekretärin hingegen lächelt wissend. Kann die etwa Gedanken lesen? Dann viel Spaß bei der Show.

In meinem Kopf sieht es aus wie auf einem Wühltisch beim Sommerschlussverkauf. Ein heilloses Durcheinander von Schuldgefühlen, Selbstzweifeln, wilden Fantasien. Vor allem ist mir bewusst, dass ich im Begriff bin, genau jenen Fehler zu begehen, den ich meiner Mutter vorgeworfen habe: mich auf einen viel zu jungen Mann einzulassen. Vermutlich habe ich einfach mal Lust, etwas Verbotenes zu tun. Ein Geheimnis zu haben. So wie einst als Teenager, als man den Eltern nicht sagte, dass man zu einem Date geht.

Nicht sehr erwachsen, ich weiß. Da ich mich aber nun mal

dazu entschlossen habe, natürlich im Rahmen von Anstand und Sitte, ziehe ich es auch durch. Konsequent.

Schon als ich in den Lift steige, um hinunter ins Erdgeschoss zu fahren, beginnt meine äußere Verwandlung. Als Erstes streife ich meine doofen Pumps von den Füßen und vertausche sie mit den nudefarbenen Sandaletten, die in meiner Umhängetasche auf ihre zweckdienliche Verwendung gewartet haben. Danach verwuschele ich meine brave Pagenfrisur, die ich später natürlich wieder glattkämmen werde, und ziehe mir die Lippen in Hellrot nach.

Warum ich das alles tue? Dunkle Lippenstifte machen alt, habe ich gelesen. Überhaupt habe ich eine Menge Fakten gegoogelt, wie man als Frau in den besten Jahren jünger rüberkommt: generell helle Farben tragen, dick aufgetragenes Make-up ebenso vermeiden wie übertriebenen Schmuck. Das Haar sollte sexy unordentlich frisiert sein, wie gerade aus dem Bett gestiegen, nicht zu »gemacht« und bloß kein Haarspray. Beim Parfum nur leichte frische Noten verwenden, keine süßlich-schweren Aromen.

Ja, ich will diesem jungen Mann gefallen, den ich gleich treffen werde. Und sei es nur, damit er mich eine Dreiviertelstunde lang anschaut, wie ein Mann eine Frau anschaut, die er begehrenswert findet. Habe ich mir diesen kleinen Ausflug ins Dating-Universum nicht verdient? Seit Ewigkeiten bin ich nur noch Gattin und Mutter, brav, angepasst, langweilig. Als Frau finde ich gar nicht mehr statt. Da ist so ein kleiner geheimer Flirt doch richtig erfrischend. Und sei es nur, damit mein Selbstbewusstsein ein wenig gestärkt wird.

Alles andere ist tabu. Küssen: verboten. Anfassen: so was von verboten. Unaussprechliches: Dafür würde ich mich unverzüglich in die Hölle schicken.

Einstweilen hält der Lift nur im Erdgeschoss. Unten auf der Straße steuere ich die Kaffeebar an, in der ich mir nach meinem morgendlichen Programm aus Nordic Walking und schneller Dusche daheim immer einen Latte macchiato plus Zimtschnecke gönne. Es ist eine hübsche kleine Bar, türkis gestrichen, mit sandfarbenem Rattan-Mobiliar, das sofort Urlaubsgefühle auslöst. Doch jetzt bin ich nicht wegen des Kaffees hier.

»Hi Max«, rufe ich dem Besitzer zu, der gerade die Tische abwischt, »muss nur mal kurz für kleine Mädchen.«

Damit laufe ich zu den Toilettenräumen, wo ich meine Verwandlung abschließe. In Windeseile reiße ich mir Kostüm und Bluse vom Leib, falte alles ordentlich zusammen und verstaue die Klamotten in meiner geräumigen Umhängetasche. Darin habe ich mein helllila T-Shirt-Kleid vom letzten Sommer versteckt. Karsten mochte es nicht. Zu kurz, zu eng, zu jugendlich, lautete sein Urteil. Also genau richtig für mein Date.

Ja, es ist ein Date, keine Plauderei, kein Gedankenaustausch. So viel Ehrlichkeit muss sein.

»O wow.« Max pfeift anerkennend durch die Zähne, als ich von der Toilette zurückkehre. »Du siehst zum Verlieben aus.«

»Danke schön«, säusele ich. »You make my day.«

Richtig gehört. Ich fange schon mal an mit englischen Redewendungen. Auch das gefällt jüngeren Männern, war auf den einschlägigen Websites zu lesen. Ein paar Begriffe habe ich sogar auswendig gelernt: *fly* für trendig, *beef* für Streit, *cheedo* für cool, *cringe* für fremdschäm-peinlich. Ob ich das alles in unser Gespräch einbauen kann? Keine Ahnung. Aber ich möchte wenigstens vorbereitet sein, wenn Marvin mit solchen Wörtern um die Ecke kommt.

Aufgeregt stöckele ich los. In der Mittagszeit ist es immer proppenvoll in der Fußgängerzone, so dass ich mich im Zickzack durch Pulks von shoppenden Rentnern, übernächtigten Kinderwagenmüttern und hektischen Büroangestellten schlängeln muss, die zum Businesslunch ausschwärmen. Marvin hat ein Lokal vorgeschlagen, das ich nicht kenne. Das Alhambra. Klingt vielversprechend. Glaubt man Google Maps, schaffe ich es pünktlich in zehn Minuten.

Als ich fünfzehn Minuten später bitter bereue, meine unbequemen hochhackigen Sandaletten bereits im Lift angezogen zu haben, entpuppt sich das Alhambra als Shisha-Bar. Die Deko ist orientalisch angehaucht, die Wände glühen in Dunkelrot, überall stehen Wasserpfeifen auf den Tischen. In so einem exotischen Laden war ich mein Leben noch nicht. Gut so. Ich bin offen für Neues.

»Hi schöne Frau«, begrüßt mich Marvin, als ich mich umschaue. »Wollen wir draußen sitzen?«

»Lieber drinnen, ist gemütlicher, äh, und total *fly*«, erwidere ich schnell.

Ist blickdichter, wäre die ehrliche Antwort gewesen. Wenn ich mich schon mit einem attraktiven Youngster treffe, muss es ja nicht gleich auf dem Präsentierteller sein.

»Wie du willst.«

Er duzt mich? Einfach so? Ohne offizielle Erlaubnis und rituelles Anstoßen? Ach komm, wispert meine innere Stimme – die süße teuflische der beiden Stimmen –, das gefällt dir doch. Bei ihm bist du nicht Anne Helene Stegner, die korrekte Anwaltsgehilfin, Ehefrau und Mutter, sondern einfach nur Anne. So wie früher.

Galant nimmt er meinen Arm und führt mich zu einem schmalen Tisch am Fenster. Nicht ganz ideal, weil man uns von draußen zumindest theoretisch sehen könnte. Außerdem schmeichelt Tageslicht nicht gerade dem reifen Teint. Doch ich will nicht unnötig rumzicken, und schließlich hat mich Marvin auch im harten Morgenlicht kennengelernt. *Wysiwyg*. Was so viel heißt wie: *What you see is what you get* – du kriegst genau das, was du siehst.

»Gefällt's dir hier, Anne?«

»Sehr.« Mit einer Hand deute ich auf die Wasserpfeife, die auf unserem Tisch steht. »Finde ich total *cheedo*.«

Hoffentlich habe ich das Wort richtig ausgesprochen. Hoffentlich habe ich es auch richtig verwendet. Meine Kinder sagen so was nie. Marvin zieht ein Gesicht, als hätte er auf saure Gurken gebissen.

»Cheedo, okaaaayyy …«

Also voll daneben.

»Interessant«, schiebe ich schnell hinterher. »Und sehr originell!«

Marvin nickt zufrieden. Besser, Anne, so viel besser.

»Was genehmigen wir uns denn Schönes?«, erkundigt er sich, nachdem wir einander gegenüber Platz genommen haben.

Ich muss zunächst einmal seinen Anblick verkraften. Die regelmäßigen, von der Sonne geküssten Züge, das Kinn mit dem hinreißenden Grübchen, sein gewinnendes Lächeln, den durchtrainierten Oberkörper.

Heute trägt er ein knappes T-Shirt, dessen Farbe mit seinen blauen Augen korrespondiert. Sogleich entführt mich meine Fantasie an einen südlichen Traumstrand, wo wir beide im Sand liegen, Haut an Haut, und gegenseitig unsere Körper erkunden. Sekunde. Wie komme ich denn auf so was? Bin ich erotisch dermaßen unterzuckert, dass mich irgendein dahergelaufener Youngster um den Verstand bringen kann? Doch das hier ist keine Fantasie. Kneif mich doch mal bitte einer. Am liebsten würde ich Marvins strammen Bizeps anfassen, um nachzuprüfen, ob das alles real ist. Es ist real, daran besteht kein Zweifel.

So, Tom Merseburger. Was sagen Sie nun? Ich habe Spaß, jawohl. Fragt sich nur, warum mir ausgerechnet jetzt dieser Lappen von Mann einfällt. Der hat hier nichts, aber auch gar nichts zu suchen.

»Anne?«, erinnert mich Marvin daran, dass er mir eine Frage gestellt hat.

»Offen gestanden weiß ich nicht, was ich bestellen soll. War in Ihrer, ähm, deiner Nachricht nicht von Kaffee die Rede?«

Lachend entblößt er sein makelloses weißes Gebiss. Klar, Generation Zahnspange. Der Glückliche. In meiner Generation waren kieferchirurgische Maßnahmen noch nicht allgemeiner Usus.

»Korrekt, es ging um Kaffee«, bestätigt er meine Frage. »Aber hier gibt es ungefähr dreißig Sorten. Türkischen, griechischen, marokkanischen …«

Um seine Worte zu unterstreichen, schiebt er mir eine laminierte Getränkekarte über den Tisch. Als ich sie studieren will, stelle ich voller Schrecken fest, dass ich sie nicht lesen kann. Nicht ohne meine Brille. Super. Welcher Mann in Marvins Alter will denn ein Date mit einer Frau, die eine Lesebrille braucht und damit Assoziationen an Rheumasalbe und Inkontinenzeinlagen weckt?

»Kannst du mir was empfehlen?«, ziehe ich mich halbwegs elegant aus der Affäre.

»Klar könnte ich das.« Wieder lacht er sein Millionen-Dollar-Zahnpasta-Lachen. »Aber für mich ist es viel interessanter, was *du* magst. Ich möchte dich ja kennenlernen, und die Wahl des Getränks erzählt so einiges über die sinnlichen Vorlieben einer Frau.«

Schluck. Da spricht ein Kenner. Ein Genießer. Unser Treffen betrachtet er zweifellos als Vorspiel für ganz andere sinnliche Genüsse. Das bleibt nicht ohne Wirkung auf mich. Diesmal beginnt das Kribbeln in meinem Nacken und breitet sich wie eine Ameisenstraße südwärts aus. Eins steht mal fest: Mental und emotional bin ich gerade in einem Alter, aus dem ich längst raus sein sollte. Wenn das so weitergeht, vergesse ich noch alle meine hehren Vorsätze.

»Gutes, ähm, Konzept, das mit dem Getränketest«, nuschle ich.

Nein, gar nicht gut. Sogar richtig übel, denn nun sitze ich noch tiefer in der Patsche. Sagen wir, wie's ist: Ich bin ein altersblinder Maulwurf, der nur undeutlich verschwimmende Buchstaben auf der Getränkekarte erkennt. Und selbst wenn ich meine Brille aufsetzen wollte – ich habe sie im Büro vergessen.

Aber heißt es nicht, Not macht erfinderisch? Na, los doch, Teufelchen. Du hast mich in diese missliche Lage gebracht, jetzt lass dir was einfallen.

»Sorry«, entschuldige ich mich und stehe auf. »Ist etwas *cringe,* aber ich müsste mal kurz …«

»Alles, was du willst.« Marvins Augen gleiten über meinen Körper wie die kundigen Hände eines Masseurs. »Habe ich dir eigentlich schon gesagt, wie sexy du in dem Kleid aussiehst?«

Es erstaunt mich kaum noch, dass ich rot werde. Vor Freude, Verlegenheit, Aufregung. Ein achtundvierzigjähriger Körper ist nicht gerade das, was man taufrisch nennt. Zwar bin ich ganz gut in Form, aber Komplimente für meine Figur habe ich seit Jahren nicht mehr bekommen.

Schwinge ich etwa die Hüften, als ich davonstakse? Nicht auszuschließen. Doch ich will Marvin keineswegs das Spiel meiner Pobacken vorführen, ich habe einen Plan. Einen ziemlich ausgefuchsten Plan. Danke, Teufelchen. Während ich den freundlichen bärtigen Herrn hinterm Tresen nach der Toilette frage, befördere ich unauffällig eine dieser verflixten Getränkekarten mit der viel zu kleinen Schrift von der Theke in meine Umhängetasche. Dann stöckele ich in den Vorraum der Toilette und fotografiere die Karte mit meinem Handy ab.

So. Jetzt kann ich die Fotos mit zwei Fingern vergrößern. Leseproblem gelöst.

Mit meinem sonnigsten Lächeln erscheine ich wieder am Tisch und nehme noch einmal das laminierte Ding in die Hand, das immer noch darauf liegt.

»Hm, warte«, murmele ich und tue so, als ob ich die Getränkeliste auf der Karte sichte. »Türkischer Mokka? Oder doch lieber Minztee mit Limette? Nein, das da klingt gut: marokkanischer Kaffee mit Kardamom und Kurkuma.«

»Perfekte Wahl.« Lächelnd beugt sich Marvin zu mir über die Tischplatte. »Ich nehme das Gleiche.«

Sein Gesicht ist auf einmal so dicht an meinem, dass sich unsere Lippen fast berühren. Für den Bruchteil einer Sekunde gerate ich ins Trudeln. Diese Augen, dieser Duft, diese leicht geöffneten Lippen … Dann drehe ich den Kopf weg. Vorsichtshalber. Und schaue durch die bodentiefe Fensterscheibe direkt in das Gesicht einer rüstigen Seniorin mit hennarotem Haar, der soeben die Kinnlade runterfällt.

Kapitel 12

»Nein, das war niemand. Kein Freund, kein Lover, kein gar nichts.«

Gebetsmühlenartig wiederhole ich Sätze, die einfach nicht den Weg in Erikas Gehörgänge finden wollen. Geschweige denn in das Hirnareal, wo sprachliche Lauteinheiten zu sinnvollen Botschaften verarbeitet werden. Wie ein Bulldozer marschiert sie in ihrer magentafarbenen Nordic-Walking-Montur durch die überfüllte Fußgängerzone, und ich, inzwischen reichlich fußlahm auf meinen hohen Sandaletten, versuche verzweifelt, Schritt zu halten.

»Ihr habt euch fast geküsst!«, ruft sie empört.

»Da hast du's, die Betonung liegt auf *fast*«, klammere ich mich an diesen Strohhalm. »Es ist *nichts* passiert. Es war sowieso ganz anders, als du denkst. Ich hatte was im Auge, und der junge Mann, der mir ganz zufällig zur Seite stand …«

»Zufällig! In einer Shisha-Bar!«

»… war so freundlich, sich das mal anzuschauen.«

Erika macht ein Geräusch wie ein Hund, der vor einem Supermarkt festgebunden wird, eine Kombination aus Knurren und Fiepen.

»Du denkst wohl, wir älteren Semester sind nicht mehr ganz knusprig im Kopf und haben keine Ahnung, was zwischen Männlein und Weiblein läuft?«

Weit gefehlt. Mittlerweile ist mir so manches Licht über die erotischen Kompetenzen älterer Herrschaften aufgegangen.

»Erika.« Sanft ergreife ich ihren Arm. »Ich finde es fantastisch, dass du dir neben deiner vorbildlichen körperlichen Fitness auch deine geistige Frische erhalten hast. Wirklich phänomenal.«

»Jaja, oben fit und unten dicht, mehr wünsch ich mir fürs Alter nicht – willst du auf den dummen Spruch hinaus?«

»Nein, ich wollte nur sagen, dass ich nicht eine Sekunde an deiner Geistesgegenwart zweifle. Doch das da eben in dem Lokal war ein Missverständnis. Du hast eine harmlose Situation überinterpretiert.«

»Lachhaft.« Mit vorgeschobenem Kinn marschiert sie weiter, ohne Rücksicht auf die entgegenkommenden Passanten, die ihr schimpfend ausweichen. »Scheint ein Virus zu sein. Erst hat er deine Mutter befallen, jetzt dich: Eskapaden mit viel zu jungen Männern!« Kämpferisch reckt sie ihre rechte Faust. »Das alles ist ein schrecklicher Fehler.«

Hey, das war mein Text. Genau diesen Satz habe ich gestern meiner Mutter gesagt. Was ich mir allerdings zu erwähnen verkneife, weil ich ja neuerdings im Glashaus sitze. Zusammen mit Marvin. So wie ich auch kein Wort darüber verliere, wie *cringe* es war, das Date Hals über Kopf abzubrechen. Ich weiß noch gar nichts über Marvin. Keinen Nachnamen, keinen Beruf, woher er kommt, wohin er will. Nur, dass er die blauesten Augen unter der Sonne und einen feuerroten Pickup hat.

Aber am meisten ärgert mich, dass ich jetzt als Luder dastehe, obwohl rein gar nichts passiert ist. Hätte ich doch bloß der Versuchung nachgegeben und Marvin geküsst. Leidenschaftlich. Dann wüsste ich wenigstens, wofür ich hier am Pranger stehe.

»Vorsicht, Erika!«

Nur im letzten Moment konnte ich den Zusammenstoß mit einer Gruppe Jugendlicher in gefälschten Gucci-Jogginganzügen verhindern, die von Erikas Dampfwalzenstyle nicht im Mindesten beeindruckt sind.

»Unverschämte Bengel«, echauffiert sie sich.

Auch davon zeigen sich die Jugendlichen wenig beeindruckt. Grölend halten sie uns ihre gut gewachsenen Mittelfinger vor die Nase, bevor sie weitergehen. Höchste Zeit für einen Ortswechsel.

»Lass uns lieber in aller Ruhe über alles reden, Erika. Irgendwo, wo es angenehmer ist als in diesem Gewühl.«

Mit den Augen suche ich schon zwischen all den Klamottenläden, Ein-Euro-Shops und Drogerien nach einem Café, als sie so plötzlich stehen bleibt, dass ich ins Stolpern komme. Panisch rudere ich mit den Armen, um mir bloß keinen Knöchelbruch einzufangen. Erklär das mal deinem Mann, der dich noch vor einer guten halben Stunde in flachen Pumps gesehen hat.

In ihrer resoluten Art schleift mich Erika in ein winziges Teegeschäft, in dessen Verkaufsraum ein paar Tische und Stühle stehen. Es ist ein nostalgischer Laden, mit meterhohen rotbraun gebeizten Holzregalen, liebevoll verzierten schwarzen Teedosen und allem möglichen Schnickschnack: Teekannen aus Glas und Porzellan, Töpferwaren, handverpacktem Kandiszucker, englischen Keksen.

Das Glück ist uns hold. Wir ergattern einen Tisch, der mit weiß blühenden Teepflänzchen dekoriert ist. Aufatmend lasse ich mich auf einen Stuhl fallen. Ah, endlich die Füße ausstrecken. Meine Fußsohlen brennen wie gegrillt, meine Waden fühlen sich an, als hätte man mir Zehn-Kilo-Hanteln unter die Sandaletten geschnallt und mich damit auf einen Marathonlauf geschickt.

Nachdem wir grünen Tee für Erika und Earl Grey für mich bestellt haben, kommt sie sofort zur Sache.

»Wir vom Team Waldmarsch hatten im Anschluss an das heutige Workout eine Krisensitzung. Ohne deine Mutter.« Bedeutungsvoll rollt sie mit den Augen. »Unsere erste Recherche ergab, dass dieser Johannes Merseburger demnächst eine Rede hält. Über Achtsamkeit im Finanzwesen.«

Zwei Dinge, die meiner Ansicht nach in etwa so gut zusammenpassen wie Kaninchen ins Raubtiergehege.

»Aber ihr wollt doch wohl nicht …«

»Sicher gehen wir hin«, schneidet sie mir das Wort ab. »Doch wir haben ihn jetzt schon auf dem Schirm. Die Beschattung läuft.«

Sie wollen diese Hobbydetektivsache also tatsächlich in aller Geschäftsmäßigkeit durchziehen. Wahnsinn. Auch ich möchte die unpassende Liaison meiner Mutter irgendwie beenden, aber doch nicht so. Nicht mit Spitzeleien.

Wie gern würde ich Erika jetzt ein schönes Leben wünschen und mich verdrücken. Doch solange sie überzeugt ist, ich hätte Marvin geküsst, wenn auch nur fast, kann sie mich in Teufels Küche bringen.

»Ihr macht das toll«, mime ich deshalb Begeisterung. »Richtig profimäßig. Wo ist er denn gerade, dieser Johannes?«

Statt einer Antwort zückt Erika ihr Handy. Wie ich dem extragroßen Seniorendisplay entnehmen kann, gibt es einen neuen Gruppenchat. Du liebe Güte.

»Dschungelpolizei? Ihr nennt euch Dschungelpolizei?«

»Im Chat von Team Waldmarsch können wir uns ja wohl schlecht über Beschattungen verständigen.« Sie lächelt schlau. »Feind hört mit.«

So schnell kann's gehen. Vor ein paar Tagen war meine Mutter noch das beliebteste Mitglied unserer Nordic-Walking-Truppe, jetzt ist sie plötzlich die Feindin. Wenn auch eine Feindin, für die man nur das Beste will.

»Und was«, ich linse zum Display, auf dem lauter neue Nachrichten aufpoppen, »trommelt die Dschungelpolizei so?«

»Hier«, Erika tippt ein Foto an, »das ist der Sohn, Tom Merseburger, seines Zeichens Besitzer eines veganen Restaurants. Ich war gerade auf dem Weg zu ihm, als ich dich in der Shisha-Bar erwischt habe.«

Herausfordernd sieht sie mich an. Ja, doch. Schnell ablenken, bevor sie mir eine weitere Gardinenpredigt hält.

»Diesen Tom Merseburger habe ich schon auf der Goldenen Hochzeit kennengelernt. Und sonst so? Wie läuft es mit der Beschattung?«

»Werner hat gleich heute Morgen das Haus deiner Mutter übernommen. Er überwacht es in seinem alten Mercedes, der fällt in der Gegend nicht so auf.«

»Hat er sich auch einen Bart angeklebt und eine Sonnenbrille zur Tarnung aufgesetzt?«

Das musste jetzt sein. Auch wenn es taktisch äußerst unklug ist, jemanden aufzuziehen, der mich in der Hand hat.

»Mach dich ruhig über uns lustig«, grummelt Erika, während sie ihren grünen Tee in Empfang nimmt. »Wir sind Senioren. Für die Allgemeinheit sind wir nicht existent. Deshalb übersieht man uns, egal, ob mit oder ohne Bart und Sonnenbrille.«

»Verstehe.«

Mein Earl Grey wird ebenfalls serviert. Umständlich presse ich den mitgelieferten Zitronenschnitz über der Tasse aus, gebe nacheinander drei Löffel Zucker in den Tee und rühre sehr, sehr langsam um. Ich will Zeit gewinnen, um mir eine Strategie zu überlegen, wie ich den Marvin-Supergau schleunigst aus der Welt schaffe. Dafür muss ich Erika auf meine Seite ziehen, und das geht wohl nur, wenn ich Interesse am Ermittlungsstand in Sachen Merseburger senior heuchle.

»Ist Johannes denn im Haus geblieben?«, frage ich eifrig.

»Nein, er hat es verlassen.« Bevor Erika weiterspricht, zieht sie ihre magentafarbene Jacke aus. Was nach einer Nordic-Walking-Einheit ohne anschließende Dusche keine so gute Idee ist. »Das war um neun Uhr zweiundzwanzig, Werner hat alles genau dokumentiert. Während deine Mutter die Rosen im Vorgarten goss, fuhr dieser Johannes zu einer Apotheke.«

»Wie verdächtig, eine Apotheke!«, wiederhole ich viel zu ironisch, schaffe es aber immerhin, nicht zu lachen. »Hat er womöglich eine Affäre mit der Apothekerin?«

»Viagra.« Erika spuckt das Wort aus wie einen verdorbenen Bissen Fleisch. »Der hat sich bestimmt Viagra geholt!«

OMG. Es fällt mir immer schwerer, nicht zu lachen.

»Wahrscheinlich war es nur Aspirin. Oder Halsbonbons. Wäre ja auch bedauerlich, wenn er Viagra braucht.«

»Bedauerlich?«, rumpelt Erika los. »Der Mann ist siebenundfünfzig! Also blutjung! Da schafft man das doch mit links! Nein, nein, der hat bestimmt parallel noch was mit einer anderen laufen, sonst müsste er nicht künstlich nachhelfen, damit sein, sein …«

Den Rest des Satzes lässt sie in der Schwebe, doch ich vermute, dass wir gerade dasselbe nicht ganz jugendfreie Bild vor Augen haben. Genau die Sorte Bild, die Hausverbot in meinem Kopfkino hat.

»Zeig doch noch mal das Foto von seinem Sohn«, bitte ich Erika, um jeden Gedanken an das Gemächt des womöglich nicht ganz so standfesten Johannes zu verscheuchen.

»Hihi, Viagra«, höre ich in diesem Moment zwei kichernde Mädchenstimmen neben mir.

Das gibt es doch nicht. Da steht meine Tochter! Mit ihrer besten Freundin! Am helllichten Tag!

»Ella! Du müsstest in der Schule sein! Was machst du hier?«

»Dasselbe könnte ich dich fragen. Wolltest du nicht zum Gynäkologen? Ich habe eben mit Papa geschrieben und …« Neugierig schaut sie auf Erikas Handydisplay. »Holy shit, das ist ja der Hottie, mit dem du geflirtet hast!«

»Donnerschlag.« Erika läuft dunkelrot an, ihre Augen quellen aus den Höhlen. »Du flirtest gleich mit zwei viel zu jungen Männern?«

»Was?«, kiekst Ella. »Zwei?«

»Äh – was?«, flüstere ich.

Danach hört man nur das Klappern der Teetassen und das gedämpfte Gemurmel von Kunden, die sich brennend für die Geheimnisse exquisiter Teesorten interessieren.

Kapitel 13

»Und?« fragt die Sekretärin mit spitzem Mündchen, als ich wieder in der Kanzlei auftauche. »Alles gut gelaufen beim Gynäkologen?«

»Ja, war nur eine Routineuntersuchung. Alles bestens.«

»So sehen Sie aber gar nicht aus.«

Ich weiß, wie ich aussehe. Erschöpft, verschwitzt, verstört. Muss sie mich jetzt unbedingt darauf ansprechen? Wenn man kein Glück hat, und dann kommt auch noch Pech dazu, ist das schon hart genug. Doch wenn man merkt, dass es auch andere merken, vervielfacht sich der Effekt. Ich hab's vergeigt. Alles.

»Soll ich Ihnen ein Glas Wasser bringen, Frau Stegner?«

Tapfer zwinge ich mich zu einem Lächeln.

»Sehr nett, aber nein, danke.«

»Wissen Sie eigentlich, was Führungskräfte trinken?«

Nein. Bitte jetzt keinen blöden Witz.

»Leitungswasser!«

Schon für solche Sprüche müsste man sie feuern.

»Lustig. Sind in der Zwischenzeit Anrufe für mich gekommen?«

Pflichtschuldigst klickt Frau Kornfeld die entsprechende Datei in ihrem Rechner an. Ich werde hier nie angerufen. Dafür bin ich zu unwichtig. Es war nur eine Verlegenheitsfrage, um meine wackelige Verfassung zu überspielen. Eine Rechtsanwaltsfachangestellte – zu Deutsch: Anwaltsgehilfin – arbeitet als unterste Schublade in einer Kanzlei. Meine Tätigkeit beschränkt sich darauf, Unterlagen zu sortieren, Briefe abzuheften, Paragraphen nachzuschlagen, langweilige Aktenprüfungen vorzunehmen.

»Ja, ein Kay Weller hat sich gemeldet«, höre ich die Sekretärin zu meiner größten Verwunderung sagen. »Kein Betreff. Er wollte Sie persönlich sprechen.«

Weller. Da klingelt nichts bei mir.

»Er hat übrigens nur nach Anne gefragt. Ohne Nachname. Komisch, oder? Eine Rückrufnummer hat er auch nicht hinterlassen. Aber es geht wohl um den aktuellen Fall. Ach ja, und Ihr Mann lässt ausrichten, Sie sollen seinen Salat in den Kühlschrank stellen. Er isst ihn dann später.«

Der Salat. Den hatte ich nun wirklich nicht mehr auf dem Schirm.

»Dafür war die Zeit leider zu knapp«, laviere ich herum. »Es war sehr voll im Wartezimmer.«

»Auch sehr windig?«

»Wie bitte?«

Schuldbewusst greife ich mir ins Haar. Die Rückverwandlung in eine brave Anwaltsgehilfin mit korrektem Kostüm und halbhohen Pumps habe ich so gerade eben geschafft, doch für das Frisuren-Rückstyling reichte es zeitlich nicht mehr in Max' Kaffeebar. Feixend beobachtet Lulu Kornfeld, wie ich mich winde. So als wüsste sie, dass ich keineswegs beim Gynäkologen war.

»Da wird Ihr Mann aber sehr enttäuscht sein, er hatte sich doch so auf den Salat gefreut.«

Frag mich mal. Ich hatte mir meine Mittagspause auch ganz anders vorgestellt. Marvin muss mich für komplett hysterisch halten, dass ich einfach weggerannt bin. Erika ist immer noch auf Zinne, weil sie mich auf finstersten Abwegen vermutet, Ella muss ich dringend ins Gebet nehmen, damit sie nichts Brisantes ausplaudert. Und das alles, weil ich ein einziges Mal falsch abgebogen bin, statt Marvins Zettel unverzüglich dorthin zu befördern, wo solche Zettel hingehören: in den Müll.

»Machen Sie sich keinen Kopf«, flötet die Sekretärin. »Ich kann kurz raus und den Salat für Ihren Mann holen. Seine Spezialwünsche hatte ich bereits vorhin notiert.«

So ein schlaues Biest. Lulu Kornfeld verpasst wirklich keine Gelegenheit, sich bei Karsten lieb Kind zu machen. Manchmal frage ich mich, wie sie eigentlich an ihren Job gekommen ist. Soweit ich weiß, hat sie eine Ausbildung als Manikürefachkraft, was unter anderem den tadellosen Zustand ihrer pink lackierten Fingernägel erklärt. Danach absolvierte sie angeblich Fortbildungen in Buchhaltung und Büroorganisation.

Karsten schwärmt von ihr. Noch nie habe eine Sekretärin so guten Kaffee gekocht, und auch bei den Mandanten komme sie hervorragend an.

»Vielen Dank, Frau Kornfeld, das wird nicht nötig sein«, entgegne ich. »Mein Mann braucht keinen Snack, er will ohnehin abnehmen. In den letzten Wochen hat er ganz schön zugelegt. Zu viel Pizza und anderes ungesundes Zeug.«

War das jetzt gemein? Oder goldrichtig? Dass diese junge Frau genauso für Karsten schwärmt wie er für sie, ist nicht zu übersehen. Da kann ich den großen Anwalt Karsten Stegner ruhig ein bisschen entzaubern. Erst jetzt fällt mir auf, dass Lulu Kornfeld eine gewisse Ähnlichkeit mit jener Sandra hat, an der unsere Ehe im vergangenen Jahr fast zerbrochen wäre.

»Ah, Pizza.« Leise kichert sie in sich hinein. »Wussten Sie, was Pilze auf einer Pizza Funghi machen? Sie fungieren als Belag! Verstehen Sie? Funghi, fungieren! Ist das nicht ulkig?«

»Ich denke, wir sollten jetzt einfach weiterarbeiten.«

»Wie Sie wollen.« Eingeschnappt beugt sie sich wieder über ihren Rechner. »Dann noch einen erfolgreichen Tag.«

Eine fiese kleine Revanche, denn wir wissen beide, dass solche Begriffe gar nicht für mich existieren. Ich feiere keine Erfolge. Mein Job ist eintönig bis zum Hirnstillstand, tagein, tagaus immer dasselbe in den immergleichen ermüdenden Varianten. Lob kann ich schon gar nicht erwarten. Wenn überhaupt mal eine Reaktion von Karsten kommt, dann ein Donnerwetter, weil ich irgendwas übersehen habe. Seit Jahren geht das so.

Und plötzlich höre ich die Stimme meiner Mutter: *Ich möchte noch was erleben, meinen Horizont erweitern. Wissen, was das Leben noch für mich bereithält außer der Wiederholung des Immergleichen.*

»Frau Stegner? Ist Ihnen nicht gut?«

Verunsichert starre ich die Sekretärin an. Hat sie diese Gedanken etwa auch erraten?

»Warum? Nein, ich fühle mich prima.« Ein weiteres Mal streiche ich mein Haar glatt. »Ich mach dann jetzt weiter. Sie können Anrufe gern durchstellen.«

Damit drehe ich mich auf dem Absatz um und laufe in die Abstellkammer, die mir Karsten als Büro zugewiesen hat. Immerhin gebe es ein Fenster, hat er mir die winzige Bude schöngeredet, als wir vor einem Jahr in diese repräsentative Kanzlei umgezogen sind und er natürlich den größten Raum für sich beanspruchte. Den zweitgrößten Raum hat er an einen befreundeten Notar vermietet, der dritte dient als Konferenzraum, den vierten, kaum größer als die Teeküche, bekam ich.

Kollegin Sandra – Karstens Seitensprung – wurde damals mit anderen Altlasten wie angestoßenen Möbeln, geschredderten Akten und verkümmerten Zimmerpflanzen diskret entsorgt. Besser ist es seitdem nicht geworden.

Dabei hatte ich inständig gehofft, der Umzug in die neue Kanzlei könnte vielleicht etwas frischen Wind in unsere Ehe bringen. Heißt es nicht, ein Tapetenwechsel täte der Beziehung gut? Tja, falsch gedacht. In der alten Kanzlei hatte ich wenigstens ein Büro direkt neben Karsten, so dass ich mitbekam, wenn er Mandanten empfing oder am Telefon laut wurde. Hier sitze ich ganz am Ende des Flurs, direkt neben der Toilette. Nicht nur in Restaurants mit Abstand der schlechteste Platz.

Während ich den Flur entlangschleiche, hole ich mein Handy aus der Tasche und deaktiviere den Flugmodus. Es war eine Vorsichtsmaßnahme, um bloß nicht gestört zu werden, wenn ich mit Marvin … na ja, mich unterhalte und so.

In meinem Büro, in das gerade mal die nötigste Grundausstattung passt – Schreibtisch, Drehstuhl, deckenhohe Regale –, empfängt mich ein dicker Aktenstapel auf der Fensterbank. Bestimmt die Akten zu Karstens neuem Fall. *Streitsache Sanders / von Berenberg* steht ganz oben auf einem Aktendeckel. Der Stapel ist so hoch, dass er das kleine Fenster halb verdeckt. Und das alles soll ich vermutlich in Nullkommanix durcharbeiten. Doll. Ich überlege noch, ob dies der dritt- oder viertschlimmste Moment des heutigen Tages ist, als lauter Nachrichten von Marvin auf mein Handydisplay rieseln.

Hey, was war denn los?

Falls du mich durch dein plötzliches Verschwinden noch heißer machen wolltest: Check. Ist dir gelungen 😊

Du faszinierst mich. Wir müssen uns wiedersehen. Ganz bald!

Weißt du eigentlich, wie schön du bist?

Nee, weiß ich nicht. Und faszinierend finde ich mich schon gar nicht. Nur kläglich gescheitert beim Versuch, mir für wenige gestohlene Momente ein gutes Gefühl zu holen. Ist das etwa zu viel verlangt?

Es gibt noch mehr Nachrichten.

Hi Süße, vielleicht schlägst Du Deiner Mutter eine romantisch gestaltete Versöhnungszeremonie vor, bei der Deine Eltern ihr Ja-Wort erneuern? Das wäre sooo cute! Kiss, Carina

Sehr hilfreich.

Anne, Liebes, gegen einen kleinen (!) Unkostenbeitrag kann ich Dir ein mehrstufiges Coaching anbieten, damit Dein emotional managing wieder in die Balance kommt. So was wirkt Wunder! Kopf hoch, Beatrice

Grandiose Idee, aus meinem Ungemach Kapital zu schlagen.

Dein Vater treibt mich in den Wahnsinn. So geht das nicht weiter. Melde dich unbedingt. Gruß, Tante Beate.

Ach, herrje. Ganz so leicht hat er die Trennung offenbar doch nicht weggesteckt. Da ist wohl ein Hausbesuch fällig.

»Anne!« Die Tür fliegt auf, und Karsten kommt reingerauscht. »Du warst ja ewig weg. Können wir uns gar nicht leisten, denn Rupert Sanders, unser neuer Mandant, erwartet rasche Ergebnisse! Und nicht mal meinen Salat hast du mir mitgebracht?«

Wie ein begossener Pudel stehe ich da. Kein Hallo, kein »Wie war's beim Gynäkologen«, nur diese fordernde Art, als sei ich seine persönliche Sklavin.

»Tut mir leid.« Nein, tut es nicht. »Ich setze mich direkt dran.«

»Und mach mal was mit deinen Haaren«, zischt Karsten. »Wie siehst du überhaupt aus? Dies ist eine Kanzlei, kein Surfclub.«

Um eine passende Antwort muss ich mich nicht bemühen. Bevor ich etwas sagen kann, ist Karsten schon wieder draußen. Lange schaue ich aus dem halb verdeckten Fenster, das mir die Aussicht auf eine Batterie Mülleimer gewährt.

Mach mal was mit deinen Haaren. Danke für die Inspiration, lieber Karsten.

Kapitel 14

Im Krieg und in der Liebe ist alles erlaubt, heißt es. Ich sehe das etwas anders: Sowohl in kriegerischen als auch in Liebeskonflikten sollte man grundsätzlich beiden Seiten Gehör schenken. Ist doch nur fair, oder? Beim Versuch, die Ehe meiner Eltern zu kitten, habe ich allerdings bisher nur meine Mutter angehört.

Jetzt ist mein Vater dran. Vielleicht gelingt es mir ja, ein paar Dinge in Fluss zu bringen, wenn ich ihm erkläre, warum meine Mutter in dieser Ehe keine Zukunft mehr sieht. Er muss sich halt ein bisschen mehr Mühe geben. Aus dem Quark kommen und für seine Beziehung kämpfen, statt einen Scheidungskrieg anzuzetteln. Meine Rolle ist die einer Friedenstaube.

Deshalb stehe ich vor der Haustür von Tante Beate, die in einer ruhigen Seitenstraße in der Innenstadt wohnt, und atme achtsam in den Schlamassel rein, bevor ich klingele. Möge die Übung gelingen.

»Kind, wurde aber auch Zeit, dass du hier mal nach dem Rechten schaust«, begrüßt mich Tante Beate, die eine zeltartige geblümte Bluse zur schwarzen Jogginghose trägt. »Komm rein. Am besten in die Küche. Im Wohnzimmer darf ich ja nicht mehr rauchen.«

Aha. Das riecht nach Ärger.

»Weißt du, es fiel Papa sehr schwer, sich das Rauchen abzugewöhnen«, versuche ich, für ihn in die Bresche zu springen. »Da ist man halt …«

»Genau, und Schlappen zieht man mit dem Schuhlöffel an«, werde ich barsch unterbrochen. »Das ist immer noch meine Wohnung. Aber Herrmann tut mittlerweile so, als ob sie ihm gehört.«

Inzwischen sind wir in der Küche angelangt. Es ist eine gemütliche Wohnküche, zu der eine Essecke im bayerischen Stil gehört: geschnitzte Eckbank, geschnitzte Stühle, rot-weiß karierte Tischdecke. Und Nippes. Jede Menge Nippes.

Seit Tante Beates Mann bei einem Wanderurlaub tödlich verunglückt ist – Onkel Artur liebte halsbrecherische Bergtouren, sie zog es vor, auf der Hotelterrasse die regionalen Spezialitäten durchzuprobieren –, hat sie sich aufs Sammeln verlegt. Allein ihre Bierkrugsammlung würde ein mittleres Heimatmuseum füllen. Es gibt große, kleine und ganz winzige Bierkrüge, die für Schnaps gedacht sind, Bierkrüge aus Glas, Steingut und Porzellan, manche schlicht, andere bemalt, einige mit wappenartigen Verzierungen aus Zinn. Ordentlich aneinandergereiht stehen sie genau in Augenhöhe auf umlaufenden Regalbrettern, die alle vier Wände bedecken.

»Setz dich, Anne. Kaffee?«

»Danke, sehr nett, aber nein«, lehne ich höflich ab. »Ist ja schon halb sechs. Wenn ich jetzt Kaffee trinke, stehe ich nachher senkrecht im Bett.«

»Seit Herrmann mich auf Trab hält, brauche ich Kaffee rund um die Uhr.« Tante Beate stellt eine Warmhaltekanne sowie einen Porzellanbecher auf den Tisch, dann schiebt sie sich ächzend in die Eckbank. »Was machen wir bloß mit ihm?«

»Wie geht's ihm denn?«

»Frag lieber, wie's mir geht.« Nachdem sie sich Kaffee eingeschenkt hat, stützt Tante Beate beide Ellenbogen auf den Tisch. »Als ich Witwe wurde, habe ich einen Entschluss gefasst: Künftig kommt mir nichts mehr in die Wohnung, was gefüttert werden muss. Kein Ehemann mehr, kein Haustier, kein gar nichts.«

»Und dann kam mein Vater.«

»Was sollte ich denn tun? Der kratzte an meiner Tür wie ein herrenloser Hund.« Mit sichtlichem Missbehagen trinkt sie einen Schluck Kaffee. »Natürlich habe ich ihn aufgenommen. Aber nun will er dauernd bekocht und betüdelt werden und stellt alles auf den Kopf. Mein Wohnzimmer hat er in eine Werkstatt für Modelleisenbahnkrimskrams umfunktioniert. Bis morgens um drei schaut er irgendwelche Serien, im Haushalt tut er keinen Handschlag. Ich nenne es betreutes Faulenzen. Das ist kein Dauerzustand.«

Während sie sich eine Zigarette anzündet, betrachte ich einen Bierhumpen mit aufgemalten Waldschraten.

»Das heißt, du kannst meine Mutter verstehen, dass sie nicht mehr mit ihm zusammenleben will?«

Eine bläuliche Rauchwolke weht mir entgegen.

»Verstehen ja. Akzeptieren nein.« Hustend zieht sie an ihrer Zigarette und stößt eine weitere Rauchwolke aus. »Felicitas ist so was von egoistisch! Es gehört sich einfach nicht, den eigenen Mann in die Wüste zu schicken! Wenn man heiratet, gilt die Devise: mitgefangen, mitgehangen. Dazu gehören Pflichten, egal, wie anstrengend die Kerle im Alter werden. Ich bin ja noch mal drumherum gekommen, weil Onkel Artur, na, du weißt schon. Letztlich war es Glück im Unglück.«

»Tante Beate!«

»Was denn? Ich sag nur, wie's ist.«

Und was soll ich dazu sagen? Zwar kann ich ihren Unmut nachvollziehen, andererseits ist es nun mal die beste Lösung, meinen Vater bei ihr zwischenzuparken, bis meine Mutter – hoffentlich! – einsieht, dass sie mit ihrem Johannes voll danebengegriffen hat.

»Einen Kurzen?«, fragt Tante Beate und holt eine Schnapsflasche unter dem Tisch hervor.

»Nein, keinen Alkohol, danke.«

»Wie du willst.« Geschickt angelt sie sich eins der Minibiergläser vom Regal, gießt es voll und prostet mir zu. »Auf die Männer, die wir lieben, und die Pfosten, die wir kriegen.«

»Ja, wen haben wir denn da?«, knarrt auf einmal eine vertraute Stimme.

Ich springe auf. Da steht er an der Küchentür: mein Vater, schmählich verlassen und bei seiner Schwester allenfalls geduldet. Der desolate Zustand, in dem er sich befindet, ist nicht zu übersehen. Sein weißes Haar steht nach allen Seiten ab, und er trägt einen verfusselten grauen Pullover, der wahrscheinlich aus Zeiten stammt, als man noch Faxgeräte benutzte.

Eine Welle zärtlichen Mitgefühls überrollt mich. Ich umarme ihn fest, was er mit ausdrucksloser Miene über sich ergehen lässt.

»Jetzt übertreib's mal nicht«, brummt er, als er mich von sich wegschiebt. »Kein Mensch interessiert sich für mich. Nicht mal du.«

»Aber ich bin doch extra hergekommen.«

»Nach vollen zwei Tagen, in denen ich nichts von dir gehört habe.«

Merke: Nicht nur Mutter-Tochter-Beziehungen sind kompliziert. Früher war ich ein Papakind, die einzige Tochter halt, die sich vom stolzen Vater beeindrucken und verwöhnen ließ. Auch noch während des Studiums. Nur zu gern führte er mich »schick« zum Essen aus oder steckte mir Geldscheine »für einen kleinen Wunsch« zu.

Nach meiner Heirat setzte dann eine gewisse Entfremdung ein. Ob es Eifersucht oder gekränktes Ego war, weil mich auf einmal ein anderer Mann beeindruckte und verwöhnte, ist schwer zu sagen. Wir sahen uns seltener, irgendwann beschränkte sich unser Kontakt auf die üblichen Familienfeiern.

»Papa.« Ich setze mich wieder. »Willst du dir das mit der Scheidung nicht noch mal überlegen? Ihr macht eine Krise durch, Mama und du. Sie ist, nun ja, zurzeit auf einen anderen Mann fixiert, aber so was geht vorüber.«

»Wann denn?«, fährt er mich an. »Wenn ich tot bin?«

Nicht aufgeben, Anne. Da spricht ein tief gekränkter Mann, der jetzt eine positive Perspektive braucht.

»Zeig Mama, dass sie dir wichtig ist«, sage ich mit all der mir zur Verfügung stehenden Überzeugungskraft. »Schick ihr Blumen, geh mit ihr zum Yoga, was weiß ich. Kleine Gesten können eine große Wirkung entfalten.«

Das kommt leider gar nicht gut an. Empört stemmt mein Vater die Hände in die Hüften.

»Felicitas steigt mit einem anderen Mann ins Bett, und ich soll ihr auch noch Blumen kaufen? Bei dir piept's wohl.«

»Aber du solltest auf sie zugehen!«

»Wesentlich brennender interessiert mich, wie es hier weitergeht«, kommt Tante Beate auf ihr eigenes Problem zurück, während sie eine dicke Rauchwolke in meine Richtung pustet. »Auf

Dauer ist diese Wohnung zu klein für zwei. Könnte Herrmann nicht eine Weile bei euch wohnen, Anne?«

»Bei uns?« Nope. Niemals. »Das ist keine so gute Idee. Ich bin ja voll berufstätig, und Papa braucht halt …«

» …einen Vierundzwanzig-Stunden-Service«, beendet Tante Beate den Satz.

»Jetzt tut mal nicht so, als würde ich euch nur zur Last fallen«, braust mein Vater auf. »Ich kann mich durchaus noch nützlich machen.«

»Womit denn?« Zischend verendet Tante Beates Zigarette im Kaffeebecher. »Indem du überall in der Wohnung deine abgegessenen Teller deponierst? Dauernd vergisst, den Klodeckel runterzuklappen? Mir die Tür aufhältst, wenn ich einen Bierkasten in die Wohnung schleppe? An den unmöglichsten Stellen deine alten Socken rumliegen lässt, die ich dann auch noch wegräumen und waschen soll?«

»In fünfzig Jahren hat sich Felicitas nie beklagt«, sagt mein Vater.

»Und du hast dich nie bedankt, oder?«

»Ich weiß gar nicht, worüber du dich aufregst, Schwesterchen, du hast doch sonst nichts zu tun. Außer …«

Tante Beates Augen werden schmal.

»Außer – was?«

Auf einmal fühlt es sich irgendwie ungemütlich in der gemütlichen Küche an.

»Papa?«

»Sie ist auf Tinder!«, lässt er die Katze aus dem Sack. »Meine achtundsiebzigjährige Schwester verabredet sich mit fremden Männern in diesem, diesem Internet!«

O wow. Wer hätte das gedacht? Ich jedenfalls nicht.

»Es gibt mehr ansprechende Senioren auf Tinder, als du denkst, Herrmann«, kontert Tante Beate. »Im Übrigen verabrede ich mich mit den Männern nicht im Internet, sondern im realen Leben.«

»Aber ich dachte, du willst keinen Mann mehr?«, wundere ich mich.

»Keinen Ehemann.« Grimmig lächelnd zündet sie sich eine neue Zigarette an. »Das ist ein Unterschied. In meinem Alter will man nur noch ein bisschen Spaß – aber bloß keinen Mann, dem man die Tabletten abzählt, die Pantoffeln hinterherträgt, und der womöglich am Essen rumnörgelt. Ich befinde mich jetzt in einer Lebensphase, da sind Männer für mich, na ja, eher eine Art Übergangsjacke.«

So ist das also. Nicht nur meine Mutter hat ihre eigenen Vorstellungen von Lebensqualität im Alter, auch meine fast achtzigjährige Tante macht ihr eigenes Ding. Und zwar ohne den lieben langen Tag einem Mann zu Diensten sein zu wollen.

Damit wäre ich jetzt um ein paar Informationen reicher und einen Lösungsansatz ärmer. Wohin mit Papa? Den kann man ja nicht einfach wegtuppern. Ändern kann man ihn allerdings auch nicht mehr.

»Ich verspreche euch, ich werde alles dafür tun, dass Mama zur Vernunft kommt und diese Ehe weiterbestehen kann.«

»Gut so.« Tante Beate pafft ein paar Rauchwölkchen in die Luft. »Aber beeil dich, bevor Herrmann hier festwächst.«

Ratlos stehe ich auf. Dies war ein Besuch der Marke Sackgasse: Schild übersehen, mit Schwung rein, bedröppelt wieder raus.

»Ihr Lieben, nehmt's mir nicht übel, ich habe jetzt einen Termin.«

»Ja, ja, geh nur.« Mein Vater wedelt mit den Händen, als sei meine Verabschiedung nur eine weitere Bestätigung dafür, wie wenig mich sein Schicksal kümmert. »Wir kommen hier klar. Und, Beate? Gibt's was Anständiges zum Abendessen?«

Kapitel 15

»Sie sollten sich ganz sicher sein, Frau Stegner.« Die junge Frau in roter Lederleggins und schwarzem Harley-Davidson-T-Shirt sieht etwas erschrocken aus. »Das wäre eine krasse Typveränderung. Sie tragen doch seit Jahren diesen klassischen Pagenkopf.«

»Genau deshalb, liebe Gabo.«

Kerzengerade sitze ich auf dem Friseurstuhl und betrachte mein Spiegelbild. Seit Ewigkeiten komme ich in diesen Salon, seit Ewigkeiten sage ich immer dasselbe: Bitte einmal die Spitzen schneiden. Carina und Beatrice finden meine Frisur angemessen. Dezent. Unauffällig. Immer wieder betonen sie, ich hätte meinen Stil gefunden.

Schluss damit. Das Leben muss anders werden. Meine Frisur auch.

»Wir machen es wie besprochen: kürzer, unordentlicher und mit ein paar hellen Strähnchen.«

»Wahnsinn.« Gabo, die ihre eigenen Haarstylings gefühlt öfter wechselt als manche Leute ihre Schlüppis, wirkt nach wie vor skeptisch. »Da haben Sie sich ja ordentlich was vorgenommen.«

Wohl wahr. Man könnte es Torschlusspanik nennen. Wegen der großen Fünfzig, wegen meiner heftig knirschenden Ehe, wegen der Erkenntnis, dass ich unaufhaltsam alt werde. Doch heute ist mir klar geworden, dass ich noch nicht alt genug bin, um zu resignieren. Selbst meine zweiundsiebzigjährige Mutter hält sich für zu jung dafür.

»Das Leben bedeutet Veränderung, Gabo.«

»Ja, manchmal braucht man einen Change«, erwidert sie diplomatisch.

Beim Wort *Change* zucke ich ein bisschen. Tom Merseburger lässt grüßen. Auch so ein Punkt auf meiner Liste, den ich abhaken muss, und zwar gleich heute Abend. Danach ist ein weiterer Punkt dran, bei dem mir jetzt schon schwindelig wird: ein nächtliches Date mit Marvin. Genauer gesagt handelt es sich um einen Drink zu zweit in einer Bar. Marvin hat in einer weiteren WhatsApp darauf bestanden, dass wir das unterbrochene Date fortsetzen.

Es fiel ihm nicht allzu schwer, mich zu überzeugen. Eigentlich wollte ich das Ganze ja sein lassen. Doch nachdem mich mein lieber Mann heute Nachmittag derart rundgemacht hat, dass ich den Tränen nahe war, sind meine guten Vorsätze zerkrümelt wie Weihnachtskekse vom Vorjahr.

Warum das nicht schneller gehe, hat er mich angepflaumt. Wann er endlich mit Resultaten rechnen könne. Da half es auch nichts, ihn auf die schiere Aktenmenge hinzuweisen und dass es ein besonders komplizierter Fall sei. Dem Mandanten, den wir vertreten, wurde durch Veruntreuung von Geldern übel mitgespielt. Wir werden hart arbeiten müssen, denn sein Widersacher Sven von Berenberg ist offenbar nicht ohne.

Immerhin habe ich bereits rausgefunden, dass dieser Berenberg vermutlich mithilfe von Scheinfirmen seine illegalen Geldflüsse geschickt verschleiert. Darauf bin ich durchaus ein bisschen stolz, doch Karsten hörte gar nicht zu.

»Was soll ich mit jemanden anfangen, der im Wachkoma arbeitet«, hat er mich angefahren.

Es war der berühmte Tropfen, der das Fass zum Überlaufen brachte. Daraufhin habe ich meine Tränen runtergeschluckt und überlegt, was ich dringend ändern muss, um nicht völlig unterzugehen. Herausgekommen ist eine To-do-Liste. Was nützt schließlich eine Problem-Liste, die ich sowieso nicht mit Karsten besprechen kann? Dann lieber aktiv werden. Erstens ein größeres Büro verlangen; zweitens ein angemessenes Arbeitspensum fordern; drittens eine gemeinsame Unternehmung pro Woche bei Karsten durchboxen; viertens ein kreatives Umstyling; fünftens Tom Merseburger für den Plan gewinnen, meiner Mutter die Liaison mit seinem Vater auszureden.

Sechstens: Auch mal tun, worauf ich wirklich Lust habe. Zum Beispiel Marvin treffen.

Was habe ich denn schon zu verlieren? Erika hält mich sowieso für ein Miststück, und Ella, die ich auf absolutes Stillschweigen einschwören wollte, sagte nur: »Papa ist doch voll daneben. Entweder er ignoriert dich, oder ihr streitet. Wenn du mich fragst, habt ihr eine Origami-Ehe: Einmal pro Woche faltet er dich zusammen. Jetzt testest du dich mal ein bisschen aus, na und? Find ich cool.«

Sie hat mir sogar ihr apricotfarbenes Sweatshirt geliehen, das mir einen Hauch zu eng ist und damit hervorragend zu meiner etwas zu engen Jeans passt.

Wieder schaue ich in den Spiegel, und in meine Aufregung mischt sich ein gewisser Trotz. Ich weiß, es ist kindisch, aber ich freue mich schon darauf, Karsten mit meiner neuen Frisur zu schocken. Vielleicht denkt er dann mal über mich nach. Wäre schön, wenn er überhaupt mal nachdenkt. Über unser Ultimatum beispielsweise. Darüber, wie es um uns steht und was er eigentlich noch für unsere Ehe tut, abgesehen davon, dass er mich für die Kanzlei schuften lässt. Schon vor einer Stunde habe ich mich bei ihm abgemeldet.

Hi Schatz, treffe mich heute Abend mit einer Freundin (das hatte ich ganz vergessen). Eine Lasagne findest Du in der Gefriertruhe (einfach in die Mikrowelle damit), es reicht locker für euch drei. Kuss, A

Als ich sah, wie unter seinem Namen das Wort *schreibt …* erschien, bin ich ganz schnell wieder in den Flugmodus gegangen. Wahrscheinlich wollte er mich zurückpfeifen und mir noch mehr Arbeit aufbrummen. Doch ich habe mich verweigert und bin seither unerreichbar. Eine Todsünde, ich weiß. Schließlich müssen Ehefrauen und Mütter rund um die Uhr sprungbereit sein, selbst im Kino, im Konzert oder auf dem Klo. Könnte ja jeden Moment eine Katastrophe passieren – dass der Gatte sein Aufladekabel nicht findet, der Sohn sein Matheheft verloren hat oder die Tochter einen Tampon braucht.

Ja, ich begehe eine Todsünde. Aber Ehefrauen und Mütter sind auch nur Menschen, das wird meist vergessen.

Während Gabo im hinteren Bereich des ganz in Schwarz und Weiß gehaltenen Salons beginnt, die Blondierung anzurühren, horche ich auf das Trommeln meines Herzschlags. Schon verrückt, dass ich so aufgeregt bin. Millionen Frauen weltweit entscheiden sich täglich für eine neue Frisur. Ebenso viele Frauen dürften sich täglich auf einen kleinen Flirt einlassen, obwohl sie in festen Händen sind. Und ein Flirt wird Marvin bleiben. Ich möchte nur genießen, dass ich mich ein bisschen als Frau fühlen darf.

»Hier, eine kleine Aufmunterung.« Lächelnd stellt mir Gabo einen Aperol Spritz hin. »Wohl bekomm's.«

»Danke schön. Auch dafür, dass Sie extra länger bleiben.«

»Für meine treueste Stammkundin bin ich doch gern da.« Ihr Lächeln wird so breit, dass zwischen den sorgfältig geschminkten Lippen ein Brillant am rechten Eckzahn hervorblitzt. »Ich frag wohl besser nicht, was zu Ihrem Sinneswandel geführt hat, oder? Meist steckt ja ein Mann dahinter.«

Könnte man so sagen. Die Tatsache, dass Marvin in mein Leben geschneit ist, hat keinen unwesentlichen Anteil an meinem Wunsch, mir ein Makeover verpassen zu lassen.

»Egal«, winkt Gabo amüsiert ab, als ich nicht antworte. »Auf geht's! Als Erstes ist die Farbe dran!«

Gut. Ich bin bereit. Strähnchen für Strähnchen meines vorerst noch kinnlangen straßenköterblonden Haars bepinselt Gabo mit einer bläulichen Paste und wickelt sie in knisternde Alufolie. Eine aufwändige Prozedur. Zunächst üben wir uns in Smalltalk über das Wetter, die neuesten Frisurentrends, die sagenhafte Abnehmspritze, von der jetzt alle reden. Irgendwann verstummen wir, und jeder hängt seinen eigenen Gedanken nach. Ist es egoistisch, dass ich mir Zeit für mich selbst nehme, um mir die Haare machen zu lassen und anschließend ein Date zu haben? Darf ich das überhaupt?

Zweieineinhalb Stunden, dreieinhalb Sinnkrisen und einen Aperol Spritz später betrachte ich mich im Spiegel. Begeistert. Und einigermaßen sprachlos. Bin das wirklich ich?

»Na? Wie gefällt Ihnen der Pixie Cut?«, fragt Gabo, während sie ihr Werk mit Gel fixiert.

Ich habe Schwierigkeiten, die richtigen Worte zu finden. Das Haar ist fransig geschnitten, hinten sehr kurz, vorn etwas länger, so dass der seitlich geföhnte Pony bis zu meinen Augenbrauen reicht, und die neuen hellen Strähnchen sehen aus, als sei ich gerade vom Strandurlaub heimgekehrt. Aber es ist nicht nur die Frisur, die mich sprachlos macht. Es ist so viel mehr. Die bleierne Resignation, die mich immer umgab wie eine dunkle Wolke, ist verflogen.

»Ich kann Sie auch ein bisschen braver stylen, wenn's Ihnen too much ist.« Gabo greift schon zur Bürste. »Geht ganz schnell.«

»Nein, nein«, murmele ich. »Das bleibt so. Genau so. Sie sind genial.«

»Danke schön.« Gabo tritt einen Schritt zurück und nimmt mich mit professionellem Blick in Augenschein. »Wissen Sie was? Es kommt mir so vor, als ob Sie immer schon diese tolle Frau waren, nur halt mit der falschen Frisur.«

So ähnlich empfinde ich es auch. Der alte Pagenschnitt war wie ein Helm, unter dem sich die alte unsichere Anne versteckte. Ganz anders der Pixie Cut. Er hat etwas Modernes, Freches und bringt meine Gesichtszüge viel besser zur Geltung. Was ich erblicke, ist eine Frau, die stark wirkt, frei, mit einer positiven Ausstrahlung.

»Sie haben mein gefangenes Ich befreit«, seufze ich.

Gabo grinst verschmitzt.

»Wer auch immer der Kerl ist, holen Sie sich ihn.«

Kapitel 16

Nachdem ich bezahlt und ein großzügiges Trinkgeld draufgelegt habe, trete ich nach draußen auf die Straße. Und jetzt, mit einiger Verspätung, schießen mir auf einmal Tränen in die Augen. Fast hätte ich aufgegeben. Meinen Kampfgeist, meine Träume, mein Frausein. Doch unversehens ist die pulsierende Neugier in mir erwacht, von der meine Mutter gesprochen hat: Was hält das Leben noch für mich bereit?

Auch die Stimmen in meinem Kopf sind höchst aktiv. Die lauteste sagt: Du willst deine Zukunft zurück? Dann arbeite dran!

Plötzlich halte ich alles für möglich. Zum Beispiel, dass ich meinen ungeliebten Job an den Nagel hänge und etwas ganz anderes mache. Karsten weiß es noch nicht, aber seit einiger Zeit spiele ich mit dem Gedanken, ein Fernstudium mit dem Abschluss Ernährungsberaterin zu beginnen. Wegen Ellas Laktoseintoleranz beschäftige ich mich schon seit Langem mit dem Thema, und gesundes Kochen ist mittlerweile ja auch ein zentrales Thema bei der Frage, wie man sich bis ins hohe Alter fit hält.

Ich möchte Menschen helfen, mit viel Einfühlungsvermögen und den Gaben von Mutter Natur. Keine toten Akten mehr, sondern lebendige Patienten. Kein Druck vom Chef und Ehemann, sondern arbeiten nach meinem eigenen Rhythmus. Und wirklich gebraucht werden. Was ich in der Kanzlei leiste, könnte schließlich auch jeder andere erledigen.

Jetzt wäre der perfekte Zeitpunkt für einen Neubeginn. Meine Tage als Vollzeitmutter sind ohnehin gezählt, das Anwaltsgehilfinnen-Dasein langweilt mich zu Tode und kostet mich den letzten Nerv. Worauf warten? Die Bewerbungsunterlagen für das Fernstudium liegen seit Monaten im Küchenschrank. Morgen hole ich sie raus. Einfach ausfüllen, abschicken und hoffen, dass ich angenommen werde.

Mit dieser gemütserhellenden Perspektive stiefele ich los. Es ist inzwischen kurz nach neun Uhr abends, der Himmel färbt sich rosa-violett, nur noch einzelne Spaziergänger schlendern durch die verwaiste Fußgängerzone. Die Adresse von Tom Merseburgers Restaurant habe ich schon heute Nachmittag gegoogelt. Es liegt ganz in der Nähe, nur wenige Gehminuten vom Friseursalon entfernt. Wäre doch gelacht, wenn ich Johannes' Sohn nicht mit meinen Argumenten überzeugen könnte.

Die Aussicht auf veganes Essen finde ich allerdings nicht so prickelnd. Zwar achte ich darauf, mehr Gemüse und Obst in meinen Speiseplan einzubauen, doch den völligen Verzicht auf Fleisch, Fisch, Eier, Butter, Käse und Milchprodukte finde ich dann doch etwas übertrieben. Deshalb genehmige ich mir an einem Imbiss noch eine schnelle Bratwurst mit viel Senf. Die erste warme Mahlzeit an diesem ereignisreichen Tag.

Wenig später biege ich in die schmale Gasse ein, in der Tom Merseburgers Lokal liegt. Schon von Weitem sehe ich das bunte Schild. *Vegan Paradise* steht in Schreibschrift darauf, umgeben von tanzenden Tomaten, Zucchinis und Auberginen. Herzig. Nun kann ich nur hoffen, dass Tom auch anwesend ist. Aber sagte meine Mutter nicht, er halte sich quasi rund um die Uhr in seinem Restaurant auf?

Tief Luft holend öffne ich die gläserne Eingangstür und verschaffe mir einen ersten Überblick.

Es ist ein hübsches Lokal, das muss man dem Besitzer lassen. Die lindgrünen Wände sind mit Pflanzenmotiven bemalt, das helle Holzmobiliar wirkt leicht und modern, Punktstrahler setzen Akzente auf Terrakottakübel mit weiß blühenden Oleanderbüschen. Wie von meiner Mutter erwähnt, scheint das Restaurant wirklich gut zu laufen. Alle Tische sind voll besetzt, nur am Tresen, wo ebenfalls einige Gäste essen, ist neben einer älteren Dame im eleganten cremeweißen Hosenanzug noch ein Barhocker frei.

»Entschuldigung«, spreche ich sie an. »Dürfte ich mich vielleicht neben Sie setzen?«

»Nur zu, herzlich willkommen«, nickt sie freundlich, wobei sie die Konsonanten eigentümlich betont.

Offenbar hat sie einen Akzent, den ich aber nicht zuordnen kann. Vielleicht spanisch? Oder italienisch? Auffallend ist auch ihr jugendlicher Style. Da ich selber gerade vom Friseur komme, registriere ich, dass sie ihr silbergraues Haar als modischen Bob hat schneiden lassen, was ihr ausnehmend gut steht.

Doch ich bin nicht hergekommen, um Bekanntschaften zu schließen oder Frisuren zu beurteilen. Wo ist Tom Merseburger?

Kaum habe ich mich auf den Barhocker geschoben, als mein Zielobjekt hinter der Theke erscheint. Na, also. Er trägt einen eng geschnittenen dunkelblauen Anzug und weiße Sneakers, wie auf der Goldenen Hochzeit, die keine war. Mit seiner gelassenen Art vom Samstag ist es jedoch nicht weit her. Eine Mischung aus hoch erfreut und unangenehm berührt malt sich in seinen Zügen.

»Anne! Ich meine, Frau Stegner! Sie sehen toll aus.«

»Ach.« Die ältere Dame neben mir presst die Lippen aufeinander, während sie mich eingehend mustert. »Sind Sie etwa die Tochter von Felicitas?«

»Ja, warum?«

»Ich denke, ich sollte da mal was aufklären«, schaltet sich Tom Merseburger wieder ein, und ich spüre auf der Stelle, dass hier etwas nicht stimmt.

»Was bitte gibt's denn aufzuklären?«

»Nun ja.« Er tauscht einen sonderbaren Blick mit der alten Dame. »Darf ich vorstellen, das ist Alessandra Merseburger. Meine Mutter.«

Ich brauche einen Moment, bis es bei mir Klick macht. Einen ziemlich langen Moment. Wenn das Toms Mutter ist, dann ist sie – ach, du ahnst es nicht! – die Ex von Johannes Merseburger! Die arme verlassene Ehefrau! Und daran ist niemand anderes schuld als meine eigene Mutter!

»Es tut mir so leid«, druckse ich hervor und vergehe fast vor Scham, weil ich mich spontan mitverantwortlich für das traurige Schicksal dieser älteren Dame fühle. »Das alles muss furchtbar für Sie sein.«

»Keineswegs.« Ein unergründliches Lächeln kräuselt ihr Gesicht und formt einen Strahlenkranz rund um die grüngoldenen Augen, die denen ihres Sohns ähneln. »Ganz ehrlich, ich habe mich nie besser gefühlt. Endlich bin ich Johannes los, und mit Ihrem Vater verbindet mich inzwischen eine wirklich schöne Freundschaft.«

Kapitel 17

Ein Hä-Moment, wie ich ihn gestern bei meiner Mutter erlebt habe, sollte eigentlich für mindestens drei Monate reichen. Nun muss ich gleich einen weiteren verkraften. Dass ich nicht vom Barhocker gefallen bin, grenzt an ein Wunder. Völlig entgeistert starre ich die Dame im cremefarbenen Hosenanzug an. Die Frau, die ihren Mann bei meiner Mutter entsorgt hat und jetzt mit meinem Vater »befreundet« ist.

»Danke für den köstlichen Quinoa-Auflauf, mein lieber Tom, auf Wiedersehen, Frau Stegner«, sagt sie mit einem warmen Lächeln. »Ich bin noch telefonisch mit Herrmann verabredet. Er ist ziemlich runter. Deshalb möchte ich ihm helfen, sich an die neue Situation zu gewöhnen. Schließlich will ich Johannes auf keinen Fall zurück.«

Hallo? Es ist mein Vater, dem sie die Versöhnung mit meiner Mutter ausreden will. Mein Vater, verdammt! Und sie will ihm die Trennung auch noch schönreden, weil sie selbst davon profitiert? Ich könnte die Tapeten von den Wänden reißen, dass sie diese Ungeheuerlichkeit so entspannt ausspricht.

»Warte, Mama, ich bringe dich zur Tür.«

Tom Merseburger kommt extra hinter dem Tresen hervor, um seine Mutter hinauszugeleiten. Ganz der zuvorkommende Sohn, hilft er ihr vom Barhocker. Das wäre gar nicht nötig, denn diese in Unehren ergraute Dame, die ihren Mann einfach an meine Mutter weitergereicht hat, ist noch sehr beweglich. Graziös durchquert sie das Lokal am Arm ihres Sohnes und verabschiedet sich von ihm mit zwei Wangenküsschen.

»Ciao, mein Liebling!«

»Ciao, Mama.«

Nachdem er die Tür hinter ihr geschlossen hat, kehrt er zum Tresen zurück, nicht ohne die bewundernden Blicke einiger weiblicher Gäste auf sich zu ziehen. Ja, doch. Er sieht halt auf eine klischeehafte Weise gut aus mit seinem dunklen Haarschopf und den ebenmäßigen Zügen. Ärgerlich nur, dass er das weiß und sich für den ultimativen Womanizer hält, wie ich ja schon bei unserem ersten Kennenlernen feststellen musste.

»Was zu trinken, Frau Stegner?«, fragt er aufgeräumt. »Ich hätte einen sehr guten veganen Prosecco für Sie. Auch den Quinoa-Auflauf kann ich sehr empfehlen, das ist Soulfood vom Feinsten.«

»Um meine Seele machen Sie sich mal keinen Kopf«, entgegne ich schroff. »Verraten Sie mir lieber, wie das mit meiner Mutter und Ihrem Vater passieren konnte.«

»Der Klassiker.« Ohne sich eine Gemütsregung anmerken zu lassen, stellt er ein Glas auf den Tresen und füllt es mit perlendem Prosecco. »Zwei Paare treffen sich – soweit ich weiß, beim runden Geburtstag eines gemeinsamen Freunds. Man redet, man findet Gefallen aneinander, irgendwann hat sich mein Vater in Ihre Mutter verliebt und umgekehrt. So kam es zum Bäumchen-wechsel-dich.«

»Das Leben ist aber kein Kinderspiel!«, brause ich auf.

»Entschuldigung, Frau Stegner.« Wachsam sieht er sich um. »Ich möchte nur ungern meine Gäste mit solchen Themen belästigen. Könnten wir die Unterhaltung vielleicht in Zimmerlautstärke weiterführen? Und etwas privater? Da hinten wird gerade ein Tisch frei. Wenn ich bitten darf?«

Mein Magen ist ein einziger verknoteter Klumpen, als wir uns an den frei gewordenen Tisch setzen. Er steht in einer ruhigen Ecke. Doch ich habe nicht vor, ruhig zu bleiben. Wie könnte ich. Der schöne Plan, meine Eltern wieder miteinander zu versöhnen, ist gerade schwer in Seenot geraten. So wie ich Madame Merseburger verstanden habe, wird sie ihren Johannes um keinen Preis der Welt zurückwollen. Da müssen stärkere Geschütze her als gute Argumente.

»Prost.« Auch Tom Merseburger hat sich ein Glas Prosecco eingeschenkt und hält es in meine Richtung. »Wollen wir uns nicht duzen? Jetzt, wo wir zu einer großen glücklichen Familie zusammenwachsen?«

»Groß ja, glücklich nein«, muffle ich. »Von mir aus können wir uns duzen. Was aber nicht heißt, dass ich mit der Gesamtsituation einverstanden bin.«

Ein belustigtes Grienen huscht über sein ebenmäßiges Gesicht. »Seit wann müssen in die Jahre gekommene Eltern ihre Kinder fragen, bevor sie sich für neue Lebenspartner entscheiden?«

»Seit in die Jahre gekommene Eltern mehr Unsinn anstellen als eine ganze Schulklasse hormonell gestörter Pubertierender zusammen.«

»Und worin«, immer noch grienend nippt er an seinem Glas, »besteht dieser Unsinn?«

Ich warte, bis eine Kellnerin den Tisch abgeräumt und uns einen Teller mit knusprigen Süßkartoffelpommes hingestellt hat. Dann lege ich los.

»Denken Sie bloß nicht … ach so, wir sind ja beim Du«, augenrollend tippe ich mir an die Schläfe, »also denk bloß nicht, ich wäre ein staubtrockener Moralapostel. Wir leben im einundzwanzigsten Jahrhundert, das Haltbarkeitsdatum von Ehen sinkt stetig, vieles ist fluider geworden …«

»Fluider?«, unterbricht er mich. »Was soll das heißen?«

Weiß ich selber nicht so genau. Hat vielleicht mit meinem nächtlichen Date zu tun, aber das werde ich Herrn Ich-bin-hier-der-tolle-Hecht-Merseburger ganz bestimmt nicht auf die Nase binden.

»Worauf ich hinauswill, ist Folgendes: Nämlich, vom Prinzip her, eher allgemein betrachtet und im Grunde genommen …«

Mist. Ich habe den Faden verloren. Warum? Weil mich Toms grüngoldene Augen so eindringlich fixieren, dass mir der Atem stockt. Was soll das nun wieder? Es sind doch Marvins Augen, die mir den Kopf verdrehen. Augen so blau wie das Meer an einem strahlenden Sommertag. In meiner Verlegenheit nehme ich mir ein paar Süßkartoffelpommes vom Teller und knabbere daran.

»Ja?« Tom Merseburger beugt sich ein wenig zu mir vor. »Was wolltest du mir mitteilen?«

Drei, vier weitere Pommes müssen dran glauben, bevor ich weitersprechen kann. Um ganz sicherzugehen, spüle ich mit einem Schluck Prosecco nach.

»Der Altersunterschied ist der Knackpunkt. Ein Vorsprung von sage und schreibe fünfzehn Jahren, den meine Mutter hat. Damit ist diese Liaison zum Scheitern verurteilt. Wäre ja nicht weiter schlimm, wenn sich meine Mutter nicht in den Kopf gesetzt hätte, dass das jetzt für immer sein soll. Aber wozu der ganze Aufstand mit einer hässlichen Scheidung – und hässlich wird sie, darauf kannst du Gift nehmen –, wenn es sowieso nicht klappt?«

»Interessante Theorie.«

»Nein, bittere Praxis.« Vorsichtshalber schiebe ich den Teller mit den Süßkartoffelpommes etwas weiter von mir weg, damit ich nicht alles unkontrolliert in mich reinstopfe. »Kennst du etwa langlebige Paare mit so einem großen Altersunterschied? Auch die einschlägigen Statistiken belegen das Trennungsrisiko. Wobei ich natürlich die Kombination von jüngerem Mann und älterer Frau meine.«

»Mir sind keine Statistiken zum Thema bekannt«, erklärt er mit einem höflichen Lächeln. »Doch meiner Ansicht nach ist es vollkommen schnuppe, welches Geburtsdatum im Pass steht.«

»Jetzt sag bloß nicht, Liebe kennt kein Alter«, stöhne ich.

»Ist es nicht so?«

»Halte ich für einen sentimentalen Kalenderspruch.«

»Du bist ja hart drauf.«

»Und du? Weiche Schale, weicher Kern?«

»Stimmt, ich bin mehr so der Ravioli-Typ: außen weich, innen auch.« Lächelnd stützt Tom die Ellenbogen auf den Tisch, legt sein Kinn in die Handflächen und sieht mich weiter mit diesem schrecklich intensiven Blick an. »Dein Mann ist älter als du, stimmt's?«

»Ich weiß zwar nicht, was die Frage soll, aber – ja. Ein paar wenige Jahre. Im Grunde sind wir gleich alt.«

»Und? Ist das eine Glücksgarantie?«

Touché. Der Schlag ging direkt in den Magen. Wie hat er bloß erraten, dass das mein neuralgischer Punkt ist? Der Punkt, an dem es richtig wehtut? Da ich nicht weiß, wie ich das auflösen soll, hole ich mir den Teller zurück und bediene mich großzügig.

»Lecker, die Süßkartoffelpommes«, versichere ich kauend. »Habt ihr so eine Art Geheimrezept?«

»Ja, vor dem Rösten im Ofen werden die Pommes in einer Mischung aus Olivenöl, Sojasauce und einer exotischen Gewürzkombination mariniert, die ich selber entwickelt habe.« Vergnügt zwinkert er mir zu. »Wie du siehst, bleibe ich dir keine Antwort schuldig. Jetzt bist du dran.«

»Womit?«

Er nimmt sich Zeit für einen tiefen Seufzer. Die Art Seufzer, wie man sie von sehr geduldigen Lehrern kennt, die es mit sehr, sehr störrischen Schülern zu tun haben.

»Noch mal: Ist es eine Glücksgarantie, wenn man ungefähr gleich alt vor den Traualtar tritt? Bist du glücklich?«

Ich hasse es, wenn man mir die Pistole auf die Brust setzt. Was jetzt? Weder die Wahrheit will mir über die Lippen noch irgendeine Schwindelei. Deshalb bin ich heilfroh, dass mich die Kellnerin aus meiner Bredouille erlöst.

»Wie ich sehe, haben Sie großen Hunger«, mit diesen durchaus scharfsinnigen Worten und einem Seitenblick auf den arg geplünderten Pommesteller reicht sie mir eine Speisekarte. »Soll ich Ihnen etwas empfehlen? Oder möchten Sie selbst ein bisschen stöbern?«

»Selber stöbern«, antworte ich zwischen zusammengebissenen Zähnen.

Meine Laune ist inzwischen im Keller. Denkt Tom etwa, ich hätte sein spöttisches Mienenspiel übersehen, als er mich auf eine klare Aussage zu meiner Ehe festnageln wollte? Na, wenigstens habe ich jetzt etwas, womit ich ihn ablenken kann.

»Das ist ja eine umfangreiche Karte, was ist denn hier dein Lieblingsgericht?«, erkundige ich mich scheinheilig, nachdem sich die Kellnerin zurückgezogen hat.

»Oh, das wechselt. Zurzeit ist es veganes Hummus mit frischen Gemüsesticks.«

Obwohl mir Hummus und Gemüsesticks gerade gehörig am Allerwertesten vorbeigehen, heuchle ich lebhaftes Interesse. Auch jedes andere Thema wäre mir recht, Hauptsache, ich muss nicht über meine Ehe reden. Eifrig fange ich an zu blättern. Die Schrift der mehrseitigen Speisekarte ist natürlich mal wieder so winzig wie das Kleingedruckte eines Beipackzettels. Doch in diesem Falle kann ich auf Tricks verzichten. Also krame ich meine Lesebrille aus der Handtasche, setze sie auf und vertiefe mich in die Welt der fleischlosen, eierfreien und milchabweisenden Speisen.

»Siehst hübsch aus mit der Brille«, sagt Tom unvermittelt. »Vor allem zusammen mit deiner neuen Frisur.«

Nee, oder? Will er mich etwa verladen? Enerviert klappe ich die Speisekarte zu.

»Reden wir nicht länger um den heißen Hummus herum. Erstens: Ich möchte meine Mutter davor beschützen, dass sie verlassen wird, in ein tiefes Loch stürzt und am Ende alles verliert, ihr Haus, ihren Garten, ihren Seelenfrieden. Zweitens: Wie heikel so ein Altersunterscheid ist, zeigen nicht zuletzt deine Eltern.«

»Meine …?«

»Genau. Ich schätze, deine Mutter ist etwa zehn Jahre älter als dein Vater?«

»Zwölf.«

»Und? Hat es gehalten? Nein. Unwichtig, wer zuerst mit wem und so weiter, aber dein Vater hat sich nun zum zweiten Mal eine deutlich ältere Frau geangelt. Man muss kein Mathediplom haben, um sich auszurechnen, wie das enden wird. Da kann er auch gleich bei deiner Mutter bleiben. Oder von mir aus als Single weiterleben. Was er jedoch ganz bestimmt nicht tun sollte, ist, meine Mutter unglücklich zu machen.«

»Hammer.« Tom rückt ein Stück vom Tisch ab. »Das nenne ich Butter bei die Fische.«

»Beides nicht vegan, aber zutreffend.«

»Du willst also die Beziehung deiner Mutter mit meinem Vater torpedieren«, fasst er das Gesagte zusammen.

»So ist es.«

»Weil du denkst, die neue Konstellation sei gewissermaßen auf präsenile geistige Umnachtung zurückzuführen.«

»Könnte ich nicht besser formulieren.«

»Tja, dann habe ich Neuigkeiten für dich.« Ein triumphierender Zug tritt in sein Gesicht. So als sei er sicher, dass jetzt ein Klopper folgt, der mich schachmatt setzen wird. »Ich habe dir doch erzählt, dass die beiden Paare Gefallen aneinander fanden.«

»Ich erinnere mich.«

»Konkret war es so, dass deine Mutter Felicitas und mein Vater Johannes überraschend viele Gemeinsamkeiten festgestellt haben. Zum Beispiel brennen sie auf ihre alten Tage beide für das Thema Achtsamkeit. Sie haben beide das Gefühl, dass sie unbedingt ihr Leben umkrempeln wollen – was bewegen, aktiv sein, auch in sportlicher Hinsicht. Ihren bisherigen Partnern ging das – Pardon – gehörig auf den Sack. Doch nun haben sie miteinander den perfekten Match gefunden. Mein Vater begleitet deine Mutter sogar zum Kundalini-Yoga.«

Jetzt bin ich wirklich platt. Welcher Mann tut sich so was freiwillig an? Es sei denn … na ja, er liebt die Frau. Aber das kann ich mir einfach nicht vorstellen. In dem Alter verliebt man sich doch nicht mehr so wie früher.

»Ganz anders meine Mutter und dein Vater«, doziert Tom weiter, als sei er der ultimative Durchblicker von uns beiden. »Die wollen einfach nur ihre Ruhe. Gut essen, gut trinken, es sich generell gut gehen lassen. Meine Mutter ist vielleicht etwas aktiver, aber sie findet es charmant, dass dein Vater ein Eisenbahn-Freak ist. Sie guckt auch gern diese Miniatureisenbahn-Shows im Fernsehen.«

»Klingt alles voll supi«, entgegne ich schmallippig. »Aber wenn es um gemeinsame Interessen geht, reicht doch Freundschaft vollkommen aus.«

»Sag das mal meinem Vater.« Tom fängt so herzlich an zu lachen, dass ihm kleine Lachtränchen in die Augen treten. Kopfschüttelnd wischt er sie mit dem Handrücken aus den Augenwinkeln. »Den hat's schwer erwischt. Richtig verknallt hat er sich. Und glaub mir, er musste wirklich alles aufbieten, um deine Mutter für sich zu gewinnen. Die wollte nämlich glücklicher Single werden, frei und unabhängig. Also hat er losgelegt: Konzertkarten, Yoga-Vorträge, lange Spaziergänge, nächtelange Gespräche. Bis sie sich ebenfalls verliebt hat. Da bleibt's natürlich nicht bei einer platonischen Beziehung.«

»Und das findest du lustig?«

»Ist doch großes Kino – Sex, Drama, Liebeswirren.« Immer noch lachend öffnet Tom die oberen Knöpfe seines weißen

Hemds. »Mein Vater hat mir alles gestanden. Stolz ist er nicht darauf, dass er damit die Ehe deiner Eltern zerlegt hat. Aber es hat ja alles noch gut geendet.«

»Gut? Siehst du denn nicht, dass sich hier eine Tragödie anbahnt? Es war doch nur ein Seitensprung. So was kommt vor. Kein Grund, eine langjährige Ehe über den Haufen zu werfen.«

»Sprichst du da aus eigener Erfahrung?«

Rumms. Noch ein Hieb in den Magen. Jetzt reicht's aber mal. Ich setze meine Brille ab, klappe sie zusammen und steche damit in Toms Richtung.

»Wir haben es hier mit einer hochtoxischen Angelegenheit zu tun!«

»Ist das der Grund, warum heute eine gewisse Erika hier aufgeschlagen ist?«

»Äh – Erika?«

»Hennarotes Haar, Gymnastikanzug, strenge Miene, ebensolcher Geruch?«

Also hat sie es wahr gemacht. Ein Übergriff mit Ansage. Als sie mich in der Shisha-Bar aufgegabelt hat, war sie auf dem Weg zu Tom.

»Erika …«, ich räuspere mich, »gehört zu unserer Nordic-Walking Gruppe.«

»Nordic Walking. Dein Ernst?«

Selten habe ich mich so kläglich alt gefühlt. Tom ist Mitte, vielleicht auch erst Anfang dreißig. Auf einen Schlag spiele ich für ihn in der Seniorenliga. Könnte mir ja egal sein. Ist es aber nicht.

»Das ist ein sehr respektabler Sport.«

»Wenn du es sagst …« Um seine Mundwinkel zuckt es. »Fragt

sich nur, was du in Gesellschaft von Menschen zu suchen hat, die meinen Vater und mich unter die Lupe nehmen, als wären wir potenzielle Verbrecher.«

»Blödsinn.«

»Und warum hat mich diese Erika dann heute auf Herz und Nieren geprüft?«

Von den Süßkartoffelpommes sind nur noch ein paar Krümel übrig, womit meine Ausweichmanöver erschöpft wären. Ohnehin wächst mir langsam alles über den Kopf.

»Erika, keine Ahnung, ist ein Fall für sich. Ich fokussiere mich auf meine Mutter, eine alte Dame im Ausnahmezustand, die im Begriff ist, sich todunglücklich zu machen. Warum riskiert sie etwas, das mit Frust und Tränen enden wird?«

»Weil …«, Tom atmet so scharf ein und so stoßartig aus, dass ich über den Tisch hinweg den Luftzug auf meinem Gesicht spüre, »die Reise ins Ungewisse vielleicht glücklicher macht als die Gewissheit, für immer unglücklich zu sein?«

Kapitel 18

»Hey, das war doch nur so allgemein gesagt! Bleib stehen, Anne, bitte!«

Einen Teufel werde ich tun. Von Anfang an hat mir dieser impertinente Kerl reingedrückt, irgendwas sei nicht richtig mit mir. Der *schauderhaft niedrige Spaßfaktor*. Die *Luft nach oben*. Und jetzt auch noch seine ziemlich unverhohlene Anspielung auf meine unglückliche Ehe. Ich hab's so dicke mit dem Mann, dass ich bis ans Ende der Welt rennen würde, um ihn bloß nicht mehr ertragen zu müssen.

»Anne!«, ruft er mir ein weiteres Mal hinterher. »Komm zurück! Lass uns reden!«

Während ich zu einem Sprint durch die leeren Straßen ansetze, wird seine Stimme langsam leiser. Zum Glück trage ich heute Abend Sneakers und staune selber, wie schnell ich bin. An der übernächsten Kreuzung werfe ich einen Blick über die Schulter. War da gerade eine Gestalt, die mir folgt? Nein, nur der Schatten eines Baums, dessen Zweige sich im Wind bewegen. Ich habe Tom abgehängt. Soll er sich doch gehackt legen mit seinen neunmalklugen Kommentaren. Lieber höre ich Farbe beim Trocknen zu.

Nur im hintersten Winkel meiner aufgebrachten Seele meldet sich eine Stimme, die ganz leise wispert: »Du bist so wütend auf ihn, weil er recht hat. Mit allem.«

Keine angenehme Erkenntnis. Energisch schiebe ich sie beiseite. Ich weiß doch, dass ich dringend etwas ändern muss. Dafür habe ich ja meine To-do-Liste. Und brauche garantiert keinen naseweisen Tom Merseburger, für den das Leben im Allgemeinen und Liebesbeziehungen im Besonderen so simpel sind wie Rezepte für Süßkartoffelpommes. Es gibt keine Rezepte. Nur den eigenen Weg, den man ganz allein finden muss.

Hechelnd bleibe ich stehen. Apropos Weg. Wo bin ich überhaupt? In meinem kopflosen Zustand habe ich weder auf Straßennamen noch auf vertraute Gebäude geachtet. Um mich zu orientieren, muss ich wohl oder übel den Flugmodus meines Handys aufheben. Und was da jetzt alles angeflogen kommt! Es sind so viele Nachrichten, dass ich mich auf einen Poller setze, um sie in aller Ruhe zu sichten.

Was heißt das, Du triffst Dich mit einer Freundin? Hast du etwa das heutige Kanzleidinner vergessen? 20 Uhr Rathauskeller, bitte pünktlich. K

Wo bist du? K

Hättest Dich ruhig noch mal melden können. Herrmann muss woanders unterkommen. Ruf mich an, Tante Beate

Hallo Spatz, bleibt's bei unserem Date? Ich werde um 23 Uhr in der Furcht-Bar sein, Kantstraße 42. Can't wait! Marvin

Liebe Frau Stegner, möchten Sie die Deko abholen, oder sollen wir sie entsorgen? Die goldenen Efeuranken und die große goldene Fünfzig kann man bestimmt noch mal verwenden. Vielleicht für Ihren fünfzigsten Geburtstag? Mit freundlichen Grüßen, Ihr Lindenhof-Team

Hi Mum, wie läuft dein Date? Alles flauschig? 😊 Hugs, Ella

Ich bin sehr besorgt. Morgen früh sollten wir Klartext reden. Mit sportlichen Grüßen, Erika

Kind, du bist heute in Toms Restaurant? Herrmann rief gerade an und erzählte mir, Toms Mutter hätte dich dort getroffen. Sagte ich nicht, dass sich alles erst mal beruhigen soll? Kuss, Mama

Uff. Wie war das eigentlich früher, als man noch ohne Handy unterwegs war und nicht andauernd von irgendwelchen Messages überrollt wurde?

Kaum habe ich Karsten geschrieben, ich sei untröstlich, leider habe mein Akku seinen Geist aufgegeben, weshalb ich das Dinner zu meinem größten Bedauern verpasst hätte, als eine weitere Nachricht auf dem Display erscheint.

Liebe Anne, offenbar habe ich Dich auf dem falschen Fuß erwischt. Wie schade, denn ich wollte Dich keinesfalls verärgern. Darf ich Dich morgen Abend zum Essen einladen? Damit wir noch einmal ganz in Ruhe die Situation erörtern? Mir ist jedenfalls sehr daran gelegen, dass wir uns gut verstehen. Nur das Allerbeste, Tom

PS Deine neue Frisur ist der Burner

Ähm, what? Meine Frisur – der Burner? Und »wir« sollen uns gut verstehen?

Mit steifen Gliedern erhebe ich mich von dem Poller. Wieder meine ich einen Schatten zu sehen, der sich ganz in der Nähe an eine Hauswand drückt. Aber wahrscheinlich sehe ich langsam Gespenster, was ja nun wirklich nicht verwunderlich ist bei meinem überreizten Hirn.

Von einem fernen Kirchturm ertönen drei Glockenschläge. Viertel vor elf. Will ich das Date überhaupt noch?

In diesem Augenblick hält mit quietschenden Reifen ein feuerroter Pickup neben mir. Die Scheibe der Fahrerseite wird heruntergelassen, und wie eine Figur im Kasperletheater erscheint Marvins gut gelauntes Jungsgesicht im offenen Fenster.

»Hallo Anne, Mitfahrgelegenheit gefällig?«

Ich bin zu überrumpelt, um antworten zu können. Was macht Marvin hier?

»Na, komm, steig schon ein«, lächelt er. »Eine schöne Frau wie du sollte hier nicht nachts allein herumirren.«

Jetzt erst wird mir bewusst, dass es mich in der Tat in eine wenig vertrauenerweckende Gegend verschlagen hat. In ein trostloses Gewerbegebiet, wo man als Frau nicht allein unterwegs sein sollte, schon gar nicht nachts. Kopflos, wie ich war, bin ich einfach losgerannt. Vor Tom weggerannt.

Etwas benommen steige ich zu Marvin in den Wagen. Wie kann es sein, dass er mich auf dieser wenig befahrenen Nebenstraße aufgelesen hat?

»Neue Frisur.« Anerkennend hebt er einen Daumen. »Siehst super aus. Noch besser als sowieso schon.«

»Sag mal … wie hast du mich gefunden?«

»Emotionales Navi?«

Das kann er seiner Großmutter erzählen. Meine Finger spielen nervös mit dem Sicherheitsgurt, während ich einen weiteren Vorstoß wage.

»Und die Wahrheit?«

»Okay, schuldig im Sinne der Anklage. Ich habe dich getrackt.«

Mir wird flau. Letztlich kenne ich diesen jungen Mann doch gar nicht, und nun verfolgt er mich sogar digital?

»Das heißt«, vergeblich versuche ich, meine Stimme fest klingen zu lassen, »du – stalkst mich?«

»Tracken ist nicht dasselbe wie stalken«, sagt er mit einer wegwerfenden Handbewegung. »Ich passe nur ein bisschen auf dich auf. War übrigens gar nicht so leicht, weil du dein Handy dauernd ausstellst.«

Herzlichen Glückwunsch, Anne Stegner. Da willst du ein bisschen fremdflirten und gerätst prompt an einen Psychopathen. Schon allein, dass er dich in ein Lokal namens Furcht-Bar einladen wollte, hätte dir zu denken geben sollen.

»War doch nur Spaß, Spatz!«, prustet Marvin los, als hätte er gerade den größten Witz des Jahrhunderts gerissen. »Ich habe dich weder getrackt noch gestalkt. War reiner Zufall, dass ich hier entlanggekommen bin.«

»Ich, ich glaube, ich … möchte aussteigen«, stammele ich.

Sofort weicht sein Gelächter einer betroffenen Miene. Wie ein kleiner Junge, der bei einem Streich erwischt wurde, zieht er einen Flunsch.

»Ich wollte dir wirklich keine Angst einjagen, Anne. Wenn du willst, steig aus. Allerdings würde ich dich lieber nach

Hause bringen, hier ist wirklich keine gute Gegend. Noch besser fände ich, wenn wir etwas trinken gehen. Die Bar wird dir gefallen.«

Tief beunruhigt sehe ich ihn an.

»Jetzt mal ehrlich, Marvin, was willst du von mir?«

»Oh, wow, okay.« Seine blitzeblauen Augen verdunkeln sich, und er schluckt so krampfhaft, dass ich seinen Adamsapfel auf und nieder hüpfen sehe. »Schwer zu sagen, aber ich versuch's mal. Du hast mich geflasht, als ich dich gestern Morgen an der Tanke sah. Da musste ich dich einfach ansprechen. Ich fand dich so … so attraktiv, so fraulich.«

»Fraulich.«

»Ja, das trifft es am besten.« Grübelnd betrachtet er die schwach beleuchtete Straße vor uns. »Ich steh nicht so auf junge Mädchen. Die sehen oft toll aus, aber wenn sie den Mund aufmachen, hörst du lauter Sätze, die sie auf Instagram aufgeschnappt haben. So fades nachgeplappertes Zeug. Du bist anders. Du bist eine gestandene Frau. Ich mag deine Ausstrahlung, dieses Reife, Wissende. *Das* finde ich erotisch. Nicht hübsche Oberflächlichkeit.«

Mit wachsendem Erstaunen höre ich ihm zu. Solche Sätze hätte ich Marvin gar nicht zugetraut.

»Wenn du fragst, was ich von dir will, Anne …« Geräuschvoll atmet er einmal ein und aus. »Ich fühle mich wohl in deiner Gegenwart, ich möchte Zeit mit dir verbringen. Alles andere ergibt sich oder eben nicht.«

Schweigend sitzen wir da. Marvin mit den Händen am Lenkrad, ich mit einer Hand am Türgriff. Soll ich Reißaus nehmen? Doch wovor eigentlich? Alles, was er mir soeben gestanden hat, klingt nachvollziehbar. Und aufrichtig. Wer hier nicht ganz so aufrichtig ist, bin ich.

»Du solltest etwas wissen«, platze ich heraus. »Ich bin verheiratet!«

Kapitel 19

»Auf dich – auf uns«, bringt Marvin einen Toast aus.

Klirrend stoßen unsere Gläser aneinander. Er hat einen Moscow Mule bestellt, ich einen Gin Fizz. Das heißt, der Gin Fizz war Marvins Idee – weil der so schön erfrischend sei, genau das bräuchte ich jetzt. Schon beim ersten Schluck verstehe ich, was er meint. Der Cocktail schmeckt wie Kindergeburtstag mit Schuss.

Dass ich verheiratet bin, mache ihm nichts aus, hat Marvin beteuert. Sei doch klar, dass eine tolle Frau wie ich in festen Händen sei. Es gehe ihm ja nur um gute Gefühle und vielleicht ein bisschen mehr.

Nun, die guten Gefühle beschert er mir zweifellos: mit kleinen Komplimenten, interessierten Fragen, aufmerksamem Zuhören. Genau das, was ich bei den meisten Männern vermisse und bei Karsten gar nicht mehr erlebe. So ganz ist der Schreckmoment im Wagen noch nicht vergessen, doch je länger wir reden, desto angenehmer finde ich Marvins Gesellschaft. Auch die Bar gefällt mir. Anders als der Name vermuten lässt, ist es keine üble Spelunke, sondern eine elegante Lounge mit beigen Stofftapeten und weißen Lederpolstern, in denen man wohlig versinkt.

»Erzähl mir mehr von dir«, fordert Marvin mich auf, nachdem wir die üblichen Erkundigungen nach Musikvorlieben, kulinarischen Prioritäten und bevorzugten Urlaubszielen hinter uns haben. »Bestimmt hast du einen spannenden Beruf.«

»Geht so«, winke ich ab. »Ich arbeite in einer Anwaltskanzlei.«

»Frau Anwältin! Respekt!« Sein Mund formt ein stummes Wow. »Ich schätze, bei Gericht haust du alle um mit deinen genialen Plädoyers.«

»Schön wär's.« Nach einem weiteren Schluck Gin Fizz seufze ich tief. »Zwar habe ich Jura studiert, aber vor dem zweiten Staatsexamen kamen die Kinder. Als sie größer wurden, bin ich dann halt als Anwaltsgehilfin in die Kanzlei meines Mannes eingestiegen.«

»Ist doch auch irgendwie interessant«, tröstet er mich netterweise.

»Sofern man Paragraphen für interessant hält. Zurzeit denke ich über eine Neuorientierung nach, so in Richtung Ernährungsberaterin.«

»Auch gut, aber in der Kanzlei kommst du doch sicherlich mit spannenden Leuten in Kontakt. Hast du schon mal echte Verbrecher kennengelernt?«

»Nur solche in Nadelstreifen«, gluckse ich und merke, dass der Gin Fizz auf fast nüchternen Magen nicht ganz ohne Wirkung bleibt. »Wir sind spezialisiert auf Wirtschaftskriminalität.«

»Klingt anspruchsvoll.«

»Ist es auch.«

»Noch einen Gin Fizz?«

Mein Magen, in dem nur ein einsames Würstchen in Süßkartoffelpommes rumschwimmt, sagt nein, mein Kopf, der für Klarheit plädiert, sagt nein, mein Herz, dieses arg gebeutelte Ding, ist unbedingt dafür, dass ich mich nach diesem anstrengenden Tag mit einem weiteren Drink belohne. Ich brauche eine Auszeit. Ich will jetzt nicht an Karsten denken, ich will auch nicht an den Schlamassel meiner Eltern denken. Einfach nur entspannen, vergessen, im Moment sein.

»Ja, gern«, höre ich mich sagen.

Während Marvin dem Barmann ein Zeichen gibt, dass wir noch mal dasselbe wollen, lehne ich meinen Kopf an das weiche weiße Lederpolster. Ich war ewig nicht in einer Bar. Schon gar nicht in einer eleganten wie dieser. Für Karsten wäre das nichts, Carina und Beatrice gehen lieber in Cafés oder zum Italiener.

Apropos. Freundinnen im eigentlichen Sinn des Wortes sind sie schon lange nicht mehr. Ich passe nicht in ihre perfekte Welt, wo sich alles um den Lifestyle dreht und Probleme weggelächelt werden. In dieses Vakuum ist nun Marvin gehüpft. Wie auch immer es mit uns weitergehen wird, ich mag es, mich mit ihm zu unterhalten. Es ist, als hätte ich etwas lang Vermisstes wiedergefunden. Nähe, ausgedehnte Gespräche, die nirgendwo hinzielen, außer, dass man gemeinsam in einer Wohlfühlzone schwebt.

»Hey.« Wie absichtslos streift er mit einem Daumen meine Wange. »Warum so ernst?«

»Ach, nichts.«

»Vielleicht der Job? Hast du gerade einen besonders schwierigen Fall?«

»Darüber darf ich nicht reden – Anwaltsgeheimnis.«

Auch er lehnt jetzt seinen Kopf ans Polster. Unsere Gesichter berühren sich fast. Seine blauen Augen schimmern, um seine Lippen liegt ein Lächeln, das ein kleines bisschen frivol wirkt. So als wollte er mich küssen.

»Meine fleißige Anne«, sagt er wohlwollend besorgt. »Gar

nicht so leicht abzuschalten, wenn man gerade intensiv an einem Fall arbeitet, oder?«

Ich versuche, seine verführerischen Lippen zu ignorieren, das aufgeraute Timbre seiner Stimme, seinen betörenden Duft, der mir gleich an der Tankstelle aufgefallen war.

»Ja, die Aktenberge, die ich momentan bewältigen muss, sind schon sehr belastend.«

»Bitte sehr.« Der Barmann, ein untersetzter älterer Herr mit weißem Hemd, schwarzer Weste und roter Fliege, bringt uns die nächsten Drinks und stellt eine Schale Nüsse dazu. »Wenn ihr noch was braucht, sagt Bescheid.«

»Danke, ich habe alles, was ich brauche«, lächelt Marvin und ergreift meine Hand. »Darf ich, Madame?«

Den winzigen Moment, in dem ich zögere, nutzt er dafür, meine Hand zu streicheln. Und da ist es wieder, dieses elektrisierende Steckdosenkribbeln.

»Schwerenöter«, grinst der Barmann. »Ready ro rumble, würde ich sagen.«

Marvin lacht übermütig.

»Beziehungsstatus: Schmetterlinge wurden erfolgreich hinzugefügt.«

Ich starre immer noch meine Hand an. Die Hand, die Marvin soeben gestreichelt hat. Es ist die rechte, an dem unübersehbar mein Ehering funkelt. Was mache ich hier? Wozu habe ich mich hinreißen lassen?

Feinfühlig, wie Marvin ist, lässt er meine Hand sofort los. Er rückt sogar ein Stück von mir ab.

»Entschuldige bitte. Da haben mich wohl gerade meine Gefühle überwältigt.«

»Ich denke, ich sollte jetzt gehen.«

»Kein Problem.« Lächelnd reicht er mir den zweiten Gin Fizz. »Dann ist der hier der berühmte one for the road.«

Gut, ein letzter Drink tut jetzt auch nichts mehr zur Sache. Doch der Zauber von vorhin ist verflogen. Dieses Flirtige, Unwägbare, das zerstört wird, wenn man eine gewisse Grenze überschreitet. So unschuldig es sein mag, die Hand einer Frau zu streicheln, für mich war das bei Weitem zu viel.

»Lass uns jetzt nur noch über Unverfängliches reden«, schlägt Marvin vor, als wir beide einen Schluck genommen haben. »Zum Beispiel über die Aktenberge, die du hochkraxeln musst.«

Alle Achtung, er hört wirklich zu. Voller Dankbarkeit, auch über den Themenwechsel, gehe ich nur zu gern darauf ein.

»Letztlich muss ich einen Achttausender besteigen«, greife ich sein Bild auf. »Identitätsdiebstahl, Betrug und so weiter. Unser Mandant ist böse hintergangen worden, und er könnte alles verlieren, wenn wir keine lückenlose Beweiskette aufstellen.«

»Da trägst du ja große Verantwortung!« Marvin prostet mir zu. »Welches ist die schwierigste Etappe auf dem Weg zum Gipfel?«

Gute Frage. Und leicht zu beantworten.

»Ich muss in den Buchhaltungsunterlagen Fälle von Veruntreuung nachweisen. Doch die Gegenseite ist sehr raffiniert. Da gibt es wahrscheinlich jede Menge Scheinfirmen, an die Gelder geflossen sind. Meine Aufgabe ist es jetzt, echte von falschen Firmen zu unterscheiden. Eine Sisyphosaufgabe, weil die Scheinfirmen wieder Tochterfirmen haben und so weiter.«

»Ehrlich gesagt verstehe ich kein Wort, aber es klingt aufregend.«

»Wäre es auch, wenn es nicht einen gewissen Zeitdruck gäbe.«

»Wieso? Kann man selbst einen Profi wie dich austricksen?«

»Das Schlimmste, was passieren könnte, ist die rasche Auflösung der Scheinfirmen. Da wird einfach Insolvenz angemeldet, und flupps – ist die Aufarbeitung der Mauscheleien noch zwei, drei Zacken schwieriger.«

Nachdenklich schaut Marvin in sein fast geleertes Glas, in dem ein Stück Limette dümpelt.

»Also, wenn du Hilfe brauchst, ich habe BWL studiert. Bei ein paar Dingen könnte ich dich vielleicht unterstützen.«

»Wie lieb von dir.«

Nein, eigentlich nicht. Plötzlich wird mir klar, dass ich schon viel zu viel preisgegeben habe. Wenn Karsten wüsste, dass ich hier frohgemut hochgeheime Interna ausplaudere, würde er einen Riesenaufstand machen. Mit Recht. Höchste Zeit zu verschwinden, bevor ich noch mehr verrate.

»Du bist natürlich eingeladen«, sagt Marvin, als ich mich leicht schwankend erhebe. »Würde mich ehrlich freuen, wenn wir das hier bald wiederholen könnten.«

»Mal sehen«, erwidere ich vage. »Jetzt bestelle ich mir erst mal, hicks, ein Taxi.«

»Warte«, er hat sein Handy schon in der Hand, »das erledige ich über meine Taxi-App.«

Ist es nicht wunderbar, wenn jemand mitdenkt? Mit meinen eigenen denkerischen Fähigkeiten ist es allerdings nicht mehr weit her. Hätte ja nicht gedacht, was zwei Drinks mit mir anstellen. Alles dreht sich vor meinen Augen, meine Knie bestehen praktisch nur aus Watte.

»Daaaanke schön, auch für die, hicks, Drinks.«

»Heieiei, da hat aber jemand geladen!« Lachend legt mir

Marvin eine Hand unter den Arm. »Ich bringe dich raus, sonst schlägst du mir noch der Länge nach hin.«

Er lässt einfach ein paar Geldscheine auf unserem Tisch liegen, verabschiedet sich vom Barmann mit einem knappen Nicken und lotst mich durch den Raum.

Wir sind schon fast am Ausgang, als ich in einer Ecke eine Frau entdecke, die eng umschlungen mit ihrem Begleiter plaudert. Eine Frau mit perfekt geföhntem Haar, das ihr perfekt geschminktes Gesicht umschmeichelt. Habe ich Halluzinationen? Nein, das ist Carina! Und ihr Begleiter ist keineswegs ihr Ehemann! Mir fallen fast die Augen aus dem Kopf, denn was die beiden da machen, grenzt an öffentlichen Nahverkehr: Berührungen und Küsse, wie sie nur sehr vertraute Paare tauschen.

Langsam gehen mir die Hä's aus. Die untadelige Tradwife führt ein Doppelleben?

Als spüre sie meine Anwesenheit, schaut Carina in diesem Moment in meine Richtung. Unsere Blicke treffen sich. In ihrem lese ich ungläubiges Staunen, dann grenzenloses Erschrecken. Wir haben einander ertappt. Carina, die Vorzeigegattin und Anne, die Durchhaltegattin. Au weia.

»Na, komm«, sagt Marvin, »dein Taxi ist gleich da.«

Ich bin restlos durch den Wind. Was war das gerade für ein bizarres Zusammentreffen? Wenigstens verhält sich Marvin untadelig. Er macht keinerlei Anstalten, mich zu küssen oder sonst wie zu bedrängen, während wir aufs Taxi warten. Auch als es vor der Bar hält, hilft er mir nur hinein und wirft mir eine Kusshand zu, bevor er die hintere Tür schließt. Dann geht's auch schon los. Der Fahrer gibt kräftig Gas.

»Wollen Sie denn gar nicht die Zieladresse wissen?«, frage ich erstaunt.

»Nicht nötig«, im Rückspiegel sehe ich seinen irritierten Blick, »die Adresse wurde schon über die App eingegeben.«

»Über die …«

Auf einmal rieseln mir eiskalte Hagelschauer den Rücken hinunter. Wie winzige spitze Pfeile bohren sie sich in meine Haut. Woher weiß Marvin, wo ich wohne?

Kapitel 20

Und täglich grüßt die Nordic-Walking-Truppe. Ein wunderbares Ritual, weil man damit so viel besser in den Tag startet. Das behaupte ich jedenfalls immer, wenn mich Carina und Beatrice fragen, warum ich mir so was Bekloppptes antue. Aerial Yoga, Slacklining oder BodyCombat würden doch viel besser zu Frauen wie uns passen.

Wer sind Frauen wie wir? Seit gestern Abend weiß ich es noch viel weniger. Nur eins steht fest: Das Leben der Superhausfrau Carina ist keineswegs so blank geschrubbt wie die Küche, in der sie ihre Back-Videos fabriziert.

Würde mich ja mal interessieren, wer der Typ war, mit dem sie sich da mit vollem Körpereinsatz unterhalten hat. Ein Lover? Ein Ex? Ein Callboy? Anders als dauernd behauptet, kriegt sie wohl doch nicht alles so einfach gebacken. Oder sie hat schwer einen an der Waffel.

Ein Frösteln überläuft mich. Der heutige Morgen ist kühl, dunkelgraue Wolken jagen über den Himmel. Wie ein wogendes grünes Meer biegen sich die Baumkronen im Wind, während ich auf meine Mitwanderer warte, die nach und nach auf dem Waldparkplatz eintrudeln. Ausnahmsweise gehöre ich zu den ersten. Ich bin ja auch schon um kurz vor sechs aufgestanden, um bloß nicht Karsten zu begegnen. Gottlob schlief er schon, als ich gestern nach Hause kam, und er schlief auch noch, als ich heute den Kindern das Frühstück hinstellte und danach fluchtartig das Haus verließ.

Die vielen unfreundlichen Nachrichten, die ich nach dem Barbesuch auf meinem Handy fand, haben mir vollauf genügt: eine Flut von Fragen, Vorwürfen, Anschuldigungen. Im Grunde kann ich Karsten sogar verstehen. Schließlich habe ich mich gestern einfach ausgeklinkt, was sonst gar nicht meine Art ist.

»Guten Morgen, Anne.« Gewohnt zackig marschiert Erika heran, heute in einem pinken Trevira-Ensemble, das ihr hennarotes Haar noch etwas greller leuchten lässt. »Na, kommst du jetzt auch in das Alter, in dem man nicht mehr verschläft, weil man vorher zur Toilette muss?«

»Scheint so.«

»Und? Hast du mir irgendetwas zu sagen?«

»Ich? Dir? Warum?«

»Jetzt tu mal nicht wie Tulpe. Deine neue Frisur spricht doch Bände. Neuer Look, neuer Mann, das weiß jedes Kind.«

»Guten Morgen ohne Sorgen«, trällere ich fröhlich, »mir war nur nach einer Typveränderung.«

»Vergisst du da nicht etwas?« Mit einem triumphierenden Lächeln legt sie ihre flache Hand über die Augen. »Wir vom Team Waldmarsch haben alles im Blick.«

Erika und ihr Spionagenetzwerk. Als ob das jetzt meine Priorität wäre. Ich muss erst mal richtig wach werden und danach meine Mutter bearbeiten, in punkto Scheidung bloß nichts zu überstürzen. Später werde ich bei Karsten zu Kreuze kriechen müssen und danach Marvin mitteilen, dass wir uns leider nicht mehr treffen können. So ganz geheuer ist er mir seit gestern nicht mehr. Wahrscheinlich hat er mich doch getrackt und wusste deshalb, wo ich wohne.

»Hast *du* mir denn etwas zu sagen?«, gebe ich die Frage an Erika zurück. »Neuigkeiten über Johannes?«

»Das auch, du Unschuldslamm«, antwortet sie mit ihrem Herbergsmuttergesicht. »Ich dachte ja, nur das Leben deiner Mutter wäre in Unordnung geraten. Doch siehe da – bei dir ist alles noch viel schlimmer. Oder wer hat da gestern mit einem jungen blonden Mann die Nacht zum Tage gemacht?«

Mir bleibt die Spucke weg. Woher um Himmels willen … ach, du liebes bisschen. Der dunkle Schatten, der mir gestern Abend gefolgt ist. Das war niemand anderes als Erika.

»Und jetzt sag bloß nicht, du hättest deine«, mit den Fingern malt sie ironische Gänsefüßchen in die Luft, »*Zufallsbekanntschaft* rein *zufällig* wiedergetroffen.«

Dagegen lässt sich schwerlich etwas einwenden. Jetzt kann ich nur noch Schadensbegrenzung betreiben.

»Gut, schön, du hast mich mit diesem jungen Mann gesehen«, gebe ich mich geschlagen. »Aber erstens ist nichts Anstößiges passiert, zweitens betrifft das mein Privatleben und geht dich nun wirklich nichts an.«

»Sprecht ihr gerade über Annes Missgriff?«, fragt Werner, der in diesem Augenblick zu uns stößt.

Auch das noch. Die Sache zieht also schon Kreise in unserer Gruppe.

»Nun macht bitte nicht aus einer Mücke einen Elefanten«, versuche ich, den Ball flachzuhalten. »Das Ding ist sowieso durch.«

»Denkst du.« Werner zückt sein Handy. »Das dicke Ende kommt meist, wenn man es nicht mehr erwartet. Ich habe einen

Freund bei der Zulassungsstelle, der mir den Besitzer des roten Pickups durchgegeben hat. Den Rest habe ich auf Google eruiert. Und mit KI.«

Mir wird plötzlich ganz mulmig zumute, zumal Werners Gesichtsausdruck nichts Gutes verheißt. Was bitte gab's da zu eruieren?

»Sieh an, mit Ka-Ih«, wundert sich Erika. »Hast du eine neue Freundin?«

»Künstliche Intelligenz«, erklärt Werner mit sichtlichem Stolz. »Die erreicht Stellen, da kommt selbst ein gewiefter Ermittler wie ich nicht ohne Weiteres hin. Zum Beispiel gibt es ein Gesichtserkennungsprogramm.«

»Vorsicht«, zischt Erika. »Felicitas auf halb zwölf.«

»Lasst uns gleich im Wald weiterreden«, flüstert Werner.

Auch der Rest unserer Mitwanderer ist mittlerweile eingetroffen. Alle putzmunter, alle unternehmungslustig, Janine wie immer mit ihrem rosa Basecap, Hella wie immer mit dramatischem Make-up inklusive Smokey Eyes.

»Kind!« Mit ihrer neuen dynamischen Art läuft meine Mutter auf mich zu und zieht mich sogleich zur Seite. »Was war das gestern für eine Zusammenkunft mit Tom und seiner Mutter? Plant ihr etwas hinter meinem Rücken? Geht es um die Romreise?«

Bei der Erwähnung von Tom rumort es in meiner Herzgegend. Es gab da gestern so Momente … aber das gehört jetzt nicht hierher.

»Du musst doch nicht gleich eine Verschwörung wittern, Mama. Ehrlich, ich wollte Tom nur etwas näher kennenlernen.«

Sie glaubt mir nicht. Angriffslustig stochert sie mit ihren Stöcken im Waldboden herum.

»Falls mir dein Vater immer noch die Romreise abjagen will: Der Drops ist gelutscht. Gestern habe ich seinen Flug auf Johannes umgebucht. Kostete zwar eine saftige Gebühr, aber damit steht unserer Tour in die Ewige Stadt nichts mehr im Wege.«

Das nennt man dann wohl vollendete Tatsachen schaffen. Langsam schwimmen mir die Felle davon. So eine Reise zu zweit nach Italien, das bedeutet sorglos vertändelte Tage unter südlicher Sonne, selige Abende in romantischen Restaurants, feurige Nächte im Hotelbett. Gewissermaßen ein vorgezogener Honeymoon, was natürlich die Notwendigkeit einer schnellen Scheidung verstärken würde.

»Sag doch was«, drängt meine Mutter auf eine Antwort.

»Ähm, was soll ich sagen – Glückwunsch, dass ihr nach Rom fliegt?«

»Reise vor dem Sterben, sonst reisen deine Erben!«, kräht Janine, die meine letzten Worte aufgeschnappt hat. »Toll, Felicitas! Das heißt, Herrmann und du, ihr seid wieder ein Paar und unternehmt jetzt eure Goldene-Hochzeitsreise?«

»Selbstverständlich werde ich nicht mit Herrmann, sondern mit Johannes nach Rom fliegen«, erwidert meine Mutter eisig. »Oder wollt ihr ihn vorher auf Reisetauglichkeit testen?«

»Körperlich ist er in seinem zarten Alter bestimmt noch fit genug dafür«, kichert Hella, verstummt aber sofort, als sie Werners und Erikas strafende Blicke auf sich spürt.

Auf einmal ist es sehr still. Nur die Vögel singen und die Bäume rauschen.

»Könnten wir uns alle mal wieder beruhigen?«, bricht meine Mutter das Schweigen. »Und einander in Frieden lassen?«

Ohne eine Erwiderung abzuwarten, prescht sie einfach los,

mitten durchs Unterholz, das unter ihren Füßen knackt. Beklommen schauen wir ihr hinterher.

»Ganz, ganz schwerer Fall«, zirpt Janine.

»Da gibt es noch einiges für uns zu tun«, bekräftigt Erika. »Aber jetzt wird gewalkt. Wir sind vollzählig, los geht's. Zielpunkt ist wieder der Karpfenteich. Und nicht die richtige Technik vergessen!«

Damit sie alle im Auge behält, bildet sie wie stets das Schlusslicht unserer Wandertruppe. Werner und ich lassen uns ebenfalls zurückfallen, wenn auch anweisungsgemäß nach vorn geneigt und mit großen Schritten.

»So, Werner, dann schieß mal los«, sagt Erika, als die anderen außer Hörweite sind.

»Dieser Kay Weller scheint ein ganz feines Früchtchen zu sein«, erzählt er aufgebracht. »In einschlägigen Kreisen ist er für alle möglichen Delikte berüchtigt: Betrug, Kreditkartendiebstahl, Scheinformen, geprellte Anleger.«

»Halt, stopp«, unterbreche ich ihn mit einem Stoßseufzer der Erleichterung. »Hier liegt eine Verwechslung vor. Der junge Mann, den ich kennengelernt habe, heißt Marvin.«

»Ja, so nennt er sich manchmal.« Werner bleibt stehen. Seine Augen verengen sich zu Schlitzen. »Ich habe mit meiner neuen Gesichtserkennungssoftware in Social Media rumgestöbert, wo er mit gleich mehreren Namen präsent ist. Benno Eckstein, Louis Hanstedt, Sven von Berenberg zum Beispiel. Der ist ein Profi.«

Wie war das? Trotz der kühlen Morgenluft bricht mir der Schweiß aus. Berenberg? Von Berenberg? Das ist Marvin? Und hat nicht ein Kay Weller in der Kanzlei angerufen?

»Ein Obergauner!«, erregt sich Erika.

Und dann sagt Werner einen Satz, der mir den Popo endgültig auf Grundeis gehen lässt.

»Ich hoffe nur, er hat Anne nicht in irgendwas verwickelt, das ihr auf die Füße fallen könnte.«

Kapitel 21

Dauernd liest man jetzt vom inneren Kind: verletzlich und leicht zu verunsichern. Falls ich so ein inneres Kind habe, sitzt es gerade in einer dunklen Ecke und schiebt Panik. Wie ich es beruhigen soll? *Alles wird gut*, wäre ein sehr, sehr lahmer Spruch, *halb so schlimm* eine glatte Lüge. Wie konnte es bloß so weit kommen, dass ich mich innerhalb weniger Tage so tief reingeritten habe?

»Hi Anne, super, deine neue Frisur«, begrüßt mich Max, als ich nach dem morgendlichen Nordic Walking frisch geduscht und restlos bedient in seine Kaffeebar tapse. »Aber warum siehst du so zerschossen aus? Schlecht geschlafen?«

Schwerfällig hieve ich mich auf einen Barhocker und reiche ihm meinen wiederverwendbaren Latte-macchiato-Becher. Nicht nur meine Mutter legt Wert auf einen achtsamen Umgang mit Ressourcen.

»Erst mal guten Morgen. Und ja, meine Nacht war nicht so berauschend. Danach wurde es leider auch nicht besser.«

Noch immer stehe ich unter Schock. Was Werner über Marvin alias Kay Weller alias Sven von Berenberg herausgefunden hat, ist – vorsichtig formuliert – die Totalkatastrophe. Und in meiner himmelschreienden Naivität habe ich diesem Schuft auch noch verraten, wie er seinen Kopf aus der Schlinge ziehen kann. Welche Konsequenzen das für den Fall hat, wage ich noch gar nicht zu ermessen.

»Arme Anne.« Mitfühlend schiebt mir Max meinen gefüllten Becher über den Tresen. »Das war bestimmt der Vollmond.«

»Ja, vielleicht. Danke für den Kaffee.«

Wie eine Verdurstende stürze ich mich auf den Latte macchiato. Doch es ist nicht der Kaffee, den ich dringend brauche.

Im Laufe der Zeit ist Max' Kaffeebar eine Art Refugium für mich geworden. Ein Boxenstopp mit Urlaubsfeeling, wo ich durchatmen kann, bevor der anstrengende Teil meines Tags beginnt. Es tut einfach gut, einen Menschen zu sehen, der nichts von meinen wahren Problemen ahnt. Ein freundliches Gesicht mit einem akkurat gestutzten Dreitagebart, das mich sonnig anlächelt.

»Und was ist wirklich los, Anne?«

Hm. Das war's dann wohl mit der Ferienstimmung. Nach einem weiteren Schluck Latte stütze ich die Ellenbogen auf den Tresen und betrachte den milchigen, von braunen Schlieren durchzogenen Schaum in meinem Becher.

»Es gibt gerade so viele Baustellen in meinem Leben, ich weiß gar nicht, wo ich anfangen soll.«

»Hm.« Versonnen wischt Max einen kleinen Kaffeeklecks vom Tresen. »Hat eine dieser Baustellen vielleicht mit dem lila Kleid zu tun, das du gestern angezogen hast?«

Ist es wirklich erst einen Tag her, dass ich wie ein aufgeregter Teenager zum Date mit einem Mann gestöckelt bin, der nie etwas anderes von mir wollte, als mich auszuhorchen?

Wahrscheinlich hat er mich schon länger beobachtet. Und ist mir dann vorgestern zur Tankstelle gefolgt, wo er lachhaft leichtes Spiel bei mir hatte. Ich war das perfekte Opfer. Eine frustrierte Frau Ende vierzig, enttäuscht von ihrer Ehe, aufgewühlt wegen ihrer Mutter. Das ergab eine Gemütslage, in der ich nur zu empfänglich für ein bisschen Aufmerksamkeit war.

»Dann stelle ich dir mal eine Frage«, sagt Max, der inzwischen zwei andere Kunden mit Espresso und Cappuccino versorgt hat. »Die Frage ist nicht auf meinem Mist gewachsen, doch ich vermute, sie passt: Lebst du, oder wirst du gelebt?«

»Das zweite.« Ich stöhne auf. »Aber ich habe schon beschlossen, etwas dagegen zu unternehmen. Dafür habe ich sogar eine To-do-Liste geschrieben.«

»Dann lass mal hören.«

Ich zögere. Soll ich Max wirklich ins Vertrauen ziehen? Aber warum eigentlich nicht? Meine Taktik, still vor mich hin zu leiden, hat mir bisher nichts als noch mehr Kummer beschert. Auch wenn wir uns nur von meinen morgendlichen Besuchen kennen, ist Max doch so etwas wie ein Freund geworden. Also ziehe ich den Zettel aus meiner Handtasche, entfalte ihn und lese vor.

»Erstens ein größeres Büro verlangen; zweitens ein angemessenes Arbeitspensum fordern; drittens eine gemeinsame Unternehmung mit Karsten pro Woche durchboxen; viertens ein kreatives Umstyling.«

»Letzteres hat ja schon mal geklappt«, lächelt Max. »Der Pagenkopf, das warst nicht du. Ehrlich, dieses Kurze, Freche passt viel besser zu dir.«

»Danke schön.« Ich schaue wieder auf meine Liste. Den fünften Punkt lasse ich wohl lieber weg: Tom Merseburger für den Plan begeistern, meine Mutter und seinen Vater auseinanderzubringen. Diese Angelegenheit finde ich dann doch zu privat, desgleichen die Erwähnung von Marvin beim allerletzten Punkt.

»Auch mal tun, worauf ich wirklich Lust habe, das bezog sich auf etwas furchtbar Dummes, das mit dem lila Kleid zusammenhängt«, belasse ich es bei einer nebulösen Erläuterung. »Doch es gibt auch eine nicht so dumme Version: den Beruf wechseln, etwas Sinnvolles tun. Zum Beispiel auf Ernährungsberaterin umsatteln.«

Damit beende ich meine Aufzählung und stecke den Zettel wieder ein.

»Lange Liste«, sagt Max halb beeindruckt, halb skeptisch. »Jetzt kommt's drauf an, dass du sie Punkt für Punkt abarbeitest. Als Erstes die Challenge mit dem größeren Büro, würde ich sagen.«

»Der Haken ist nur, dass es keinen freien Raum in der Kanzlei gibt.«

»Wie ich dich kenne, findest du eine Lösung.« Er schaut in Richtung Eingangstür. »Entschuldigung, da kommt eine ganze Gruppe, das schaffe ich nicht nebenbei. Der Latte geht heute aufs Haus.«

»Du bist ein Schatz. Tausend Dank, bis morgen.«

Ich fühle mich zentnerschwer, als ich mich vom Barhocker gleiten lasse und den Ausgang ansteuere. Jeder Schritt kostet mich Überwindung, weil mein inneres Kind heftig rebelliert. Es hat keine Lust auf Streit. Und der steht mir bevor, hundertpro. Karsten wird mich rundmachen, weil ich gestern Abend das Dinner verpasst habe und erst weit nach Mitternacht zu Hause war. Wie ich ihm meine Abwesenheit erklären soll, ist mir schleierhaft. Soll ich etwa sagen: Hi Karsten, erst habe ich mich mit meinem angeblichen Gartenflirt getroffen, danach mit dem Mann, der unseren Fall vielleicht zum Platzen bringt?

»Anne!« Auf einmal steht Max neben mir, eine braune Tüte schwenkend. »Deine Zimtschnecke! Die hast du vergessen. Heute wirst du sie mehr brauchen denn je. Bleib stark, ja? Denk an deine Liste. Du hast nur das Beste verdient.«

Damit drückt er mir die Tüte in die Hand und läuft zurück zum Tresen, vor dem sich mittlerweile eine längere Schlange gebildet hat. Wie einen Talisman presse ich die Tüte an mich. Es ist nur eine Zimtschnecke, und doch ist es so viel mehr: ein Zeichen von jemandem, der es gut mit mir meint. Von dieser Sorte gibt es momentan nicht so viele in meinem Leben.

Punkt neun Uhr betrete ich das Entrée der Kanzlei. Karsten ist schon da. Er steht hinter dem Empfangstresen, ganz dicht neben Lulu Kornfeld. Die beiden checken irgendetwas auf dem Computermonitor, was ihre körperliche Nähe erklären würde, wenn ich nicht das sichere Gefühl hätte, dass sie nicht zum ersten Mal vertraulichen Körperkontakt haben. Seltsamerweise spüre ich keine Eifersucht. Nur Geringschätzung, weil Karsten es sich so einfach macht.

»Guten Morgen, na, schon eifrig bei der Arbeit?«, frage ich mit ironietriefender Stimme.

Hektisch schießen die beiden auseinander.

»Hallo, Frau Stegner«, hüstelt Lulu mit einem leidlich gespielten unschuldigen Augenaufschlag. »Wie geht es Ihnen?«

»Am liebsten gut. Und selbst?«

»Viel zu tun.«

Karsten gibt sich weniger Mühe, das Unschuldslamm zu mimen.

»Wie siehst du denn aus? Was ist das für eine grässliche Frisur?«

»Neuer Look«, antworte ich lapidar.

»Ich find's eigentlich ganz hübsch«, lispelt Lulu Kornfeld.

»Bullshit.« Karsten kocht vor Wut, sein Mund verzerrt sich. »Und das ist längst nicht alles. In mein Büro, Anne. Sofort.«

Seltsam. So wenig, wie ich gerade Eifersucht verspürt habe, regt sich ein schlechtes Gewissen in mir. Diese ganze Konstruktion aus Ehemann-sagt-wo's-langgeht und Frau-ist-allzeit-bereit knirscht auf einmal gewaltig. Irgendetwas ist mit mir passiert. Was genau, könnte ich gar nicht genauer erklären. Aber die Zimtschnecke, die neben meiner To-do-Liste in der Handtasche liegt, verleiht mir ungeahnte Kräfte.

»Wir sollten unser Gespräch im Konferenzraum führen«, erwidere ich freundlich. »Übrigens gibt es auch ein paar Dinge, über die ich dringend mit *dir* reden muss.«

Unter seinem linken Auge zuckt es.

»Du. Mit mir.«

»So ist es. Wenn du mir bitte folgen würdest?«

Mit abgezirkelten Schritten gehe ich voran. Habe ich Karsten etwa den Wind aus den Segeln genommen? Als ich die Tür des Konferenzraums hinter uns schließe, wirkt er jedenfalls gar nicht mehr so auftrumpfend. Seine Schultern hängen schlaff herab, in seinen Augen stehen große Fragezeichen.

»Setzen wir uns doch.« Ich zeige auf den Konferenztisch aus poliertem grauem Marmor und nehme an der Stirnseite Platz. Dort, wo normalerweise Karsten residiert. »Wie schön, dass wir uns mal aussprechen können.«

Leicht verdutzt setzt er sich zu mir. Ans lange Ende des Tisches, wo sonst nur Klienten, Assistenten oder halt die Anwaltsgehilfin sitzt.

Und plötzlich verstehe ich es. Ich war nie das typische Weibchen, weder ein Tradwife noch die anschmiegsame widerspruchslose Gefährtin. Der Dreh- und Angelpunkt ist mein Job. Genauer gesagt, die Hierarchie, die damit verbunden ist. Karsten hat sich ein dominantes Verhalten angewöhnt, auch privat, weil er als Chef über der Anwaltsgehilfin steht. Höchste Zeit, das zu ändern.

»Falls du wissen möchtest, wo ich gestern Abend war, würde ich diese Frage gern zurückstellen«, eröffne ich das Gespräch. »Mir geht es um etwas Wichtigeres. Solange ich noch in dieser Kanzlei arbeite, werde ich es hier im Konferenzraum tun.«

»Hier im …« Karsten schüttelt den Kopf. »Völlig ausgeschlossen. Wie der Name schon sagt, brauchen wir den Raum für Konferenzen und Meetings. Außerdem, was willst du damit sagen: Solange du hier noch arbeitest?«

»Ich habe vor, mich beruflich zu verändern. Anwaltsgehilfinnen und Anwaltsgehilfen findest du wie Sand am Meer. Ich bin leicht ersetzbar.«

Damit habe ich ihn endgültig aus dem Konzept gebracht. Er macht ein Gesicht wie jemand, der aus dem Fenster eines Flugzeugs schaut und feststellt, dass es gerade abstürzt.

»Was … was redest du denn da?«

»Ich teile dir meine Zukunftspläne mit. Zurzeit erwäge ich, mich als Ernährungsberaterin ausbilden zu lassen.«

Mit fahrigen Fingern lockert er seine Krawatte, dann hebt er beschwörend die Hände.

»Dein Platz ist hier, Anne!«

»Sprichst du von der Abstellkammer, in die du mich verfrachtet hast?«

»Ich weiß, es ist nicht ideal, aber was soll ich machen?« Entschuldigend legt er die Handflächen aneinander. »Möchtest du vielleicht lieber im Home Office arbeiten? Theoretisch ist das durchaus möglich, vorausgesetzt, du legst dich genauso ins Zeug wie hier.«

»Das wäre dann gleich der nächste Punkt. Seit Langem schufte ich für zwei. Eigentlich wollte ich dich bitten, mich zu entlasten. Doch wenn ich's mir recht überlege – nein. Ich kündige.«

»Anne.« Er neigt den Kopf zur Seite, mit jenem süßen Dackelblick, von ihm selbst Dosenöffnerblick genannt, mit dem er mich all die Jahre immer wieder rumgekriegt hat. »Ich brauche dich. Du bist keineswegs ersetzbar.«

Heute kriegt er mich nicht rum. Nie wieder.

»Mein Entschluss steht fest. Bei dem aktuellen Fall unterstütze ich dich noch, anschließend blättere ich ein neues Kapitel auf.«

Für Sekunden ist Karsten unfähig zu reagieren. Dann schlägt er mit der Faust auf den Tisch.

»Dieses Aufsässige kenne ich gar nicht an dir! Das liegt nur an deiner ausgetickten Mutter mit ihren absurden Ideen!«

»Mag sein.« Langsam stehe ich auf. »Darf ich dich übrigens an unser Ultimatum erinnern? Du hast nur noch ein paar Wochen. Mal so als Frage: Wenn ein Mann seine Ehe scheitern lässt, weil er beim Thema Treue versagt, nennt man das dann einen Scheiterhaufen?«

Kapitel 22

Seit Stunden pflüge ich mich durch die Akten. Es ist mir ernst mit meiner Ansage, dass ich Karsten bei diesem Fall noch helfen werde. Das schulde ich ihm einfach, nachdem ich Marvin wie eine blutige Anfängerin auf den Leim gegangen bin. Akribisch entwirre ich das Geflecht der Scheinfirmen, entwerfe Graphiken, auf denen man die einzelnen Geldströme verfolgen kann, notiere Namen und Daten.

Meine Konzentration ist am Anschlag, aber wenigstens arbeite ich in einem ansprechenden Ambiente. Der Konferenzraum wirkt fast luxuriös mit den grau gewischten Wänden, dem riesigen grauen Marmortisch und den teuren Designerstühlen aus Rohrgeflecht. Von der Decke hängt ein moderner Kronleuchter, große abstrakte Gemälde in Schwarz-Weiß runden den edlen Eindruck ab. Doch der wahre Luxus ist gewissermaßen unsichtbar: Platz. Der Raum ist groß, aber so planvoll untermöbliert, dass hier eine ganze Kindergartengruppe herumtollen könnte.

Parallel zu meiner Arbeit beantworte ich die WhatsApps, die sturzbachartig mein Handy fluten.

Tom besteht darauf, dass ich heute Abend zum Essen komme. Carina schickt mir ein neues Keksrezept, als wäre nichts gewesen. Beatrice bietet mir ein Coaching aus zehn Einheiten zum Freundschaftspreis von fünf an. Erika will eine Unterredung unter vier Augen. Marvin bittet mit vielen Herzchen und Smileys um das nächste Date.

Süße, es war fantastisch! Miss U!!! Muss immer an dich denken und sende dir einen sanften Kuss (dorthin, wo du ihn haben willst)

Ein Schauer überläuft mich. Wie soll ich darauf reagieren? Ein weiteres Date ist natürlich ausgeschlossen. Ich bin reingerasselt, jetzt muss ich mich vorsichtig zurückziehen. Millimeterweise sozusagen, damit er nicht weiß, dass ich weiß, wer er in Wahrheit ist. Auch die Garnitur aus Herzchen, Smileys und vielen Ausrufezeichen darf nicht fehlen.

Es war wirklich wunderbar! Du bist so inspirierend!! Kann es kaum erwarten, Dich wiederzusehen!!! Allerdings muss ich übermorgen verreisen. Danach melde ich mich sofort. Kuss retour

Gerade habe ich die Nachricht verschickt, als die nächste eintrifft: Meine Mutter fragt, ob ich ihr für die Romreise meinen praktischen Alurollkoffer leihen könnte.

Die Romreise. Ich setze meine Lesebrille ab, reibe mir die müden Augen und schaue aus den Panoramafenstern des Konferenzraums auf die Dächer der Häuser gegenüber. Ein paar Wolken segeln über den aufgeklarten Himmel, als wollten sie sagen: Komm doch mit in die große weite Welt.

Als junges Mädchen habe ich mir immer ausgemalt, wie ich irgendwann diese Welt entdecke. Ich wollte in ferne Länder reisen, Hand in Hand mit dem Mann meiner Träume durch faszinierende Städte schlendern, umschwirrt von unbekannten Sprachen und exotischen Gerüchen. Ich sah es schon vor mir, wie ich neue Eindrücke in mich einsauge, neue Farben, neue Bilder.

Ja, es gibt sie irgendwo da draußen, die große weite Welt. Nur ich, ich sitze immer noch im Mustopf, eingespannt in ein Leben, das ich mir ganz anders vorgestellt hatte. Auf einmal habe ich einen alten Song von Udo Jürgens im Ohr: *Ich war noch niemals in New York, ich war noch niemals auf Hawaii, ... ich war noch niemals richtig frei.*

Wenn ich ehrlich bin, habe ich meinen Eltern die Reise nach Rom geschenkt, weil ich sie mir selber vergeblich wünsche. Und so wie die Dinge liegen, wird mir Karsten diesen Wunsch auch nicht mehr erfüllen. Was, wenn ich auf eigene Faust hinfliege? Dann könnte ich das Angenehme mit dem Nützlichen verbinden: in den Honeymoon meiner Mutter reinfunken und endlich die Stadt kennenlernen, von der alle schwärmen.

Übermorgen soll's losgehen. Ganz schön knappe Kiste.

Ich klicke die Graphiken weg, die ich für Marvins Scheinfirmen angelegt habe, gehe auf ein Flugportal und gebe die Daten ein. Tatsächlich gibt es noch Last-minute-Flüge, sogar recht günstige. Auch eine preiswerte Pension in der Nähe des Hotels, das ich für meine Eltern gebucht hatte, verfügt noch über freie Zimmer. Mein rechter Zeigefinger schwebt über der Tastatur. Soll ich, oder soll ich nicht? Wäre es nicht richtiger, hier weiterzuschuften?

Ein Satz meiner Mutter kommt mir in den Sinn: *Alt bist du erst, wenn du keine Entscheidungen mehr triffst.* Auch wenn ich weder ihren Männergeschmack noch ihre Scheidungspläne gutheiße, in diesem Punkt hat sie recht. Also treffe ich eine Entscheidung. Danach fängt mein Herz an zu klopfen. Habe ich das wirklich gerade getan?

»Frau Stegner?« Lulu Kornfeld steckt den Kopf zur Tür herein. »Ich soll Ihnen von Ihrem Mann ausrichten, dass wir den Raum brauchen. Sofort. Der neue Mandant Herr Sanders hat sich angekündigt. In fünf Minuten ist er hier.«

»Dann wird mein Mann ihn in seinem Büro empfangen müssen.«

»Aber …«

»Sonst noch etwas, Frau Kornfeld?«

Angespannt zuppelt sie an ihrer großzügig dekolletierten Bluse herum, gegen die mein lila Sommerfähnchen von gestern die reine Nonnentracht war.

»Da will Sie jemand sprechen.«

»Mich?«

»Wen sonst«, rumpelt eine tiefe Frauenstimme, die ich nur zu gut kenne. An der Sekretärin vorbei drängelt sich Erika in den Konferenzraum und sieht sich mit geschürzten Lippen um. »Ganz schön feudal hast du es hier.«

»Ein angenehmes Arbeitsumfeld ist unerlässlich für gute Resultate.« Ich lächele in Lulu Kornfelds Richtung, die immer noch mit ihrem Zuckerschnütchen an der Tür steht und mich vorwurfsvoll anschaut. »Danke, Frau Kornfeld, ich weiß Ihr Engagement sehr zu schätzen. Das wäre dann alles.«

Einen Moment lang sieht sie aus, als wollte sie noch einen schnippischen Kommentar loslassen, womöglich auch einen ihrer berüchtigten Flachwitze, dann zieht sie ohne ein weiteres Wort ab.

»Die hast du ja elegant weggemüllert«, grient Erika. »Aber ich muss schon sagen, ich bewundere deine Gelassenheit. Nicht jede Frau würde so eine Wuchtbrumme von Sexbombe als Mitarbeiterin ihres Mannes akzeptieren. Hast du ihr Dekolleté gesehen? Das ist ja wie beim Sommerschlussverkauf: Alles muss raus.«

Ich staune selber, dass mich die erotisch aufgeladene Anwesenheit von Lulu Kornfeld völlig kaltlässt. Doch es ist wohl weniger Gelassenheit als Desinteresse, dass ich so ruhig bleibe. Soll sich Karsten doch das nächste willige Weibchen an Land ziehen. Wenn er's braucht … Für dieses Rollenfach stehe ich jedenfalls nicht mehr zur Verfügung.

»Schicker Hosenanzug«, übergehe ich Erikas Bemerkung mit einem Kompliment. Sie hat sich richtig fein gemacht. Da ich sie sonst nur in ihren Sportoutfits kenne, ist der schokobraune Hosenanzug doppelt wirkungsvoll. Anders als beim Nordic Walking kommt sie nahezu seriös rüber. »Und? Was führt dich zu mir?«

»Nun, ich will nicht lange stören.« Ihr Blick fällt auf die Aktenstapel, die ich nach Themen sortiert auf dem Konferenztisch ausgebreitet habe, dann weicht sie ruckartig zurück, als hätte sie eine Leiche oder Schlimmeres entdeckt. »Ach, du grüne Neune! Lese ich das richtig? Steht da von Berenberg? Ist dieser Gauner etwa dein Mandant?«

»Pssst, nicht so laut.« Eilig schiebe ich die Stapel beiseite. Seit ihrer Laser-OP voriges Jahr hat Erika Augen wie ein Luchs, das hatte ich vergessen. »Herr von Berenberg ist die gegnerische Partei.«

»Die …« Sie schlägt die Hände über dem Kopf zusammen. »Jetzt sag bitte nicht, er hat dich unter seinem falschen Namen ausgehorcht!«

Soll ich es ihr gestehen? Mein größtes Geheimnis und meine größte Schmach?

»Ogottogottogott«, flüstert Erika und sinkt auf einen der Stühle. »Es war alles von ihm geplant, stimmt's?«

Es fällt mir nicht leicht, es zuzugeben, aber Erika weiß ja sowieso schon das Meiste.

»Von Anfang an, ja. Marvin hat mir regelrecht aufgelauert. Gestern Abend in der Bar hat er mir dann mit Hochprozentigem die Zunge gelockert.«

»Und jetzt versuchst du, die Scharte auszuwetzen«, schlussfolgert Erika.

»Was gar nicht so einfach ist.« Mit einer Hand deute ich auf die Aktenstapel. »Du siehst ja, allein das Volumen der Unterlagen ist beträchtlich. Er hat reihenweise Anleger geprellt und Investoren reingelegt. Doch weil ich ihm verraten habe, dass er möglicherweise davonkommt, wenn er bei seinen Scheinfirmen schleunigst Insolvenz anmeldet, ist die Aufarbeitung ein Wettlauf mit der Zeit, den ich eigentlich gar nicht mehr gewinnen kann.«

»Es sei denn …«

»Es sei denn – was?«

Erikas mitleidiger Gesichtsausdruck verwandelt sich in eine Miene grimmiger Entschlossenheit.

»Dieses Bürschchen verdient eine Abreibung, die sich gewaschen hat.«

Trotz der ernsten Probleme, die wir hier erörtern, muss ich lächeln.

»Willst du ihm etwa den Hintern versohlen?«

»Nein, ihn mit seinen eigenen Waffen schlagen.«

»Wie das?«

Erika setzt sich sehr gerade hin und faltet ihre Hände auf der Tischplatte.

»Weißt du noch, dass ich sagte, alte Leute werden übersehen und unterschätzt?«

Ich nicke.

»Das könnte ihn zu Fall bringen«, verkündet sie mit Grabesstimme. »Was hältst du davon, wenn eine vermögende, aber etwas desorientierte Seniorin Kontakt mit Herrn von Berenberg aufnimmt, weil sie sich für eine todsichere Anlage interessiert?«

Kapitel 23

»Hi Määädels!«, ruft Beatrice, die gerade eine Flasche ihrer Luxus-Brause öffnet. »Wir müssen reeeden!«

Müssen wir das? Es ist halb sechs, ich sitze noch mit meinen Aktenbergen im Konferenzraum, und der eilig einberufene Call passt so wenig in meinen eng getakteten Zeitplan wie ich in eine Size-Zero-Jeans.

»Anne! *Anne!!*« Ruckartig nähert Beatrice ihren Kopf der Kamera. »Was ist denn mit deiner Frisur passiert? Viel zu kurz! Viel zu maskulin! Hast du dir das Haar etwa selbst geschnitten? Sonst verklag auf der Stelle deine Friseurin!«

»Nein, sie hat ein gutes Trinkgeld bekommen, es war Zeit für einen Change.« Toms Worte. Ich muss lächeln. »Man nennt es übrigens Pixie Cut.«

»Tut mir leid, dass ich schonungslos aufrichtig bin, aber diese Frisur ist grauenvoll.«

»Danke für deine Ehrlichkeit«, pariere ich den Tiefschlag, ohne mir anmerken zu lassen, dass ich ihn für reine Taktlosigkeit halte. »Könnten wir uns bitte kurzfassen? Ich habe noch nicht geschafft, fürs Abendessen einzukaufen.«

»Immer in Hektik, immer im Stress, unsere Working Mum. Na, du hast es dir so ausgesucht.«

Ja, toll. Genau das habe ich jetzt nicht gebraucht. Beatrices direkte Art ist schon eine ziemliche Herausforderung. Carina hingegen, wie stets mit ordentlich frisierter schulterlanger Mähne, schweigt sich aus. Wundert mich überhaupt nicht. An ihrer Stelle würde ich auch nicht mit meinem ach, so grandiosen Leben auftrumpfen, nachdem ich mit einem Youngster in einer Bar ertappt wurde.

Im Hintergrund blitzt und blinkt Carinas superaufgeräumte Küche, auf deren gewienerter Kücheninsel ein Teller Cupcakes steht. Aber mich kann sie nicht mehr täuschen. Nicht, seitdem ich sie mit diesem jungen Typen erwischt habe. Vor einer halben Stunde hat sie mir eine WhatsApp geschrieben.

> Hi Süße, ich glaub, ich muss Dir was erklären. Der Mann, mit dem Du mich gestern in der Bar gesehen hast, war – tädäää! – ein Follower. NUR ein Follower! Er liebt meinen Back-Blog, wir haben uns über Cupcake-Rezepte ausgetauscht. Du weißt, ich habe Prinzipien. Familie und Ehe gehen mir über alles. Falls Du dennoch an mir zweifelst, würde ich vorschlagen, dass wir uns auf gegenseitiges Stillschweigen einigen. Schließlich war Dein Begleiter alles andere als jugendfrei. Tausend Küsschen!

Ich war völlig baff. Noch nie hat mich jemand derart ungeniert erpresst. Lange habe ich über einer Antwort gebrütet. Doch je länger ich an einer plausiblen Erklärung für den nächtlichen Barbesuch mit Marvin feilte, desto verworrener wurde der Text. Bis ich mich zu einem radikalen Kahlschlag entschloss und Buchstabe für Buchstabe wieder gelöscht habe.

Wozu die vielen Worte? Heißt es nicht, wer sich entschuldigt, klagt sich an? Das Ergebnis meines nächsten Versuchs war kurz, aber prägnant.

> Hi Süße, danke für Deine zauberhafte Nachricht. Mögen alle Deine Wünsche in Erfüllung gehen und Dein Mann nichts davon mitbekommen. Kuss, Anne

Ja, auch ich kann ironisch.

»Seid ihr bereit?«, fragt Beatrice.

»Was gibt es denn eigentlich so Wichtiges?«, frage ich zurück, während ich demonstrativ auf meine Armbanduhr schaue.

»Nun mal nicht so hektisch.« Umständlich kreuzt sie die Beine auf ihrer Couch und nippt an ihrer komischen Brause. »Ich habe Informationen, die dir helfen können, deine Mutter zur Besinnung zu bringen.«

»Da bin ich ja mal gespannt.«

»Du solltest dankbar sein, dass ich dir diese Informationen kostenlos übermittele«, grummelt Beatrice. »Es geht nämlich um einen hochinteressanten Aspekt des Problems: Laut einer aktuellen Studie sind Frauen mit jüngeren Männern glücklicher als mit gleichaltrigen oder älteren Männern, weil – Achtung! – weil es sich mit ihnen besser schnackeln lässt.«

»Schnackeln nennst du das?«, wirft Carina mit gekraustem Näschen ein.

»Okay, Mädels, lasst uns über – Sex reden.« Als bedeute das eine körperliche Anstrengung, krempelt Beatrice die Ärmel ihrer schneeweißen Bluse hoch. »Und hier liegt der Hase im Pfeffer. Die Studie besagt nämlich, dass reife Frauen offener für ausgefallene Sexpraktiken und auch für exzentrische Varianten wie

Rollenspiele sind. Was wiederum jungen Männern gefällt, die das bei jungen Mädchen vermissen.«

Mannomann. Da ist aber jemand tief in die Materie eingestiegen. Was dieser Schmarrn allerdings mit meiner Mutter zu tun haben soll, erschließt sich mir ganz und gar nicht. Interessiert mich auch nicht. Na ja, ein bisschen vielleicht. Carina scheint jedoch regelrecht elektrisiert zu sein.

»Das heißt, reife Frauen ködern junge Männer mit ausgefallenem Sex?« Ihr Atem beschleunigt sich. »Ist ja spannend. Woher weiß man das?«

»Alles wissenschaftlich belegt«, antwortet Beatrice im Tonfall einer Professorin, die ihren völlig ahnungslosen Studentinnen die Welt erklärt. »Das ist einer der Hauptgründe, warum viele junge Männer ein gut abgehangenes Entrecôte lieber wollen als ein Filet Mignon.«

»Also bitte, wir sind hier doch nicht bei einer Fleischbeschau«, mache ich meinem Unmut Luft. »Außerdem wüsste ich nicht, wie mir das beim Problem mit meiner Mutter helfen sollte.«

Selbstzufrieden lächelt Beatrice in die Kamera.

»Dazu komme ich gleich. Vorher ist noch wichtig zu wissen, dass man bei der Kombination aus älterer Frau und jüngerem Mann oft von Yoko-Paaren spricht.«

»Yoko«, echot Carina ehrfürchtig. »Was soll das sein? Eine neue Spielart von, ähm, ausgefallenem Sex?«

»Nein, mein Schäfchen.« Beatrice wirft ihr Haar zurück und streicht es glatt. »Yoko Ono hat damals dem sieben Jahre jüngeren John Lennon den Kopf verdreht und für einigen Wirbel bei den Beatles gesorgt. Die anderen Bandmitglieder nannten sie deshalb eine Hexe. Die Yoko-Hexe.«

Jetzt langt's aber mal. Ich rücke etwas näher an die Kamera heran.

»Du willst doch wohl nicht behaupten, dass meine Mutter eine Hexe ist?«

Beatrice trinkt erst mal einen Schluck. Dann legt sie die Fingerspitzen aneinander, eine Geste, die offenbar Abgeklärtheit signalisieren soll. Sie gefällt sich halt in der Rolle eines weiblichen Gurus.

»Als glücklich verheiratete Frau mit einem älteren Partner vertrete ich die Auffassung, dass nur schwache Männer eine ältere Frau brauchen. John Lennon war genial, doch er suchte Halt. Den er dann bei Yoko fand.«

Es wird immer abstruser. Wenn das so weitergeht, landen wir noch auf der untersten Stufe billiger Küchenpsychologie. Unterdessen wirkt Carina regelrecht angefixt.

»Aber du hast doch gesagt, dass es inzwischen sehr viele solcher ungleichen Paare gibt, statistisch gesehen. Sind das dann alles schwache Männer?«

Guter Einwand. Andererseits führt das weit, weit weg von meiner Mutter. Irgendwie habe ich das Gefühl, dass sich Beatrice so leidenschaftlich auf das Thema stürzt, weil sie insgeheim von der Idee fasziniert ist, einen jüngeren Mann zu daten – auch wenn sie es niemals zugeben würde. Carina ist da schon einen Schritt weiter.

Doch was habe ich damit zu schaffen? Höchste Zeit, diese ausufernde Diskussion auf die richtige Spur zu setzen. Ich straffe meine Schultern.

»Dürfte ich euch daran erinnern, dass wir darüber reden wollten, wie ich meine Mutter vor einer riesigen Enttäuschung bewahren kann?«

»Ach ja, sicher«, flötet Beatrice. »Aber um das Kernthema kommen wir nicht drum herum: Sex. Gehen wir mal davon aus, dass deine Mutter neugierig war. In erotischer Hinsicht. Nach fünfzig Jahren Ehe keine Überraschung, wenn ihr mich fragt.«

O nein. Nein, nein, nein. Welche Tochter möchte über das Sexleben ihrer Mutter sprechen? Ich nicht. Nie nicht. Deshalb bin ich schon drauf und dran, das Meeting abzubrechen, als mir einfällt, dass meine Mutter selber in Bezug auf Johannes von *life changing Sex* gesprochen hat. Wörtlich. Kaum zu glauben, dass sie solche Begriffe überhaupt kennt.

»Daraus ergeben sich zwei Lösungsansätze«, spricht Beatrice ruhig weiter, als hätte sie meinen gereizten Ton gar nicht bemerkt. »Einmal der Gewöhnungseffekt. Sobald die erste Neugier befriedigt ist, erlahmt das Interesse an dem jüngeren Mann. Der wiederum lässt sich zwar gern was beibringen, Kamasutra rauf und runter, aber dann zieht er weiter. Allerdings kann das ein Weilchen dauern. Und so, wie ich es einschätze, Anne, willst du schnelle Resultate. Richtig?«

Obwohl ich mich immer unwohler mit diesem Thema fühle, stimme ich ihr zu.

»Genau. Deshalb habe ich auch beschlossen, nach Rom zu fliegen, wo meine Mutter mit ihrem Neuen Urlaub macht.«

»Dann kommt die zweite Option infrage: Sorg dafür, dass ihr Sexleben nicht ungestört weiterläuft. Grätsch dazwischen!«

Wie kann sie nur so etwas Perverses vorschlagen? Ich wollte den beiden Turteltauben ein bisschen dazwischenfunken, damit der Urlaub nicht ganz so komplikationsfrei verläuft, aber doch nicht in deren *Sexleben reingrätschen.*

»Das kann nicht dein Ernst sein, Beatrice.«

»Mein voller Ernst.«

»Und wie stellst du dir das vor? Soll ich meiner Mutter und ihrem Lover beim Liebesspiel einen Eimer kaltes Wasser über den Kopf kippen?«

»Solche Fantasien sind ein Anfang«, nickt Beatrice.

Manchmal zweifle ich wirklich an ihrer geistigen Fitness. An ihrer Herzensbildung sowieso. Aber vielleicht ist das ja ihre Coaching-Strategie: Bestärke die Leute in ihren hirnrissigsten Ideen, dann fühlen sie sich besser und buchen gleich das nächste Coaching.

»Du könntest im Hotel anrufen und darum bitten, dass man ihnen ein Zimmer mit getrennten Betten gibt«, giggelt Carina.

»Oder ihnen heimlich Abführmittel in den Kaffee mischen.« Beatrice nimmt einen Schluck von ihrem Gletscherwasser. »Bei Dünnpfiff ist's vorbei mit den Liebesfreuden.«

In diesem Moment trifft eine WhatsApp von Erika ein. Eine willkommene Unterbrechung.

»Entschuldigt«, ich halte mein Handy in die Kamera, »das ist was Berufliches und wichtig.«

Erika hat wahrlich nicht lange gefackelt.

Die Sache läuft. Treffe Marvin heute Abend, Termin um 20 Uhr, melde mich später noch mal. E

Bin ja mal gespannt, ob er ihr die desorientierte Seniorin abkauft. Denn was auch immer er inzwischen unternommen hat – eine seiner Scheinfirmen muss er aktiv halten, wenn er Erika ködern will. Ich habe sie bestens gebrieft. Insolvenzen werden seit einigen Jahren auf einem zentralen europäischen Portal veröffentlicht, so sieht es die Insolvenzverordnung vor. Erika kann also direkt nachschauen, wenn Marvin ihr einen Firmennamen nennt. Auch er weiß das. Also wird er zumindest eine seiner Scheinfirmen am Laufen halten, um die vermeintlich arglose Seniorin aufs Kreuz zu legen.

»So, ich denke, damit sind wir durch«, wende ich mich wieder an meine Freundinnen.

»Moment, ich hätte da eventuell noch eine Frage«, meldet sich Carina ungewohnt schüchtern zu Wort. »Was finden junge Männer sonst noch attraktiv an älteren Frauen?«

Himmel, sie ist so durchschaubar. Sie will doch nur wissen, wie sie bei ihrem Youngster aus der Bar noch heißer rüberkommen kann, und nimmt dafür sogar in Kauf, dass ich den Grund ihrer Frage erfasse.

»Falsche Baustelle«, winkt Beatrice ab. »Nur so viel: Junge Männer, die keine Kinder wollen, finden es ganz entspannt, dass ältere Frauen mit dem Thema Familiengründung durch sind. Sie mögen es auch, wenn Frauen zu sich selbst gefunden haben und ein natürliches Selbstbewusstsein ausstrahlen.«

»So wie wir«, sagt Carina erfreut.

»O ja«, bestätigt Beatrice. »Außerdem kann man mit reiferen Frauen tiefgründige Gespräche führen und muss sich nicht irgendwelchen Youngster-Smalltalk anhören.«

So ähnlich hat es Marvin auch beschrieben. Nur, dass es bei ihm ein Fake-Argument war. Vielleicht hat er ja vorher wie Beatrice im Internet recherchiert? Und dann alles abgespult, was er sich angelesen hatte? Egal. Ich verplempere hier meine Zeit. Deshalb halte ich meine Armbanduhr in die Kamera.

»Danke für das Gespräch, ich muss jetzt wirklich fürs Abendessen einkaufen.«

»Nicht so schnell.« Vorwurfsvoll schüttelt Beatrice den Kopf. »Wir sollten noch erörtern, was du konkret tun kannst.«

Nein, sollten wir nicht. Ganz deutlich spüre ich, wie fremd mir Beatrice und Carina geworden sind. Wir hatten unsere guten Zeiten, wir haben zusammen gelacht und geweint, einander immer unterstützt. Doch selbst beste Freundinnen können sich auseinanderentwickeln.

»Das besprechen wir ein andermal. Tausend Dank für Euer Engagement. Was wäre ich ohne euch?«

»Verzweifelt und allein«, kommt es wie aus der Pistole geschossen von Beatrice.

Danke, du mich auch. Ohne ein weiteres Wort klappe ich den Laptop zu. Und auf einmal habe ich Lust, mit Tom zu sprechen. Ja, Tom. Obwohl er mich dauernd provoziert, nein, *weil* er mich dauernd provoziert, hat er mir weit wichtigere Impulse gegeben, über mein Leben nachzudenken, als Beatrice und Carina zusammen.

Wäre die Situation nicht so hoffnungslos verfahren, könnte er so was wie meine neue beste Freundin werden. Scheibenkleister. Habe ich das jetzt gerade wirklich gedacht?

Kapitel 24

»Mmhhhh, was riecht hier so gut?« Mit einem für seine Verhältnisse geradezu verzückten Gesichtsausdruck tigert Noah in seiner abgehalfterten Trainingshose durch die Küche. »Sag bloß, es gibt unser Lieblingsessen.«

Auch Ella schaut neugierig um die Ecke. Ihr Haar steckt unter einem Handtuchturban, das Gesicht ist vom abendlichen Duschen gerötet. Sie trägt schon ihren hellblauen Bärchenschlafanzug, ein reichlich abgeliebtes Teil, das sie genauso hartnäckig gegen alle Entsorgungsversuche verteidigt wie Noah seine verwaschenen Joggingklamotten.

»Yeah-i!« Übermütig schnippt sie mit den Fingern. »Mums Curry mit Hühnchen und Mango!«

»Ist schon fast fertig«, lächele ich so glücklich, wie Mütter lächeln, wenn sie ihren Kindern eine Freude bereiten können. »Möchtet Ihr auch Cashewkerne dazu? Chili? Und frischen Lauch?«

»Was denn sonst?«, entgegnet Noah geradezu entrüstet. »Sonst wär's ja nicht dein Spezialcurry.«

Unaufgefordert fangen die beiden an, den Küchentisch zu decken, was nicht unbedingt die Regel, aber wohl ein kleines Dankeschön ist. Sie decken für drei. Es ist halb sieben, Karsten kommt selten vor neun Uhr nach Hause. Irgendwie hat es sich so eingeschliffen. Unter der Woche kriegen die Kinder ihren Vater kaum zu Gesicht, und ich bin ganz froh, ihm jetzt noch nicht zu begegnen. Zum einen, weil ich all meinen Mut zusammengenommen und ihm per WhatsApp mitgeteilt habe, dass ich übermorgen nach Rom fliege, woraufhin er per WhatsApp ausgeflippt ist, mit tausend Fragezeichen und Ausrufezeichen. Zum anderen, weil ich ein bisschen Quality Time mit Ella und Noah haben möchte.

Es ist an der Zeit, ein paar Dinge zu besprechen. Nachdem ich den Lauch in kleine Röllchen geschnitten und über das Curry gestreut habe, stelle ich ihnen die Frage, die mir nicht erst seit den letzten Zoom-Calls mit Carina und Beatrice auf der Seele liegt.

»Sagt mal, findet ihr, dass ich euch vernachlässigt habe, seit ich wieder arbeite?«

»Hast du'n Knall?« Ella zieht die Augenbrauen hoch. »Du bist eine tolle Mutter. Wenn wir dich brauchen, bist du für uns da, ansonsten absolut gechillt.«

»Genau der richtige Mix«, pflichtet Noah ihr bei.

»Was ist das überhaupt für eine Frage?« In der Besteckschublade klappert es vernehmlich, während Ella Messer und Gabeln herausholt. »Fragst du uns das, weil Carina und Beatrice dir die Hölle heiß machen mit ihrem bescheuerten Überhausfrauending?«

Unentschlossen betrachte ich das Curry, in das ich gerade zwei Dosen Kokosmilch sowie frisch gehackten Koriander hineinrühre, dann ringe ich mich zu einer wahrheitsgemäßen Antwort durch.

»Könnte sein.«

»Nichts gegen deine Freundinnen«, brummt Noah, »aber ich

finde Carina und Beatrice total uncool. Back-Videos? Mami-Blog? Hallo? Das ist doch alles nur Show. Nichts davon ist authentisch. Kein Mensch lebt wirklich so.«

»Und dauernd diese Superwoman-Nummer.« Schwungvoll pfeffert Ella das Besteck auf den Tisch. »Was kriegen die denn schon auf die Reihe? Die haben doch lauter Au-pair-Mädchen, Putzfrauen und Gärtner, die für sie springen. Wenn du mich fragst, könnten die genauso gut in einer Losbude arbeiten. Als Nieten.«

Interessant, wie kritisch sie meine Freundinnen sehen. Ich wusste zwar, dass sie Carina und Beatrice nicht gerade ins Herz geschlossen haben, doch diese vehemente Ablehnung ist mir neu. Vielleicht weil sie merken, dass mich die beiden zuletzt immer mehr verunsichert haben.

Doch langsam dämmert selbst mir, dass ich mir das nicht mehr bieten lassen muss. Ich habe es so satt, mir dauernd anzuhören, mit meinem Leben stimme etwas nicht. Auch dieses ganze Getue, mit dem meine angeblichen Freundinnen ihren angeblich smarten Lebensstil beweihräuchern und sich für die ultimativen Ratgeberinnen halten, geht mir nur noch auf den nicht selbst gebackenen Keks.

Lange habe ich das verdrängt. Viel zu lange.

»Ich würde sie nicht so hart verurteilen«, versuche ich dennoch den Ton zu entschärfen. »Jeder muss schließlich selbst wissen, was ihn glücklich macht.«

»Weißt du denn, was dich glücklich macht, Mum?«

Es ist Ella, die diese Frage gestellt hat. Einfach so, locker aus der Hüfte. Herrje, sie ist fünfzehn! Waren Teenager früher auch schon so plietsch?

Um mir eine passende Erwiderung zurechtzulegen, nicht zu oberflächlich, aber auch nicht zu detailliert im Hinblick auf meine Ehe, stelle ich zunächst den Topf mit dem duftenden goldgelben Curry auf den Tisch. Noah hat als Unterlage schon ein feuerfestes Gitter darauf platziert. Sehr umsichtig, mein Sohn. Danach setze ich mich und verteile das Curry auf die Teller.

»Was mich glücklich macht, wusste ich lange gar nicht. Ich meine, ihr macht mich glücklich, unser Leben, all das.«

»Auch Dad?«

Dieses Mal ist es Noah, der die Frage gestellt hat. Lässig lehnt er am Fenster mit den bordeauxroten Gardinen und bedenkt mich mit einem Blick, in dem ich eigentlich schon die Antwort lese. Doch es wäre zu früh, jetzt über Karsten und mich zu sprechen. Ich muss mich erst mal selber sortieren und wissen, was ich will.

»Unsere Ehe ist momentan nicht mein wichtigstes Thema«, weiche ich deshalb aus. »Ich möchte mich beruflich verändern.«

»Wow.« Überrascht bläst Ella die Backen auf. »Was hast du vor?«

»Ich dachte an Ernährungsberaterin. Da kann ich Menschen helfen, gesünder zu leben.«

»Eine Kräuterhexe bist du doch schon«, flachst Noah, der sich zu uns setzt und grinsend auf den Topf zeigt. »Koch was für deine Klienten, nimm viel Koriander, da werden die automatisch gesund.«

»Health Food!«, ruft Ella aufgeregt. »Ein Megatrend!«

»Danke für den Tipp, ich hatte auch schon über etwas Ähnliches nachgedacht. Und zwar in Richtung antientzündliche Ernährung.«

»Anti …« Noah kratzt sich am Kopf. »Was soll das denn sein?«

»Es geht dabei um sogenannte niedrigschwellige Entzündungen im Körper, die von Zucker, aber auch durch den Konsum von zu viel Fleisch ausgelöst werden«, erläutere ich mein frisch erworbenes Wissen. »Erst fühlt man sich nur matt und abgeschlagen, später kann man chronische Gelenkentzündungen, Rheuma und Atemwegsinfekte bekommen.«

»Du willst mir bloß meine Cola madig machen«, beschwert sich Noah.

»Nur wenn's zu viel wird, ist es schädlich.« Ich schenke ihm einen freundlichen Blick. »Außerdem kann man gegensteuern. Ingwer und Kurkuma beispielsweise wirken stark entzündungshemmend, auch Knoblauch und grünes Gemüse.«

»Darauf einen Brokkoli-Burger«, murmelt Noah.

»Jetzt quatsch mal nicht so blöd daher.« Auch Ella setzt sich an den Tisch. »Wusstest du, dass ganz viele Krankheiten ernährungsbedingt sind? Weil sich die Leute lauter Chemiezeugs, Transfette und so was reinziehen.«

»Genau«, nicke ich. »Aber man kann Gesundheit buchstäblich essen. Damit stärkt man den Darm und das Immunsystem und hat beste Chancen, bis ins hohe Alter fit zu bleiben. Dieses Curry beispielsweise ist ein echter Boost für die Gesundheit. Mango und Cashews enthalten viele sekundäre Pflanzenstoffe, die gesund halten, der Ingwer bringt zusätzlich Power in die Sache. Und extra für dich, liebe Ella, ist es natürlich laktosefrei, weil ich nur Kokosmilch verwende. Guten Appetit.«

Eine Weile ist es still. Friedlich still, was immer dafürspricht, dass es allen schmeckt. Ich nutze die Gelegenheit, um auf mein Handy zu schauen, und entdecke eine Nachricht von Marvin.

Hi Süße, Kuss ist angekommen 😊😊😊 Gleich habe ich ein megawichtiges Meeting, drück mir deine süßen Daumen (die ich demnächst gern küssen würde)

O ja, mein bester Marvin, und wie ich die Daumen drücken werde. Für Erika. Falls sie heute Abend wieder so ein damenhaftes Outfit trägt und ihre Seniorenstrategie durchzieht, könnte der Plan aufgehen. Dann wären Marvins Tage als Betrüger gezählt.

»Kinder, ich hätte da noch eine Frage«, schneide ich ein neues Thema an, als der erste Hunger gestillt ist. »Kommt ihr beiden zwei, drei Tage allein klar?«

Ella lässt ihre Gabel sinken.

»Wie – allein?«

»Nur mit Papa. Ich werde nämlich übermorgen nach Rom fliegen.«

»Nach Rom? Mit wem?«, erkundigt sich Noah überrascht.

»Dösbaddel«, lacht Ella. »Oma fliegt doch nach Rom, mit ihrem neuen Typen. Hey Mum, willst du etwa den Anstandswauwau machen?«

»Na jaaaa«, verlegen male ich mit der Gabel kleine Kringel in den Saucenrest auf meinem Teller. »Ich möchte nur ein wenig auf Oma aufpassen. Sie hat sich einen sehr viel jüngeren Mann ausgesucht. So was kann böse ins Auge gehen.«

»Spielverderberin«, grient Noah.

»Hast du uns nicht immer gesagt, dass jeder seine Fehler selber machen muss?«, argumentiert Ella geschickt. »Außerdem ist Oma doch erwachsen.«

»Für Fehlgriffe ist man nie zu alt, Ella.«

»Ganz ehrlich, ein junger Mann wäre auch ideal für dich«, flüstert sie mir ins Ohr. »Nicht der blonde Muckimann, der sieht ein bisschen zu schlicht aus. Mir gefällt der süße Typ aus dem Garten viel besser. Der hat was. »

Wie kommt sie denn nun wieder auf Tom? Wie kommt Ella überhaupt darauf, ein anderer Mann könnte mir guttun? Schließlich bin ich mit ihrem Vater verheiratet, wie sie sehr wohl weiß. Andererseits leben wir alle unter einem Dach, und da bleibt natürlich nicht verborgen, dass es in unserer Ehe knirscht und scheppert. Eigentlich ist sie nur noch eine Farce. Wenn überhaupt.

Plötzlich durchzuckt mich ein irrer Gedanke: Was würde ich nach einer Trennung von Karsten als Erstes tun? Etwa einer erotischen Versuchung nachgeben? Und wenn ja, wer käme dafür infrage? Tom? *Tom?* Prompt geht mein Atem schneller, und ein wohliger Schauer überrollt mich. Ja, Tom hat was. Er ist charmant, ohne schmierlappig zu sein, und wenn ich an seine intensiven Blicke denke, werde ich ganz schön unruhig. Nur dass er leider viel zu jung ist. Selbst für eine flüchtige Affäre.

»Tom und ich haben heute Abend eine Verabredung«, flüstere ich zurück. »Aber wir reden nur.«

Mit mehreren WhatsApp hat er mich am Ende doch noch weichgeklopft: Wir sollten unbedingt unsere Unstimmigkeiten bereinigen, er sei bereit, meine Einwände gegen den Beziehungswahnsinn unserer Eltern anzuhören, im Übrigen hätte er ebenfalls über alles nachgedacht.

»Wäre doch schade, wenn ihr nur redet«, wispert Ella. »Oder du suchst dir was anderes aus. Aber lass dir den Ausweis zeigen, bevor du was mit einem Jüngeren anfängst. Soll ja alles legal bleiben, gell?«

Meine Tochter. Ohne Worte.

»Ich find's blöd, dass ihr Geheimnisse habt«, muffelt Noah.

»Ach, das ist nur …«, will ich abwiegeln, als es an der Tür schellt. »Nanu? Erwartet ihr jemanden?«

Beide senken den Daumen. Wer könnte es dann sein? Karsten hat selbstverständlich einen Schlüssel, Erika ist noch bei ihrem Termin mit Marvin, Carina und Beatrice würden niemals unangemeldet vor der Tür stehen. Dafür sind sie zu »strukturiert«.

Schon während ich in den Flur gehe, höre ich aufgeregtes Stimmengewirr, das von draußen hereindringt. Auch Karstens Stimme ist auszumachen. Bringt er etwa irgendwelche Kollegen mit? Das sähe ihm gar nicht ähnlich.

»Na, endlich«, stöhnt er, als ich die Haustür öffne.

Er liegt auf einer Rolltrage, drei Sanitäter in leuchtend gelben Overalls begleiten ihn.

»Herrje, was ist passiert?«, rufe ich erschrocken.

»Ihr Mann hat sich den Fuß gebrochen«, werde ich von einem der Sanitäter informiert.

»Gebrochen.« Mein Blick wandert zu Karstens eingegipstem rechten Knöchel. »Wie konnte das …?«

»Egal«, raunzt er mich an. »Die nächsten Wochen werde ich zu Hause arbeiten müssen. Und Hilfe brauchen, rund um die Uhr. Deine Romreise kannst du knicken.«

Kapitel 25

Wer kennt sie nicht, die Witze über Männergrippe? Ja doch, Männer sind unfassbar wehleidig. Zweimal geniest, und sie stehen mit einem Bein im Grab. Doch was Karsten hier aufführt, toppt alles. Seit einer Stunde liegt er mit seinem eingegipsten Fuß auf der Couch und leidet so effektvoll wie ein Topabsolvent der Mimimi-Akademie. Obwohl ihm die Sanitäter eine Dosis Schmerzmittel verpasst haben, die einen Elefanten ins Koma schicken würde, jammert er herum, dass es im ganzen Haus zu hören ist.

Und Wünsche hat der Herr. Zunächst verlangte er nach seinem Laptop. Danach wollte er ein Glas Rotwein, sein Handy-Akkukabel, ein Kühlpad, eine Tüte Gummibärchen, ein juristisches Fachlexikon, seine Schlafmaske, eine leichte Wolldecke. Jetzt hat er sich in den Kopf gesetzt, dass ihn nur ein riesiges T-Bone-Steak vor dem sicheren Tod bewahren kann. Da meine Kühltruhe so was nicht hergibt, soll ich eben in ein Steakhaus fahren und das Gewünschte für ihn besorgen.

»Karsten, bei aller Liebe, du kriegst kein Kind«, erkläre ich mit dem letzten Rest meiner kaum noch vorhandenen Geduld. »Schwangerschaftsgelüste scheiden damit aus. Dein Fuß ist gebrochen, das ist alles.«

»*Alles* nennst du das?«, wimmert er mit waidwundem Blick. »Ich krümme mich hier vor Schmerzen!«

»Dann bringe ich dir gern noch eine Schmerztablette.«

»Verdammt!« Mit der flachen Hand hämmert er sich an die Stirn. »Da brauche ich dich *ein* Mal, *ein ein-zi-ges* Mal, und du mauerst!«

»Ansichtssache.« Mein Blick wandert zu seinem Gips, den er auf drei Kissen hochgelagert hat. »Mich würde ja mal interessieren, wie du dir in der Kanzlei den Fuß brechen konntest.«

Eine harmlose Frage. Dennoch löst sie so was wie eine Gesichtsachterbahn bei ihm aus.

»Erzähle ich dir bei Gelegenheit.«

Wie bitte? Da ist doch was faul. Jeder, der einen Unfall hatte, liebt es, haarklein alle Details zu erklären. Es sei denn … Auf einmal wird mir kalt. Offenbar sind die Umstände des Knöchelbruchs derart peinlich, dass Karsten sie wohlweislich verschweigt, und meine Intuition sagt mir, eine gewisse Lulu Kornfeld könnte daran beteiligt gewesen sein. Ich war ja so blöd. Viel zu lange habe ich die Augen davor verschlossen, dass er sich das nächste Betthäschen in die Kanzlei geholt hat. Direkt vor meiner Nase ist er mir erneut untreu geworden.

Bin ich schockiert? Enttäuscht? Am Boden zerstört? Merkwürdigerweise nichts von alldem. Insgeheim habe ich es wohl schon erwartet und Karsten deshalb innerlich bereits abgeschrieben. Da fragt sich nur noch: Bei welcher ausgefallenen Sexstellung bricht man sich denn bitte den Fuß?

Verstohlen sehe ich zur Uhr. Es ist viertel vor neun, seit einer Dreiviertelstunde wartet Tom auf mich. Während ich noch überlege, ob ich Karsten meine abendliche Abwesenheit mit der äußerst langwierigen Suche nach einem Steak verkaufen kann, kommt Noah mit seinem Steamdeck ins Wohnzimmer geschlurft.

»Hey Dad, Lust auf Counterstrike?«

Ein Wunder geschieht. Gerade noch todkrank, richtet sich Karsten blitzartig auf und reckt einen Daumen in die Höhe.

»Counterstrike, super!«

»Dann bringe ich euch Chips und Cola«, seufze ich erleichtert.

Gesagt, getan. Nachdem ich beides serviert habe, gönne ich mir einen schnellen Beauty-Check im Badezimmer und schnappe mir die Autoschlüssel. Erfahrungsgemäß dauern Counterstrike-Sessions zwei, drei Stunden, was mir ein anständiges Zeitfenster verschafft.

»Ich fahre los«, verabschiede mich leise von Ella, die in der Küche mit ihrem aktuellen Freund chattet.

»Hab Spaß, Mum«, giggelt sie. »Wenn du mich fragst, mach diesen Tom klar. Wie gesagt, der hat was.«

Hat mir meine Tochter etwa nochmals empfohlen, etwas mit einem anderen Mann anzufangen? Da klaffen wohl Abgründe zwischen den Generationen. So einen Spruch hätte ich mich bei meiner Mutter niemals getraut, abgesehen davon, dass ich mir nichts sehnlicher wünsche als den Fortbestand der Ehe meiner Eltern. Wieder einmal wundere ich mich, dass Ella alles auf die leichte Schulter zu nehmen scheint. Nun ja, was sie von meiner Ehe hält, ist wahrlich kein Geheimnis.

Auf Zehenspitzen schleiche ich zur Haustür, schließe sie geräuschlos hinter mir und haste zu meinem Wagen. Der Abend wäre damit gerettet. Nur die Romreise hängt am seidenen Faden. Eins nach dem anderen, beruhige ich mich. Wie heißt es so schön? Große Dinge geschehen, wenn man kleine aufeinanderstapelt. Hoffen wir's.

Zwanzig Minuten später erreiche ich das Vegan Paradise. Der

Laden brummt, alle Tische und sämtliche Barhocker sind besetzt. Für uns hat Tom nichts freigehalten. Offenbar ist er davon ausgegangen, dass ich nicht mehr erscheine.

»Tut mir leid, es gab einen familiären Notfall«, entschuldige ich mich, als er mir mit ausgebreiteten Armen entgegenläuft, so als wollte er mich umarmen – was ich durch einen schnellen Rückwärtsschritt verhindere.

»Oha.« Er lässt die Arme sinken. »Das hört sich ja dramatisch an. Was ist passiert?«

Wenn ich das wüsste. Falls Karsten wirklich die Art Doppelleben führt, die ich vermute, scheint es dabei recht sportlich zuzugehen.

»Ein Unfall. Am besten, wir verschieben unser Treffen, hier ist ja kein Platz mehr.«

»Ich möchte gar nicht im Lokal reden.« Mit dem Kinn deutet Tom auf einen großen Weidenkorb, der neben dem Tresen steht. »Ich dachte an ein Picknick.«

»Ein Picknick«, stöhne ich. »Hast du mal nach draußen geschaut? Es ist schon fast dunkel.«

»Ich hatte ja auch nicht vor, dich in einen düsteren Park zu schleppen. Wir gehen in meinen Garten. Er liegt direkt hinter dem Restaurant.«

»Du wohnst hier?«

»Ja, zu meinem Lokal gehört eine Wohnung nach hinten raus und ein kleiner Garten. Eher ein begrünter Hinterhof, aber ganz nett.«

Nett brauche ich es ja eigentlich nicht für unser Gespräch. Aber da ich nun mal hier bin, ist es mir herzlich egal, ob wir nun in seinem veganen Paradies, in einem Hinterhof oder auf einem

Supermarktparkplatz reden. Mir geht es um knallharte Inhalte, nicht um irgendeine Location.

»Einverstanden.«

»Dann komm mal mit«, sagt er lächelnd und greift zu dem Weidenkorb.

Am Tresen vorbei führt er mich in einen schmalen Gang. Linkerhand liegt die Küche, wo zwei Köche Gemüse schnippeln, rechts befinden sich die Toiletten. Am Ende des Flurs öffnet er eine Tür. Dort bleibe ich verblüfft stehen.

Wow. Tom hat so was von tiefgestapelt!

Begrünter Hinterhof ist nur ein sehr, sehr schwacher Begriff für das, was mich hier erwartet. Bäume und Büsche säumen eine Rasenfläche, auf der ein Tisch mit einem mehrarmigen Kerzenleuchter sowie zwei verschnörkelte schmiedeeiserne Gartenstühle stehen. In den Zweigen der Bäume hängen bunte Lichterketten, im Rasen stecken brennende Fackeln.

»Sieht das hier immer so aus?«, frage ich geplättet.

»Nein, ist nur für dich.«

War das jetzt ironisch gemeint? Tom hat ein Pokerface aufgesetzt, freundlich, aber neutral.

»Bitte, nimm doch Platz«, fordert er mich auf und tippt etwas in sein Handy ein.

Auf einmal plätschert Klaviermusik durch den Hinterhof, sanft perlende Läufe von der Art, die die Seele streicheln.

»Chopin«, erklärt Tom, während er die Kerzen anzündet. »Ich hoffe, du magst die Nocturnes.«

Ich liebe sie. Es ist eine Musik, in die man sich fallen lassen kann wie in eine weiche Daunendecke. Doch ich darf mich nicht einlullen lassen. Auf keinen Fall. Lichtergirlanden, romantische

Musik, gut und schön, aber dafür bin ich nicht hier. Tom soll wissen, dass eine toughe Frau vor ihm sitzt, die weiß, was sie will. Zumindest heute Abend.

»Ganz hübsch, deine kleine Inszenierung«, erwidere ich so cool wie möglich und lasse mich auf einen der Gartenstühle fallen. »Andererseits sollte dir bewusst sein, dass ich nicht für romantische Zwangsbeglückungen hergekommen bin.«

»Danke, Message angekommen.« Auch er setzt sich und packt nebenbei den Weidenkorb aus. »Wir müssen über unsere Eltern reden. Aber gutes Essen hat noch nie geschadet.«

Nur, dass dann alles viel länger dauert. Ungeduldig sehe ich zu, wie er lauter kleine Schüsseln auf dem Tisch verteilt: knusprig frittierte Zucchini- und Möhrensticks, mit Kräutern gefüllte Champignonköpfe, gebratene Pimientos, gegrillte rote Paprika und kleine Kartoffelpuffer mit Rosmarin. Ich würde ja gern sagen, dass ich schon mit meinen Kindern gegessen habe, doch das Wasser läuft mir im Mund zusammen.

»Das sind vegane spanische Tapas, dazu würde ein spanischer Sekt passen.« Tom holt eine Flasche aus dem Korb, die zwecks Kühlung in einer Styroporhülle steckt. »Et voilà, hier haben wir einen veganen Cava aus Penedès in Katalonien.«

Es ist mir unmöglich zu protestieren, als er zwei Gläser füllt. Der Tag war hart, da darf man sich ja wohl ein Glas Sekt gönnen. Mehr aber auch nicht. Das habe ich aus meinem Barbesuch mit Marvin gelernt.

»Prost, Anne.« Lächelnd reicht er mir ein Glas und hebt seins in meine Richtung. »Auf einen schönen Abend.«

»Einen ergebnisreichen Abend«, verbessere ich ihn.

Meine Strategie steht jedenfalls fest: Ich muss verhindern, dass meine Mutter in ihr Unglück läuft, und Tom soll gefälligst mitziehen, indem er seinen Vater ins Gebet nimmt. Ohne weiteren Kommentar trinkt er einen Schluck, dann reicht er mir Besteck und eine weiße Stoffserviette über den Tisch.

»Lass es dir schmecken, ich habe mich persönlich um die Auswahl gekümmert.«

»Und alles mit Liebe gekocht?«, frage ich süffisant.

»Ganz genau.« Wieder dieses Lächeln. »Was wäre das Leben ohne Liebe?«

Also bitte. Diese Binsenweisheit hätte er sich genauso sparen können wie seinen romantischen Schnickschnack. Angezeckt spieße ich mit meiner Gabel einen kleinen Kartoffelpuffer auf.

»Die Frage ist doch: Was wird aus dem Leben einer zweiundsiebzigjährigen Großmutter, die sich in den falschen Mann verliebt?«

»Vielleicht etwas, das sich richtig anfühlt?«

»Und jetzt soll mir ein Stein vom Herzen fallen, oder was?«

»Wäre toll.«

Nee. Toll geht anders. Während ich den Kartoffelpuffer probiere, der wirklich exquisit schmeckt, lege ich mir meine Argumente zurecht. Ich muss Tom heute unbedingt überzeugen. Im Fokus steht dabei das Thema Altersunterschied. Mein frisch erworbenes Wissen über Rollenspiele reifer Frauen, schwache Männer und Yoko-Hexen werde ich selbstverständlich unerwähnt lassen. Da ist mein Marvin-Debakel schon weit einleuchtender. Verklausuliert natürlich.

»Wenn ein Mann eine deutlich ältere Frau datet, vermute ich generell unlautere Absichten«, eröffne ich die Debatte.

»Wie kommst du denn auf darauf? Glaubst du etwa allen

Ernstes, ein jüngerer Mann könnte eine ältere Frau nicht attraktiv finden?«

»Na ja, eine Freundin, also, die Freundin einer Freundin«, korrigiere ich mich, damit Tom bloß nicht auf die Idee kommt, ich spräche von mir, »hat in dieser Hinsicht gerade sehr, sehr schlechte Erfahrungen gemacht.«

»*Die Freundin einer Freundin*«, wiederholt er todernst. »Was ist ihr denn so Schlimmes widerfahren?«

»Unwichtig.«

»Anscheinend ja nicht.«

»Also gut«, lenke ich mit einem Achselzucken ein. »Ein Flirt, der keiner war. Dates, die keine Dates waren. Gespräche, die Interesse vorschützten, aber nur gezieltes Ausfragen waren. So was in der Art.«

»Das tut mir aber sehr leid für die Freundin deiner Freundin.«

Diese Bemerkung war nun ganz eindeutig ironisch gemeint. Er hat mich durchschaut. Wieder mal. Wie dumm von mir, das Thema überhaupt anzuschneiden.

»Danke, sie braucht kein Mitleid«, entgegne ich verschnupft. »Nur einen kühlen Kopf.«

»Verstehe.« Schmunzelnd angelt er sich ein Stückchen Paprika vom Tisch. »Aber es muss doch nicht automatisch was Unlauteres dahinterstecken, wenn ein jüngerer Mann eine ältere Frau datet, oder?«

Er macht es mir wirklich schwer. Ist das nun Raffinesse oder Blauäugigkeit?

»Ungleiche Paare haben ein rasches Verfallsdatum«, entgegne ich nüchtern. »Da kann man's auch gleich bleiben lassen.«

»Du würdest dich gut mit meiner Schwester verstehen.«

»Du hast eine Schwester?«

»Halbschwester. Sie ist auch dagegen.«

Das ist ja allerhand. Da habe ich eine potenzielle Verbündete und erfahre nur en passant davon.

»Könnte ich sie irgendwann mal kennenlernen?«

»Leider haben wir kaum Kontakt. Unüberwindbare Differenzen, falls du verstehst, was ich meine.«

»Sehr gut sogar«, gehe ich zum Angriff über. »Schließlich haben auch wir beide unüberwindbare Differenzen.«

»Ach, ist das so?« Im samtweichen Licht der Kerzen erkenne ich in seinem Gesicht einen Anflug von Belustigung, in die sich noch etwas anderes, Undefinierbares mogelt. »Lassen wir mal meinen Vater und den Rest der Familie beiseite. Nehmen wir zum Beispiel uns beide. Ich bin um einiges jünger als du. Trotzdem könnte ich dich …«, versonnen knabbert er an seiner Paprikaschote, »na ja, ich könnte dich doch durchaus anziehend finden.«

Kapitel 26

Hustend ringe ich nach Luft. Ich habe mich so heftig an meinem Kartoffelpuffer verschluckt, dass ich kaum Luft bekomme. Verdammt, was redet Tom denn da?

War nur hypothetisch gemeint, klar, dennoch geht es mir durch und durch. Ihm offenbar auch. Es knistert zwischen uns. Nein, die Luft zwischen uns brennt. Mir wird heiß, und ich spüre, wie sich kleine Schweißtröpfchen auf meiner Stirn bilden.

Unverwandt schaut Tom mich an. Sitzt einfach nur da, den Kopf etwas schräg gelegt, und betrachtet mich, wie man ein Bild oder eine Skulptur betrachtet. Ich schmelze unter diesem Blick. Weil es der Blick eines Mannes ist, der Gefallen an einer Frau findet. An mir, Anne Helene Stegner, Anfang ranzig und alles andere als eine routinierte Milf.

Reiß dich am Riemen, Anne. Du bist verwirrt. Tom hat dich verwirrt. Dahinter steckt bestimmt ein Plan. Er flirtet mit dir, damit du den späten Frühling deiner Mutter tolerierst und sein Vater freie Bahn hat. Ziemlich ausgekocht, derart mit deinen Gefühlen zu spielen. Du musst jetzt höllisch auf dich aufpassen, denn eines dürfte klar sein: Du magst ihn. Vielleicht sogar etwas mehr als das. Deshalb bist du auch so verlegen wie ein kleines Schulmädchen, nur weil er dich ansieht.

Erst das Surren des Handys erlöst mich aus meiner Befangenheit. Erika hat eine Nachricht geschickt, die ich natürlich sofort lese. Selbst eine todlangweilige Message vom Steuerberater würde ich jetzt lesen, um bloß nicht weiter Toms Blicken standhalten zu müssen.

Der Fisch ist am Haken. Marvin hat den Köder geschluckt, morgen Lagebesprechung nach dem Nordic Walking. LG E

Drei Sekunden später schreibt Marvin.

Schnuckelhase, hab gerade ein Hammergeschäft eingetütet! Was das heißt? Kohle ohne Ende!! Das müssen wir feiern, und nicht erst nach deiner Reise. Morgen Abend lade ich dich groß zum Essen ein, in einen echten Sterneschuppen. Oder ich komme einfach mit auf deine Reise. Wohin soll's denn gehen? Noch mehr Küsse!!!

Umgehend schreibe ich zurück.

Sorry, das klappt leider, leider nicht. Morgen Abend muss ich arbeiten, übermorgen geht's mit der Family nach Rom. Aber danach sehen wir uns! In Eile, liebe Grüße, A

»Neuigkeiten vom familiären Notfall?«, erkundigt sich Tom mit einem Augenzwinkern. »Oder geht es um die Freundin deiner Freundin?«

»Weder noch.« Ich lasse mir viel Zeit, meinen Kartoffelpuffer aufzuessen. Ganz ruhig, Anne. Einfach das Knistern ignorieren, die brennende Luft, dein unsinnig pochendes Herz. »Das war ein Mandant. In meinem Beruf ist man rund um die Uhr im Einsatz.«

»Sehr lobenswert. Ich hoffe ja nur, dein Privatleben leidet nicht darunter.«

»Wieso, das hier ist doch privat. Oder nicht?«

»Sehr privat.« Seine Augen funkeln eigentümlich. »Wir sind ein familiäres Team. Sozusagen ein intimes Team.«

Darauf würde ich ja gern etwas Freches erwidern, doch schon wieder hat er mich aus dem Konzept gebracht. *Ein intimes Team.* Geht's noch? Dies wäre der richtige Zeitpunkt, mich grußlos aus dem Staub zu machen. Vorher muss ich allerdings noch meine Mission an den Mann bringen.

»Kommen wir auf deinen Vater zurück.« Ich setze eine strenge Miene auf, was mir vermutlich nicht ganz gelingt, weil ich viel zu durcheinander bin. »Er mag ein netter Kerl sein und so weiter, aber für meine Mutter ist er nun mal zu jung. Ich will nicht, dass sie alles aufgibt, um dann irgendwann festzustellen, dass sie mit Anlauf vor die Wand gelaufen ist.«

»Und das weißt du so genau, weil …?«

»Gesunder Menschenverstand«, antworte ich knapp.

So. Jetzt habe ich mein Pulver verschossen. Alle Argumente sind ausgetauscht, alle Risiken und Nebenwirkungen aufgelistet. Um die entstandene Pause zu überbrücken, greife ich zu den Pimientos. Ganz schön scharf, die Dinger.

Auch Tom greift zu und verzieht keine Miene, während er seine Pimientos verspeist. Ich versuche ebenfalls, cool zu bleiben, obwohl das gar nicht so leicht ist.

Objektiv betrachtet, ist Tom hinreißend. Männlich und doch jugendlich, sportlich, aber kein Klon aus der Muckibude, attraktiv, aber nicht offensiv sexy, zugewandt, aber nicht aufdringlich.

Huch. Wo kommt das denn plötzlich alles her?

»Ich würde ja was drum geben, wenn ich jetzt in deinen Kopf gucken könnte«, lächelt er. »Noch lieber würde ich in dein Herz gucken.«

Schon wieder so ein Satz, der mich umhaut. Doch diesmal bin ich gewappnet. Pseudogelangweilt lasse ich meinen Blick durch den illuminierten Hinterhof schweifen.

»Wusste ja gar nicht, dass du auch Kardiologe bist. Aber keine Sorge, mein Herz funktioniert eins a.«

»Das glaube ich dir sofort«, erwidert er verschmitzt. »Doch auf ein funktionierendes Herz muss man dann auch hören. Es kommt anders, wenn man denkt.«

Genau. Ich nehme mir einen weiteren Kartoffelpuffer. Beiße ab. Kaue. Sammle mich. Und komme zu dem Schluss, dass ich zwar nicht auf Konfrontation gehen sollte, mir aber auch nicht alles gefallen lassen muss.

»Hast du noch mehr solche Weisheiten auf Lager?«, pampe ich ihn an. »Wie wär's mit: Es ist nie zu spät für eine unglückliche Liebe? Oder: Man ist nie zu alt für verhängnisvolle Fehler, nur macht man sie halt langsamer?«

Ein schalkhaftes Lachen gleitet über Toms Gesicht. Dann lehnt er sich entspannt zurück und nimmt einen Schluck Sekt.

»Jetzt bleib mal geschmeidig. Deine Mutter wird schon selber rausfinden, ob mein Vater der Richtige ist. Die Reise nach Rom ist der ideale Test, ob die Sache Zukunft hat. Viele Paare zerstreiten sich im Urlaub, weil sie so viel Nähe gar nicht aushalten.«

Davon kann ich auch ein Liedchen pfeifen. Im Alltag schrammen Karsten und ich an größeren Zerwürfnissen vorbei, weil wir uns möglichst aus dem Weg gehen, doch im Urlaub knallt es oft gewaltig. Deshalb wollen Noah und Ella auch nicht mehr mitfahren. Sie lehnen es rundheraus ab, mit ihren Eltern zu verreisen, weil sie es zu anstrengend mit uns finden. Nervös fahre ich mir durchs Haar, dessen Kürze immer noch ungewohnt ist.

»Interessante Theorie. Ich habe eine andere: So eine Reise ist ultraromantisch, da kommt man leicht auf dumme Gedanken. Der Alltag ist weit weg, die Familie, die Freunde, und schwups, werden Ringe oder anderer sentimentaler Krempel gekauft, mit dem man Tatsachen schafft.«

»Krempel nennst du das. Hast du selber auch so einen sentimentalen Heiratsantrag bekommen?«

Eine heikle Frage. Karstens Heiratsantrag war ziemlich originell, wenn auch nicht gerade sentimental oder gar romantisch. Wir büffelten damals fürs erste Staatsexamen, er holte uns zwei Burger vom Imbiss gegenüber, in meiner Schachtel fand ich einen goldenen Ring. Das war's.

Eine weitere WhatsApp enthebt mich der Notwendigkeit, antworten zu müssen. Carina schreibt mir. Diesmal ist es eine kürzere Nachricht.

Hi Anne, entschuldige, ich habe mich unmöglich benommen. Können wir uns sehen? Ich brauche Deine Hilfe. Es geht um den Follower. Ich bin schrecklich verliebt, er wohl auch, und jetzt habe ich nur noch Angst.

Verdutzt lege ich das Handy auf den Tisch. Tja, das kommt davon, wenn man sich auf einen viel zu jungen Mann einlässt. Aber ich sitze ebenfalls einem viel zu jungen Mann gegenüber, wenn auch ohne Zeugen, spüre mein Herz hämmern und ärgere mich, wie leicht ich aus der Fassung zu bringen bin. Wieso fahre ich so auf das bisschen Aufmerksamkeit ab? Weil ich emotional ausgehungert bin? Weil mich endlich mal wieder jemand als Frau wahrnimmt – nicht als Mutter, Ehefrau oder Kanzleiangestellte, die man aushorchen will?

»Ich habe noch gar nicht den Nachtisch erwähnt«, sagt Tom. »Es gibt frische Beeren und zuckerfreie Donuts mit einer Limettenglasur.«

»Klingt toll.«

Nein, gar nicht toll.

Lerne aus deinen Fehlern, Anne. Tom hat diese kitschige Hinterhofidylle samt kulinarischen Genüssen keineswegs arrangiert, weil er auf dich steht, sondern weil er dich um den Finger wickeln will. Ein reines Ablenkungsmanöver, damit du seinen Vater in Ruhe lässt. Lass es an dir abtropfen. Und schreib sofort Carina zurück. Während Tom eine Schale mit Erdbeeren, Blaubeeren und Brombeeren aus dem unerschöpflichen Weidenkorb holt, tippe ich los.

Selbstverständlich helfe ich Dir. Wollen wir uns gleich morgen früh treffen? Um halb neun in Max' Kaffeebar?

Mein Groll auf Carina ist zwar noch nicht verraucht, doch ganz gleich, wie überheblich sie zu mir war, in dieser Notlage lasse ich sie nicht allein. Vielleicht ist es eine Schwäche, dass ich so weichherzig bin, aber zu dieser Schwäche stehe ich. Ihre Erleichterung darüber fasst sie in einem Wort zusammen.

DAAANKE!!!!!

»Nachrichten über Nachrichten, offenbar bist du eine gefragte Frau«, sagt Tom in einem Tonfall, der alles bedeuten könnte, Amüsement, Respekt, Genervtheit.

Obwohl ich mir vorgenommen habe, meinen Alkoholkonsum drastisch einzuschränken, halte ich ihm mein Glas hin.

»Darauf einen Schluck Cava.«

Wir trinken synchron und setzen die Gläser synchron ab. Ein Klassiker, der in jedem Flirtratgeber steht. Tom scheint alle konsultiert zu haben. Auch am gut gespielten Interesse lässt er es nicht fehlen.

»Du bist Juristin – gibt es eigentlich ein gewisses Berufsrisiko, wenn man in einer Anwaltskanzlei arbeitet?«

»Sicher, jeder Beruf hat seine Tücken.« Irgendwas kitzelt mein Zwerchfell, und plötzlich muss ich kichern wie ein Teenager. »Zum Beispiel Kellner. Die geben den Löffel ab.«

Mit großen Augen starrt Tom mich an, dann prustet er los wie ein kleiner Junge.

»Der Gärtner beißt ins Gras!«

Auch ich muss laut lachen, und prompt fällt mir das nächste dusselige Wortspiel ein.

»Den Elektriker trifft der Schlag!«

»Der Autohändler kommt unter die Räder!«, macht Tom prustend weiter.

»Der Pornostar kommt nie wieder!«

Stopp, Anne! Zu gewagt! Ich habe mich vergaloppiert, weil ich mich auf einmal so wohlfühlte in Toms Gegenwart. Was gibt es Besseres, als mit einem Mann lachen zu können? Doch es schwingt halt auch eine gewisse Erotik mit, wenn man sich zu zweit der hemmungslosen Albernheit hingibt und dann auch noch sexuelle Anspielungen fallen. Tom merkt es ebenfalls. In seine Augen tritt ein verdächtiges Glitzern, das nicht am flackernden Kerzenlicht liegt.

»Hätte ja nicht gedacht, dass du dich mit Pornos auskennst.«

Achtung, Kopfkinoalarm.

»War doch nur ein Spruch«, wiegele ich ab.

Zu spät. Etwas hat sich verändert. Auf einmal schweben drei große Buchstaben über unseren Köpfen. Der erste ist ein S, der dritte ein X. Tom beugt sich etwas vor, seine Augen suchen meinen Blick.

»Pornostars kommen, Anwälte kommen immer davon, was?«

Darüber kann ich nicht wirklich lachen. Krampfhaft suche ich nach einem Ausweg, um die erotisch aufgeheizte Atmosphäre zwischen uns runterzukühlen, als ein Tropfen auf meiner Nase landet. Noch einer. Und plötzlich geht ein Regenschauer nieder, als wollte der Himmel all die sprühenden Funken löschen, bevor noch ein Flächenbrand entsteht. Beide springen wir auf.

»Lass die Sachen auf dem Tisch stehen, ich räume später ab!«, ruft Tom.

Er nimmt mich an die Hand, gemeinsam hasten wir durch den mittlerweile heftig prasselnden Regen zum Haus.

»Aber, aber … hier geht's doch gar nicht zum Restaurant«, hauche ich, als er eine gläserne Terrassentür öffnet.

»Nein, hier geht's zu meiner Wohnung.«

Atemlos stehen wir einander gegenüber. Tom und ich. Ich und Tom. Das dunkle Haar klebt nass an seiner Stirn, kleine Wasserrinnsale bahnen sich einen Weg durch sein Gesicht. Ich weiß gar nicht, wie mir geschieht, als ich merke, dass ich dieses Gesicht küssen möchte, diese Lippen, diese Augen, alles. Ich muss völlig verrückt geworden sein.

»Das war's, danke für den Abend«, verabschiede ich mich hastig.

»Bitte geh noch nicht.« Zärtlich streicht er mir eine feuchte Haarsträhne von der Wange. »Ich mag dich nämlich ein bisschen mehr als ursprünglich geplant.«

Kapitel 27

Verdammte Axt. Da rede ich mir einen ganzen Abend lang den Mund fusselig, warum das Liebesabenteuer meiner Mutter ein schwerer Fehler ist, und habe trotzdem keinen Schimmer, was für mich richtig oder falsch wäre.

Fast hätte ich Toms Verführungskünsten nachgegeben. Fast. Es war so unendlich verlockend, mich einfach dem Flow zu überlassen und Dinge zu tun, die wahrscheinlich meine kühnsten Träume übertroffen hätten. Aber etwas hat mich gestoppt. Seit Stunden liege ich im Bett, starre Löcher in die Luft und zerbreche mir den Kopf, was eigentlich. Angst? Unsicherheit? Selbstzweifel?

Es ist halb zwei. Ich bin hellwach. Während die Anzeige des Digitalweckers im Sekundentakt neue Zahlen ausspuckt, rekapituliere ich zum hundertsten Mal, was eigentlich passiert ist. Ein Flirt, klar. Eine Einladung zu körperlichen Annäherungen, auch klar. Und meine Flucht aus Toms Garten. Überhaupt nicht klar.

Immerhin bin ich bereits zu dem Schluss gekommen, dass mein offizieller Status als verheiratete Frau nichts mit meinem überstürzten Verschwinden zu tun hat. Inoffiziell sind Karsten und ich schon lange kein Paar mehr. Nur eine Zweckgemeinschaft. Selbst das demnächst ablaufende Ultimatum jagt mir keinen Schrecken mehr ein. Diese Ehe ist angezählt, das lässt sich nicht länger leugnen. Was also hat mich bewogen, den Abend abzubrechen?

Das Marvin-Debakel? Nein, nach dem anfänglichen Schock ist es so gut wie abgehakt. Marvin war nur Balsam für mein angekratztes Selbstwertgefühl. Eine aufregende Zeitreise in meine Teenagerjahre, als man Jungs »gut fand« und sich ein Schnitzel freute, wenn der bestaussehende Junge der Schule Interesse zeigte. So was ist einfach gemütserhellend, wenn man viel zu lange nicht mehr als Frau gesehen wurde.

Bei Marvin fühlte sich Mami wieder jung. Jetzt sieht sie ziemlich alt aus. Nun gut, echte Emotionen waren ohnehin nicht im Spiel. Bei mir genauso wenig wie bei Marvin. Ich fühlte mich geschmeichelt, er hat mich benutzt. Viel mehr gibt es dazu nicht zu sagen.

Mit Tom ist es anders. Möglich, dass er mich nach wie vor von meiner Mutter ablenken will. Doch unaufhaltsam und gegen meinen erbitterten Widerstand spüre ich, wie sich Gefühle für ihn in mir regen. Im Grunde genommen begann das schon bei der Goldenen Hochzeit, als wir uns im Garten unterhielten. Ich fand ihn unausstehlich, ja, aber warum wohl? Weil er mir mitten ins Herz schaute. Dafür braucht man Einfühlungsvermögen, Sensibilität. Und den innigen Wunsch nach Nähe. Selbigen hat er nun auch in mir geweckt.

Aber was bedeutet das? Wie soll es weitergehen?

Ich halte es nicht länger im Bett aus. Mit einem tiefen Seufzer schlage ich die Bettdecke zurück, schlüpfe in Flipflops und tapse zur Tür meines Schlafzimmers. Früher war es mal das Gästezimmer, ein schmaler Raum mit ausrangierten Möbeln und verblichenen Blumengardinen. Seit Karsten und ich nur noch getrennt schlafen, gebe ich mich mit diesem kleinen Gelass zufrieden, während er im ehemals gemeinsamen Elternschlafzimmer nächtigt. Geschenkt. Nicht nur in der Kanzlei, auch hier muss sich demnächst einiges ändern.

Lauschend lege ich ein Ohr an die Tür. Im Haus ist es vollkommen still. Das heißt, nicht ganz. Täusche ich mich, oder höre ich eine zarte Stimme?

Als ich die Tür öffne und über den oberen Flur schleiche, komme ich der Stimme näher. Es ist Ellas, ein kehliges Raunen, unterbrochen von leisem Lachen. Bestimmt facetimed sie mit ihrem Freund. Da kann man nur hoffen, dass sie anständig angezogen ist, damit es kein böses Erwachen gibt.

Eine gestrenge Mutter würde jetzt nachschauen. Ich lasse es bleiben. Ella ist kein Kind mehr.

Weiter geht's runter in die Küche, wo ich den obligatorischen Gang zum Kühlschrank antrete. Die Ausbeute ist eher mau. Meine Lieblingsjoghurts sind alle weggefuttert, das einsame, leicht eingetrocknete Stück Käse lacht mich nicht an, die Milchschnitten, von denen sich Noah quasi ernährt, sind mir zu pappig. Schließlich nehme ich mir eine Schale Erdbeeren und setze mich damit an den Küchentisch.

Noch bevor ich die erste Erdbeere verdrücke, dreht sich schon wieder mein reichlich abgenudeltes Gedankenkarussell. Was ist los mit mir?

Tom übt eine enorme Anziehungskraft auf mich aus. Und das, obwohl er nun wirklich der letzte Mann ist, in den ich mich verlieben möchte. So ziemlich alles spricht gegen ihn: sein Alter, sein Vater, seine Haltung zum Liebesschlamassel unserer Eltern. Und dennoch spüre ich einen Zauber, der weit mehr ist als ein belangloser Flirt. Was also hat mich davon abgehalten, nicht einmal einen Kuss zu wagen, geschweige denn mehr?

Und da ist es wieder, das Wort, das mit S beginnt und mit X endet.

Auf einmal wird mir bewusst, dass ich seit Ewigkeiten keinen Sex hatte. Ich bin völlig aus der Übung. Vielleicht noch schockierender ist die Erkenntnis, dass ich seit gut einem Vierteljahrhundert immer mit demselben Mann geschlafen habe. Das hatte durchaus Vorteile. Man kannte einander, erotische Vorlieben und Tabus inklusive. Sämtliche Abläufe waren eingespielt, Überraschungen gab's keine mehr. Auch um meinen Körper musste ich mir keine größeren Gedanken machen. Alterungsprozesse gehen unmerklich vonstatten, und nach so vielen Jahren schaut der Partner sowieso nicht mehr genau hin.

Nachdenklich beiße ich in eine Erdbeere. Sie ist kühl, saftig und süß. Ein sinnliches Erlebnis. Während ich genüsslich kaue, weiß ich auf einmal, was mich so sehr beschäftigt, dass ich keinen Schlaf finde: Ich habe mächtig Lampenfieber vor dem ersten Mal mit einem anderen Mann. Das heißt, mich plagt mehr als Lampenfieber – es ist schlicht unvorstellbar für mich, völlig losgelöst mit einem fremden Mann zu schlafen und das als etwas Schönes, Beglückendes zu empfinden.

Natürlich wäre es reichlich verfrüht, ein Problem daraus zu machen. Ich kenne Tom ja erst seit wenigen Tagen, da springt man nicht gleich in die Kiste. Ein Problem ist es dennoch. Tausend Fragen stürzen auf mich ein. Die dämlichste lautet: Kann ich das eigentlich noch? Oder, salopper formuliert: Habe ich's noch drauf? Selbstverständlich weiß ich, dass Sex kein Leistungssport ist. Aber ehrlich, ich weiß gar nicht mehr, wie es ist, sich leidenschaftlich mit einem Mann im Bett zu wälzen, ohne die eheliche Routine, die ja einige Sicherheit verleiht.

Eine weitere Erdbeere wandert in meinen Mund. Weitere Fragen liegen mir auf der Zunge. Die meisten kreisen um den Altersunterschied.

Hat die jüngere Generation andere Sexvorlieben als ein älteres Semester? Existieren vielleicht irgendwelche Praktiken, von denen ich noch nicht mal gehört habe? Hat Beatrice recht, und Tom erwartet von mir, dass ich ihm neue Sachen beibringe? Ist eine Intimrasur eigentlich inzwischen obligatorisch? Kann man so was googeln?

Mein Handy liegt oben neben dem Bett, deshalb bin ich vorerst auf Vermutungen angewiesen. Aber dass sich bei einem Mann in den Dreißigern die Vorstellung von erfüllendem Sex nicht auf die gute alte Missionarsstellung beschränkt, dürfte sich von selbst verstehen.

Durch meine einschlägigen Überlegungen ist mir so heiß geworden, dass ich dringend eine Abkühlung brauche. Mit einem schweren Stöhnen erhebe ich mich und gehe zur Kühltruhe. Was könnte es jetzt Besseres geben als eine XXL-Portion Salted-Caramel-Eiscreme? Ciao, Vitamine, hallo Kalorien. Ich löffele das süße Zeug direkt aus dem Becher und genieße das Gefühl, etwas Unvernünftiges zu tun. Ja, so weit ist es schon mit mir gekommen. Ich genieße es! Mit einem großen Löffel! Bis mir das Eis im Hals stecken bleibt.

Was ist mit deiner Figur? Hast du auch mal *daran* gedacht?

Womit ich denn bei der peinlichsten aller Fragen angelangt wäre: Ist mein achtundvierzigjähriger Körper noch attraktiv genug für einen wesentlich jüngeren Mann? Und falls nicht, wie kaschiere ich bloß die Schwachstellen? Mein Hüftgold ist nicht mal das Schlimmste. Curvy ist ja schwer in Mode. In meinem Alter gibt es ganz andere Dinge, die mich beschäftigen: die beginnende Cellulite an den Oberschenkeln, einzelne Besenreiser an den Beinen, ein nicht mehr ganz so straffer Busen. Und Arme, deren Haut von der Schwerkraft gnadenlos nach unten gezogen wird.

Also, Anne: Wackelt dein Wellfleisch, wenn's zur Sache geht? Wie sähen deine Brüste aus, wenn du auf Tom sitzen würdest? Oder beim Doggy Style – ist dein Po auch nackig noch knackig?

Es lässt mir keine Ruhe. Ich muss es wissen. Eilig verstaue ich meinen Eisbecher in der Kühltruhe und gehe in den Flur zum bodentiefen Spiegel neben der Garderobe. Okay, Anne. Sei stark. Besser, du erlebst die Stunde der Wahrheit allein als zu zwei'n. Dafür muss ich im wahrsten Sinne des Wortes die Hosen runterlassen. Mit blankem Po, den nur ein Tanga teilt, kniee ich mich hin, meine rückwärtige Partie dem Spiegel zugewandt, und luge über die Schulter.

O nein, nein, nein. Was ist das denn?

Dort, wo ich einen wohlgerundeten Pfirsich erhofft hatte, entdecke ich einen angeschrumpelten Apfel. Vor allem zwei Querfalten im unteren Bereich fallen sofort ins Auge. Womit sich die Idee, diesen Anblick irgendjemand Fremden zuzumuten, erledigt hätte. Es sei denn, ich wäre so reich und so spinnert, mir Silikonkissen in meinen Allerwertesten einsetzen zu lassen. Was natürlich nicht infrage kommt.

»Mum? Was machst du da?«

Großer Gott! Ella! Noch nie bin ich so schnell von der Horizontalen in die Senkrechte gelangt, wobei ich hektisch meine Jogginghose hochziehe.

»Hab, äh, mein … mein Handy gesucht«, stammele ich. »Es muss mir irgendwie runtergefallen sein.«

»Hier. Im Flur.« Ella verschränkt die Arme vor ihrem Bärchenschlafanzug. »Und ganz zufällig ist dir dabei die Hose runtergerutscht.«

»So ähnlich.«

»Dann habe ich Neuigkeiten für dich. Dein Handy liegt oben und vibriert andauernd. Vielleicht schaust du mal nach, wer dir morgens um zwei eine Nachricht nach der anderen schreibt?«

»Ähm, ja, gute Idee.«

Ohne jede Vorwarnung bricht Ella auf einmal in Lachen aus. Ihr ganzer Körper wird von einem Heiterkeitsanfall erster Güte geschüttelt, dann legt sie mir kichernd einen Arm um die Schulter.

»Du bist echt die Schärfste, Mum. Und falls du dir Sorgen um deinen Po machst: Google mal Squats.«

Kapitel 28

»So, der Herr, hier sind die Rühreier mit Speck und knusprigem Toast.«

Vorsichtig setze ich das Frühstückstablett auf dem Couchtisch ab, direkt neben dem Sofa, auf dem Karsten mit seinem hochgelagerten Gipsfuß liegt. Noah und ich mussten ihm zu zweit die Treppe runterhelfen, angeleitet durch präzise Kommandos und theatralische Flüche. Den gebrochenen Fuß empfindet Karsten als persönliche Beleidigung seiner Männlichkeit. Das lässt er uns auch spüren. Stumm leiden ist nicht so seins.

Mit Leichenbittermiene nimmt er den Teller in Empfang, den ich ihm reiche. Nach dem ersten Bissen legt er das Besteck beiseite.

»Wann bist du eigentlich gestern nach Hause gekommen, Anne?«

Ich markiere ein kräftiges Gähnen, um mir eine gute Antwort zu überlegen. Gar nicht so leicht, weil mir sofort Tom einfällt. Tom, wie er völlig durchnässt im Regen stand und so unendlich sacht meine Wange streichelte, dass ich immer noch seine Fingerspitzen auf meiner Haut spüre.

»Weiß ich gar nicht mehr. Es hat ziemlich lange gedauert, bis ich sämtliche Steakhäuser abgeklappert hatte. Leider waren alle schon geschlossen.«

»Soso. Aber heute besorgst du mir ein großes T-Bone-Steak, medium rare, mit Pommes und Westernsauce.«

»Wie heißt das Zauberwort, Papa?«, gurrt Ella, die ins Wohnzimmer kommt, um ihrem Vater ein Glas Orangensaft zu bringen.

Falls sie auf ein »Bitte« hinauswill, kann sie lange warten. Auch in unseren vier Wänden führt sich Karsten wie der Chef auf. Dabei war er früher die Höflichkeit in Person. So habe ich ihn jedenfalls kennengelernt, immer freundlich, immer zuvorkommend. Tempi passati. Er hat sich halt daran gewöhnt, dass alle für ihn springen.

»Also, ich müsste jetzt los.« Mit einer Hand deute ich auf meine graue Sportmontur. »Das Nordic Walking fängt pünktlich an, auf Nachzügler wird nicht gewartet.«

Eigentlich hätte ich noch genügend Zeit, mit Karsten zu frühstücken. Nur halt keine Lust dazu. Die letzte Nacht war kurz, aber ereignisreich. Nicht nur, dass Ella mir noch die erwähnten Squats, zu Deutsch: Kniebeugen gezeigt hat, auch am Handy war ich höchst aktiv. Gleich Toms erste Nachricht hatte es in sich.

> Eine Frau wie Du ist natürlich sehr gefragt, aber ich stelle mich gern hinten an und hoffe, dass Du dies irgendwann liest: Es war ein magischer Abend. Kannst jederzeit wieder »kommen«, aber nicht »davon«. Es grüßt ein sehr nasser, sehr glücklicher Tom.

Wir haben einander noch lange geschrieben, was mir ein Glücksgefühl beschert hat, das ich mir nicht vermiesen lassen will. Schon gar nicht von Karsten, der mich stirnrunzelnd ins Visier nimmt.

»Bevor du gehst, müssen wir einiges klären, Anne.«

»Hört sich nach einem Vieraugengespräch an«, stellt Ella in ihrer feinfühligen Art fest. »Ich lass euch dann mal allein.«

Als sie die Wohnzimmertür hinter sich geschlossen hat, nicht ohne mir vorher einen aufmunternden Blick zuzuwerfen, richtet sich Karsten halb auf.

»In den nächsten Wochen musst du leider aufs Nordic Walking verzichten, Schatz. Auch deine Romreise ist natürlich gecancelt. Ich brauche dich hier. Deshalb habe ich Frau Kornfeld gebeten, alle Akten des Falls Sanders gegen Berenberg zusammenzupacken und herzubringen. Du arbeitest bis auf Weiteres zu Hause, unter meiner Anleitung. Ich würde vorschlagen, dass wir hier ein bisschen umräumen. Den Esstisch stellen wir als Schreibtisch neben die Couch, dann hast du einen komfortablen Arbeitsplatz. Es wäre auch eine hervorragende Dauerlösung für das Raumproblem in der Kanzlei.«

Mit wachsendem Befremden höre ich ihm zu. Das alles ist so absurd. Hat er denn gar nichts verstanden?

»Ich habe mir die Sache gut überlegt«, fährt er fort. »Wenn du künftig hier im Home Office arbeitest, hätte das den zusätzlichen Vorteil, dass du berufliche und häusliche Pflichten besser unter einen Hut bekommst.«

Plötzlich merke ich, wie sich etwas in mir aufbäumt, mit aller Macht.

»Nein.«

»Wie war das?«

»Nein, Karsten. Ich möchte weder auf meinen Sport verzichten noch hier mit dir eingesperrt werden. Schon gar nicht möchte ich die Anwaltsgehilfin sein, die nebenbei Wäsche wäscht und Süppchen kocht. Außerdem weißt du doch, dass dies der letzte Fall ist, den ich für dich bearbeite. Danach ist Schluss. Ich will mich beruflich neu orientieren, um mir eine Existenz als Ernährungs- und Gesundheitsberaterin aufzubauen.«

Für ein paar atemlose Sekunden ist es still. Was dann passiert, ist ein Wutausbruch der Kategorie zwölf auf einer Skala von null bis zehn. Karsten schreit. Karsten tobt.

Ich höre kaum hin, sondern beschließe, dass dies das letzte Gefecht sein wird. Es reicht. Das Ding ist durch, diese Beziehung ist am Ende. Viel zu lange habe ich mir etwas vorgemacht – um der alten Zeiten willen, als Karsten und ich noch ein liebendes Paar waren, neugierig aufeinander, als wir einander zuhörten und gemeinsam lachen konnten, weil wir im Gleichklang waren. Das vergisst man nicht so leicht. Und es hat mir auch lange über die vielen Krisen hinweggeholfen, in der Hoffnung, es könnte noch mal so werden wie früher. Ja, ich habe immer noch gehofft, dass Karsten und ich wieder zueinander finden, vielleicht sogar eine neue gemeinsame Phase einläuten werden, wenn die Kinder aus dem Haus sind. Doch nichts Dergleichen kündigt sich an. Gar nichts.

Auf einmal fällt mir ein Satz meiner Mutter ein: *Unsere Ehe funktionierte, solange ich funktionierte.* Ist es bei Karsten und mir vielleicht das Gleiche? Solange ich seine Vorgaben erfüllte, war alles in Butter, jedenfalls nach außen hin. Ginge es nach Karsten, dürfte ich keine eigenen Ambitionen haben, mich nicht weiterentwickeln, nur ihm zu Diensten sein, bis dass der Tod uns scheidet.

Ich schlucke. Betrachte den Mann, der mir einmal alles bedeutet hat. Den Vater meiner Kinder. Das Alphamännchen, zu dem er im Laufe der Jahre mutiert ist. Ich muss hier raus. Und das liegt nicht etwa an Tom. Ich will keinen anderen Mann. Ich will erst mal gar keinen Mann. Vielmehr möchte ich herausfinden, wer ich bin, und dann mein Leben eigenständig in die Hand nehmen.

Unterdessen tobt Karsten weiter. Wie lange es noch dauern wird, ist mir so ziemlich egal. Bei einem Gewitter schaut man ja auch nicht auf die Uhr. Man wartet einfach, bis es vorbei ist. Als er endlich Luft holt, völlig außer Atem von seinem Redeschwall, hocke ich mich auf den Couchtisch.

»Bist du fertig?«

Irritiert sieht er mich an.

»Hast du überhaupt zugehört?«

»Doch, ja, aber das Meiste kannte ich schon.«

»Wie jetzt? Was soll das heißen?«

Das Schellen der Türglocke unterbricht unseren Disput. Gleich darauf trippelt auf knallroten Highheels die Kanzleisekretärin ins Wohnzimmer, begleitet von Noah und Ella, die ihr helfen, all die vielen Aktenstapel hereinzutragen.

»Ich will nicht lange stören, nur die Unterlagen bringen«, zirpt Lulu Kornfeld. »Wie geht es Ihnen, Herr Stegner?«

Meine Augen wandern zu ihrer linken Hand, die dick bandagiert ist.

»Dasselbe könnte ich Sie fragen, Frau Kornfeld.«

»Ach, das.« Ihre Wimpern flattern ein wenig. »Halb so schlimm, nur ein kleiner Haushaltsunfall. Als ich meine Fenster putzen wollte, wackelte die Leiter plötzlich, und tja, was soll ich sagen …«

»Wie wär's mit der Wahrheit?«, fragt Noah.

Alle schauen ruckartig zu ihm hin. Entspannt lehnt er am Türrahmen, die Hände in den Taschen seiner Trainingshose vergraben.

»Wovon redest du?«, blafft Karsten.

»Also, Papa, ich find's supernett, dass du Frau Kornfeld beim Fensterputzen oder was auch immer geholfen hast«, antwortet Ella für Ihren Bruder. »So einen hilfsbereiten Dad hat nicht jeder.«

»Nur dass nicht jede Leiter zwei Benutzer aushält«, fügt Noah hinzu.

»Vor allem, wenn die Falschen in luftiger Höhe rumturnen«, sagt Ella mit derart beißendem Spott, dass Karsten blass wird und Lulu Kornfeld schluchzend auf einen Sessel sinkt.

Donnerwetter. Meine Kinder wissen alles. Sogar mehr als ich. Offenbar werden nicht nur Senioren unterschätzt, auch Teenagern traut man zu wenig zu. Sie spüren und durchschauen so viel mehr, als Eltern denken, weil die immer noch Kinder in ihnen sehen.

»Ich glaube, Frau Kornfeld möchte jetzt gehen«, versuche ich zu vermitteln. »Die Akten können Sie übrigens gleich wieder mitnehmen. Ich arbeite in der Kanzlei, nirgendwo anders.«

»Außerdem wäre es super, wenn Sie meinen Vater ab jetzt nicht mehr krankenhausreif vögeln«, schiebt mein sonst eher zurückhaltender Sohn hinterher.

»Noah!«, schreit Karsten.

»Es war doch nur ein Quickie«, schnieft Lulu Kornfeld. »Wir wollten in der Teeküche …«

»Halt den Mund!«, brüllt Karsten völlig außer sich.

»Das hat sie schon viel zu lange getan.« Gemächlich stehe ich vom Couchtisch auf, setze mich neben die junge Frau auf die

Sessellehne und tätschele ihren zuckenden Rücken. »Meinen Segen haben Sie. Karsten ist kein einfacher Kandidat, aber vielleicht schaffen Sie es ja, ihn zu einem passablen Partner zu erziehen. Falls nicht, nun, Sie sind jung, die Welt steht Ihnen offen.«

Auch Karstens Mund steht offen.

»Kann mir mal jemand sagen, was hier vor sich geht?«

»Ganz einfach«, antwortet Ella, die auf mich noch nie so souverän, so erwachsen gewirkt hat wie in diesem Augenblick. »Noah und ich sehen uns eure Ehesoap nun schon seit vielen Jahren an. Lange war's ein Drama, heute Morgen ist es eher Comedy, mit etwas Glück gibt's vielleicht noch ein Happy End.«

»Gibt es nicht«, schluchzt Lulu Kornfeld.

Damit hat sie schlagartig die Aufmerksamkeit aller Anwesenden.

»Warum nicht?«, frage ich verdutzt.

»Weil …«, mit ihren pink manikürten Fingern holt sie ein Taschentuch aus ihrer Handtasche und schnäuzt sich ausgiebig. »Weil ich mir jetzt einen Mann suche, den ich heiraten kann.«

»Heiraten?« Karsten schnappt nach Luft. »Wozu?«

»Du weißt doch, ich will Kinder. Aber du hast ja kategorisch ausgeschlossen, noch mal Vater zu werden.«

So weit ist es also schon mit den beiden. Wo hatte ich bloß meine Augen? Dass etwas lief, habe ich geahnt, aber doch nicht, dass sie bereits über eine gemeinsame Zukunft diskutieren könnten.

»Och, schade, kein Happy End?«, grinst Noah.

»Wirklich sehr schade«, säuselt Ella. »Hätte mich echt gefreut, noch ein paar süße kleine Geschwisterchen zu bekommen.«

Kapitel 29

Noch nie habe ich so dringend Bewegung gebraucht wie heute Morgen. Und Luft, viel frische Luft. Weit ausschreitend haste ich durch den Wald, als könnte ich alles hinter mir lassen, was in meinem Leben durcheinandergeraten ist. Immerhin bin ich schon buchstäblich einige Schritte weiter.

An der Trennung von Karsten geht kein Weg mehr vorbei. Auch meine berufliche Zukunft ist beschlossene Sache, wenngleich ich schauen muss, wie ich das finanziell hinkriege. Karsten wird einen Teufel tun und mich widerstandslos mit Unterhaltszahlungen beglücken.

»Du hast ja eine olympiareife Geschwindigkeit drauf«, spricht mich meine Mutter an, die in diesem Augenblick zu mir aufschließt. »Sonst lässt du es doch immer ziemlich ruhig angehen, Anne. Woher kommt denn dein beeindruckender Energieschub?«

In der Tat habe ich mich nicht nur an die Spitze unserer Nordic-Walking-Truppe gesetzt, ich bin den anderen sogar weit voraus. Ohne mein Tempo zu verringern, wische ich mir mit dem Ärmel meines Hoodies den Schweiß von der Stirn.

»Die jüngsten Ereignisse verleihen mir Rückenwind.«

»Geht das etwas konkreter?«

Komisch. Ich habe mich immer vor dem Moment gefürchtet,

wenn ich meiner Mutter gestehen muss, dass meine Ehe gescheitert ist. Nun ist es ganz einfach.

»Karsten und ich trennen uns.«

»Kind!« Fast geraten wir ins Stolpern, so überschwänglich umarmt sie mich im Laufen. »Das ist ja wunderbar!«

»Kein Bedauern? Kein Versuch's-noch-mal?«

»Wozu denn? Ich habe mir eure Misere lange genug angeguckt. Es wurde Zeit, dass du dich freischwimmst.«

Erleichtert walke ich weiter. Zwar hatte ich auf eine positive Reaktion gehofft, dennoch war ich nicht ganz sicher, ob meine Mutter tatsächlich locker reagiert. Aber sie ist eben nicht irgendeine Mutter. Sondern Felicitas, die Unerschrockene, die bereit ist, ihr gesamtes Leben für einen wesentlich jüngeren Mann umzukrempeln.

»Letztlich hast du mich sogar zu der Trennung ermutigt, Mama. Mit deiner Rede auf der Goldenen Hochzeit: *Warum zusammenbleiben, wenn man sich gegenseitig blockiert?*«

»Das war volle Absicht«, schmunzelt sie. »Ich habe auch dich gemeint, als ich das sagte. Im Übrigen würde es mich freuen, wenn du jetzt etwas mehr Verständnis für meine Situation aufbringen könntest.«

»Na ja, teilweise.«

»Wie, nur teilweise?« Außer Atem bleibt sie stehen, um auf die anderen zu warten, die sich weit abgeschlagen hinter uns durchs Unterholz arbeiten. »Im Grunde haben wir doch dieselbe Erfahrung gemacht, Anne. Frauen wollen heute mehr als den Versorger. Sie erwarten eine lebendige Beziehung, neue Impulse, gemeinsame Erlebnisse, an denen man wachsen kann. Aber es gibt immer noch Männer, die haben den Schuss nicht gehört. Auch dein

Vater und Karsten gehören zu dieser Spezies. Sei froh, dass du ihn los bist.«

»Was aber nicht heißt, dass ich mich auf einen zu jungen Mann einlassen würde.«

»Herrje, wieder dieses leidige Thema!« Ungehalten lockert meine Mutter den Kragen ihrer kobaltblauen Gymnastikjacke. »Könntest du bitte mal aufhören, dich in mein Leben einzumischen?«

»Du würdest dasselbe tun, wenn du den Eindruck hättest, dass ich in mein Unglück renne.«

»Weit gefehlt«, erwidert sie mit einem bitteren Lächeln. »Sonst hätte ich dir schon vor Jahren gesagt, dass du Karsten in den Wind schießen sollst.«

»Wie bitte?«

»Ich mochte ihn. Anfangs.« Ihr Blick richtet sich auf die restlichen Teilnehmer der Nordic-Walking-Truppe, die sich uns nähern. »Doch Karsten war eine Mogelpackung. Deine Worte, Kind.«

»Na, was habt ihr Geheimes zu bereden?«, fragt Erika, die uns als Erste erreicht, obwohl sie sonst immer das Kontrollschlusslicht bildet.

»Liebesangelegenheiten«, antwortet meine Mutter.

»Was Entlieben einschließt«, ergänze ich. »Bevor irgendwelche Gerüchte entstehen: Karsten und ich werden uns trennen.«

Erika erstarrt. Dann bohrt sie ihre Stöcke in den Boden und ringt die Hände.

»Ich sag's ja! Das ist ein Virus! Ein hochgefährliches noch dazu!«

»Ist etwa jemand krank?«, erkundigt sich Janine.

»Aber du hast doch wohl nicht mit diesem Marvin …?«, raunt Erika mir zu. »Oder mit dem anderen, diesem Tom Merseburger …?«

»Mit keinem der beiden.«

»Sag bloß, es gibt noch einen weiteren Mann.«

»Was denkst du denn? Nein!«

»Es gibt immer einen anderen, wenn sich Paare trennen, das ist ein Naturgesetz.«

Also so was. Erika war nie verheiratet, aber so wie Kinderlose alles über Erziehung wissen, weiß sie natürlich auch alles über die Geheimnisse einer Ehe.

»Du irrst dich«, entgegne ich.

»Wohl kaum. Ohne einen Dritten verlässt man keine langjährige Beziehung. Sieh dir deine Mutter an. Hätte sie sich nicht in diesen unmöglichen Johannes verguckt, wäre sie immer noch die Frau an der Seite deines Vaters.«

Das entspricht zwar nicht den Tatsachen, doch dieses Thema erörtere ich wohl besser ein andermal mit Erika. Oder lasse es ganz bleiben. Manche Dinge gehören einfach nicht in die Nordic-Walking-Gruppe.

Inzwischen sind auch die anderen eingetroffen und werden von Erika umgehend über die Änderung meines Beziehungsstatus informiert. Die Reaktionen schwanken zwischen Fassungslosigkeit und hellem Entsetzen. Hella erbleicht unter ihrem Make-up, Janine nimmt ihr rosa Basecap ab und schlägt es sich mehrfach ans Knie.

»Also, in unserer Generation würde man nicht so schnell aufgeben«, erklärt sie erregt. »Wir sind noch in Zeiten groß geworden, als man Dinge reparierte, statt sie wegzuschmeißen.«

»Was soll das denn heißen, *unsere Generation?*«, klinkt sich meine Mutter ein. »Ich habe mich schließlich auch getrennt. Und Herrmann übrigens nicht weggeschmissen, sondern dem Recyclingkreislauf zugeführt. Will ihn jemand hier haben? Abgesehen von ein paar Gebrauchsspuren ist er noch einigermaßen verwendbar.«

Hammer. Das Palaver, das daraufhin ausbricht, schenke ich mir lieber.

»Erika? Wollen wir weiter?«

»Moment. Wo ist Werner?«

Alle spähen umher, doch Werner, der sonst immer zu den Ersten gehört, ist noch nicht aufgetaucht.

»Ihr wartet hier auf ihn«, ordnet Erika an, »ich gehe schon mit Anne vor. Wenn ihr es sportlich nehmt, habt ihr uns bald eingeholt.«

Gewohnt resolut marschiert sie los, ich folge ihr auf dem Fuße. Sie schlägt wieder den Weg zum Karpfenteich ein, der durch unwegsames Gelände mit dichtem Baumbestand und dornigem Gebüsch führt.

»Also, Erika, wie lief der Abend mit Marvin?«

»Unser Graf Koks vom Gaswerk ist wirklich das Allerletzte«, schnaubt sie. »Wir waren in einem piekfeinen Lokal, wo er mir als Erstes einen hochprozentigen Cocktail aufdrängte. Negroni hieß das Zeug. Stell dir vor, er nannte es einen Schlüpferstürmer. Schon bei der Vorspeise wurde ich dann regelrecht verhört: Wie viel Geld ich denn auf der hohen Kante hätte, welche Summe ich investieren wolle, ob ich schon mal von Altersarmut gehört hätte.«

Beklommen höre ich zu. Doch, ja, ich weiß mittlerweile, dass

Marvin ein Betrüger ist. Aber seine abgebrühte Vorgehensweise in allen Details zu erfahren, ist noch mal eine andere Sache.

»Bei der Summe habe ich absichtlich hoch gegriffen«, berichtet Erika, während sie ein paar tiefhängende Zweige zur Seite schiebt und wartet, bis ich den Engpass durchquert habe. »Zweihunderttausend könnte ich lockermachen. Daraufhin hat dieser Marvin sofort Champagner bestellt. Jahrgangschampagner, die Flasche für dreihundertachtzig Euro!«

Sieht ihm ähnlich. Immer die Spendierhosen an.

»Und wie ging's weiter?«

»Dreist.« Ihre Mundwinkel zeigen steil nach unten. »Er wollte mir die Investition in ein Startup namens Caldera Corporated aufschwatzen. Sogar unterschriftsreife Verträge hatte er schon dabei. Als ich die Firma erst mal googelte, war er ziemlich baff.«

»Hätte er dir nicht zugetraut, was?«

»Der hielt mich ja für komplett senil, wobei man sagen muss, dass ich ihm auch sehr realistisch die verstörte Seniorin vorgespielt habe. Insofern war er natürlich verwundert, dass ich überhaupt ein Handy bedienen konnte.«

»Und die Firma?«

»Schon der Name ist verräterisch.« Erika lacht trocken auf. »Caldera ist der Fachausdruck für einen eingestürzten Vulkan. Das sagt ja wohl alles. Angeblich machen die in Windrädern, aber ich vermute mal, das ist ein großer Besch …, also, ein Windei.«

»Cal-de-ra«, wiederhole ich langsam, um mir das Wort einzuprägen. »Gut, da setze ich an. Tausend Dank, dass du für mich die Kastanien aus dem Feuer geholt hast.«

»Gern geschehen.« Im Laufen schiebt Erika die Ärmel ihrer

magentafarbenen Jacke hoch, so dass ihr *Wander Woman*-Tattoo zum Vorschein kommt. »Was aber nicht heißt, dass die anderen Themen vom Tisch sind. Ich warne dich, Anne. Du spielst mit dem Höllenfeuer. Jüngere Männer sind wahre Teufel.«

Was Marvin betrifft, hat sie recht. Und Tom?

Mit einer Hand zupfe ich mir ein paar trockene Blätter von den Schultern, die als Vorboten des Herbstes von den Bäumen herabwehen. So als wollte mir die Natur zeigen, dass der Herbst meines Lebens anbricht und Frühlingsgefühle fehl am Platz sind. Ein Teufel ist Tom zwar nicht, aber eben viel zu jung, um mehr für mich zu werden als die beste männliche Freundin. Genau das werde ich ihm heute schreiben. Ich muss nur noch die richtigen Worte finden, um ihn nicht vor den Kopf zu stoßen.

Schade, dass Tom nicht schwul ist. Kann man überhaupt mit einem Heteromann befreundet sein, den man attraktiv findet? Und sehr, sehr anziehend?

»Anne! Du hörst mir ja gar nicht zu!«

»Entschuldige, was hast du gerade gesagt?«

»Dass die Beschattung von Johannes Merseburger weiterläuft.«

»Gibt es denn Neuigkeiten?«

Verbissen kämpft sich Erika durch eine besonders dicht bewachsene Stelle des Waldes, die eigentlich gar nicht für Nordic-Walking-Aktivitäten geeignet ist. Aber ihr Motto lautet halt: Der Weg entsteht beim Gehen. Sollte ich mir vielleicht merken.

»Werner wollte mich eigentlich auf den neuesten Stand bringen. Seltsamerweise ist er nicht erreichbar und heute auch noch gar nicht erschienen. Irgendwas ist da im Busch. Bislang konnten wir Johannes Merseburger noch keine handfesten Verfehlungen nachweisen, aber glaub mir, sobald er ins Klo greift, stehen wir bereit, deine Mutter in aller Deutlichkeit über seine moralischen Defizite aufzuklären.«

»Habt Ihr wenigstens irgendwelche Indizien, dass er es nicht ehrlich meint?«

»Sogar ein Indiz aus Fleisch und Blut«. Erika lacht verächtlich. »Dieser Johannes besucht regelmäßig ein Fitnessstudio. Werner hat dort eigens zwei Probetrainings gebucht, um ihn im Auge zu behalten. Und siehe da, Johannes Merseburger hat einen weiblichen Personal Trainer. Blutjung, ziemlich hübsch. Und eine, die kräftig zupackt.«

»Wo?«

»Achtung!«

Ohne weitere Vorwarnung duckt sich Erika seitlich weg und zieht mich in ein Gebüsch.

»Was ist denn?«

»Marvin auf zwölf Uhr«, flüstert sie.

Für eine Schrecksekunde bin ich wie erstarrt, dann begreife ich, was hier los ist.

»Mach sofort dein Handy aus, Erika!«

»Wieso?«

»Mach's einfach!«

Es dauert eine Weile, bis sie endlich ihr Senioren-Smartphone aus der Bauchtasche herausgekramt und ausgestellt hat. Mein Handy befindet sich schon seit dem Frühstück im Flugmodus, weil ich nicht auch noch beim Nordic Walking gestört werden wollte. Bestimmt hat Karsten schon mehrfach aufs Band gebrüllt, Marvin schreibt ja sowieso andauernd, auch Beatrice und Carina haben sicherlich Messages hinterlassen. Nur dass ich eventuell eine Nachricht von Tom verpasse, bedauere ich ein bisschen.

Aber jetzt müssen wir erst mal zusehen, dass wir nicht von Marvin entdeckt werden. Ins struppige Gebüsch gekauert, beobachten wir den gut aussehenden blonden jungen Mann, der in weißen Sneakers durchs Unterholz stapft.

»Was für ein irrer Zufall«, wispert Erika.

»Nein, meine Liebe. Er trackt dich.«

Kapitel 30

So ist das halt mit Bumerangs: Sie kommen immer im falschen Moment zurückgeflogen.

Leider habe ich Marvins kriminelle Energie unterschätzt. Nicht nur, dass er seine Opfer systematisch ausspäht, er verfolgt sie sogar an Orte, wo er sie allein und schutzlos anzutreffen hofft. Durchaus verständlich, weil er das Geschäft mit Erika so rasch wie möglich durchziehen will. Schließlich steht ihm wegen der Anklage das Wasser bis zum Hals. Doch sie hier im Wald aufzuspüren grenzt schon an Nötigung.

Nur noch wenige Meter von uns entfernt schleicht er durchs Unterholz, den Hals gereckt, damit ihm auch ja nichts entgeht. Wir halten den Atem an. Wenn er uns jetzt zusammen sieht, ist unser schöner Racheplan zunichte. Auf der Stelle würde er begreifen, dass Erika nicht etwa irgendeine vermögende Seniorin ist, sondern mit mir unter einer Decke steckt.

»Das kann doch nicht gut gehen«, flüstert sie ängstlich. »Hätte ich bloß was Dezenteres angezogen.«

Da ist was dran. Meine grauen Joggingklamotten sind im Grünen bei Weitem nicht so auffällig wie Erikas Vorliebe für Pink und Magenta.

Als Marvin plötzlich innehält und sich nach einem Blick aufs Handy suchend umsieht, bleibt mir das Herz stehen. Okay, das war's. Ein, zwei Sekunden noch, dann bin ich geliefert. Wie soll ich in der Kanzlei erklären, woher Marvin den entscheidenden Tipp hatte, seine Firmen in die Insolvenz zu schießen? Er wusste nur, dass eine Anklage wegen Veruntreuung gegen ihn läuft. Der Betrugsverdacht mittels Scheinfirmen war das Ergebnis meiner eigenen Recherchen, insofern komme auch nur ich als Tippgeberin infrage. So wie die Dinge mit Karsten stehen, traue ich ihm zu, dass er mich wegen Verrats von Kanzleiinterna verklagt.

»Der sieht uns gleich«, jammert Erika.

»Keine Sorge, wenn du weiter so ein Getöse machst, hört er uns vorher.«

Noch immer steht Marvin unbeweglich da. Wie ein Jagdhund, der das Wild wittert. Und wir sind die Gejagten.

»Guten Morgen, junger Mann«, tönt es auf einmal aus der entgegengesetzten Richtung. »Kann ich Ihnen behilflich sein? Haben Sie sich vielleicht verlaufen?«

Es gib noch Wunder auf dieser Welt. Wunder mit Wollmütze. Federnd kommt Werner anmarschiert, der heute eine aparte lila Strickmütze trägt, so dass nur ein paar wenige Strähnen seines schlohweißen Haars darunter hervorlugen. Er hat eine dermaßen vertrauenswürdige Miene aufgesetzt, dass man ihm sofort zehn Gebrauchtwagen abkaufen würde.

»O hallo.« Überrascht beäugt Marvin den rüstigen Rentner, der ihn so freundlich angesprochen hat. Dann schaut er zu den Damen, die hinter Werner auftauchen. »Kompliment, Sie scheinen ja alle voll fit zu sein, dass Sie hier am frühen Morgen unterwegs sind.«

»Topfit«, flötet Hella zwischen dunkelrot geschminkten Lippen.

»Dafür braucht man allerdings das richtige Outfit.« Janine

zeigt mit einem ihrer Stöcke auf Marvins weiße Sneaker. »In den Dingern kommen Sie nicht weit.«

»Da haben Sie wohl recht. Sind Sie eine Gruppe?«

»O ja, und wir können immer frisches Blut gebrauchen«, sagt Hella neckisch.

»Gibt es denn noch mehr Mitglieder?«

Schlaumeier. Er will diese Senioren aushorchen, um Erika auf die Spur zu kommen.

»Sie sollten mal unsere E …«, setzt Janine zu einer Antwort an, als Werner ihr das Wort abschneidet.

»Wir sind vollzählig, junger Mann.«

»Aber …«, will Janine protestieren.

»Nix aber.« Werner bringt sie mit einem Blick zum Schweigen, an dem ein Sonnenstrahl abbrechen würde. »Im Übrigen müssen wir jetzt weiter. Sie können sich uns gern anschließen, junger Mann.«

Mit seinem gewinnendsten Lächeln hakt Marvin die Daumen in den Hosenbund seiner Jeans.

»Sehr nett von Ihnen, aber ich bin nicht für sportliche Betätigungen hier. Haben Sie eventuell eine ältere Dame mit feuerroten Haaren gesehen?«

»Nein, ich habe niemanden gesehen, weder mit roten noch mit grünen Haaren«, erwidert Werner und lacht dröhnend. »Wir sind hier die einzigen Verrückten, die in aller Frühe durch den Wald walken.«

»Aha.«

»Das heißt …« Gekonnt zerstreut hebt Werner seinen Blick zu den grünen Baumkronen. »Ganz in der Nähe gibt es einen Karpfenteich, an dem ich eine einzelne Dame gesehen habe. Etwas älter, etwas verwirrt, mit rotem Haar.« Er legt eine Hand auf Marvins Schulter und schaut ihn mitfühlend an. »Suchen Sie ein Familienmitglied? Vielleicht Ihre Großmutter? Ist sie dement? Braucht sie Hilfe?«

»Ganz genau«, spaziert Marvin über die Brücke, die unser Hobbydetektiv ihm soeben gebaut hat. »Ich mache mir große Sorgen.«

»Dann suchen wir sie gemeinsam, Ehrensache. Wir helfen gern.«

Eins muss man Werner lassen: Er hat's drauf. Aber so richtig. Leutselig verwickelt er Marvin in ein Gespräch über Demenzerkrankungen, bevor sie in Richtung Karpfenteich losstiefeln, der nicht etwa in der Nähe, sondern einen mindestens zwanzigminütigen strammen Fußmarsch entfernt liegt. Und weit, weit weg vom Parkplatz, wo mein Wagen steht.

»Hui, das war knapp«, stöhnt Erika, als das Trüppchen außer Sichtweite ist. »Glück gehabt, dass Werner über diesen Marvin im Bilde war.«

Ja, großes Glück. Ich helfe Erika, die etwas Mühe hat, sich in ihrem unbequemen Versteck aufzurichten, dann klopfen wir uns gegenseitig Tannenadeln, Blätter und kleine Zweige von den Jacken.

»Wir sollten zusehen, dass wir Land gewinnen, Erika. Am Ende kommt Marvin noch zurück. Außerdem muss ich sofort in die Kanzlei, damit ich die Caldera Corporation dingfest machen kann. Halte Marvin unbedingt noch eine Weile hin, schreib ihm was Nettes.«

»Was denn bloß?«

»Etwas Verworrenes, viel zu lang, viel zu ausufernd. Das wird ihn in Sicherheit wiegen.«

Gerade noch stand Erika der Schreck über Marvins Auftauchen ins Gesicht geschrieben, jetzt strahlt sie über beide Backen.

»Lass uns das zusammen machen. Wir werden ihn nach Strich und Faden verladen.«

Schon auf dem Weg zum Parkplatz fangen wir an. Während wir uns mehr schlendernd als walkend einen Weg durch Bäume und Büsche bahnen, entwerfen wir eine Nachricht, die bestens zu einer desorientierten Seniorin passt, aber vernünftig genug klingt, um sie als Kundin ernst zu nehmen.

»Sehr geehrter Herr von Barenburg«, fabuliert Erika los, wobei sie den Namen absichtlich verhunzt. »Nochmals meinen tief empfundenen Dank für den unglaublich interessanten Abend und die großzügige Einladung. So in etwa?«

»Perfekter Auftakt.« Ich wirbele meine Metallstöcke an den Schlaufen einmal um sich selbst. »Danach spielen wir die Demenzkarte: Wie hieß noch der leckere Cocktail? Negozio? Nagano? Nikita? Wenn ich doch bloß nicht so vergesslich wäre!«

Erika fängt an zu kichern. Sie vergisst sogar die vorgebeugte Haltung und die großen Schritte, zu denen sie uns immer ermahnt. Beschwingt tänzelt sie über den Waldboden.

»Jetzt füttern wir ihn an: Ich bin ausgesprochen froh, in Ihnen einen kompetenten Anlageberater gefunden zu haben. Wir sollten uns bald zur Unterzeichnung des Vertrags treffen. Man wird ja nicht jünger, und, wie gesagt, bin ich so furchtbar vergesslich. Am Ende vergesse ich noch die Unterschrift!«

Auch ich fühle mich auf einmal beschwingt. Marvins Machenschaften lagen mir wie ein Stein im Magen, aber das Dichten dieser Message macht einfach Spaß.

»Danach sollten wir das mit dem Handy erklären«, schlage ich vor. »Ich habe auch schon eine Idee: Denken Sie sich nur, lieber Herr von Barenboim, gestern Abend wurde mir die Handtasche gestohlen! Mit meinem Handy drin! Sind alte Menschen denn Freiwild? Gottlob wurde wenigstens das Handy gefunden, vor wenigen Minuten, im Wald. Wie es da hinkam? Ich weiß es nicht. Oder habe es vergessen. Sagte ich bereits, dass ich manchmal furchtbar vergesslich bin?«

Darüber muss Erika so herzlich lachen, dass sie stehen bleibt und sich die Seiten hält.

»Herrlich«, japst sie, »ich liebe es!«

»Teilen Sie mir doch bitte mit, wann Sie Zeit haben«, schließe ich den Entwurf ab. »Heute klappt es nicht, da muss ich zum Orthopäden, wegen meiner schmerzenden Knie.«

»Und danach zum Augenarzt, weil ich eine neue Lesebrille brauche«, kiekst Erika.

So geht es immer weiter, bis wir am Parkplatz angelangt sind. Dort steht neben den anderen Wagen ein roter Pickup. Heldenhaft widerstehe ich der Versuchung, mit meinem Autoschlüssel eine Schramme in den Lack zu kratzen. Es wäre kindisch. Und wenig hilfreich. Rache ist ein Gericht, das kalt genossen wird, also werde ich alles in meiner Macht Stehende tun, um Marvin eiskalt abzuservieren. On the rocks, sozusagen.

Ich bin schon im Begriff, in meinen Wagen einzusteigen, als Werner angerannt kommt.

»Na, wie hab ich das mit Marvin gedeichselt?«, ruft er hechelnd.

»Brillant.« Erika nickt ihm anerkennend zu. »Den hast du wunderbar auflaufen lassen. Aber warum bist du erst so spät zu unserer Gruppe gestoßen?«

»Weil ich die Nacht im Auto verbracht habe. Ich wollte die Beschattung nicht unterbrechen, bevor ich Gewissheit hatte.«

»Worüber?«

Werner nimmt seine Strickmütze ab und lockert mit einer Hand sein etwas plattgedrücktes schlohweißes Haar.

»Johannes Merseburger hat bei seiner Fitnesstrainerin übernachtet.«

Das ist Bombe. Endlich.

»Sie heißt Manou Alwersen«, berichtet Werner immer noch außer Atem. »Gestern nach dem Training hat sie unseren feinen Johannes mit nach Hause genommen, weggefahren ist er erst in den frühen Morgenstunden. Über die Geheimnisse der Fitness haben die sich ganz gewiss nicht ausgetauscht.«

»Doppelbohrung«, knurrt Erika.

Verständnislos sehe ich sie an.

»Was soll das sein?«

»Na, er hat parallel was laufen«, erwidert sie finster. »Damit haben wir ihn dingfest gemacht. Jetzt bist du dran, Anne. Oder sollen Werner und ich es deiner Mutter sagen?«

Obwohl ich nur sehr, sehr ungern schlechte Nachrichten überbringe, ist das wohl mein Job. Solch eine Hiobsbotschaft muss schonend an die Frau gebracht werden, mit viel Zartgefühl und der Lizenz zum anschließenden Trösten.

»Ich übernehme das. Und tausend Dank, dass ihr euch so aufopferungsvoll engagiert habt.«

»Danach soll sich dieser Johannes Merseburger bloß nicht mehr in die Nähe deiner Mutter wagen«, sagt Erika. »Sonst rollen wir ihm den Stacheldraht aus.«

Kapitel 31

Wie sag ich's meiner Mutter? Ich müsste hochzufrieden sein, dass sich Johannes als falscher Fuffziger entpuppt hat. Dennoch bleibt ein schaler Nachgeschmack. Meine Mutter wirkte so glücklich, so strahlend. Nun muss ich ihr mitteilen, dass sie auf einen Kerl reingefallen ist, der es nicht wert war, ihre Goldene Hochzeit und damit auch gleich ihre Ehe in die Tonne zu treten.

Doch wann ist der beste Zeitpunkt, ihr die Illusion zu rauben, sie hätte den idealen Lebensabschnittsbegleiter für die letzten Jahre gefunden? Nach reiflicher Überlegung komme ich zu dem Schluss, dass ich die Aussprache aufschieben sollte. Erstens muss ich einen passenden Moment wählen, zweitens habe ich Bammel vor dem Gespräch. Die einzige Entschuldigung vor mir selbst besteht darin, dass ich zunächst Marvin das Handwerk legen muss. Und zwar schnell.

Ungeduscht und in meinen reichlich verdreckten Sportklamotten rase ich zur Kanzlei, um so rasch wie möglich Tatsachen zu schaffen. Doch schon vor dem Empfangstresen werde ich ausgebremst. Von Lulu Kornfeld. Genauer gesagt, von ihrem Erscheinungsbild. Noch nie habe ich sie in einem derart seriösen Outfit gesehen: schwarzer Rollkragenpullover, schwarzes Jackett, knielanger schwarzer Lederrock.

»Ist jemand gestorben?«, entfährt es mir.

»Ja«, antwortet sie ernst. »Die Affäre mit Ihrem Mann ist gestorben. Und damit auch dieser Job. Heute Nachmittag habe ich ein Vorstellungsgespräch in einer anderen Kanzlei.«

»Heißt das, Karsten hat Sie gefeuert?«

»Nicht direkt. Wir haben telefoniert.« Ihr Atem geht auf einmal stoßweise. »Ein Wort gab das andere, es kam zu hässlichen Bemerkungen vonseiten Ihres Mannes. Auch hässliche Begriffe fielen. Danach bin ich zu dem Schluss gekommen, dass ich nicht in einem toxischen Arbeitsklima arbeiten möchte.«

Alle Achtung. Hätte ja nicht gedacht, dass ich ausgerechnet von Lulu Kornfeld etwas lernen könnte. Gut, eine Büroaffäre mit dem Chef ist einfach nur daneben, daran gibt es nichts zu rütteln. Aber die Konsequenz, mit der sie auf Karstens offensichtliche Attacken reagiert, nötigt mir dann doch Respekt ab. Diese junge Frau lässt sich nichts gefallen. Sie weiß, was sie will. Und was sie nicht will.

Ich selbst habe Jahre dafür gebraucht. Vergeudete Jahre, in denen ich weitgehend klaglos Karstens schlechte Laune weggesteckt habe, seine abfälligen Kommentare, seinen Befehlston.

»Ich möchte mich in aller Form bei Ihnen entschuldigen, Frau Stegner.« Über Lulu Kornfelds Wangen laufen plötzlich Tränen, vermischt mit schwarzer Wimperntusche. »Es war so mies von mir, Sie zu hintergehen. Ich war ein richtiges Miststück. Warum, weiß ich selber nicht. Vielleicht, weil ich im Grunde meines Herzens eine arme Wurst bin.«

»Sie? Wieso?«

»Ich hab ja nie richtig was auf die Kette gekriegt«, schluchzt sie. »Immer nur abgeloost, mit den falschen Leuten abgehangen, Ausbildungen abgebrochen. Dies ist mein erster anständiger Job.

Dafür habe ich auch einiges getan, mit Seminaren und Fortbildungen. Als Ihr Mann dann, ein, wie soll ich sagen, tiefergehendes Interesse an mir zeigte, habe ich mich zum ersten Mal … irgendwie … wertgeschätzt gefühlt.«

Hm. Ich müsste ihr böse sein. Doch dieses Geständnis stimmt mich, nein, nicht versöhnlich, aber milde. Ja, sie hat Karsten verführt. Oder umgekehrt. Egal, dazu gehören immer zwei, doch als Vorgesetzter hatte Karsten die verdammte Pflicht, seine Finger von ihr zu lassen. So wie Johannes Merseburger die verdammte Pflicht hatte, meine Mutter glücklich zu machen, statt sie mit irgendeinem jungen Ding zu betrügen; und damit alle Vorurteile zu bestätigen, die einem bei der Konstellation jüngerer Mann plus ältere Frau einfallen.

»Meine Kündigung habe ich bereits an die Kanzlei gemailt«, sagt Lulu Kornfeld leise. »Zusätzlich habe ich mir eine Freistellung erbeten, weil ich es hier keine Minute länger aushalte.« Sie zeigt auf einen Pappkarton, der neben ihrem Computer steht. »Aus diesem Grund bin ich schon so früh hergekommen. Ich wollte nur schnell meine Sachen packen und verschwinden. Wieso sind Sie überhaupt schon da?«

»Lange Geschichte. Nicht so wichtig.«

»Immerhin wichtig genug, dass Sie hier schon vor der Geschäftszeit aufkreuzen, in verschwitzten Klamotten, direkt nach dem Joggen.«

»Nordic Walking.«

»Okay, verstehe. Cool.« Mit einem zaghaften kleinen Lächeln wischt sie sich die schwarz gefärbten Tränen von den Wangen. »Sie haben was gut bei mir, Frau Stegner. Mehr als ich jemals wiedergutmachen kann. Also. Wie kann ich behilflich sein?«

Damit bringt sie mich endgültig aus der Fassung. Lulu Kornfeld bietet mir ihre Hilfe an? Dieser Gedanke ist so grotesk, dass ich gar nicht weiß, was ich dazu sagen soll.

»Ich bin nicht so doof, wie Sie glauben«, fügt sie schniefend hinzu. »Durch meine Fortbildungen kenne ich mich ziemlich gut aus im Wirtschaftsrecht.«

»Ja, kann sein, aber …«

»Es geht doch um den Fall Sanders gegen von Berenberg, oder?« Ohne weiter zu fragen, tippt sie etwas in ihre Computertastatur. »Da haben wir's. Die Datei, die Sie angelegt haben, steht ja im Intranet.« Sie setzt eine schwarz geränderte Brille auf, die ich noch nie an ihr gesehen habe. »Soso. Ein Firmengeflecht. Wahrscheinlich sind Scheinfirmen dabei, die nur aus Türschildern oder Briefkästen bestehen. Wenn dann Insolvenzanmeldungen hinzukommen, um die Nachforschungen zu erschweren, wird's zappenduster.«

Wie sie das in so kurzer Zeit erfasst hat … Ich staune nicht schlecht.

»Gehen wir in den Konferenzraum, Frau Stegner? Die Akten habe ich bereits vorsortiert, wir könnten direkt loslegen. Vorher einen Kaffee?«

Ein weiteres Mal mustere ich ihre ungewohnte Erscheinung. Den schwarzen Rollkragenpullover, das schwarze Jackett, den knielangen schwarzen Lederrock. Wo ist das sexy Hexy mit Sommerschlussverkauf-Alles-Muss-Raus-Dekolleté geblieben? Vor mir sitzt eine ganz andere Frau. Was also tun? Die Zeit drängt, ich kann wirklich jede Hilfe gebrauchen. Noch traue ich dem Braten nicht ganz. Doch vielleicht habe ich Lulu Kornfeld unterschätzt.

»Angebot angenommen. Aber den Kaffee koche heute ich. Oder soll ich uns schnell einen Latte bei Max holen?«

»Wäre ein Traum«, seufzt sie. »Hab's zwar nicht verdient, aber ja, gern, danke.«

»Was Sie verdient haben und was nicht, wird nicht von mir entschieden.«

»Nee, vom Karma. Und Karma is a bitch.«

»Alles gut, Sie haben ja noch die Kurve gekriegt«, übe ich mich in Nachsicht.

»Blöderweise viel zu spät.« Aufstöhnend setzt sie ihre Brille ab. »Es tut mir so leid, Frau Stegner. Als ich heute bei Ihnen zu Hause war, habe ich kapiert, dass ich nicht nur in eine Ehe eingebrochen bin, sondern in eine Familie. Ich konnte vor lauter Schuldgefühlen gar nicht mehr atmen.«

»Schuldgefühle sind gut«, erwidere ich lakonisch. »Die trainieren das Gewissen.«

»Ja, für diese Entgleisung schäme ich mich in Grund und Boden. Übrigens haben Sie tolle Kinder, Glückwunsch.«

Auch so ein Satz, mit dem ich niemals gerechnet hätte. Nicht von Lulu Kornfeld. Vielleicht ist ja heute Verkehrte-Welt-Tag? So wie es in Noahs einstiger Lieblingsserie Spongebob einen Gegenteil-Tag gibt? Schwarz ist auf einmal Weiß, salzig ist süß, und die sexy Gelegenheitssekretärin verwandelt sich in eine motivierte Kollegin?

Letzteres scheint jedenfalls zuzutreffen. Ungefragt steht sie auf und schultert zwei riesige Plastiktaschen, in denen sie die Akten transportiert hat.

»Wenn Sie einverstanden sind, schleppe ich schon mal alles in den Konferenzraum.«

Ja, man muss viel Holz schleppen, um die Hölle zu heizen. Dass ich Marvin in selbige zu schicken gedenke, verschweige ich allerdings. Unsere Verbindung muss top secret bleiben, denn so ganz traue ich Lulu Kornfeld immer noch nicht über den Weg.

»Gut. Lassen Sie es uns versuchen.«

»Danke.« Sie schluckt. »Für alles.«

»Nur eine Frage noch. Wobei genau haben Sie sich die Hand verletzt, als sich mein Mann den Fuß gebrochen hat?«

»Sie meinen, als wir …« Ihr Teint nimmt die Farbe reifer Tomaten an. »Das, ähm, erzähle ich Ihnen ein andermal.«

Kapitel 32

»Anne? Hallo? Jemand zu Hause?«

Ich schaue auf. Mit zwei großen Latte macchiato in den Händen steht Max vor mir. Seine Kaffeebar ist rappelvoll, vor dem Tresen staut sich die Kundschaft, doch ich hatte nur Augen für mein Handy. Während Max mit der Kaffeemaschine beschäftigt war, habe ich es angestellt und zwischen allen möglichen Messages eine sehr spezielle WhatsApp entdeckt.

Ich vermisse Dein Lächeln. Deinen Humor. Die Gesichtskirmes, wenn Du Pimientos isst. Wollen wir uns heute Abend sehen?
LG Tom

Wie doch wenige Worte eine ganze Welt aus den Angeln heben können …

Nachdem ich Max die Becher abgenommen habe, lese ich die Nachricht noch mal. Und noch einmal. Weil sie so viel Ungesagtes enthält, das mich zwischen den Buchstaben anlächelt. Dinge, die mein Herz höherschlagen lassen, obwohl ich mir doch vorgenommen hatte, es bei einem freundschaftlichen Verhältnis zu belassen.

»Was ist los mit dir?« Max, der seinen Kunden inzwischen diverse Cappuccinos, Latte macchiato und einen Chai Latte serviert hat, beugt sich zu mir über den Tresen. »Du bist viel früher dran als sonst, kommst hier in versifften Sportklamotten rein, hast deinen Recyclingbecher nicht dabei, wirkst komplett zerstreut. Vor allem siehst du ganz anders aus als sonst. Und damit meine ich nicht deine neue Frisur.«

»Was dann?«

»Deine Ausstrahlung.« Er kneift ein Auge zu und betrachtet mich mit der Kennermiene eines Mannes, der durch seinen Beruf über einige Menschenkenntnis verfügt. »Du hast so einen besonderen Glow. Wenn ich nicht wüsste, dass du verheiratet bist, würde ich sagen, du bist frisch verliebt.«

O nein, bitte nicht dieses Wort. Ich will mich nicht verlieben. Schon gar nicht in Tom.

»Also? Wer ist es?«, fragt Max augenzwinkernd.

Mein Blick fällt auf meine rechte Hand. Dann pfriemele ich – er sitzt ziemlich fest – den schmalen goldenen Reif vom rechten Ringfinger. Meinen Ehering, der einst in einer Hamburgerschachtel lag und fast fünfundzwanzig Jahre lang zu mir gehörte wie Ketchup zu Pommes.

»Ich bin nicht frisch verliebt, Max.« Mit spitzen Fingern versenke ich den Ring in meiner Handtasche. »Sondern frisch getrennt.«

»Machst du Witze?«

»Ich wünschte, es wäre so.«

Ja, ein bisschen Wehmut mischt sich schon in meine Erleichterung, endlich frei zu sein. Ganz gleich, wie anstrengend es war, diese Ehe bis zum bitteren Ende durchzuhalten, nach so vielen gemeinsamen Jahren geht es nicht spurlos an einem vorüber, wenn man den Stecker zieht.

»Jedenfalls bekommt es dir nicht schlecht«, grinst er. »Und es ist wirklich keine neue Liebe im Spiel?«

Schon wieder dieses Wort.

»Direkt nach einer Trennung etwas Neues anzufangen, wäre ein Riesenfehler. Ich will erst mal allein rausfinden, was ich brauche. Und was ich will.«

Das meine ich so. Genauso. Und doch …

»Anne!«

Wie aus einem Paralleluniversum gebeamt steht auf einmal Carina neben mir. Trotz der frühen Morgenstunde trägt sie ein hochelegantes beigefarbenes Kostüm, hochhackige Pumps und eine mehrreihige Perlenkette. So als sei sie unterwegs zu einer Audienz bei Hofe. Oder bei ihrer Schwiegermutter. Was in diesem Fall so ziemlich aufs Selbe rauskommt, weil sich ihr Mann viel darauf zugutehält, der sogenannten Upper Class anzugehören.

»Was tust du hier?«, frage ich perplex.

»Schon vergessen? Wir waren verabredet.«

Ach, du große Güte. Ich habe es tatsächlich vergessen. Und jetzt überhaupt keine Zeit für ein ausführliches Gespräch.

»Wir müssen es leider kurz machen, Carina, auf mich wartet ein Riesenberg Arbeit.«

»Auf dich wartet *immer* Arbeit.« Missbilligend betrachtet sie mich von oben nach unten. »Du hast ja nicht mal Zeit, dir was Anständiges anzuziehen.«

Es nervt. Es nervt gewaltig. Ich will mir nicht länger vorhalten lassen, dass ich mich gegen ein Dasein als Vollhausfrau und Vollmutter entschieden habe.

»Könnten wir diesen Teil bitte überspringen und gleich zu deinem Problem kommen, Carina?«

»Ein Problem, das wir teilen.«

Stimmt ja, sie denkt, wir hätten ein dunkles Geheimnis, mit dem wir uns gegenseitig in Schach halten können.

»Kleines Update«, murmele ich zwischen zwei Schlucken Latte macchiato, »Karsten und ich, wir haben uns getrennt. Du siehst also: Ich kann ausgehen, mit wem immer ich will und wann ich will. Morgens, mittags, abends, nachts.«

Carinas perfekt geschminkter Mund klappt auf und wieder zu.

»Du hast, ihr habt …«

Konsterniert setzt sie sich auf einen freigewordenen Barhocker. Normalerweise würde sie mir jetzt eine Gardinenpredigt über den Wert der Familie halten und dass ich gefälligst die Zähne zusammenbeißen soll. Doch wenn man eng umschlungen mit einem Youngster ertappt wurde, der nachweislich nicht der Ehemann ist, würde ich auch nicht auf hehren Werten wie Treue und Familienpflichten rumreiten.

»Dann leg mal los«, ermuntere ich sie. »Was läuft da mit deinem Follower? Du bist verknallt, befindest dich im hormonellen Ausnahmezustand. So in etwa?«

Den Blick zu Boden gesenkt, nickt sie mehrmals. Ich kann sie verstehen. Schließlich habe ich soeben etwas Ähnliches mit Marvin erlebt: die Faszination für einen jungen Mann, der eine erstarrte Endvierzigerin daran erinnert, dass sie immer noch begehrenswert ist. Nur dass Marvin miese Absichten verfolgte. Anders als Tom. Oder?

Falsche Frage. An Tom auch nur zu denken, bringt mein Herz zum Tanzen, während Marvin nichts weiter hinterlassen hat als Wut und Scham. Na, wenigstens versetzt mich diese schlechte Erfahrung in die Lage, die beiden entscheidenden Fragen zu stellen.

»Könnte bei deinem Follower Berechnung dahinterstecken, Carina? Will er sich vielleicht an die berühmte Influencerin hängen, weil er sich ein Stückchen Ruhm für sich selbst verspricht? Oder siehst du in dem Typen eine Exitstrategie, um deinem bisherigen Leben zu entkommen? Für mich sieht es nämlich ganz so aus, als hätte es sich langsam bei dir ausgetuppert.«

»O Gott, ist das so offensichtlich?« In ihren Augen stehen plötzlich Tränen. Mit zitternden Händen holt sie ein Taschentuch aus ihrer teuren beigefarbenen Henkeltasche und tupft sich die Augenlider ab. »Du hast recht, ich halte dieses Leben nicht mehr aus. Ich hasse backen. Ich hasse kochen. Ich hasse den dauernden Perfektionszwang. Ich möchte die Leichtigkeit zurück, die mir verloren gegangen ist, und ich möchte«, sie schluckt, »Sex.«

Jetzt bin ich diejenige, die konsterniert ist. Zumal ich an diesem Morgen schon zum zweiten Mal einer Frau zuhöre, die so ganz anders denkt und fühlt als angenommen. Ob das wohl an irgendwelchen kosmischen Strahlungen liegt? Oder am Gegenteil-Tag?

»Seit Jahren läuft bei uns fast gar nichts mehr im Bett«, flüstert Carina, nachdem sie sich vergewissert hat, dass uns niemand belauscht. »Ich habe mich so alt und unattraktiv gefühlt, bis …«

»Dieser Follower …«

»Er heißt Robin. Er steht auf mich. Er will mich!«

Ich schaue zur Uhr. Höchste Zeit, in die Kanzlei zurückzukehren, um Marvin das Handwerk zu legen. Also komme ich ohne Umschweife auf den Punkt.

»Bevor du dich auf irgendetwas einlässt, was du bereuen könntest, frag dich bitte, ob deine Ehe noch eine Zukunft hat. Ein neuer Mann löst keine Probleme. Vielmehr könnte er das Problem werden.«

Vollkommen bedeppert schaut Carina mich an.

»Woher weißt du das?«

»Lebenserfahrung?«

»Hey, Anne, hier sind zwei neue Latte«, sagt Max in diesem Augenblick und schiebt mir zwei Becher über den Tresen. »Die anderen sind längst kalt. Möchtest du auch deine geliebte Zimtschnecke?«

»Zwei, bitte.«

Unterdessen ist Carina aufgestanden. In ihrem makellosen Gesicht arbeitet es, ihre Hände umklammern die Henkel der luxuriösen Handtasche.

»Nur mal so als Frage: Könnte Robin vielleicht doch der Richtige für mich sein?«

»In einer perfekten Welt schon.«

»Die es aber nicht gibt?«

»Du sagst es. Wie alt ist dieser Robin eigentlich?«

»Jung. Sehr jung.« Fahrig spielen ihre tadellos manikürten Finger mit der Schließe ihrer Handtasche. »Achtundzwanzig.«

Holla, die Waldfee, das toppt sogar Marvin. Und macht es noch wahrscheinlicher, dass sich hier eine verhängnisvolle Affäre anbahnt.

»Ich befürchte, er wird dir das Herz brechen, Carina.«

»Aber vorher könnten wir doch noch tollen Sex haben, oder?«

Das hat eine so absurde, so komisch verzweifelte Logik, dass ich lachen muss. Unter der Oberfläche der vorbildlichen Hausfrau und Mutter scheint es gewaltig zu brodeln.

»Ehrlich gesagt habe ich auch schon über Sex mit einem jüngeren Mann nachgedacht«, bekenne ich, ohne allerdings Tom zu erwähnen. Too much information. »Und bin zu dem Schluss gekommen, dass das nichts für mich ist.«

»Warum?«

»Weil ich vorher ein Jahr im Fitnessstudio verbringen und eine superstrenge Diät einhalten müsste, um auf das halbwegs angemessene Knackigkeitslevel zu kommen. Hast du dir mal deinen Po im Spiegel angeschaut?«

»Meinen …?« Carina wirkt auf einmal sehr, sehr irritiert. »Wie ist das eigentlich bei deiner Mutter? Ihr Neuer ist doch auch viel jünger. Vielleicht machen die immer das Licht aus, bevor sie, also, bevor es zur Sache geht?«

»Bitte, über so was möchte ich nicht mal nachdenken«, wehre ich ab.

»Aber du hast über deinen Po nachgedacht.«

»Nein, ich habe ihn mir angeguckt. Und er hat zurückgeguckt, als wollte er sagen: Das hier bleibt besser unter uns.«

»Krass.« Carina seufzt tief. »Und was mache ich jetzt mit Robin?«

»Versuch erst mal, dein Leben klarzuziehen. Alles, was stört, muss weg. Ciao, Süße, bis bald, pass auf dich auf.«

Ich habe schon die Kaffeebecher in der Hand und will gerade gehen, als mir noch ein längerer Satz einfällt, der – natürlich – von Tom stammt. Unmittelbar, bevor ich die Flucht aus seinem Hinterhofparadies ergriffen habe, hat er ihn mir gesagt, und seitdem geht er mir nicht mehr aus dem Kopf. Der Satz. Na ja, Tom auch nicht.

»Wenn du einen freundschaftlichen Rat hören möchtest,

Carina: Verliebe dich in dich selbst, so wie du wirklich bist, verliebe dich in dein Leben, sobald du es nach deinen wahren Bedürfnissen geformt hast – danach kannst du dich verlieben, in wen du willst.«

Kapitel 33

Die Latte macchiato sind längst ausgetrunken und die beiden Zimtschnecken bis auf den letzten Krümel verputzt, als ich mit Lulu Kornfeld sämtliche Akten gesichtet habe. Inzwischen sind wir beim »Hamburger Du«, Vorname und Sie. Das lag irgendwie in der Luft.

»Also, Lulu, was haben wir?«

»Auf den ersten Blick Veruntreuung von Geldern«, antwortet sie und zeigt auf die Anklageschrift. »Auf den zweiten Blick Scheinfirmen mit dem Ziel des Anlagebetrugs, so wie von Ihnen rausgefunden. Als Nächstes brauchen wir die Handelsregistereinträge und Steuernummern, damit wir alles gegenchecken können.«

»Respekt, Sie sind wirklich fit.«

Ihre Wangen glühen vor Freude über das Kompliment. Es scheint ihr wirklich ernst damit zu sein, mich nach Kräften zu unterstützen.

»Dann lassen Sie uns loslegen, Anne. Mit welcher Firma fangen wir an?«

Ich blättere schon in der entsprechenden Mappe.

»Mit einem Startup namens Caldera Corporation.«

»Ist gebongt.« Unternehmungslustig reibt sie sich die Hände. »Damit es schneller geht, würde ich vorschlagen, dass wir die

Arbeit aufteilen. Sie suchen alle relevanten Daten raus, ich google alles rund um die Firma: Adresse, CEO, außerdem etwaige Posts auf Social Media. Da entdeckt man oft die dicksten Klopper.«

Ich muss lächeln. Noch nie hat mir die Arbeit so viel Spaß gemacht. Lulu und ich ziehen an einem Strang, als hätten wir das immer schon getan. Innerlich schreibe ich eine Notiz an mich selbst: Egal, was du beruflich machen wirst, nie wieder als Einzelkämpferin. Teamarbeit ist so viel inspirierender. Und so viel effizienter.

Wenn bloß die vielen Nachrichten auf meinem Handy nicht wären. Dauernd surrt das Ding.

Ich hoffe, Du bist nicht entsetzt. Sag es auf keinen Fall Beatrice! Aber es musste endlich raus, wie sehr ich mein Tradwife-Trottel-Life hasse. Das einzig Gute daran ist, dass ich durch meinen Back-Blog Robin kennengelernt habe. Willst Du mir nicht mal verraten, wer Dein süßer Blondie in der Furcht-Bar war? Habt Ihr vielleicht doch …? Und wenn ja: WIE WAR'S??? Kiss, Carina

PS Wenn's was Ernstes mit dem hübschen Blondie wird, können wir ja mal ein Doppeldate organisieren 😊 C

Jo. Spitzenidee.

Schatzi, wann sehen wir uns? Kann dein größter Fan nicht heimlich mit nach Rom kommen? Wäre doch sweet, wenn du dein Family Business mal für ein, zwei Stunden cancelst, damit du mit deinem Marvin sexy Quality time genießen kannst.

Von wegen.

Punkt eins: Es ist reiner Wahnsinn, dass wir uns trennen. Punkt zwei: Denk an das Steak. Karsten

Klar. Ich denke andauernd und ausschließlich an dein Steak, lieber Karsten.

Anne! Es wird immer schlimmer mit Deinem Vater! Heute Abend hat er sich sogar Besuch eingeladen. Weiblichen Besuch! Irgendeine Alessandra! Und ich soll kochen! So geht das nicht weiter.
Gruß, Tante Beate

Toms Mutter wagt sich also in Tante Beates Bierkrug-Sammelsurium? Was sagt uns das? So einiges. Natürlich will sie meinen Vater darin bestärken, bloß nicht zu meiner Mutter zurückzukehren. Jedenfalls kommt sie ganz bestimmt nicht wegen seiner Modelleisenbahn zu Besuch.

Kind, wann kannst du mir bitte den Koffer bringen? Ich brauche ihn dringend, morgen früh geht's schon los!

Weiß ich doch, Mama. Weil ich ebenfalls morgen nach Rom fliegen werde, was wiederum du nicht weißt.

Den Plan, ihr schon heute von Johannes' Untreue zu erzählen, habe ich verworfen. Das bringe ich nicht übers Herz. Drei schöne Tage soll sie noch verleben, danach kommt die bittere Stunde der Wahrheit. Unmittelbar vor dem Abflug aus Rom werde ich Johannes auf den Topf setzen, in Gegenwart meiner

Mutter und mit handfesten Beweisen. Werner hat mir inzwischen Fotos geschickt, auf denen zu sehen ist, wie dieser treulose Depp frühmorgens die Wohnung seiner Geliebten verlässt.

Das gibt ein böses Erwachen. Doch danach werde ich meiner Mutter zur Seite stehe, sie trösten und aufrichten, wie es eine gute Tochter tut.

Keine Antwort? Ein leicht ungeduldiger Tom fragt für den Freund eines Freundes

Ich stutze. Lese die Nachricht noch einmal und muss schmunzeln, weil er mich schon wieder aufzieht. Komischerweise gefällt mir das. Es hat so etwas Spielerisches, Flirrendes, und sagt man nicht, was sich neckt …

Anne! Du denkst in die völlig falsche Richtung! Schreib ihm, dass du heute keine Zeit hast!

Lieber Tom.

Weiter komme ich nicht. Fasziniert schaue ich auf die letzten drei Buchstaben. Es macht mich irgendwie glücklich, seinen Namen zu lesen. Und auch wieder nicht. Entmutigt lege ich das Handy beiseite. Wozu dieser Schmetterlingsquatsch? Wird doch sowieso nix mit Tom und mir. Wir sind nun mal inkompatibel, es sei denn, ich steige in eine Zeitmaschine und schubse meinen Geburtstermin auf ein jüngeres Datum, so ungefähr fünfzehn oder zwanzig Jahre.

Alles, was gegen die unglückselige Beziehung meiner Mutter mit Toms Vater spricht, gilt auch für uns. Abgesehen von einigen

Schnittstellen wie unserem Sinn für Humor trennt uns eine ganze Generation.

Als Tom geboren wurde, habe ich zum ersten Mal mit Jungs geknutscht. Wir sind mit ganz verschiedenen Songs und Filmen aufgewachsen. Ich esse noch zuckrige Zimtschnecken, er bevorzugt zuckerbefreite Donuts. Ich überlege, was ich mit dem Rest meines Lebens anfangen will, er steht noch am Anfang seiner Lebensreise. Ich bin zweifache Mutter, er ist Single und hat keinerlei Erfahrung, wie sich ein Familienleben mit Kindern anfühlt. Was, wenn er selber Kinder möchte? Schon allein deshalb würde er mich irgendwann für eine jüngere Frau verlassen.

Und dann ist da ja auch noch die Sache mit dem Sex. Heiliger Bimbam.

Warum kann man seinen Kopf nicht einfach auf einen jungen Körper schrauben? Oder sich einen Avatar konstruieren lassen, perfekt proportioniert, jugendlich straff, unverbraucht und makellos? Vielleicht sollte ich besser zusammen mit Tom eine Zeitmaschine besteigen und in eine Zukunft düsen, in der das möglich ist. Oder wir führen in der Zwischenzeit eine Fernbeziehung: schreiben einander, telefonieren und facetimen, ohne uns körperlich nahezukommen. Genau. Das wird ihn restlos begeistern.

Die nächste Nachricht trifft ein.

Kind, ich hab's jetzt selbst erledigt. Bin einfach zu Euch nach Hause gefahren (einen Schlüssel habe ich ja), um mir den Koffer zu holen. Karsten lag auf der Couch und fantasierte. Bestimmt hat er zu viele Tabletten genommen. Er meinte DU fliegst nach Rom. Ist das nicht verrückt? Ich melde mich, wenn ich morgen gut gelandet bin. Kuss, Mama

Mir wird heiß und kalt. Fast wäre mein hochgeheimer Geheimplan aufgeflogen.

»Brauchen Sie eine Pause?« Über die Ränder ihres schwarzen Brillengestells hinweg schaut Lulu mich fragend an. »Sie sehen ziemlich durch aus.«

»Bin ich auch.« Verschämt schnüffele ich an meinem Hoodie. »Sorry, ich habe noch nicht mal geduscht. Hoffentlich stelle ich keine ganz so arge Geruchsbelästigung dar.«

»Geht so«, kichert sie.

»Und? Schon was gefunden?«

»Jede Menge.« Während sie ihr Jackett auszieht und an die Stuhllehne hängt, hebt sie triumphierend die Augenbrauen. »Der CEO zum Beispiel existiert nicht. Ich habe sein Foto von der Caldera-Website in die Gesichtserkennungssoftware eingegeben. Der Computer spuckte daraufhin drei Werbeanzeigen aus: eine für Versicherungen, eine für Treppenlifte, eine für Ginsengkapseln.«

Ich fasse es nicht.

»Heißt das, der soignierte Herr mit den graumelierten Schläfen ist nur ein Model, dessen Konterfei aus irgendwelchen Anzeigen rauskopiert wurde?«

»Sie haben es erfasst.« Lulu hält ihr Handy hoch. »Auch bei Social Media bin ich fündig geworden. Da wird ordentlich Phishing betrieben, auf seriös aussehenden Accounts, die saftige zweihundert Prozent Rendite versprechen. Klickt man drauf, soll man sogleich sensible Daten eingeben.«

»Unglaublich. Wer fällt denn auf so was rein?«

»Leider viel zu viele Leute. Hinzu kommt: Für den Namen des angeblichen CEOs, Maximilian Möller, gibt es Googletreffer wie

Sand am Meer, aber keinen, der ihn mit der Caldera Corporation in Verbindung bringt. Die Firma ist ein Fake, der sich zweifelsfrei nachweisen lässt.«

So, Marvin, du Hochstapler, das wird dir das Genick brechen. Für Kapitalanlagebetrug kann man bis zu fünf Jahre ins Gefängnis wandern. Es besteht jedoch akuter Handlungsbedarf. Nur solange Marvin noch denkt, dass er Erika über den Tisch ziehen kann, können wir ihn dingfest machen.

»Gute Arbeit, Lulu. Wir sollten das sofort zur Anzeige bringen.«

»Nicht wir«, entgegnet sie in einem fast mütterlich besorgten Tonfall, *»ich* übernehme das. Sie fahren jetzt nach Hause, duschen ausgiebig, essen was und kommen danach wieder. Okay?«

Nur zögernd willige ich ein.

»Okay. Aber ich möchte nicht, dass Sie denken, ich lege mich auf die faule Haut und lasse Sie mit dem Krempel allein.«

»Denke ich nicht.« Leicht theatralisch presst sie ihre Handflächen auf die Stelle, wo sich sonst ihr offenherziges Dekolleté befindet. »Wer ist denn hier die Fleißbiene? Wenn jemand wie blöde ackert, dann Sie. Ich habe Augen im Kopf. Karsten, ich meine, Ihr Mann, spielt auf seinem Bürorechner stundenlang Call of Duty und lässt Sie die ganze Arbeit machen. Das hat mich immer schon geärgert.«

Na, fabelhaft. Deshalb sollte ich ihn also tagsüber nicht stören, wenn ich eine Frage hatte. Nur Mails schreiben oder eine WhatsApp.

Apropos. Ich muss noch Tom antworten. Bis jetzt bin ich über die Anrede nicht hinausgekommen. Also zücke ich mein Handy und fange an zu schreiben.

Lieber Tom. Deine Message hat mich sehr gefreut, doch unser Treffen müssen wir leider verschieben. Morgen werde ich verreisen, weit weg, in den Süden, und vorher muss ich noch einiges erledigen. Gern demnächst wieder, herzlich, Anne

Eine schrecklich kalte, distanzierte Nachricht. Mich fröstelt, als ich auf *Senden* drücke. Aber so schreibt man halt einem Mann, der nie mehr sein wird als die beste männliche Freundin.

»Darf ich Sie mal was fragen?« Mit dem Kinn deutet Lulu auf meine rechte Hand. »Ist es Zufall oder Absicht, dass Sie Ihren Ehering nicht tragen?«

»Zufälligerweise ist es Absicht. Karsten und ich haben uns heute Morgen getrennt.«

Ihre Augen weiten sich. Ein Beben geht durch ihren Körper, und sie sieht so geschockt aus, dass ihr Gesicht wie eingefroren wirkt. Dann senkt sie schamhaft den Kopf.

»Bin etwa ich der Trennungsgrund?«

»Nicht der Grund, nur der Anlass«, beruhige ich sie. »Karsten und ich leben schon seit einiger Zeit fünf vor Trennung. Jetzt ist es halt passiert. Macht nichts.«

»Das sagen die Leute immer, wenn es sehr wohl was macht.« Schwer atmend sieht sie mich an. »Aber ich kann mir vorstellen, dass es nicht einfach war, mit einem Mann wie Karsten verheiratet zu sein.«

»Können Sie laut sagen.«

Schweigend sitzen wir einander gegenüber. Wahrscheinlich ist dies das schrägste Gespräch, das ich jemals geführt habe: Die Ex-Frau und die Ex-Geliebte unterhalten sich über den Mann, mit dem sie unfreiwillig verbunden waren.

»Wo sind eigentlich die Kerle, die man immer in den Liebesfilmen sieht?«, seufzt Lulu. »Diese attraktiven Männer mit dem goldenen Herzen, die auch noch gut im Bett sind?«

»Ja, wo sind sie bloß?« Langsam stehe ich auf und dehne meine verspannten Schultern. »Wahrscheinlich gibt es sie so wenig wie die dauerheißen Frauen in Pornos.«

Lulu giggelt wie ein ausgelassener Teenager.

»Hätte ja nie gedacht, dass Sie so eine coole Socke sind.«

Wenn's doch nur so wäre.

»Aber wir dürfen die Hoffnung auf wahre Liebe nicht aufgeben«, setzt sie mit einem weiteren Seufzer hinzu. »Ich wünschte, wir könnten eines Tages sagen, dass es für uns nur noch zwei Sorten Männer gibt: den einen – und alle anderen.«

Kapitel 34

Wackelnd und ruckelnd setzt die Maschine auf, dann gleitet sie langsamer werdend über die Landebahn. So schnell ging das? Etwas benommen richte ich mich in meinem Sitz auf und schaue aus dem Fenster. Ich muss eingenickt sein. Der gestrige Tag war ja auch so nervenzerfetzend wie die Nacht kurz, weil ich den ersten verfügbaren Flug gebucht habe.

Meine frühe Ankunft in Rom hat Methode. Ich will unbedingt vor meiner Mutter und ihrem Johannes im Hotel sein, um den Aufenthalt der beiden, nun, etwas unvorteilhafter zu gestalten.

So perfide die Vorschläge von Beatrice und Carina auch klangen, im Nachhinein erscheinen sie mir gar nicht mal so verkehrt. Letztlich geht es ja darum, ein paar Wermutstropfen in den Prosecco zu träufeln, damit meine Mutter nicht ganz so enttäuscht ist, wenn ich ihr vor dem Rückflug die rosa Brille abnehme. Keine leichte Aufgabe. Klipp und klar werde ich ihr mitteilen müssen, was sie sich da eingefangen hat: einen treulosen Casanova, der es ganz lustig fand, mit den Gefühlen einer älteren Frau zu spielen, bevor er sich seiner jungen Fitnesstrainerin zuwandte.

Nachdem ich meine Sporttasche vom Laufband gefischt habe – ich reise mit kleinem Gepäck, den praktischen Rollkoffer hat ja meine Mutter –, schiebe ich mich durch das lärmende Gewühl unzähliger Touristen Richtung Ausgang.

Draußen empfängt mich trotz des frühen Morgens ein Schwall warmer Luft. Unschlüssig sehe ich mich um. Soll ich mir ein Taxi leisten? Bestimmt sinnvoll, damit ich an der Rezeption des Hotels in Ruhe einiges klären kann, bevor die beiden Turteltauben einchecken. Mein Plan steht. Es muss ein Zimmer mit deprimierender Aussicht und zwei separaten Betten sein, was die Laune schon mal in den Keller befördern dürfte. Außerdem sollte keine Minibar vorhanden sein, damit anregende Drinks ausgeschlossen sind, und kein Fernseher, der über etwaige Gesprächspausen hinweghilft. Nur beim Abführmittel bin ich mir noch nicht so sicher. Kleine Nadelstiche sollten erst mal ausreichen, um dem romantischen Trip eine Delle zu verpassen.

Als ich während der Taxifahrt mein Handy anstelle, finde ich diverse Katastrophenmeldungen von Karsten vor. Es gehe ihm sehr schlecht. Er leide wie ein Hund. Wo ich denn sei, doch wohl nicht etwa in Rom. Ob ich wirklich die Stirn hätte, ihn in dieser dramatischen Lage alleinzulassen. Wie ich mir die Bearbeitung des aktuellen Falls vorstelle.

Mit Engelsgeduld beantworte ich alle Fragen.

Lieber Karsten, ja, ich bin in Rom, nein, Du bist nicht allein. Noah und Ella werden sich um Dich kümmern. Sie sind genauestens instruiert, die Kühltruhe ist voll, unser Medizinschrank auch. Der aktuelle Fall ist ebenfalls in besten Händen. Gemeinsam mit Lulu habe ich eine unschlagbare Strategie entwickelt. Während meiner Abwesenheit bleibe ich mit ihr in ständigem Kontakt.
Gute Besserung, A

PS Am heutigen Tag beginnt das Trennungsjahr, das einer Scheidung vorausgeht. Was bedeutet, dass wir nach meiner Rückkehr unsere Wohnungssituation neu gestalten müssen.

Wie Karsten darauf reagieren wird, ist klar wie Korn. Deshalb will ich mein Handy schon ausstellen, als weitere Nachrichten auf dem Display erscheinen.

Eine mega Zeit für Dich in Rom! Aber nicht nur die Spaßbremse für Oma machen, okay? Gönn dir auch ein bisschen Chillout. Oder wie nennt man das da – dolce vita? Hugs, Ella

Hi Mum, hier ist alles paletti. Papa jammert ein bisschen rum, aber wir haben alles im Griff. Noah

Nachdem ich mich ausführlich bei den beiden bedankt habe, trudelt eine weitere Nachricht ein. Von wem wohl.

Hallo, meine geheimnisvolle Reisende, pass gut auf Dich auf, Du wirst noch gebraucht. Meint der Freund eines Freundes. Ich übrigens auch. T (wie Tom)

Ich kann nicht anders, ich muss einfach zurückschreiben.

Hallo, mein geheimnisloser Daheimgebliebener, aufgrund meiner reichen Erfahrungen im In- und Ausland habe ich gelernt, bestens auf mich aufzupassen. Dennoch verbindlichsten Dank. A (wie Anne)

So, und jetzt stelle ich mein Handy wirklich aus.

Danach nehme ich zum ersten Mal wahr, dass ich tatsächlich in Rom bin. Vorerst nur in den Außenbezirken, doch hinter den Fenstern des Taxis entdecke ich schon Palmen und andere mediterrane Gewächse: silbrig schimmernde Pinien am Straßenrand, tiefgrüne Zypressen, die auf fernen Hügeln schnurgerade Linien bilden, weiß und rot blühenden Oleander auf dem Mittelstreifen der Autobahn. Alles ist in sanftes Sonnenlicht getaucht, das die Welt zu liebkosen scheint, sie gleichsam umarmt.

Moment. Seit wann bin ich denn so poetisch drauf? Liegt das an der südlichen Szenerie oder etwa an …?

Den Rest der Fahrt verbringe ich damit, mich vor weiteren sentimentalen Anwandlungen zu schützen, indem ich die Mails auf meinem Laptop sichte. Lulu hat geschrieben. Die Anzeige läuft, die Handelskammer ist informiert, ein Prüfverfahren wurde eingeleitet. Vielleicht sollte ich Erika noch einmal daran erinnern, dass sie Marvin weiter hinhalten muss? Ein wunderbarer Vorwand, mein Handy wieder anzustellen. Wie klammheimlich erhofft, hat Tom schon geantwortet.

Es freut mich zu wissen, dass Du ein großes Mädchen bist.
Wie komme ich bloß darauf, das Gegenteil könnte der Fall sein?
(Wenn Du nicht gerade Deinen einschüchternd erwachsenen Gesichtsausdruck aufsetzt)

Na, warte.

Es erstaunt mich zu erfahren, dass Erwachsene Dich einschüchtern. Wie komme ich nur darauf, dass es anders sein könnte?

Womöglich deshalb, weil Du so ungeheuer erwachsen rumalbern kannst? (Wenn Du nicht gerade kindlich verzückt an einer Paprikaschote knabberst)

Ohne lange nachzudenken, sende ich die Nachricht ab. Mir ist bewusst, dass ich ihm damit den flirtigen Ball zurückgespielt habe, doch zum Glück ist Tom ja weit weg. Weit genug, dass er mir nicht gefährlich werden kann. Und jetzt ist Erika dran.

Hallo Erika, die Anzeige gegen Marvin und seine Caldera Corporation ist auf den Weg gebracht. Dennoch möchte ich Dich bitten, Marvin weiter hinzuhalten. Je länger die Firma aktiv bleibt, desto besser. Schreib ihm, trink Tee mit ihm, was auch immer. Danke! Und liebe Grüße aus Rom!

Sie antwortet wenige Sekunden später.

Was machst Du in Rom???

Ach ja, Erika weiß es noch gar nicht.

Sand ins Getriebe der vorgezogenen Flitterwochen meiner Mutter streuen. 😊

Das scheint ihr zu gefallen.

Bravo, Anne! Sieh zu, dass Du diesen Johannes abservierst, bevor er noch mehr Unheil anrichtet. E

Da das jetzt erledigt ist, könnte ich mein Handy ausstellen. Warum tue ich es nicht? Warum schaue ich stattdessen nach, ob Tom noch online ist?

Er ist es nicht. Besser so.

Draußen hat sich das Bild inzwischen völlig verändert. Im Schneckentempo quält sich das Taxi durch immer engere Straßen, auf denen die Autos Stoßstange an Stoßstange vorwärtsschleichen. Dazwischen vollführen knatternde Vespas Slaloms, Trauben von Fußgängern latschen mitten über die Fahrbahn, die Luft ist erfüllt von ohrenbetäubendem Gehupe.

»*Signora?*« Der Taxifahrer dreht sich zu mir um und zeigt auf den Verkehr ringsum. »*Mi scusi signora, ma oggi c'è molto traffico. Che palle!*«

Da ich nur das übliche Restaurantitalienisch spreche – *Spaghetti bolognese per favore, grazie* –, verstehe ich nicht viel. Doch dass es langsam vorangeht, sehe ich selber.

»Nullo Problemo«, radebreche ich auf gut Glück.

Das scheint den Mann zu freuen. Lachend betätigt er seine Hupe und tuckert einen halben Meter vorwärts.

Einstweilen genieße ich die Aussicht. Souvenirläden, Boutiquen und Kaffeebars mit Tischen auf den Bürgersteigen reihen sich aneinander, elegant gekleidete Menschen und weniger elegant gekleidete Touristen flanieren wie auf einem Laufsteg vorbei, ein Duft nach süßem Gebäck, Kaffee und Benzin weht durch die heruntergelassenen Scheiben ins Taxi.

Ich staune, wie viele schön angezogene Frauen hier unterwegs sind. Die meisten tragen Kleider, teils mit weit schwingenden Röcken, teils eng geschnitten. Eine Frau sticht mir besonders ins Auge. Wie eine Göttin schreitet sie durch die Menschenmenge, in einem figurbetonten Kleid mit bunten psychedelischen Mustern, die an die abenteuerlich gemusterten Tapeten der siebziger Jahre erinnern. Durch raffinierte Raffungen wirkt das Kleid unbeschreiblich weiblich, verhüllt aber genug, um der Fantasie Raum zu lassen.

Haben wollen!, ist mein erster Impuls.

Seit Ewigkeiten habe ich mir keine Klamotten mehr gekauft. Wozu auch. Im Büro trage ich die immer gleichen langweiligen Kostüme in Grau, Braun oder Schwarz, in meiner Freizeit bevorzuge ich legere Sportsachen. Nicht zu vergessen die trutschigen Omakleider, die ich für Familienfeiern aus dem Schrank hole. Jetzt weckt die unwiderstehlich feminine Ausstrahlung dieser Frau den Wunsch, mir auch so etwas zu gönnen. Warum eigentlich nicht? Wenn ich an der Hotelrezeption alles geklärt habe, könnte ich doch einen Einkaufsbummel unternehmen, danach irgendwo einen Espresso trinken und einfach mal genießen, dem Alltag entkommen zu sein.

»Siamo arrivati, Signora, Via del Corso.« Der Taxifahrer zeigt mit einer Hand aus dem Seitenfenster. *»Questo è l'albergo Grand Plaza.«*

Was für ein imposanter alter Kasten. Während ich die wuchtige Fassade mit den reich verzierten Fenstern betrachte, überkommt mich fast so was wie Ehrfurcht.

Bislang kannte ich das Hotel nur aus dem Internet. Als ich es damals für meine Eltern buchte, war ich fasziniert von den Fotos, die hohe, verschwenderisch dekorierte Räume zeigten, riesige Kristalllüster, breite Marmortreppen. Es ist ein klassisches Grand Hotel, das sieht man schon von außen. So ein richtig edler Schuppen, in dem man einen stilvollen Auftritt braucht, wenn man bei den Angestellten etwas erreichen will. Und ich muss so einiges erreichen.

Zweifelnd sehe ich an mir hinunter. Mit meiner Kombi aus Jeans und Sweatshirt kann ich hier nichts reißen. Also werde ich eine Turbo-Einkaufstour einlegen müssen.

Nachdem ich den Taxifahrer bezahlt habe und ausgestiegen bin, laufe ich am Eingang des Hotels vorbei die Straße entlang. Glück gehabt. Die Via del Corso entpuppt sich als Shoppingparadies. Hier gibt es wirklich alles: Klamottenläden, Dessous-Shops, Schuhhändler, Juweliere, sogar ein Geschäft, in dem nur Handschuhe verkauft werden.

Schon nach wenigen Metern entdecke ich eine kleine Boutique, in deren Schaufenster lauter wunderschöne Kleider ausgestellt sind. Drinnen allerdings verlässt mich der Mut. Doch, doch, die Kleider gefallen mir, aber ich bezweifle stark, dass mir so etwas Schönes stehen wird.

Erst als mir die Verkäuferin aufmunternd zunickt, greife ich zu einem Kleid mit einem extravaganten Wabenmuster in Grün, Rosa und Lila und verschwinde damit in der Umkleidekabine. Dort hängt ein kleiner Spiegel, der mir eine ziemlich verschüchterte Frau zeigt. Eine Frau, die fürchtet, von sich selbst enttäuscht zu werden, wenn sie das Kleid anprobiert.

»*Signora?*«, höre ich die fragende Stimme der Verkäuferin.

»*Tutto bene*«, radebreche ich gespielt fröhlich.

Zögernd pelle ich mich aus meinen praktischen Klamotten und schlüpfe in das Kleid. Oha. Es ist äußerst figurbetont. Um nicht zu sagen: knalleng. Etwas beklommen schiebe ich den Vorhang der Umkleide beiseite und tapse zu einem großen Spiegel, der die gesamte Stirnwand der kleinen Boutique bedeckt.

Dann wage ich einen Blick. Nicht schlecht. Nein, umwerfend. Es ist, als hätte eine gute Fee ihren Zauberstab geschwungen und mich in eine dieser Frauen verwandelt, die ich eben auf der Herfahrt gesehen habe.

»*Molto bella, la signora*«, lächelt die Verkäuferin.

Ja, das Kleid ist sehr schön. *Ich* fühle mich schön. Und verliebe mich spontan in mein neues Selbst, das mich mit großen Augen ansieht, als wollte es sagen: Warum hast du so lange damit gewartet, dich endlich mal ein bisschen zu feiern?

Mit Händen und Füßen gebe ich der Verkäuferin zu verstehen, dass ich das Kleid gleich anlassen möchte. Dazu passen meine Sandaletten, die ich aus der Sporttasche krame und direkt in der Umkleidekabine anziehe. Anschließend hole ich mein Portemonnaie aus der Tasche. Und sehe bei der Gelegenheit auf dem Handydisplay, dass Tom geschrieben hat.

> Ich würde mich glücklich schätzen, wenn wir demnächst gemeinsam an einer Paprikaschote knabbern würden. Die Sache ist die: Durch meinen Beruf erlebe ich täglich Menschen bei der Nahrungsaufnahme, aber noch nie habe ich eine Frau so sinnlich essen sehen wie Dich. Alles andere – mündlich. Wie Du das interpretierst, überlasse ich Deiner Fantasie 😊

Als hätte ich eine heiße Herdplatte angefasst, werfe ich das Handy zurück in meine Tasche. Das habe ich nun davon. Ich musste ja unbedingt mit dem Feuer spielen, nun habe ich mich prompt verbrannt. Denn auf einmal spüre ich etwas, das so Furcht einflößend ist, wie lange nichts mehr in meinem Leben: Sehnsucht.

Kapitel 35

Vergessen, Anne. Ganz schnell vergessen. Du hast alles hundertmal im Kopf durchgespielt und die einzig vernünftige Entscheidung getroffen: Ein jüngerer Mann kommt für dich nicht infrage. Basta.

Also vergiss deine unvernünftigen Gefühle, vergiss Tom und sorg dafür, dass er bloß nicht Teil deiner Familie wird. Willst du ihm etwa bei Geburtstagsfeiern begegnen? Seine Blicke aushalten, sein Lächeln, seine ironische Art? Willst du etwa Weihnachtslieder mit ihm singen, am geschmückten Tannenbaum, und immer daran denken, dass du einfach zu alt bist für so einen Mann? Willst du dir das wirklich antun? Rhetorische Fragen. Deshalb fokussier dich gefälligst auf deine Strategie. Sofern der Flug deiner Mutter planmäßig landet, hast du noch eine gute halbe Stunde, um die Aktion Sand-im-Getriebe durchzuziehen.

Getragen vom Bewusstsein, ungewohnt elegant angezogen zu sein, schwebe ich zum Hotel zurück und weiter durch die gläserne Eingangstür, die mir ein rot livrierter Angestellter aufhält. Dann bleibe ich überwältigt stehen.

Die Lobby ist riesig. Goldene Säulenpaare säumen die dunkelroten Wände, darüber erstrecken sich Deckengemälde und vergoldete Stuckaturen. Alles ist so prächtig wie in einem Schloss, noch viel beeindruckender als auf den Fotos. Fast tut es mir schon wieder leid, dass ich meiner Mutter den Aufenthalt in dieser wunderschönen Kulisse vermiesen werde. Doch was sein muss, muss sein.

Jetzt hoffe ich nur noch, dass ich jemanden finde, der Deutsch spricht oder mein etwas holpriges Schulenglisch versteht.

Als ich mich dem Rezeptionstresen nähere, einem Trumm von Tresen aus poliertem dunklem Holz, nimmt sogleich einer der Angestellten Augenkontakt mit mir auf. Er sieht sympathisch aus. Ein mittelalter Beau im hocheleganten dunklen Anzug zur rot-goldenen Seidenkrawatte. Offenbar erkennt er auf den ersten Blick, dass ich mich ein bisschen wie Aschenputtel im Märchenschloss fühle. Freundlich lächelnd winkt er mich zu sich.

»*Buon giorno, Signora.* Oder sollte ich sagen: Guten Tag?«

Mir fällt ein Stein vom Herzen.

»Da bin ich aber froh, Entschuldigung, *scusi*, leider spreche ich Ihre Sprache so gut wie gar nicht.«

Worüber ich mich übrigens wirklich ärgere. Ich wollte schon immer mal eine neue Sprache lernen, und ich liebe den Klang der italienischen Sprache, habe es jedoch immer auf die lange Bank geschoben, weil mich mein Kanzleijob so vereinnahmt hat. Das muss sich ändern, wie so vieles in meinem Leben.

»Kein Problem, *Signora.*« Geschmeidig gleiten die Finger des Rezeptionisten über die Tastatur eines Laptops, der seitlich hinter dem Tresen steht. »Auf welchen Namen hatten Sie reserviert, bitte?«

»Felicitas Hartmann.«

»Willkommen, Frau Hartmann.«

»Nein, nicht ich werde hier absteigen, sondern meine Mutter und ihr …« Hüstelnd verschlucke ich das Wort Lebensgefährte, weil es so grundfalsch klingt. »Die Zimmerbuchung ist ein Geschenk. Nur habe ich mich damit etwas übernommen. Glauben Sie mir, diese Angelegenheit ist mir höchst unangenehm, doch ich möchte Sie bitten, den beiden ein kleineres Zimmer zu geben. Gern nach hinten raus. Am besten mit zwei Einzelbetten. Und bitte keine Minibar.«

Irritiert starrt mich der Rezeptionist an.

»Wieso?«

»Weil … na ja, Alkohol in Reichweite fatal wäre«, schwindle ich. »Und bitte auch keinen Fernseher. Meine Mutter hasst Fernseher.«

»Quanto è folle tutto ciò?«, murmelt er in sich hinein, während er durch sein Programm scrollt. »Hm. Das könnte schwierig werden, Signora. Unsere preiswerteren Zimmer sind alle belegt. Außerdem …«

»Ja?«

Seine Miene hellt sich auf, und ein Lächeln umspielt seinen Mund, das sich zu einem sonnigen Strahlen verbreitert.

»Sie hatten bei der Buchung angegeben, dass der Aufenthalt ein Geschenk zur Goldenen Hochzeit Ihrer Eltern ist. Was für eine liebevolle Geste. Das fand auch die Hoteldirektion. Wir alle hier finden es zauberhaft, und so romantisch! Wer schafft es denn heutzutage noch bis zur Goldenen Hochzeit?«

Meine Mutter hat es jedenfalls nicht geschafft. Weil sie einem Mann auf den Leim gegangen ist, der schuftiger nicht sein könnte. Aber solche privaten Dinge plaudere ich lieber nicht aus. Hier geht es ja auch um etwas anderes: ein Zimmer, so winzig, so mies, so hässlich wie möglich.

»Sie müssen doch irgendwo noch ein kleines Zimmer haben«,

sage ich beschwörend, während ich mit zusammengekniffenen Augen das Namensschild am Revers des Rezeptionisten entziffere. »Bitte, Salvatore, alles andere würde meine finanziellen Möglichkeiten übersteigen.«

»Darum machen Sie sich mal keine Sorgen«, erwidert er verbindlich. »Wir waren so gerührt, dass Ihre Eltern das außergewöhnliche Jubiläum in Rom, der ewigen Stadt, feiern wollen, dass wir ihnen ein Upgrade gewährt haben. Die beiden bekommen unsere Hochzeitssuite.«

Mir rutscht das Herz in die Hose. Schlimmer könnte es gar nicht laufen.

»Vielen Dank, *grazie mille* und so weiter«, nuschle ich, »aber das ist wirklich nicht nötig. Meine …«, ja, was eigentlich, »ähm, Eltern haben keine besonderen Ansprüche. Sie mögen es schlicht und bescheiden.«

Womöglich bilde ich es mir nur ein, aber der Rezeptionist sieht mich an, als wäre ich nicht ganz richtig im Kopf.

»Die Suite liegt im obersten Stockwerk unseres Hotels«, fährt er deutlich reservierter fort. »Insgesamt verfügt sie über zwei Bäder, einen Whirlpool sowie einen großen Balkon, von dem man einen herrlichen Blick über die Stadt hat. Als Begrüßungsdrink servieren wir eine Flasche besten Proseccos im Wohnbereich.«

»Im – Wohnbereich«, wiederhole ich fassungslos.

Nachdem er seine Krawatte gerade gezupft hat, was gar nicht nötig gewesen wäre, schaut Salvatore auf den Laptop.

»Die Suite besteht aus mehreren Räumen: einem Essbereich, einem Schlafzimmer, einem Ankleidezimmer sowie einem Wohnbereich mit großem Flatscreen. Ihre Eltern werden sich hier sehr, sehr wohlfühlen.«

Das sind nicht meine Eltern, verdammt. Das ist meine zweiundsiebzigjährige Mutter mit ihrem fünfzehn Jahre jüngeren Hallodri-Geliebten!

»Also, ich weiß nicht«, entgegne ich gespielt zögerlich, »ich befürchte, trotz des Upgrades übersteigen die Kosten mein Budget.«

Wieder bekomme ich einen Blick, als sei ich vollkommen gaga.

»Nehmen Sie doch bitte erst einmal Platz, Signora. Ich schaue, was ich für Sie tun kann. Vielleicht einen Rabatt. Inzwischen bekommen Sie ein Glas Prosecco, wenn Sie mögen.«

Ja, ich mag. Zwar habe ich noch nicht gefrühstückt, und ich bin so runter, dass ich im Stehen einschlafen könnte, doch wenn ich auf seinen Vorschlag eingehe, kann er diesen Wahnsinn vielleicht noch geradebiegen.

»Sehr gern. Danke schön.«

So anmutig wie möglich stöckele ich mit meiner Sporttasche zu einer Sitzgruppe aus antiken Sesseln mit goldverzierten Lehnen und lasse mich auf einem der Sessel nieder. Ich fühle mich furchtbar. Habe ich mich etwa in etwas verrannt? Wäre es besser gewesen, meiner Mutter schon vor der Reise reinen Wein einzuschenken?

Als der Prosecco serviert wird, muss ich mich sehr beherrschen, ihn nicht in einem Zug auszutrinken. Ratlos nippe ich an dem Glas. Es ist, als hätte mir jemand die Luft rausgelassen. Nichts funktioniert, wie ich es mir vorgestellt habe. Das Ganze droht, in einer Riesenpleite zu enden: außer Spesen nix gewesen. Schließlich habe ich viel Geld für den Flug ausgegeben, für das Taxi, für ein Kleid, das zu meiner Taktik gehörte, und für ein preiswertes Zimmer in einer nahegelegenen Pension, das wahrscheinlich so hässlich ist wie jenes, das ich meiner Mutter und ihrem Möchtegern-Casanova unterjubeln will.

Während ich wie ein Schluck Wasser in der Kurve in meinem Sessel hänge und schon allen Mut verliere, höre ich plötzlich eine Stimme. Eine Stimme, die ich kenne. Sehr gut sogar. Die Härchen auf meinen Unterarmen stellen sich senkrecht. Das kann doch nicht sein. Bin ich schon so drüber, dass ich halluziniere?

Langsam drehe ich meinen Kopf in Richtung Rezeption. Und verfalle in Schnappatmung. Selbst von hinten würde ich ihn unter Tausenden erkennen. An der Art, wie lässig er seinen blauen Anzug trägt, wie er beim Sprechen die Arme abwinkelt und den Kopf schräg legt, sich mit einer Hand durchs dunkle Haar fährt.

Was zum Teufel macht Tom hier im Hotel? Wieso ist er überhaupt in Rom?

Unter keinen Umständen darf er mich sehen. Tom ist nicht dumm. Er würde sofort begreifen, dass ich mit unschönen Absichten hergekommen bin, und kräftig gegensteuern. Noch spricht er mit dem freundlichen Rezeptionisten Salvatore. Doch sobald er sich umdreht, ist es vorbei mit meinem Plan, inkognito ein paar Schräubchen am Hotelarrangement zu lockern. Also muss ich mich in Luft auflösen. Nur: Wie soll ich das anstellen? Die Lobby ist weitläufig, aber relativ übersichtlich. Jeder, der sich hier im Raum bewegt, kann von überall aus gesehen werden.

Da hilft nur eins: Ich muss unterm Radar bleiben. Sprich, unter Augenhöhe. Am besten auf allen Vieren. Damit mache ich mich zwar komplett zum Affen, andererseits ist es meine einzige Chance, aus Toms Blickfeld zu verschwinden.

Behutsam, um kein verdächtiges Geräusch zu erzeugen, stelle

ich mein Proseccoglas auf die rötliche Marmorplatte eines Beistelltischchens. Dann rutsche ich in Zeitlupe vom Sessel, bis meine Knie den Boden berühren. Mist, einige Gäste in der Lobby schauen schon her. Weiter, Anne. Bloß nicht beirren lassen. Du musst hier weg. Meine Sporttasche hänge ich mir quer vor den Bauch, bevor ich auf Händen und Knien losrobbe.

Mein Ziel sind die Toiletten, der Ausgang mit seinen Glastüren wäre zu weit weg. Zentimeterweise arbeite ich mich vorwärts. Gottlob wird in so einem Nobelhotel penibel sauber gemacht. Angenehm ist es trotzdem nicht, auf allen Vieren durch die Gegend zu kriechen. Zwischendurch halte ich Ausschau nach Hinweisschildern. Wie heißt noch mal Toilette auf Italienisch?

»Beeindruckend«, höre ich plötzlich die vertraute Stimme. »Dass du sportlich bist, wusste ich ja schon, aber diese Spielart des Nordic Walkings gehört offensichtlich zur Königsklasse. Oder ist das eine neue Variante von Bauch-Beine-Po?«

Kapitel 36

Verflixt und zugenäht, Himmelherrgottsakra, A-Punkt und Zwirn. Ich kenne gar nicht genug Flüche, um meiner Stinkwut Ausdruck zu verleihen. Und meiner abgrundtiefen Scham. Tom hat mich ertappt. Auf allen Vieren. In einem Luxushotel, das für seine distinguierten Gäste bekannt sein dürfte. Wie doof ist das denn? Vor allem aber: Wie erkläre ich ihm meine unwürdige Fortbewegungsart?

»Gnädige Frau?«, grinst Tom.

»Gnädige Hohlheit?«

Eine matte Retourkutsche. Da muss schon mehr kommen. Als ich in einer ähnlich peinlichen Situation von Ella überrascht wurde, hat meine Ausrede zwar nicht geklappt, doch ich versuch's mal mit einer neuen Variante.

»Hallo Tom«, sage ich mit knallrotem Gesicht. »Keine Ahnung, was du hier zu suchen hast, aber du kannst mir helfen.«

»Wobei?«

»Beim Suchen. Ich habe meinen Ehering verloren.«

»Soso.« Er grient so ausgiebig, dass sich um seine Augen Lachfältchen bilden, obwohl dieser Grünschnabel noch gar keine Falten hat. »Darf ich dir vorher helfen, auf die Füße zu kommen?«

»Wozu? Ich muss doch erst mal meinen Ring finden.«

Amüsiert sieht er mich an. Dann zieht er die Schultern hoch

und atmet einmal tief ein und wieder aus wie jemand, der seinen letzten Rest Geduld zusammenkratzt.

»Warum hast du den Ring ausgerechnet hier verloren?«

»Gegenfrage: Was hast *du* hier verloren?«

Unsere Blicke treffen sich. Es ist ein stummes Kräftemessen, das wahrscheinlich ewig gedauert hätte, wenn es nicht von Salvatore beendet worden wäre. Schnellen Schritts eilt er heran und beugt sich mit besorgter Miene zu mir hinunter.

»*Signora!* Ist Ihnen nicht gut? Soll ich einen Krankenwagen rufen?«

»Nein, danke, geht schon.« Verlegen rapple ich mich auf und komme etwas schwankend in die Senkrechte. »Ich habe nur etwas verloren.«

»Doch wohl nicht Ihr Herz?« Salvatore gestattet sich ein schelmisches Lächeln, bevor er das Wort an Tom richtet. »Sie können Ihr Zimmer in einer Stunde beziehen, *Signore*. Wie besprochen, ist es ein kleines Zimmer nach hinten raus und eher schlicht ausgestattet, dennoch hoffe ich, dass Sie Ihren Aufenthalt genießen werden.«

Das ist ja wohl die Höhe. Zornig baue ich mich vor dem Rezeptionisten auf.

»Diesem Mann haben Sie das kleine Zimmer gegeben, das ich wollte?«

»Hast du ein Problem damit?«, fragt Tom verwundert.

»Eins? Viele!«

»*Scusi, Signora,* der Herr hat das Zimmer bereits vorgestern reserviert«, erklärt Salvatore mit um Verzeihung heischender Miene. »Wenn Sie mich jetzt bitte entschuldigen würden, es kommen neue Gäste an.«

In der Tat. Zwei Gäste, die mir wohlbekannt sind, steuern die Rezeption an: meine Mutter im schicken hellblauen Hosenanzug, den Alurollkoffer hinter sich herziehend, und Johannes Merseburger, in Jeans und hellem Leinensakko, eine lederne Reisetasche über der Schulter. Auch Tom sieht die beiden.

»Raus hier«, zische ich.

In dieser Sache sind wir uns ausnahmsweise mal einig. Auf leisen Sohlen huschen wir hinter die nächsten goldenen Säulen und von dort aus Richtung Ausgang. Während Salvatore die beiden Neuankömmlinge willkommen heißt, schlüpfen wir unbemerkt durch die Glastüren. Ohne dass wir uns abgesprochen hätten, laufen wir danach noch ein ganzes Stück weiter, bis wir in eine schmale Gasse abgebogen sind und vor einem kleinen Lokal stehen bleiben.

»Auf den Schreck einen Espresso?«, fragt Tom.

Toll. Als sei Kaffee die Lösung für alles, auch für die unmögliche Situation, in die wir uns laviert haben.

»Sag mir erst mal, warum du hier bist«, hechele ich außer Atem.

Tom ist keineswegs außer Atem. Kunststück, wenn man so jung ist. An die Hauswand gelehnt, steht er lässig da, die Hände in den Hosentaschen, und lächelt, als sei das alles ein großer Spaß.

»Ich schätze, ich bin aus demselben Grund in Rom wie du. Wenn auch in anderer Absicht.«

Könnte dieser Mann bitte mal aufhören zu lächeln, als wüsste er, dass ich ihn viel zu sehr mag? Und dass ich sogar Sehnsucht nach ihm hatte, obwohl ich ihn jetzt gerade so was von auf den Mond schießen könnte?

»Ich habe weder Zeit noch Lust auf Rätselspiele«, fauche ich ihn an.

»Lass uns das doch bitte bei einem Espresso besprechen«, erwidert er vollkommen ruhig und zeigt auf ein Tischchen mit zwei Stühlen vor dem Lokal. »Kaffee kann das.«

Ich kämpfe mit mir. Aber irgendwann müssen wir sowieso reden.

»Gut, ein Espresso. Allerdings sollten wir reingehen, für den Fall, dass meine Mutter und dein Vater auf die Idee kommen, hier herumzuflanieren.«

»Va bene, bella Signora, mi piace molto.«

Ach, Italienisch spricht er auch noch? Wie ungerecht kann das Leben sein?

Maximal angepisst, ja, dieses derbe Wort muss jetzt sein, betrete ich das kleine Lokal. Nach dem hellen Sonnenlicht draußen brauche ich einen Moment, um mich an den sanften Dämmer des niedrigen, bräunlich rot gestrichenen Raums zu gewöhnen. Ich hatte eine Touristenfalle erwartet – und werde aufs Angenehmste enttäuscht. Kein Souvenirkitsch stört das Auge. Es gibt nur einen schlichten Tresen aus Metall, neben dem drei Tischchen stehen, und abgesehen von Schwarz-Weiß-Fotos klassischer italienischer Leinwandikonen wurde auf jede weitere Deko verzichtet.

»Hübsch hier«, sagt Tom, der mir gefolgt ist und sich ebenfalls umsieht. »Passt zu dir. Ich hätte dir längst sagen sollen, wie sensationell du in dem Kleid aussiehst. Ist das neu?«

»Nein, mit einem handelsüblichen Feinwaschmittel gewaschen.«

Wenigstens hat er den Anstand, sich sein dämliches Lächeln zu verkneifen.

»Sorry, ich vergaß, die Dame ist schnell auf die Palme zu bringen.«

»Stimmt genau.« Wütend funkele ich ihn an. »Und falls du weiter Süßholz raspelst, bewerfe ich dich mit Kokosnüssen.«

Pantomimisch geht er in Deckung, bevor er an den Tresen tritt, hinter dem ein älterer Herr in weißem Hemd mit schwarzer Fliege gleichmütig das Schauspiel unseres Streits beobachtet. Vermutlich hat er in seinem langen Leben schon so viele streitende Paare erlebt, dass ihn nichts mehr erschüttern kann. Stopp. Tom und ich sind kein Paar. Nur zwei Menschen, die wegen der Gefühlsverwirrung meiner Mutter irgendwie … ach, weiß nicht. Was ist das hier? Was ist das mit Tom und mir?

»Due espressi, per favore«, bestellt er in makellos klingendem Italienisch.

»Für mich einen doppelten«, interveniere ich vom Tisch aus, an dem ich inzwischen Platz genommen habe.

»Natürlich.« Grinsend sieht er über die Schulter. »Bei dir darf alles etwas größer sein, was?«

Nicht größer, sondern älter, würde ich am liebsten hinterherschieben, lasse es aber, weil ich den anzüglichen Unterton keineswegs überhört habe. Tom kann's einfach nicht lassen. Dauernd diese Anspielungen, dauernd diese frechen Bemerkungen, die immer nur auf eines abzielen: mich aus der Fassung zu bringen.

Nachdem er zwei dickwandige braune Tassen in Empfang genommen hat, setzt er sich zu mir an den Tisch. Während wir wortlos unsere Espressi schlürfen, spüre ich auf einmal eine tiefe Erschöpfung. Es war alles ein bisschen viel in den letzten Tagen. Ich möchte nicht mehr streiten, nur noch in den Arm genommen werden. Was mit Tom natürlich nicht geht.

»Sag mal, Anne, dich ins Liebesleben deiner Mutter einzumischen – ist das so eine Art Pflaster für deine eigenen schlechten Erfahrungen?«

Klirrend setze ich meine Tasse ab.

»Was?«

»Man könnte es Besorgnis nennen«, erklärt er nachdenklich. »Aber ich glaube, du hast vor sehr viel mehr Angst als vor einem Liebesausrutscher deiner Mutter.«

»Und wovor dann?«

Wir kennen beide die Antwort. Tom spricht sie aus.

»Dass es generell nicht funktioniert, wenn der Mann deutlich jünger ist als die Frau.«

Er hat recht. Genau deshalb bin ich ja so durch den Wind. Nicht nur wegen meiner Mutter. Auch wegen Tom. Seine Anziehungskraft ist fast schon unheimlich, und es fällt mir immer schwerer, die Vernunft über meine völlig überflüssigen Emotionen siegen zu lassen.

»Was ist?« Vorsichtig legt er mir eine Hand auf den nackten linken Arm. »Du siehst auf einmal so deprimiert aus.«

Wie vom Blitz getroffen zucke ich zusammen. Da ist es wieder, dieses Gefühl, in eine Steckdose gefasst zu haben. Doch diesmal ist es, als sei ich in ein ganzes Elektrizitätswerk geraten. Prickelnde Schauer tanzen über meinen Rücken, meine Kehle ist wie zugeschnürt. Ich schaffe es nicht mal, Toms Hand wegzuschieben. Prüfend sieht er mich an.

»Anne, bei aller Liebe: Falls du jetzt wieder mit der alten Leier anfangen willst, dass mein Vater zu jung für deine Mutter ist, bitte ich dich inständig, es sein zu lassen. Auch irgendwelche Überwachungs- oder Störaktionen – ich meine, wieso bist du sonst hier? – solltest du sein lassen. Die beiden sind happy. Sie lieben sich.«

Wie durch ein Wunder finde ich meine Sprache wieder.

»Du machst es dir ganz schön einfach, Tom.«

»Es *ist* einfach.«

Seine Hand streichelt meinen Arm. Einfach so. Ohne Erlaubnis. Ich könnte schreien … vor Glück. Weil es sich so gut anfühlt, so richtig, so wunderschön. Weil es Tom ist, der Mann, der mich von der ersten Sekunde an in seinen Bann gezogen hat, und zu dem ich mich unwiderstehlich hingezogen fühle, mit der ganzen Kraft meines verwaisten, verwundeten, aber immer noch höchst lebendigen und jetzt voll entflammten Herzens.

Wie eine morsche Brücke fällt mein Widerstand in sich zusammen. Ich will ihn. Ich will ihn so sehr.

»Hey.« Sacht nähert er sein Gesicht dem meinen. »Hey du.«

So muss sich eine Kernschmelze anfühlen. Unwillkürlich öffne ich die Lippen, und auch Tom öffnet seine Lippen. Eine Millisekunde noch, und wir schmelzen gemeinsam.

»Da bist du ja«, knattert plötzlich eine Stimme los, die ich nicht sofort zuordnen kann. »Was machst du für Sachen, Süße? Nach Family Time sieht das hier echt nicht aus.«

Kapitel 37

Ich brauche definitiv einen Satz neuer Flüche. So richtig ordinäre Flüche, bei denen sich sogar meine schulhofgestählten Kinder die Ohren zuhalten würden. Hasserfüllt starre ich den jungen Mann an, der soeben einen der mutmaßlich schönsten Momente meines Lebens zerstört hat.

»Wer – ist – der – Kerl?«, fragen Marvin und Tom synchron.

Dann schauen sie einander böse an. Und ich sitze bis Unterkante Oberlippe in menschlichen Ausscheidungen. Sicher, ich könnte Tom jetzt aufklären, dass Marvin ein abgefeimter Betrüger ist, der, wo immer er auftaucht, die Blödmanndichte gewaltig erhöht und auch noch arglose Anleger ins Verderben stürzt. Doch dann wäre Erika bloßgestellt, der Fall verloren, Marvin käme ungestraft davon.

»Kannst du es mir nicht sagen, oder willst du es mir nicht sagen?«, hakt Tom nach.

»Sag's ihm, Süße«, grient Marvin, der natürlich längst verstanden hat, in was für eine peinliche Lage er mich bringt. »Anne und ich, das ist etwas Besonderes.«

Tom wird grau im Gesicht.

»Dasselbe hätte ich vor zehn Sekunden auch noch behauptet.«

Prompt rast mein Herz mit dem Tempo eines kaputten Aufzugs ins Bodenlose.

»Entschuldige, Tom, das ist alles etwas komplexer, als es aussieht.«

»Komplex nennst du das. Tut mir leid, für mich sieht das furchtbar simpel aus.« Er steht auf, immer noch aschfahl im Gesicht, und streift Marvin mit einem verächtlichen Blick. »Um nicht zu sagen, komplett unterkomplex.«

»Dio mio«, stöhnt der ältere Herr hinter dem Tresen.

Als geübter Beobachter versteht er natürlich, was für ein Drama sich hier abspielt. Dafür muss man nicht unsere Sprache sprechen, es reicht schon, uns zuzuschauen. Einer Frau, die gerade zu einem Häuflein Elend zusammensackt, und zwei Männern, die einander feindselig fixieren: Tom, smart, sympathisch, mit einem bitteren Zug um den Mund, und Marvin, auftrumpfend, selbstgefällig, in einem knappen weißen T-Shirt, das seine aufgepumpte Muskulatur zur Schau stellt. Ein Dreieck des Grauens.

»Tja, Alter, hättste nicht gedacht, dass unsere gut durchgereifte Anne parallel was laufen hat, was?«, ätzt Marvin.

Für einen Augenblick scheint es, als wollte Tom diesem unverschämten Jüngelchen an die Gurgel gehen. Sein gesamter Körper spannt sich an, seine Kiefer mahlen, seine Hände ballen sich zu Fäusten. Dann atmet er tief durch.

»Ich zahle mal. Ciao, bella, viel Vergnügen noch. Wenn dein Handy nicht klingelt, bin ich das.«

Mir wird schwindelig. Alles dreht sich vor meinen Augen.

»Tom …«

»Lass doch den Lutscher gehen, zwischen dem und mir klafft eine mächtige Evolutionslücke«, sagt Marvin großspurig und lässt seine Muskeln spielen. »Der hält sich wohl für eine Superschlaubirne, aber bei Frauen siegt Darwin über Einstein.«

Tom sagt gar nichts mehr. Legt nur einen Geldschein auf den Tresen und verlässt das Lokal, ohne sich noch einmal umzudrehen.

»Den sind wir los«, grinst Marvin.

Er macht Anstalten, mich zu umarmen, doch ich weiche angewidert zurück. Meine Augen brennen, ein dicker Schluchzer steckt in meiner Kehle fest. Ich habe Tom verloren. Und das bloß, weil ich mich in einem Moment der Schwäche und Frustration auf einen elenden Hochstapler wie Marvin eingelassen habe.

»Was ist denn, Süße?« Erstaunt sieht er mich an. »Freust du dich gar nicht?«

Er ist wirklich bodenlos. Da trackt er mich, stalkt mich, spürt mich gegen meinen Willen im extra angekündigten Familienurlaub auf und erwartet allen Ernstes, dass ich ihm um den Hals falle.

»Das kam, nun, etwas überraschend«, antworte ich, meine Tränen niederkämpfend.

Marvin lacht durchtrieben.

»Hey, Kleines, ich habe einen fetten Fisch an der Angel, das gibt Kohle ohne Ende, da war es doch eine Kleinigkeit, zu dir nach Rom zu fliegen.« Breitbeinig fläzt er sich an den Tisch, an dem ich eben noch mit Tom gesessen habe. »Und was machen wir jetzt? Was wünschst du dir?«

Mein größter Wunsch wäre jetzt, Millionen Kilometer Abstand zwischen uns zu bringen. Doch dann wäre alles umsonst gewesen. Meine Recherchearbeit, Erikas Einsatz als Lockvogel, die schmerzhafte Entscheidung, Tom im Glauben zu lassen, ich hätte eine Affäre mit diesem Aufschneider. Es tut weh. So verdammt weh.

»Was trinken wäre toll.« Widerstrebend setze ich mich Marvin gegenüber. »Vielleicht einen Kaffee?«

»Ist für Anfänger, Hase. Ich dachte an Champagner, am besten eine ganze Flasche.«

»Weißt du überhaupt, was so eine Flasche Champagner in einem Touristenhotspot wie Rom kostet?«

»Schätze mal, die Hälfte von zwei Flaschen«, lacht er. »Nun mach nicht die Bremse, nur ein paar Tage noch, und ich schwimme in Geld.«

Denkste. Nur noch ein paar Tage, dann werden die Handschellen klicken. Falls alles gut geht. Falls.

»Tja, wenn es so ist, lass uns Champagner trinken.«

»Geht doch«, stellt er zufrieden fest und schnippt mit den Fingern in Richtung Tresen. »Hallo? Aufwachen, alter Mann! Eine Flasche Schampus! Aber eiskalt und ein bisschen pronto bitte!«

Nix pronto. Der ältere Herr denkt gar nicht daran, für einen Angeber wie Marvin zu springen. Stattdessen zieht er ein Gesicht, als hätte er eine Rattenplage in seinem Lokal.

»Hier ist Selbstbedienung«, flüstere ich.

»Echt?« Abfällig schaut Marvin zum Tresen. »Dann nichts wie raus aus der Bude. Am besten, wir gehen in das Hotel, wo du eben warst. Dieser vergoldete Schuppen mit dem ganzen antiken Klumpsackzeugs. Die haben 'ne kuschlige Bar, das habe ich schon ausgecheckt.«

O nein, er war also auch schon im Grand Hotel Plaza? Beklommen schlürfe ich meinen inzwischen erkalteten Espresso, bevor ich eine Antwort herausbringe.

»Das Hotel ist eine gute Idee, aber es geht kuschliger. Ich kenne eine Bar, in der man mehr unter sich ist. Privater. Intimer.«

Natürlich kenne ich keine solche Bar. Ich kenne mich überhaupt nicht aus in Rom.

»Wenn du meinst.« Lauernd sieht Marvin mich an. »Was ist eigentlich mit deiner Arbeit? Mit diesem einen Fall, der dich so doll beschäftigt. Läuft's?«

Deshalb ist er mir also nachgeflogen. Warum auch sonst? Vor meiner Abreise habe ich mit Lulu einen Brief formuliert, der ihm per Express-Einschreiben zugegangen ist und in dem er aufgefordert wird, sich zu den Vorwürfen zu äußern. Jetzt will er auf den neuesten Stand gebracht werden, um rauszubekommen, ob er seiner verdienten Strafe entgehen kann.

»Schwierig, sehr schwierig«, seufze ich, »Die Gegenseite hat nahezu genial alle Spuren verwischt.«

Beim Wort *genial* kann Marvin kaum seine Genugtuung verbergen. Damit wäre er erst einmal in Sicherheit gewiegt. Allerdings geht der Eiertanz weiter. Bevor die Staatsanwaltschaft keinen Haftbefehl erlässt, ist nichts gewonnen. Marvin könnte immer noch kalte Füße bekommen und für seine Caldera Corporation Insolvenz anmelden. Dann gucke ich in die Röhre.

Also muss ich ihn bei Laune halten, auch wenn ich nicht übel Lust hätte, ihm einen Kinnhaken zu verpassen. Ich, die friedliebende gewaltfreie Anne Stegner.

»Los geht's, Süße«, sagt er aufgekratzt. »Bin ja mal gespannt auf deine Kuschelbar.«

Na, und ich erst.

Bevor wir losziehen, hole ich eine große Sonnenbrille aus meiner Sporttasche und setze sie auf. Ob das als Tarnung reicht? In einer größeren Menschenmenge wahrscheinlich schon. Ich muss halt höllisch aufpassen, dass ich meiner Mutter und Johannes

Merseburger nicht direkt in die Arme laufe. Sobald ich sie irgendwo von Weitem sehe, werde ich mit Marvin einen Haken schlagen, um das Schlimmste zu verhindern.

Als wir aufstehen, versucht er, mich zu küssen, doch ich ducke mich schnell zur Seite.

»Nicht hier. Gleich hast du freie Bahn.«

Wie ich dieser unzweifelhaft abschüssigen Bahn entkommen soll? Ich habe keinen Schimmer. Doch, einen kleinen Hoffnungsschimmer gibt es.

»Eine Sekunde noch, Marvin. Ich sage nur schnell meiner Familie Bescheid, dass ich die nächsten zwei Stunden nicht erreichbar bin.«

»Sag besser drei Stunden«, grient er. »Ich bin äußerst standfest.«

Darauf einen Tusch. Tschingderassabum. Mit fliegenden Fingern hole ich mein Handy heraus und setze einen Notruf ab.

Hilfe, Erika, hier ist die K-Punkt am Dampfen! Marvin hat mich in Rom aufgespürt und wird eklig zudringlich. Bitte schreib ihm, dass er sofort zurückkommen soll, weil Du Dein Geld sonst woanders investierst. Erfinde was. Zum Beispiel eine todsichere Anlage, die Dir Deine Bank offeriert hat, irgendetwas in der Art. In Eile, A

Ob sie die Nachricht auch sofort liest? Ich bete, dass sie es tut.

»Na, komm, Süße.« Marvin schultert meine Sporttasche und hakt mich unter. »Das wird unser Tag. Den wirst du nie wieder vergessen.«

Könnte hinkommen. Pechschwarze Tage vergisst man nicht so leicht.

Während wir nach draußen gehen, kann ich nicht aufhören, an Tom zu denken. An diese Nähe, die plötzlich zwischen uns entstanden war, an das Gefühl der Vertrautheit und des unbezwingbaren Verlangens, für das ich alles über Bord geworfen hätte, meine Zweifel, meine Einwände, meine guten Vorsätze sowieso. Wir waren so dicht dran. Und dann kam dieser dreiste Pfosten von Marvin. Sein Arm liegt um meine Taille. Ich könnte schreien … diesmal vor Wut und Hilflosigkeit.

»Wohin?« Unangenehm fest drückt er mich an sich. »Rechts, links?«

»Links«, sage ich aufs Geratewohl, weil mir mein Orientierungssinn eingibt, dass es die entgegengesetzte Richtung zum Hotel ist.

Wir sind ein paar Schritte gelaufen, als Marvin auf die Terrasse eines Restaurants zeigt, in dem bereits Mittagsgäste tafeln.

»Guck mal, die sind genauso verknallt wie wir. Sweet, die beiden. Alt, aber sweet.«

Ich folge seinem Blick zu einem etwas älteren Paar, das Händchen hält und sich über den Tisch hinweg küsst. In diesem Moment dreht sich die Frau um. Nimmt ihre Sonnenbrille ab. Stößt einen kleinen Schrei aus.

»Anne? Was machst du in Rom? Und wer ist dieser …«

Die Worte ersterben ihr auf den Lippen.

»Hallo Mama«, flüstere ich.

Kapitel 38

Zur Salzsäule erstarrt stehe ich in der Gasse und habe nur einen Wunsch: die Zeit zurückzudrehen. Ungefähr zurück bis zum Tag der Goldenen Hochzeit, die keine war. Damals schien mein Leben noch einigermaßen in Ordnung. Seitdem ist so gut wie alles schiefgelaufen, und dies ist nun der vorläufige Höhepunkt einer Pannenserie, die mich langsam an den Rand des Nervenzusammenbruchs bringt.

Gut, das Restaurant liegt in der Nähe des Grand Hotel Plaza, was die Wahrscheinlichkeit eines Zusammentreffens erhöht hat. Andererseits gibt es im Umkreis von wenigen hundert Metern vermutlich tausend Restaurants dieser Art.

Was ist bloß mit meinem Karma los? So viel Pech kann man doch gar nicht haben! Doch nicht, wenn man jahrzehntelang ein langweiliges unauffälliges Leben geführt hat wie ich. Da hätte man was anderes verdient. Und ich spreche hier nicht von Geld und Gold, ewiger Jugend oder ewiger Liebe, sondern nur von ein wenig wohltuender Normalität. Stattdessen erlebe ich einen Dominoeffekt, der alles in sich zusammenstürzen lässt, was ich anfasse.

»Also, das nenn ich einen irren Zufall«, sagt Johannes Merseburger, der die Hochnotpeinlichkeit der Situation offenbar gar nicht bemerkt. »Du bist auch hier? Wollt ihr euch nicht zu uns setzen? Wir haben gerade erst bestellt.«

»Wer sind diese Komiker?«, raunt mir Marvin ins Ohr.

Ich beschließe, die Flucht nach vorn anzutreten. Auf diese Weise kann ich vielleicht etwas Zeit gewinnen, bevor Erika reagiert und diesen Alptraum beendet. Mit meinem Begleiter im Schlepptau schlängele ich mich durch die vollbesetzte Terrasse, bis ich vor den beiden Turteltauben stehe.

»Darf ich vorstellen, das ist Marvin«, flöte ich, »und das ist meine Mutter Felicitas mit ihrem, nun ja, Lebensgefährten.«

So. Jetzt hab ich's gesagt. Was nicht heißt, dass ich es akzeptiere.

»Kind, was machst du bitte in Rom?«, fragt meine Mutter streng.

»Wir haben ein Date«, antwortet Marvin für mich.

»Ach.«

Ich kenne meine Mutter. Es liegt ihr auf der Zunge zu sagen, wie unmöglich sie es findet, dass ich hier eng umschlungen mit einem viel zu jungen Mann durch die Gegend schlendere. Aber da müsste sie sich an die eigene Nase fassen. Weil der Altersunterschied zwischen ihr und Johannes in etwa so viele Jahre beträgt wie der zwischen Marvin und mir. Aus der Nummer käme sie nicht wieder raus.

»Wir sollten dann mal weiter«, überbrückt Marvin die Gesprächspause, die eingetreten ist. »War nett, deine Eltern kennenzulernen, Anne.«

Mit dem Satz kann ich arbeiten. Danke, Marvin. Jetzt muss ich nur noch ein bisschen übertreiben.

»Aber es wäre doch jammerschade, schon zu gehen«, schmolle ich.

»Wieso?«

»Na, da hast du mal Gelegenheit, deine zukünftigen Schwiegereltern kennenzulernen, und willst die Gelegenheit verstreichen lassen? Das mit uns ist doch was Besonderes, das hast du eben selber gesagt. Liebe auf den ersten Blick. Ich verrate wohl nicht zu viel, wenn ich hinzufüge: Das mit uns ist für die Ewigkeit. In wenigen Monaten bin ich eine freie Frau, wer weiß, irgendwann könnten wir heiraten.«

Sprachlos stiert er mich an. Wie jemand, der einen echten Hä?-Moment hat. Aber was soll er schon dagegen einwenden? Schließlich habe ich mich nicht etwa von ihm distanziert, was ihn misstrauisch machen würde, sondern rückhaltlose Verliebtheit gespielt. Dagegen kommt er nicht an. Nicht, wenn er sein Gesicht wahren will. Nicht, wenn er mich weiter aushorchen will. Und das will er, hundertpro.

»Ja, ey, hm, okay«, stammelt er mit herabgezogenen Mundwinkeln.

»Nur zu!« Johannes Merseburger steht auf und rückt uns zwei Stühle am weiß eingedeckten Tisch zurecht. »Freu mich, dass wir uns alle näher kennenlernen. Wer weiß, vielleicht feiern wir demnächst Doppelhochzeit?«

So weit kommt's noch. Allerdings könnte ich mich wegschmeißen über Marvins Reaktion. Er krümmt sich zusammen, als müsste er sich übergeben. Im Strahl. Doch es hilft ja alles nichts. Ich habe ihn in die Enge getrieben, also setzen wir uns.

»Eine Doppelhochzeit, das wäre wunderschön«, hauche ich.

Findet meine Mutter ganz und gar nicht. Während Marvin von Johannes in eine Unterhaltung über die italienische Küche im Allgemeinen und die toskanischen Weine im Speziellen verwickelt wird, zeigt sie mir verstohlen einen Vogel.

»Was ist das für ein Quatsch mit der Hochzeit, Anne?«

»Reine Notwehr«, wispere ich ihr zu. »Hat mit meiner Arbeit zu tun. Ich erklär's dir, wenn wir mal allein sind.«

Argwöhnisch mustert sie mich. Mein Kleid, meine Sonnenbrille, meine Sporttasche, die Marvin an seine Stuhllehne gehängt hat.

»Du bist nicht wegen eines Dates in Rom.«

Gegen den unausgesprochenen – und absolut begründeten – Verdacht, den sie hegt, müsste ich mich jetzt wehren. Doch allmählich gehen mir die Ausreden aus. Ich glaube, noch nie in meinem Leben habe ich so viel geschwindelt wie in den letzten Tagen.

»Ja, ich geb's zu, ich wollte bei euch ein bisschen nach dem Rechten schauen«, erwidere ich mit Blick aufs weiße Tischtuch.

»Du wolltest uns überwachen.«

»Vielleicht.«

»Dann lass es, Anne.« Mit der rechten Hand fegt meine Mutter ein paar Brotkrümel von der Tischdecke, ihre linke ruht in Johannes' Hand. »Ich verstehe deine Bedenken. Darüber haben wir nun wirklich ausführlich diskutiert. Aber Johannes und ich, wir sind ein Herz und eine Seele. Siehst du denn nicht, wie glücklich wir sind?«

Doch, ich sehe es. Und zittere jetzt schon vor dem Moment, wenn ich meiner Mutter die Hiobsbotschaft überbringen muss, dass Johannes sie mit einer Jüngeren betrügt.

»Die Hochzeitssuite ist unglaublich«, wendet sich Johannes voller Wärme an mich. »Heute Abend werden wir den Whirlpool ausprobieren und danach den Tag auf unserem Balkon ausklingen lassen, mit Champagner und dem grandiosen Blick auf

Rom. Danke, Anne. Wie hast du das nur hinbekommen? Ich meine, so eine prächtige Suite ist doch bestimmt auf Jahre hin ausgebucht.«

»Hat mich auch einige Überzeugungskraft gekostet«, erwidere ich errötend, weil ich schon wieder schwindle.

Das muss aufhören. Ich möchte nicht mehr die Wahrheit verbiegen. Das passt einfach nicht zu mir.

»Ich vermute, die Suite hat dich auch eine Menge Geld gekostet«, lacht Johannes gutmütig. »Dafür revanchieren wir uns gern. Ich lade euch ein. Esst, was ihr wollt, so viel ihr wollt. Auf die Auswahl des Weins werde ich besondere Sorgfalt verwenden. Die sollen hier einen fantastischen Nobile di Montepulciano haben.«

»Johannes ist ein echter Weinkenner«, schwärmt meine Mutter.

Es rührt und ängstigt mich, wie sie ihn anhimmelt, obwohl er das überhaupt nicht verdient hat. Erschwerend kommt hinzu, dass er so nett ist, so unkompliziert. Und er sieht gut aus mit seinem leicht gebräunten Gesicht und seiner schlanken Figur. Alles in allem hat er eine männliche, sympathische Ausstrahlung, und seine Augen sprühen nur so. Johannes erinnert mich an jemanden. Natürlich erinnert er mich an jemanden. Hallo? Er ist Toms Vater!

»Können wir das hier irgendwie knicken?«, flüstert Marvin mir zu. »Diese ganze klebrige Familiensoße interessiert mich null. Wir wollten doch in deine, na, intime Bar.«

»So süß, wenn Verliebte sich was zuflüstern«, schmunzelt Johannes und drückt die Hand meiner Mutter.

»Ja, sehr süß.« Sie räuspert sich vernehmlich. »Wo bleibt eigentlich Tom? Er wollte sich uns doch anschließen?«

»Tom ist hier?«, heuchele ich Überraschung, während die Vorboten einer beginnenden Panik meinen Herzschlag in ungesunde Frequenzen hochtreiben.

»Wer ist denn nun wieder Tom?«, mault Marvin.

»Mein Sohn.« Johannes wirft sich in die Brust. »Stellt euch vor, er ist extra angereist, weil er Rom wie seine Westentasche kennt und den Fremdenführer für uns spielen wird.«

»Tom hat sich bereits mehrere Besichtigungstouren für uns ausgedacht«, ergänzt meine Mutter. »Spanische Treppe, Forum Romanum, Villa Borghese, Trevi-Brunnen, er zeigt uns alles, was man hier in Rom gesehen haben muss.«

»Vor allem ist er ein richtig feiner Kerl«, übernimmt Johannes wieder. »Du wirst ihn sehr mögen, Marvin.«

Inzwischen ist mein Herzschlag ein einziges Trommelfeuer. Eine neuerliche Begegnung von Tom und Marvin wäre eine Katastrophe. Das muss ich verhindern. Mit allen Mitteln. Etwas klingelt bei mir. Moment mal. Ich habe doch das Abführmittel dabei, das ich in einem sehr dunklen, sehr umnachteten Augenblick Johannes und meiner Mutter zugedacht hatte.

Als der Kellner den Wein bringt, habe ich bereits das Fläschchen aus meiner Sporttasche gefischt. Es ist winzig und hat die Security am Flughafen problemlos passiert. Johannes probiert erst einmal schnuppernd und schlürfend den Wein, dann nickt er, und der Kellner füllt unsere Gläser.

»Salute, ihr Lieben, auf eine schöne Zeit in Rom!«, bringt Johannes einen Toast aus.

»Sehr zum Wohl!«, schließe ich mich an. »Aber seht mal, das da hinten an der Ecke, ist das nicht Tom?«

Alle schauen in die Richtung, in die ich mit beiden Armen

winke. Das verschafft mir kostbare Sekunden, in denen ich den flüssigen Verdauungsturbo in Marvins Glas träufele. Wie sich das auswirkt, möchte ich allerdings weniger gern miterleben. Deshalb überlege ich bereits, was ich vorschützen könnte, um zu verschwinden – Kreislaufprobleme, verdorbener Magen, Wespenstich? –, als eine hellgrüne Vespa durch die Gasse brettert und vor dem Restaurant hält.

Schon an der Körpersprache erkenne ich den Fahrer. Wie gesagt, ich würde ihn unter Tausenden Männern erkennen, von vorn, von hinten, mit Helm oder ohne, wahrscheinlich sogar im Weihnachtsmannkostüm mit Rauschebart und Zipfelmütze.

Nachdem Tom seinen Helm abgenommen und am Lenker befestigt hat, steigt er ab. Schaut zur Terrasse. Stutzt.

Mein Brustkorb krampft sich zusammen. Ganz still wird es in mir, weil ich nichts tun kann. Nur zusehen, wie ein feindliches Schicksal seinen Lauf und mir die letzten Hoffnungen nimmt. Was soll Tom denn auch davon halten, dass ich meinen angeblichen Lover meiner Mutter präsentiere? Das ist doch das Gütesiegel jeder Beziehung: Stell einen Mann deiner Mutter vor, und es ist dir ernst mit ihm.

Seltsam schlaksig, fast ungelenk betritt Tom die Terrasse. Zum ersten Mal in meinem Leben verstehe ich, was Herzschmerz ist. Es zerreißt mich regelrecht. Scheinbar geistesabwesend mustert er unsere Runde, so als sei er gar nicht richtig da. Dann tritt er an den Tisch, schnappt sich meine Hand und zieht mich runter von der Terrasse zu seiner Vespa.

»Aufsteigen«, befiehlt er knapp.

Ich tue, was er sagt. Auch er steigt auf. Dann saust er mit einem Kavalierstart los.

Kapitel 39

Es ist eine Herausforderung, sich auf den Straßen Roms zu bewegen, das wusste ich ja schon. Überall Staus, überall Hupkonzerte, auf kleinen wie auf großen Straßen, im Kreisverkehr, sogar vor grünen Ampeln. Eigentlich ist kein Durchkommen. Tom kümmert das nicht. Mit voll angezogenem Gashebel überholt er Autos und Fahrradfahrer, umrundet Fußgänger, legt sich halsbrecherisch in die Kurven, ignoriert rote Ampeln und nimmt Abkürzungen durch Gassen von der Breite eines Badehandtuchs.

Wohin er will? Woher soll ich das wissen?

Meine Schenkel an den Sitz gepresst, meine Arme um seinen Oberkörper geschlungen, lasse ich die Höllenfahrt über mich ergehen. Häuserblocks fliegen vorbei, Läden, Restaurants, ab und an eine verstaubte Palme. Was das soll, bleibt einstweilen Toms Geheimnis. An eine verbale Verständigung ist überhaupt nicht zu denken, so allgegenwärtig ist der Lärm, so laut knattert die Vespa.

Wurde ich entführt? Gerettet? Auch das weiß ich nicht.

Wie viel Zeit vergangen ist, als er endlich anhält, könnte ich nicht sagen. Zehn, zwanzig Minuten, vielleicht eine halbe Stunde. Abrupt verstummt das Motorgeräusch.

»Absteigen«, befiehlt Tom.

Wieder folge ich seinem Kommando, mit zitternden Knien und puckerndem Puls.

»Hat dir eigentlich schon mal jemand gesagt, dass du fährst wie ein Henker?«

»Und wenn schon. Adrenalin ist die sauberste Droge, die es gibt.«

Okay, wer's braucht. Doch was jetzt? Will er mir eine Standpauke halten, weil ich mich augenscheinlich mit einer Pfeife wie Marvin eingelassen habe? Mich zur Strafe hier im Nirgendwo aussetzen? Oder, noch schrecklicher, mir ein lebenslanges Kontaktverbot auferlegen?

Mit furchtsam klopfendem Herzen schaue ich mich um. Wir sind in einem Park, einem Pinienhain, wenn ich es richtig sehe. Der Boden ist übersät mit silbrig-grünen Nadeln und schuppigen Zapfen, ansonsten ist nicht viel los. Eine junge Frau mit ihrem Handy am Ohr schiebt einen Kinderwagen vor sich her, zwei Jungs spielen Fußball. Dafür ist der Ausblick spektakulär. Der Park liegt hoch über der Stadt, und falls ich richtig liege, sieht man von hieraus die Kuppel des Petersdoms, bekannt durch Fotos, Film und Internet.

»Gefällt's dir?«, fragt Tom.

»Mmmhh.« Verwirrt fahre ich mit einer Hand durch mein windzerzaustes Haar. »Wo sind wir?«

»Auf dem Aveninhügel, im Orangengarten. Ein Geheimtipp.«

Klar, Tom ist ja der Romversteher. Was ich allerdings so gar nicht verstehe, ist der Sinn dieser Spritztour.

»Gehen wir ein Stück?« Er deutet auf einen baumbestandenen Weg. »Ist das in Ordnung für dich?«

»Schön, dass du fragst, nachdem du mich einfach abtransportiert hast wie ein Postpaket.«

»Sorry, das musste sein.«

Schweigend setzen wir uns in Bewegung. Tom mit kräftigen Schritten, ich trippelnd hinterher. Hochhackige Sandaletten sind nicht gerade hilfreich auf unebenem Boden.

»Wenn das hier eine zünftige Wanderung werden soll, solltest du berücksichtigen, dass ich kein geeignetes Schuhwerk trage«, beschwere ich mich, als wir etwa hundert Meter zurückgelegt haben. »Sofern du etwas auf dem Herzen hast, nur raus damit, bevor ich mir meine Sandaletten ruiniere.«

»Du hast schon weit mehr ruiniert.«

Als ob mir das nicht bewusst wäre.

»Geht es um Marvin?«, frage ich trotzdem.

»Rate mal.«

»Tom.« Ich bleibe stehen. Keinen Zentimeter mehr werde ich hier rumstöckeln wie blöde. »Dieser Typ ist das reinste Pain in the Ass, niemand weiß das besser als ich. Ein Lügner und Betrüger und keineswegs mein Freund oder Lover. Zurzeit ist er in einen Fall involviert, den ich in der Kanzlei bearbeite.«

»Ach nee.« Auch Tom bleibt stehen. »Willst du ihn etwa rauspauken?«

»Im Gegenteil. Er ist die gegnerische Partei. Leider Gottes …« Ich zaudere, entschließe mich dann aber für die Wahrheit und nichts als die Wahrheit. »Marvin hat mich aufs Kreuz gelegt. Mit mir geflirtet und mich mit Alkohol abgefüllt, bis ich ihm verraten habe, wie er der juristischen Verfolgung eventuell entgehen könnte.«

Tom starrt mich an.

»Hast du nicht.«

Der Peinlichkeitsgrad liegt längst jenseits der roten Marke. Wozu also noch lügen?

»Nenn mich naiv, nenn mich emotional unterbelichtet, was auch immer. Aber ja, ich hatte einen schwachen Moment.«

»Mit diesem Hanswurst?«

»So ist es.«

Es tut gut, ehrlich zu sein. Soll Tom mich doch verachten. Ich bin, wie ich bin. Eine Frau, die in einer mausetoten Ehe dahinvegetierte und sich dem Erstbesten ausgeliefert hat, der um die Ecke gekommen ist. Unter gesenkten Lidern suche ich Toms Blick. Seiner ist in die Ferne gerichtet. Desinteresse oder intensives Nachdenken? Ich muss es herausfinden, jetzt.

»Ich habe einen Fehler gemacht, Tom.«

»Bei dir klingt das so, als hättest du aus Versehen falsch geparkt.«

»Im Großen und Ganzen stimmt das sogar.«

»Come on.« Er schenkt mir einen kritischen Seitenblick. »Warum, Anne?«

»Die Frage ist nicht mehr relevant. Ich habe mich von meinem Mann getrennt, viel zu spät, aber immerhin. Das lag jedoch nicht an Marvin.«

War das schon zu viel Bekenntnis? Möglich. Aber ich bin es so leid, dieses Lavieren und Taktieren. Ich möchte nur noch aufrichtig sein, ich selbst sein – sofern ich überhaupt noch weiß, wer ich bin. Zum ersten Mal fühle ich, dass eine Trennung alles ändert, auch die Sicht auf sich selbst. Fast zweieinhalb Jahrzehnte lang war ich die Frau von Karsten. Wer bin ich jetzt?

Gute Frage. Eine gute Antwort darauf will mir allerdings so spontan nicht einfallen. Zu lange hat das Etikett Ehefrau auf meiner Stirn geklebt. Da wusste man, wo man hingehört, da empfand man sich als Hälfte eines Paars und verschwendete keinen Gedanken an etwas so Kompliziertes wie die eigene Identität. Ich habe mich über Karsten definiert, über meine Rolle als Ehefrau und Mutter. Jetzt muss ich mich neu erfinden.

»Da hinten ist eine Bank«, sagt Tom. »Ich denke, du solltest dich mal setzen.«

Wow, welch Zartgefühl. Also gut. Staksend und stolpernd erreiche eine verwitterte Holzbank zwischen zwei Orangenbäumen, sinke darauf nieder und schleudere meine Sandaletten von mir. Als sich Tom neben mich setzt, richtet er seine Augen auf meine geschundenen Füße.

»Besser?«

»Gut würde mir schon reichen.«

Eine Weile betrachten wir stumm das unendliche Häusermeer der Stadt, die von hier oben so friedlich, so idyllisch aussieht, als würde da unten nicht das pralle Leben toben.

»Anne.«

Wie sanft, fast zärtlich er den Namen ausspricht. Mein Herz vollführt einen Salto.

»Ja?«

»Es gab heute einen Moment …« Aufstöhnend verschränkt Tom die Arme. »Ich dachte, das mit uns könnte was werden.«

Könnte, das schrecklichste Wort von allen, löst einen Gefühlssturm in mir aus, der quälender nicht sein könnte. Doch mein Herz, dieses furchtbar unvernünftige und lachhaft überflüssige Ding, will immer noch hoffen.

»Du hast dich nicht getäuscht, Tom.«

»Was du nicht sagst.«

Ach ja, ich habe es ja mit Mister Ironie zu tun. Nur, dass ich das nicht mehr aushalte. Etwas in mir bricht entzwei, zeitgleich brechen alle Dämme. Hemmungslos schluchze ich in mich hinein, weil ich das alles nicht mehr ertrage, die Komplikationen, die Missverständnisse, die Hindernisse, die uns trennen. Vielleicht für immer. Auch dieses *immer* ist ein schreckliches Wort.

»Ich wollte ein neues Leben beginnen«, schniefe ich. »Es sollte auf keinen Fall kompliziert sein.«

»Was ist schon einfach«, wirft Tom ein.

»Kann ich dir sagen«, gehe ich aufs Ganze. »Liebe ist einfach. Entweder man liebt oder eben nicht.«

»Da wird mir aber warm ums Herz.«

Toll. Voll aufgelaufen. Doch irgendetwas treibt mich dazu, weiterzureden, mir alles von der Seele zu reden, was mich in den letzten Tagen bewegt hat.

»Ich wollte mein Leben vereinfachen, Tom. Back to basics. Lernen, leben, mich selbst finden. Doch jetzt finde ich mein Leben zu, na ja, übersichtlich. Ich hätte es gern etwas komplizierter.«

Ein leichter Wind kommt auf und spielt in Toms dunklem Haar. Locker fällt es ihm in die Stirn, aufgewirbelt von dem lauen Lüftchen, das ich aus tiefstem Herzen beneide. Nur zu gern würde ich in diesem Haar wühlen. Mit beiden Händen.

»Wie kompliziert möchtest du es denn?«, fragt er.

»So kompliziert es eben sein kann, wenn man sich …«, meine Kehle ist völlig ausgetrocknet, so dass ich wenig mehr als ein heiseres Krächzen herausbringe, »in den falschen Mann verliebt.«

Ein Ruck geht durch Toms Körper. Ich spüre es, obwohl ich nicht wage, ihn anzusehen.

»Und was ist so falsch an diesem Mann?«

»Er ist zu jung, zu attraktiv«, antworte ich, ohne den Blick von meinen Sandaletten zu lösen, die herrenlos und ziemlich ramponiert vor mir auf dem sandigen Boden liegen. »So was hat keine Zukunft.«

»Kommt mir bekannt vor, der Text.«

Weiß ich doch. Das ist ja das Absurde. Meine Mutter und ich, wir sitzen im selben Boot, weil wir uns beide in Männer verguckt haben, die man als komplette Missgriffe bezeichnen muss.

»Na, schön.« Tom lehnt sich nach vorn, stützt seine Ellenbogen auf die Oberschenkel und schaut mich von schräg unten an. »Du sagst, so was hat keine Zukunft. Wie wäre es, wenn du einfach mal die Gegenwart ausprobierst, bevor du dir mit deinem grandiosen Pessimismus jede Zukunft verbaust?«

Darüber müsste ich erst mal nachdenken, doch Tom nimmt mir die Entscheidung ab.

»Darf ich?«

»Was?«

»Das.«

Und dann küsst er mich. So wie mich noch nie ein Mann geküsst hat. Innig, leidenschaftlich, einen Sog entfaltend, der mich mit sich reißt, unwiderruflich, und uns in Zonen des Universums katapultiert, wo alles nur noch Rausch und Taumel ist.

Stunden später, vielleicht auch nur Minuten, lösen wir unsere Lippen voneinander.

»Und?«, flüstert Tom. »Wie falsch hat sich das angefühlt?«

»Auf einer Skala von eins bis zehn?«, keuche ich mit geschlossenen Augen. »Ungefähr minus Tausend.«

Sacht streicht er mir eine Strähne aus der Stirn.

»Ich glaube, das Resultat ist eine gute Arbeitsgrundlage.«

Kapitel 40

Ich kann nicht schlafen. Dafür bin ich viel zu aufgewühlt. Der allgegenwärtige Krach macht es auch nicht gerade leichter, in den Schlaf zu finden. So was wie Nachtruhe scheint es in der Innenstadt Roms nicht zu geben. Direkt unter meinem Fenster rasen Autos, Motorräder und Vespas vorbei, man hört laute Stimmen und übermütiges Gelächter. Haben die alle keine Betten?

Mit weit aufgerissenen Augen starre ich hoch zur fleckigen Zimmerdecke, wo eine Spinne ihres Wegs krabbelt. Vielleicht ein gutes Zeichen. Sagt man nicht, Spinnen bringen Glück?

Aber wie viel Glück kann ich schon erhoffen, wenn mir der dickste Brocken noch bevorsteht: Ich muss meiner Mutter sagen, dass ihr Johannes ganz und gar nicht der nette Kerl ist, den man einfach mögen muss. Schließlich habe ich Beweise. Werners Fotos sprechen für sich. Wie Tom diese Enthüllungen aufnehmen wird, will ich mir gar nicht so genau vorstellen. Niemand mag die Überbringer schlechter Nachrichten. Tom wird den Spaltpilz in mir sehen, die Spielverderberin, die nur darauf wartet, auch bei uns das Haar in der Suppe zu finden.

Stöhnend wälze ich mich auf der durchgelegenen Matratze von der einen Seite auf die andere. Ich sollte jetzt wirklich mal schlafen. Doch nicht nur die düsteren Gedanken und der Lärm der Straße, auch die Geräusche in meiner kleinen Pension lenken mich immer wieder ab. Toilettenspülungen rauschen, Türen quietschen, nebenan sind zwei Menschen äußerst lautstark beim Liebesspiel zugange.

Womit meine Gedanken mal wieder bei Tom gelandet wären.

Nach dem Kuss, den ich nie, nie vergessen werde, sind wir zurück in die Innenstadt gefahren. Tom hatte seinem Vater einen Walk über das Forum Romanum versprochen, ich sollte am Treffpunkt meine Sporttasche in Empfang nehmen, die ich beim überstürzten Aufbruch von der Terrasse zurückgelassen hatte. Meine Mutter überreichte sie mir mit den pikierten Worten, dieser Marvin sehe ja ganz gut aus, sei aber schwer verhaltensauffällig. Dauernd sei er zur Toilette gerannt und nach dem Hauptgericht verschwunden, ohne sich zu bedanken.

Okay, ich hätte mich auch nicht bedankt. Mehr als zehn Nachrichten hat er mir noch gesendet. Gespickt mit Kraftausdrücken verfluchte er darin das italienische Essen, die Nichtskönner von römischen Ärzten und natürlich Tom. Mittlerweile ist er von Erika zurückbeordert worden. Na, wenigstens an dieser Front herrscht vorübergehend Entwarnung.

Meine Grübeleien sind damit allerdings noch lange nicht beendet. Unentwegt lasse ich die Ereignisse Revue passieren, ohne einen Millimeter weiterzukommen, und bin fast erleichtert, als mich eine WhatsApp aus meiner nächtlichen Unruhe erlöst.

Hey. Kannst du auch nicht schlafen? Muss dauernd an Dich denken. An unseren Kuss und alles, was wir noch Schönes miteinander anstellen könnten … T

Für Sekunden meine ich wieder Toms Lippen zu spüren, seine Zunge, die mich leidenschaftlich erobert, den Duft seiner Haut. Soll ich ihm das schreiben? Wie viel darf ich preisgeben? Gut, ich fang mal an.

Hey Du. Schlafen kann ich genauso wenig wie Du. Und nicht an Dich zu denken, ist ebenfalls ein Ding der Unmöglichkeit.

Wie weiter? Meine Finger verharren über dem Handydisplay.

Wieder schweifen meine Gedanken zu unserer Aussprache, unserem magischen Kuss. Wäre Tom nicht mit seinem Vater und meiner Mutter verabredet gewesen, hätte sich vielleicht mehr daraus ergeben. Was ich mir ja strikt verboten habe, aus den bekannten Gründen. Dennoch. Die Versuchung ist groß. Ich zögere, unschlüssig, wie ich damit umgehen soll. Dann fasse ich mir ein Herz und schreibe weiter.

Das Schöne, das wir miteinander anstellen könnten, ja, auch ich muss daran denken. Hier geht's im Zimmer nebenan gerade heftig zur Sache. 😊 Da kommt man auf Ideen … A

Toms Antwort trifft postwendend ein.

Sag bloß. Was denn für Ideen? 😊

Hm. Nicht ganz jugendfrei 😊

Ich bin über achtzehn. Willst Du vorsichtshalber meinen Pass sehen?

Was würde ich darin entdecken?

Dass ich Ende des Monats fünfunddreißig werde.

O Gott. Dann trennen uns ja volle vierzehn Jahre! Ich rette mich in Ironie. Was bleibt mir schon anderes übrig.

Wawwww. So furchtbar alt bist Du schon?

Jetzt werden Sie mal nicht frech, Signora

Ist mein besonderes Kennzeichen, Signor Tom

Ach, steht das etwa so in Deinem Pass?

Natürlich. Sorgt immer für großes Hallo bei den Passkontrollen.

Würde Dich auch gern mal kontrollieren.

??

Na ja, so auf Herz und Nieren. Das heißt, die Nieren können wir gern weglassen.

Da bin ich aber froh, Doktor Tom.

Offen gestanden halte ich eine sofortige Untersuchung für unumgänglich. Alles Schöne, das dabei geschehen könnte, unterliegt selbstverständlich der ärztlichen Schweigepflicht.

Meine Praxis liegt im siebten Stock des Dir wohlbekannten Hotels, Zimmer 708. Küsse, viele Küsse, Tom

Das ist eine Einladung. In meinem Bauch fängt es an zu kribbeln. Mein Atem geht schneller und flacher, meine Finger werden feucht. Soll ich, oder soll ich nicht?

Zu früh, Anne. Viel zu früh. Außerdem hast du doch bereits die Unzulänglichkeiten deines achtundvierzigjährigen Körpers katalogisiert. Für Sex mit einem jüngeren Mann – er ist fünfunddreißig, Anne, *fünfunddreißig*! – reicht es nun mal nicht. Aber was ist mit meinem Herzen? Das ist momentan siebzehneinhalb. In einem Alter also, aus dem ich längst raus sein müsste und in das ich nun wieder reingeschlittert bin.

Sollte ich mehr Vertrauen haben? Tom wird mich schon nicht scannen und nach irgendwelchen Makeln absuchen. So wie er mich geküsst hat, meint er mich. Mich!

Und falls nicht? Dann verfahre ich eben nach Carinas Logik: Er wird mir das Herz brechen, aber vorher haben wir noch grandiosen Sex.

Ich schaue auf die Zeitanzeige des Handys. Halb zwei. Anständige Frauen schlafen um diese Uhrzeit tief und fest. Ich will nicht mehr anständig sein. Das hatte ich schon, zweieinhalb Jahrzehnte lang, mit deprimierenden Ergebnissen. Und überhaupt – etwas Unanständigkeit steht doch jeder Frau, oder?

Sehr geehrter Herr Doktor, in etwa zwanzig Minuten könnte ich mich in Ihrer Praxis einfinden und würde es begrüßen, ohne längere Wartezeiten dranzukommen. Sagt eine äußerst ungeduldige Patientin, deren Symptome (Herzrasen, Gänsehaut, feuchte Hände) für einen Fall akut zu behandelnder Sehnsucht sprechen. 😊

Sekunden verstreichen. Ich zähle sie, wie man die Sekunden zwischen Blitz und Donner zählt. Einundzwanzig, zweiundzwanzig, dreiund …

Komm! Schnell! Freu mich!!!

Ich schieße förmlich aus dem Bett. Flitze ins Badezimmer, stelle mich unter die mickrig tröpfelnde Dusche, putze mir die Zähne, rubbele mich mit einem steinharten Handtuch trocken, verteile Parfum auf sämtliche Körperstellen, an denen es mir sinnvoll erscheint, lege ein bisschen Lippenstift auf, wische ihn wieder ab. Kein Make-up. Auch keine figurformende Wäsche. Ich will zu Tom gehen, wie der liebe Gott mich erschaffen hat, plus knapp fünf Jahrzehnte Gebrauchsspuren plus Bearbeitungsgebühren in Form von Dellen und Falten, die mir in diesem Moment auf einmal total egal sind.

Fast schlage ich lang hin, als ich auf einem Bein hüpfend in meine Jeans steige. Himmel, bin ich aufgeregt! Ein frisches T-Shirt ist schnell gefunden, zitronengelb mit kleinen Strasssteinchen, eine Leihgabe von Ella, jetzt noch rasch meine Sneakers anziehen, denn ich werde rennen, so schnell ich kann, meinen Ängsten wegrennen, meinen Zweifeln, meinen tausend Einwänden.

Wysiwyg. What you see is what you get. Tom bekommt mich so, wie ich bin. Und wie ich nun mal aussehe.

Kapitel 41

Draußen ist es noch angenehm warm. Badewassertemperatur. Millionen Sterne funkeln am klaren dunklen Himmel, auf den Straßen sind ganze Grüppchen von Nachtschwärmern unterwegs. Zweimal verlaufe ich mich, weil die Zone meines Hirns, in der Vernunft, Verstand und Orientierungssinn arbeiten sollten, längst ihren Geist aufgegeben hat. Dann stehe ich vor dem Hotel und schaue hoch zur Fassade. Zum siebten Stock.

Willst du es, Anne? Ja, ich will.

Etwas zittrig schiebe ich die gläserne Eingangstür auf, gehe an der unbesetzten Rezeption vorbei durch die prunkvolle Lobby und weiter zu den Fahrstühlen.

Als ich im Lift auf die Sieben drücke, bekomme ich plötzlich doch wieder Fracksausen. Warum sieht man in den Spiegeln von Aufzügen immer, wirklich immer unvorteilhaft aus? Was ist mit den bohrenden Fragen, die alle unbeantwortet geblieben sind: ob jüngere Männer andere Dinge tun und erwarten als Männer meines Alters, ob mein Körper für einen Mann wie Tom wirklich noch attraktiv ist, ob ich womöglich schwer entflammbar bin nach all den Jahren, in denen Sex so gut wie keine Rolle mehr in meinem Leben gespielt hat. Und, last, but not least: ob es mir bei all diesen Unsicherheiten und Unwägbarkeiten überhaupt gefallen wird, mit einem Mann ins Bett zu steigen, den ich kaum kenne.

Doch, ja, ich möchte Nähe, ich möchte Lust und Sinnlichkeit. Aber ausgerechnet mit Tom zu schlafen, bedeutet ein hohes Risiko. Was, wenn das Ganze in einer einzigen Peinlichkeit endet? Etwas, wofür ich mich ein Leben lang schämen werde? Das wäre so niederschmetternd, dass mein sowieso nicht gerade positives Körpergefühl einen finalen Knacks bekäme.

Zweifelnd mustere ich mein Spiegelbild. Noch könnte ich umkehren. Oder das Schicksal entscheiden lassen. Zum Beispiel könnte der Fahrstuhl steckenbleiben und mich bis zum Morgengrauen gefangen halten. Ein Feueralarm könnte mich zwingen, das Hotel unverzüglich zu verlassen. Ich könnte auch einen Ohnmachtsanfall bekommen und von Sanitätern ins Krankenhaus gebracht werden.

Nichts von alldem geschieht. Ein feines Ping ertönt, die Lifttüren gleiten auseinander. Jetzt gibt es kein Zurück mehr. Tom hat vor den Fahrstühlen auf mich gewartet, ganz leger in dunkelblauen Boxershorts und weißem T-Shirt.

»Anne.« Er umarmt mich so fest, dass mir kurz die Luft wegbleibt. »Du glaubst gar nicht, wie sehr ich mich freue, dass du gekommen bist.«

Abwarten. Ein Rest Unsicherheit nagt immer noch an mir und lässt mein Lampenfieber in nicht messbare Bereiche hochschnellen. Im selben Augenblick merke ich, dass auch Tom verunsichert wirkt. So kurz ich ihn auch kenne, so gut kenne ich ihn immerhin schon. Seine Bewegungen sind etwas eckiger als sonst, seine Stimme ist rauer, in seinen Augen irrlichtert es.

Interessant. Offenbar ist er keineswegs der Casanova, der Frauen in Serie flachlegt. Oder er ist genauso aufgeregt wie ich, weil wir beide wissen, dass dies keine ganz gewöhnliche Liebesnacht wird.

Schließlich gibt es einen beträchtlichen Altersunterschied, eine konfliktreiche Vorgeschichte, nicht zuletzt eine ganz schön schräge familiäre Verbindung.

Schulter an Schulter laufen wir den Korridor entlang, ohne Worte für das zu finden, was uns gerade durch den Kopf geht. Eine gewisse Verlegenheit hat uns verstummen lassen, vielleicht auch eine gewisse Bangigkeit, ob der Zauber, den wir heute beim ersten Kuss im Orangenpark gespürt haben, wirklich hält, was er versprach. Lassen wir uns im Überschwang unserer Gefühle etwa zu etwas hinreißen, was wir bereuen werden?

Mein Herz klopft bis zum Hals, als Tom ganz am Ende des Flurs eine unscheinbare Tür öffnet und sie mir aufhält.

»Darf ich bitten, Mylady?«

Ich übertrete die Schwelle. Buchstäblich und metaphorisch. Wenn ich das hier durchziehe, werde ich nie wieder die Frau sein, die ich einmal war. Doch ich werde es durchziehen. Trotz aller Risiken, die dagegensprechen. Jetzt oder nie.

Das Zimmer ist winzig, das Bett ziemlich schmal. Aufatmend registriere ich, dass Tom für kosmetische Lichtverhältnisse gesorgt hat. Die Deckenleuchte ist ausgeschaltet, die Nachttischlampe mit einer großen ockerfarbenen Plastikplane verhüllt, so dass alles in weiches bräunliches Licht getaucht wird. Ich deute auf die Plastikplane.

»Wie hast du das denn so schnell hingekriegt?«

»Den Duschvorhang abmontiert?«

Darüber müssen wir beide lachen, und jetzt, endlich, ist das Eis gebrochen. Übermütig umarmen und küssen wir uns, spielerisch erst, dann inniger, während unaufhaltsam die Woge der Erregung anrollt, stärker wird, uns den Atem nimmt. Wie von selbst fallen wir aufs Bett. Küssen uns weiter, ziehen einander die T-Shirts aus, pressen unsere nackten Oberkörper aneinander.

»Du bist so wunderschön«, murmelt Tom, während er beginnt, mit den Lippen meine Brüste zu liebkosen.

»Musst du gerade sagen, du Adonis.«

Das ist er wirklich. Hingerissen streichele ich seine wunderschön geformten Schultern, die sanft geschwungene Linie seines Nackens, seine glatte seidige Haut. Wieder und wieder küsst er meine Brüste, dann streift er sich die Boxershorts von den Hüften und schaut mich mit glitzernden Augen an.

»Ich mag alles an dir, Anne. Alles.«

Ich glaube ihm. Im Bett können Männer nicht lügen. Anderswo mögen sie den Frauen alles Mögliche vorgaukeln und Meister der unaufrichtigen Komplimente sein, aber das, was ich da vor mir sehe, kann man nicht spielen. Tom begehrt mich, so viel steht fest. All meine Ängste und Zweifel waren unbegründet, und ja, ich genieße es, ihm so nahe zu sein. Etwas in mir entspannt sich. Ich lasse los. Gleich darauf fliegt meine Jeans in die Ecke und der Slip hinterher.

»Ich mag auch alles an dir«, flüstere ich.

Das zeige ich ihm mit jeder Faser meines Körpers, und während wir uns der Magie überlassen, die uns in einen glühenden Funkenregen taucht, verstehe ich, dass es hier um etwas ganz Besonderes geht: Hingabe. Hemmungslose Hingabe.

»Mmmhh, Anne …«

»Tom …«

»Das fühlt sich so gut an … nicht aufhören, bitte.«

Wie könnte ich. Ich möchte nie wieder aufhören damit. Seine Hände sind überall, unterdessen segelt er südwärts, umkreist mit der Zunge meinen Bauchnabel und haucht Küsse auf die Innenseiten meiner Schenkel. Dann verschwindet sein Kopf zwischen meinen Beinen.

Ich stöhne auf. Alles in mir bebt und vibriert. Ich winde mich im Rhythmus seiner Zunge, seiner Lippen. Nicht nur, dass er sich offenbar bestens mit der weiblichen Anatomie auskennt und weiß, wie man eine Frau mit dem Mund verwöhnt, nein, was mich in den lustvollen Wahnsinn treibt, ist die Tatsache, dass Tom es tut. Ich will nicht einfach Sex, ich will Sex mit Tom. Und ich will ihn endlich in mir spüren. All meine bangen Überlegungen sind dahingeschwunden in unserer überwältigenden Intimität. Wir sind ganz einfach zwei Liebende, die Lust aufeinander haben.

Als hätte er es erraten, taucht sein Gesicht über meinem Venushügel auf. Seine Augen lodern, wie ich es noch nie bei ihm gesehen habe. Ganz hell sind sie auf einmal, wie von innen beleuchtet, und wild, unglaublich wild.

»Jetzt?«

Ich nicke, halb wahnsinnig vor brennender Erwartung.

Geschmeidig rollt er sich auf den Rücken und zieht mich an sich, bis ich rittlings auf ihm sitze und unsere Blicke ineinander ertrinken. Kurz muss ich daran denken, wie viel bedeutungslosen ehelichen Sex ich in meinem Leben hatte, Sex, der nie, nie ein vergleichbares Verlangen in mir wecken konnte. Dann kann ich gar nichts mehr denken, nur noch fühlen, mich verströmen und in Lust auflösen, so überwältigend rauschhaft und alles Vorstellbare übersteigend ist der Moment, als Tom in mich eindringt und tausend strahlende Sonnen in mir explodieren.

Kapitel 42

»Buon giorno, carissima.«

Nanu? Wer spricht denn da Italienisch mit mir? Und schmiegt sich ganz eng an meinen Rücken, den Arm um meine linke Schulter gelegt? Ich öffne die Augen. Als Erstes sehe ich die Plastikplane über der Nachttischlampe, als Zweites meine Jeans, die ich gestern Nacht in die Ecke gepfeffert habe. Als drittes Toms Hand, die meinen Unterarm streichelt.

»Gut geschlafen, Anne?«

»Ganz und gar wunderbar«, seufze ich. »Ich liebe Löffelchen.«

»Ach. Muss ich etwa eifersüchtig auf einen gewissen Herrn Löffelchen sein?«

»Hey, du weißt genau, was ich meine.« Giggelnd drehe ich mich um und tupfe kleine Küsschen auf Toms morgendlich verknautschtes Gesicht. »Ich liebe diese Schlafposition, vor allem, wenn ich das kleine Löffelchen sein darf.«

»Darfst du ab jetzt, so oft du willst.«

Was Tom will, fühle ich etwa in Bauchhöhe. Eine erregende Entdeckung. Wir haben es die ganze Nacht getan, immer und immer wieder, zwischendurch geredet oder uns einfach nur aneinander festgehalten, bis das Begehren erneut aufloderte. Womit sich zumindest ein Vorurteil bestätigt hätte: Junge Männer sind Wiederholungstäter. Im Bett.

Auch jetzt drängt alles auf Wiederholung. Schon allein deshalb, weil Tom so sensationell riecht, dass ich jeden Zentimeter seiner Haut küssen, lecken, schmecken möchte. Meine Nase sagt mir, dass auch Schweiß dabei ist, aber selbst sein Schweiß duftet aufregend, nach Mann, nach Sex, nach Ekstase. Nach Tom. Ich flüstere es ihm ins Ohr, und er antwortet mit seinen Lippen auf meinem Hals, meinen Armen, meinen Brüsten. Im Handumdrehen sind wir schon wieder ineinander verkeilt, und diesmal ist da eine andere Energie zwischen uns, purer, schneller, bis uns ein gemeinsamer Höhepunkt hinwegfegt.

Danach liegen wir lange schwer atmend nebeneinander, Hand in Hand, und schauen aus dem Fenster, obwohl es da rein gar nichts zu sehen gibt. Nur eine Mauer mit einer verblichenen Werbeaufschrift neben der ebenfalls verblichenen Darrstellung einer Flasche. Könnte eine Reklame für Campari gewesen sein. Oder San Pellegrino.

»Wie geht's dir?«, erkundigt sich Tom mit schläfrig belegter Stimme.

»Selig, wunschlos, glücklich.« Erneut fällt mein Blick auf die Mauer. »Das heißt, ein bisschen Mineralwasser wäre schön.«

»Tut mir leid, in den billigen Zimmern gibt es keine Minibar.«

Es gibt auch keinen Fernseher, wie ich jetzt feststelle. Und ermesse auf einmal die vertrackte Ironie der Geschichte. Genau so ein Zimmer wollte ich meiner Mutter und Johannes andrehen: klein, billig, ohne jeden Komfort, weil ich davon ausging, dass man in so einem Mauseloch nur unglücklich sein kann. Nun werde ich eines Besseren belehrt. Geflutet von Glücksgefühlen liege ich neben Tom und vermisse nichts. Gar nichts.

So sollte es für immer sein. Einfach in diesem Zimmer bleiben, unserer kleinen Glückshöhle, ab und an beim Room Service etwas zu Essen und zu Trinken bestellen, Liebe machen, reden, zusammen einschlafen, zusammen aufwachen.

Doch es existiert noch eine Welt da draußen, wie mir Tom wenig später klarmacht.

»Ich müsste dann mal unter die Dusche.« Ein sanfter Kuss landet auf meiner Nase, dann steht er auf und dehnt seine Arme. »Um elf bin ich mit unseren beiden Seniors verabredet.«

Ach, stimmt. Die sind ja auch noch da.

»Wohin soll's denn gehen?«

»Heute stehen wieder Klassiker auf dem Programm: Vatikanische Museen, Kolosseum und natürlich die Fontana di Trevi.«

»Ist das nicht der Brunnen, in den man Münzen wirft, weil das angeblich Glück bringt?«

»Mehr als Glück.« Tom setzt sich zu mir auf die Bettkante und zeichnet mit einem Finger meine Augenbrauen nach. »Gott, bist du schön.«

»Kann ich nur zurückgeben.«

»So, kannst du das.« Lächelnd küsst er meine Stirn. »Mit dem Brunnen hat es eine besondere Bewandtnis. Man muss die Münzen über die Schulter werfen.«

»Wie, gleich mehrere?«

»Es ist ein Ritual. Wirfst du eine Münze, bedeutet es, dass du nach Rom zurückkehrst. Wirfst du zwei, verliebst du dich in einen Römer.«

»Und wenn ich drei Münzen werfe?«

»Heiratest du ihn.«

Oha. Ich richte mich ein wenig auf.

»Dann spare ich mir die zweite und die dritte Münze.«

»Weil …?«

Als ich nichts sage, nur einen Kussmund forme, beginnen Toms Augen zu funkeln. Ich weiß, was das heißt. Spätestens morgen werde ich den Muskelkater meines Lebens haben, aber was macht das schon, wenn ich diesen Mann so sehr begehre und er mich? Vorher bin ich ihm allerdings noch eine Antwort schuldig.

»Vermutlich erzähle ich dir nichts Neues, wenn ich sage, dass …« Ich hole tief Luft, überlege, ob ich mich bremsen sollte, da Tom gestern nicht viel zu meiner etwas verklausulierten Liebeserklärung gesagt hat, erinnere mich dann aber daran, dass ich nicht mehr lavieren und taktieren will. »Es ist so, dass ich mich bereits verliebt habe.«

Stille. Ein Engel geht durch den Raum. Hoffentlich stolpert er nicht. Mit einer Mischung aus Angst und Spannung warte ich auf Toms Erwiderung. Habe ich ihn überrollt? War das zu viel?

»Anne. Meine Anne.« Zärtlich nimmt er mein Gesicht in seine Hände. »Ich habe mich schon in dich verliebt, als du auf dieser komischen Goldenen Hochzeit, die keine war, im Garten auf der Bank hocktest, total verheult und gerade deshalb so echt, so süß.«

Ganze Felsbrocken fallen mir vom Herzen.

»Wirklich?«

»Sag nicht, du hättest es nicht gemerkt.«

»Vielleicht. Nein, eher nicht. Ich dachte, du findest mich bemitleidenswert. Und völlig uninteressant. Okay, ganz so uninteressant womöglich auch wieder nicht.« Ich zwinkere ihm zu, er zwinkert zurück. »Aber die Nummer mit den Münzen hätte sich damit ja wohl erledigt.«

»Sag das nicht, Anne.«

»Wieso?«

Mit einer Hand fährt er sich durch sein dunkles Haar, eine Geste, die mir inzwischen schon vertraut ist und die ich jedes Mal ein bisschen mehr an ihm liebe.

»Ich bin halber Römer.«

»Was? Willst du mich verladen?«

»Keineswegs. Meine Mutter Alessandra, du hast sie im Vegan Paradise kennengelernt, wurde hier geboren. In den Ferien ist sie oft mit mir nach Rom gefahren, um die Zeit mit ihrer Familie zu verbringen. Deshalb bin ich so vertraut mit der Stadt und spreche Italienisch wie meine zweite Muttersprache.«

»Dein Vater auch?«

»Der war nur selten dabei. Neuerdings hat er ja den Pfad der Achtsamkeit eingeschlagen«, Tom grinst ein bisschen, »vorher war er immer ein besessenes Arbeitstier. Wenn's hochkam, ist er mal für ein Wochenende mit nach Rom gekommen, das war's. Doch als deine Mutter eine Romreise vorschlug, war er sofort Feuer und Flamme. Das ist wohl wahre Liebe.«

Leider nicht. Ich müsste es Tom sagen, sofort, damit nichts mehr zwischen uns steht. Doch ich will keinen Misston in diesen zauberischen Morgen bringen. Tom darf auch nicht dabei sein, wenn ich seinen Vater zur Rede stelle. Er würde mich dafür hassen. Egal, was Johannes angestellt hat, egal, was für ein mieser Liebesverbrecher er ist, Tom wird immer auf seiner Seite stehen. Und ich auf der Seite meiner Mutter. So ist das nun mal.

»Alles in Ordnung?« Tom berührt mich leicht an der Schulter. »Du siehst auf einmal so traurig aus.«

»Nein, nur ein bisschen müde.«

»Dann habe ich einen Vorschlag: Komm mit unter die Dusche, da mach ich dich wach.«

Die Art, wie er es sagt, herausfordernd, mit halb geschlossenen Lidern, verrät mir, was er vorhat. Gute Idee. Sex ist zwar keine Lösung, aber man vergisst eine Weile das Problem. Nachdem ich mich noch einmal geräkelt habe, folge ich ihm ins Badezimmer. Es ist eher eine Nasszelle, untadelig sauber, aber nicht gerade für zwei Personen gedacht. Oder für zwei Personen, die einander sehr, sehr nahekommen wollen.

»Also so was, jemand hat den Duschvorhang geklaut«, lacht Tom, während er das Wasser anstellt. »Wer macht denn so was?«

»Muss ein total verrückter Kerl sein.«

»Verrückt nach dir. Komm her.«

Nichts lieber als das. Ich will jetzt nicht an die dunklen Wolken denken, die schon am Horizont aufziehen, an die kalte Dusche, die ich meiner Mutter verpassen muss, weil das meine verdammte Pflicht ist. Ich möchte nur den Moment genießen, unter warmem prasselndem Wasser, Haut an Haut mit Tom, der meine Hüften umschlingt und mich leicht anhebt.

»Bereit, meine Nixe?«

»Bereit, wenn du es bist.« Mein Blick gleitet an ihm hinunter. »Wie ich sehe, bist du sehr bereit.«

Und dann geht der ganze Wahnsinn wieder von vorn los.

Kapitel 43

Es ist später Nachmittag, als ich die Piazza di Trevi ansteuere, um mich unserer kleinen Reisegruppe anzuschließen. Das Sonnenlicht färbt sich schon rötlich, die Häuserfassaden sehen aus wie mit flüssigem Gold überglänzt, die Luft flirrt. Könnte romantisch sein, wenn der Platz am Trevi-Brunnen nicht so überfüllt wäre wie ein Bahnhof zu Ferienbeginn.

Stört mich aber nicht. Die Nacht und der Morgen mit Tom haben mich in einen Zustand versetzt, in dem ich jeden einzelnen Touristen umarmen möchte und nichts und niemand mir die Laune verderben kann. Leichten Herzens schiebe ich mich an all den Menschen vorbei, die mit ihren Selfies beschäftigt sind, Eis essen, Andenken kaufen oder einfach die quirlige Atmosphäre auf sich wirken lassen.

Selbst die körperliche Mattigkeit, wie man sie nach anstrengendem Ausdauersport verspürt, löst Glücksgefühle in mir aus. Schließlich habe ich ja keinen Sport gemacht, sondern Liebe. Mit Tom, dem Mann, in den ich mich verliebt habe. Sagte ich bereits, dass ich verliebt bin? Nein? Ich bin verliebt. In Tom.

Trotz des dichten Gewühls erkenne ich ihn schon von Weitem. Gestikulierend steht er am barock überladenen Triumphbogen hinter dem Trevi-Brunnen und spricht mit meiner Mutter und seinem Vater, die ihm fasziniert lauschen. Kann ich verstehen. Tom hört man einfach gern zu, allein schon wegen seiner warmen wohlklingenden Stimme. Er könnte auch den Wetterbericht vorlesen, man würde fasziniert an seinen Lippen hängen.

Voller Vorfreude bahne ich mir einen Weg durch die Menschenmenge. In der Zwischenzeit habe ich einiges erledigt. Zunächst bin ich in meine kleine Pension zurückgegangen, um mir die Zähne zu putzen und ein schnelles Frühstück zu besorgen. Danach habe ich den Laptop glühen lassen. Lulu hatte einige Fragen zum weiteren Prozedere. Sie legt sich unwahrscheinlich ins Zeug, um Marvin das Handwerk zu legen. Per Mail und Telefonat haben wir alles klären können, so dass ich mich jetzt ohne schlechtes Gewissen meinen Privatangelegenheiten widmen darf.

Den römischen Privatangelegenheiten, wohlgemerkt. Um die heimischen muss ich mich erst mal nicht kümmern. Ella und Noah haben alles im Griff, kaufen ein, kochen kreativ – heute gibt's selbstgemachte Burger mit Zucchini-Pommes – und halten Karsten bei Laune, so gut es eben geht. Der bombardiert mich weiter mit Nachrichten. Wann ich zurückkomme. Warum es gerade Rom sein muss. Was mir einfällt, durch die Welt zu gondeln, während er todkrank auf der Couch liegt.

Meinen Entschluss, mich von ihm scheiden zu lassen, nimmt er immer noch nicht zur Kenntnis. So als hätte ich nur ins Blaue hineingeredet. Er ist halt eine Ehefrau gewohnt, die sich widerspruchslos anpasst und alles schluckt, was er sich herausnimmt. Diese Frau gibt es nicht mehr.

Die neue Anne fühlt sich frei und leicht. Ich trage wieder das bunt gemusterte Kleid aus der Via del Corso, weil Tom es so gern mag. Nur die Sandaletten habe ich weggelassen und lieber Sneakers angezogen, denn bei Tom weiß man ja nie, womit er einen überrascht. Vielleicht gehen wir später wieder in einem Park spazieren? Allein zu zweit, eng umschlungen und wunschlos glücklich? War ich jemals so glücklich?

Wie im Traum schlendere ich an dem großen rechteckigen Brunnenbecken vorbei und bestaune die monumentale Skulptur, die sich aus dem Wasser erhebt. Auf stilisierten Felsbrocken tummeln sich allerlei Fantasiegestalten wie Meeresgottheiten und geflügelte Pferde, die so lebensecht modelliert sind, als könnten sie jederzeit vom Felsen springen und in den Fluten planschen. Ich bleibe stehen. Auf dem Boden des Beckens schimmern tausende Münzen in der Abendsonne.

Soll ich auch Münzen hineinwerfen? Und wenn ja, wie viele? Eins, zwei, oder … drei?

»Anne, hey«, ruft Tom, der mir mit ausgebreiteten Armen entgegenkommt, so wie vor wenigen Tagen in seinem Lokal.

Diesmal weiche ich nicht aus. Schon seine flüchtige Umarmung löst ein elektrisierendes Kribbeln in mir aus.

»Hey. Wie war dein Tag?«

»Nicht so rauschend wie die Nacht«, flüstert er mir zu. »Es war unglaublich mit dir. Mit uns.«

Über seine Schulter hinweg spähe ich zu meiner Mutter und Johannes, darauf bedacht, Toms Umarmung nicht allzu enthusiastisch zu erwidern. Es wäre zu früh, unser süßes Geheimnis preiszugeben.

»Fand ich auch«, wispere ich. »Ich spüre dich noch überall.«

»Ist dir jedenfalls gut bekommen«, wispert er mit einem kleinen frechen Grinsen zurück. »Du siehst wunderbar aus, wie wachgeküsst. Steht dir hervorragend, ein bisschen übernächtigt zu sein, wenn ich mir die Bemerkung erlauben darf.«

»Darfst du.«

Von Tom kann man das allerdings nicht gerade behaupten. Trotz der drückenden Wärme und der mehrstündigen Sightseeingtour wirkt er taufrisch und voller Energie. Ein junger Mann steckt so eine turbulente Liebesnacht eben leichter weg als eine knapp fünfzigjährige Frau. Oder sollte ich solche Überlegungen besser sein lassen? Wozu dauernd auf dem Altersunterschied rumreiten, wenn das für Tom kein Problem zu sein scheint?

»Kind!« Auch meine Mutter nähert sich jetzt. »Was hast du den ganzen Tag gemacht? Warst du etwa mit diesem Marvin unterwegs?«

Bei der Erwähnung des Namens beißt sich Tom auf die Lippen. So ganz hat er diesen Zwischenfall offenbar noch nicht verwunden.

»Marvin musste abreisen«, antworte ich. »Geschäfte.«

Und zwar die großen, dünnflüssigen, könnte ich witzeln, lasse es aber sein.

»Das ist ja schade, Kind. Jammerjammerschade.«

Den unverblümten Sarkasmus kann ich meiner Mutter nicht verdenken. Wer will seine kostbare Urlaubszeit schon mit einem Knallkopf wie Marvin teilen?

Auch Johannes schlendert nun heran, sehr schick in beigefarbenen Bermudashorts, hellrosa Polohemd und rotem Basecap. Ohne jede Scheu umarmt er mich zur Begrüßung, bevor er die Hand meiner Mutter nimmt und ihr einen Handkuss verehrt.

»Happy wife, happy life.« Danach schaut er sich um. »Ganz schön voll hier, was? Ist das nun Schwarmintelligenz oder Rudelinstinkt?«

»Hauptsache, wir haben uns«, sagt meine Mutter und haucht ihm einen Kuss auf die Wange.

Sie sind ein schönes Paar, das muss ich zugeben. Johannes, freundlich, offen, in seinem flotten Sportoutfit, und meine Mutter, die ein schickes ärmelloses Kleid in abgestuften Grüntönen mit flachen weißen Sandalen und einem weißen Basecap kombiniert. Nie in den letzten Jahren sah sie so lebendig aus, so glücklich. Wenn ich nicht über Johannes' Abgründe im Bilde wäre, würde ich mich jetzt tatsächlich für sie freuen.

»Stellt euch vor, Felicitas und ich ticken genau gleich.« Schmunzelnd zeigt Johannes auf sein rotes Basecap. »Das hatte Felicitas im Gepäck, als Geschenk, mit dem sie mich hier in Rom überraschen wollte.«

»Und ratet mal, was Johannes in seiner Reisetasche hatte?« Auch meine Mutter zeigt auf ihr Basecap. »Das hat er extra vor ein paar Tagen daheim besorgt, um es mir hier zu schenken.«

Beide fangen an zu lachen und werfen sich verliebte Blicke zu. Irgendwie süß. Für mich allerdings mit einem bitteren Beigeschmack. Johannes ist nun mal ein Fremdgeher. Wundert mich überhaupt nicht, dass Toms Mutter ihn nicht zurückhaben will.

»Wie schön, dass unsere kleine Familie wieder vereint ist«, sagt Johannes voller Wärme. »Du hast gefehlt, Anne.«

»Hmmmm«, nuschelt meine Mutter.

»Vor dem Abendessen könnten wir einen gemeinsamen Aperitivo nehmen«, schlägt Tom vor. »Ich kenne ein typisch römisches Lokal ganz in der Nähe, das ist nicht so überlaufen wie die Restaurants rund um die Piazza.«

»Schöne Idee.« Meine Mutter gibt mir einen scharfen Blick. »Was ist mit dir, Anne?«

Sie hätte auch gleich sagen können: Auf deine Anwesenheit wird gern verzichtet, Commissaria Controletti, lass uns bloß in Frieden.

»Natürlich kommt sie mit«, befindet Tom fast entrüstet.

Damit ist die Entscheidung gefallen. Also machen wir uns alle zusammen auf den Weg zum Lokal. Tom geht vorweg durchs Getümmel, sein Vater hinter ihm, ich bleibe mit meiner Mutter ein Stück zurück.

»Scheint so, als ob du dich doch ganz gut mit Tom verstehst«, sagt sie in einem Ton, der zwischen Skepsis und Erstaunen schwankt.

»Ja, er ist ein netter Kerl.«

»Nur nett?«

»Sag du's mir«, erwidere ich so desinteressiert wie möglich.

Eine größere Reisegruppe kommt uns entgegen, ein ganzer Trupp mittelalter Herrschaften, alle mit denselben bunten Hütchen ausgestattet, so dass wir kurz getrennt werden.

»Ich halte mich raus, Anne«, erklärt meine Mutter, als wir nach einigen Ausweichmanövern wieder nebeneinanderher laufen. »Was mit Tom und dir ist, geht mich nichts an. Das ist deine Sache. Daran könntest du dir auch ein Beispiel nehmen, was Johannes und mich betrifft.«

»Würde ich ja gern, aber …«

»Was – aber?«

Mist. Ich wollte bis morgen damit warten. Ihr noch eine Galgenfrist geben, einen unbeschwerten Tag in Rom, bevor sie die Wahrheit erfährt. Doch lange kann ich aus meinem Herzen keine Mördergrube mehr machen. Es bohrt in mir. Es frisst mich von innen auf.

»Mädels!«, ertönt die Stimme von Tom. »Hier ist es! Und wir haben sogar einen Tisch ergattert!«

Winkend steht er auf der anderen Straßenseite vor einem Straßencafé mit rot-weiß gestreifter Markise. Dass es ein Geheimtipp sein muss, erkennt man daran, dass die Gäste offenbar Einheimische sind, zumeist würdige ältere Herren in dunklen Anzügen mit offenen weißen Hemdkragen, die bei einem Glas Rotwein die Sonne untergehen lassen.

Nacheinander setzen wir uns. Tom und sein Vater mit freudigen Gesichtern, meine Mutter deutlich unterkühlt. Wahrscheinlich ist sie noch verärgert wegen unseres Gesprächs. Was ich ja auch verstehen kann, solange sie die Wahrheit nicht kennt.

»Soll ich wieder einen Wein empfehlen?«, fragt Johannes.

»Vorher müssten wir etwas klären.« Mit ernster Miene nimmt meine Mutter ihr Basecap ab, legt es vor sich auf den Tisch und ordnet mit den Händen ihr blondes Haar. »Ich genieße die Zeit hier in Rom sehr, das wisst ihr. Doch es sitzt jemand am Tisch, der sie mir madig machen will.«

Verblüfft sehen Tom und sein Vater einander an.

»Es ist Anne«, setzt meine Mutter hinzu. »Auch wenn sie es in eurer Gegenwart nicht ausspricht, meint sie, ich hätte mit Johannes die falsche Wahl getroffen.«

»Das ist doch Schnee von gestern«, will Tom sie beschwichtigen. »Anne hat längst erkannt, wie glücklich ihr seid.«

»Nein, sie tut nur so.«

Drei Augenpaare richten sich auf mich. So erschrocken, so fassungslos, dass ich immer kleiner auf meinem Stuhl werde.

»Sag ihnen bitte, dass du okay mit der Situation bist, Anne«, werde ich von Tom ermuntert.

»Das kann ich nicht«, presse ich hervor.

Natürlich wäre es ein Leichtes gewesen, seine Bitte zu erfüllen. Doch ich will mich nicht mehr um die Wahrheit herummogeln. Ich habe die Heimlichkeiten und Schwindeleien der vergangenen Tage so satt.

»Dann solltest du deine Beweggründe erläutern.« Fordernd hebt meine Mutter die Hände. »Also? Was ist los?«

Jetzt sitze ich in der Falle. Es ist meine eigene Schuld. Hätte ich doch bloß nicht dieses unheilvolle Gespräch mit meiner Mutter angefangen, dann könnten wir jetzt alle fröhlich ein Glas Wein trinken. Es ist der falsche Moment. Vor allem deshalb, weil Tom dabei ist. Genau das hatte ich verhindern wollen, doch nun muss ich Farbe bekennen, wenn ich nicht als Miesmacherin ohne Grund dastehen will.

»Gut«, seufze ich, »fangen wir mal mit einer Frage für Johannes an.«

»Für mich?« Verwundert legt er beide Hände auf die Brust. »Hat diese Sache etwa mit mir zu tun?«

»Erst mal meine Frage: Gibt es deiner Meinung nach einen gewissen Spielraum für das Wort Treue?«

»In welchem Kontext?«

»In dem Eine-gute-Beziehung-basiert-auf-Treue-Kontext.«

»Was soll das blöde Spielchen?«, geht meine Mutter dazwischen. »Wofür hältst du dich?«

»Mama.« Mein Brustkorb wird eng, wie von einer eisernen Faust zusammengedrückt. »Frag nicht wie, aber Johannes ist beim Fremdgehen erwischt worden. Er hat eine Affäre mit einer Jüngeren.«

Kapitel 44

Nicht die Wahrheit tut weh, sondern die Lügen davor, habe ich mal irgendwo gelesen. Aber die Wahrheit zu sagen und zu sehen, was man damit anrichtet, schmerzt hundertmal mehr.

Meine Mutter sieht auf einmal ganz verhärmt und hohlwangig aus, Johannes starrt entgeistert vor sich hin, Tom schüttelt langsam und vorwurfsvoll den Kopf, als wollte er sagen: Egal, um welchen beschissenen fucking Shit es hier geht, warum konntest du ihn nicht einfach für dich behalten?

Das Furchtbare ist, dass ich genau das vorhergesehen habe. Ich bin jetzt der Spaltpilz, das Hassobjekt. Da kann mich auch nicht trösten, dass ich die Wahrheit auf meiner Seite habe.

»Das war's, wir gehen«, stößt meine Mutter hervor, während sie ihr Basecap vom Tisch nimmt und sich erhebt. »Und wag es nicht, Anne, noch einmal solche Ungeheuerlichkeiten in die Welt zu setzen.«

»Warte, Liebes.« Mit einer Hand hält Johannes sie zurück. »Da ich mir keiner Schuld bewusst bin, möchte ich vorher erfahren, wie Anne dazu kommt, mir so etwas anzuhängen.«

»Es gibt Fotos«, lispele ich, Toms Blick vermeidend. »Beweisfotos.«

»Hast du etwa auf der Lauer gelegen?«, fragt meine Mutter, die immer zorniger wird.

»Nicht ich. Unsere Nordic-Walking-Gruppe.«

»Scheiße, geht ja gar nicht«, stöhnt Tom.

»Unsere Nordic …« Mit der flachen Hand schlägt meine Mutter auf die Tischplatte, dass der gläserne Aschenbecher darauf nur so klirrt. »Hat der Mensch Töne! Du machst dich gemein mit diesen Krawallsenioren, die nichts Besseres zu tun haben, als anderen Leuten hinterherzuspionieren?«

»Bevor ihr euch aufregt, würde ich gern die Fotos sehen«, sagt Johannes mit tödlicher Ruhe.

Er hat Eier in der Hose, das muss ich ihm lassen. Nicht jeder Mann würde sich so offen seinen erotischen Verfehlungen stellen. Oder hat er sich schon eine Ausrede parat gelegt? Gleich werde ich es erfahren.

Während Tom mit verschränkten Armen an mir vorbeischaut, hole ich mein Handy heraus und tippe den Fotospeicher an. Zwei Aufnahmen sind besonders belastend: Johannes und seine Fitnesstrainerin, wie sie abends deren Wohnhaus betreten, und nochmals die beiden, wie sie sich morgens um sieben verabschieden. Mit Küsschen. Und jeweils mit Zeitstempeln, die Werner in die Fotos eingeblendet hat.

»Bitte sehr.« Meine Finger zittern, als ich Johannes das Handy reiche. »Das dürfte aussagekräftig genug sein.«

Seine Hände zittern nicht ein bisschen, als er mir das Handy abnimmt und darauf schaut. Langsam scrollt er durch die Fotos. Dann tritt ein schwer zu deutender Ausdruck in sein Gesicht. Wüsste ich es nicht besser, könnte man fast von Amüsement sprechen, vermischt mit tiefer Abscheu. Wortlos hält er das Handy meiner Mutter hin, dann Tom.

»Du dämliches dummes Dummerchen«, zischt meine Mutter.

»Was denn?«, entgegne ich aufgebracht. »Das ist seine Fitnesstrainerin! Schon im Studio sind sie sich körperlich sehr, sehr nahegekommen, das hat Werner genau gesehen! Und dann geht Johannes auch noch mit ihr nach Hause? Bleibt die ganze Nacht? Wer übernachtet denn bitte bei seiner Fitnesstrainerin?«

Tom schaut mich an wie eine Fremde. Ich friere unter seinem polarkalten Blick.

»Erinnerst du dich an unseren Abend im Hinterhof, Anne?«

»Ja, natürlich.«

Warum stellt er mir diese Frage? Worauf will er hinaus?

»Während des Essens habe ich dir doch von meiner Halbschwester erzählt.«

Ich bin so aufgelöst, dass ich nicht gleich den Zusammenhang begreife.

»Bitte sehr.« Mit stoischer Miene reicht mir Johannes das Handy zurück. »Es gibt schönere Fotos von mir und meiner Tochter, aber im Großen und Ganzen sind wir ganz gut getroffen.«

In mir gehen die Lichter aus. O Gott. Was habe ich getan? *Was habe ich getan?* Mein Magen dreht sich auf links, bevor er wie ein Stein in meine Kniekehlen sackt.

»Sie ist deine, deine – T-T-Tochter?«, stammele ich.

»Aus erster Ehe, ja.« Vollkommen ruhig sieht Johannes mich an. »Malou ist die Halbschwester von Tom. Wir hatten nicht immer das beste Verhältnis, doch seit ich beschlossen habe, achtsam zu leben, bemühe ich mich um eine neue Annäherung. Da Malou Fitnesstrainerin ist, erschien es uns beiden naheliegend, zunächst auf diese Weise mehr Zeit miteinander zu verbringen.«

Abgrundtiefe Scham drückt mich auf meinen Stuhl. Ich senke

den Kopf, unfähig, die Blicke auszuhalten, die mich durchbohren. Vor meinen Augen tanzen kleine dunkle Punkte. Ich habe Menschen verletzt, die ich liebe. Meinen Vorurteilen nachgegeben, ein mieses Komplott gegen Johannes unterstützt. Niemand wird mir noch vertrauen nach diesem unverzeihlichen Fehler. Weder meine Mutter, Johannes noch Tom.

Ich habe alles kaputtgemacht.

»An jenem Abend«, höre ich Johannes' Stimme wie von Ferne, »wollten Malou und ich uns endlich einmal aussprechen. Ich hatte einen guten Wein mitgebracht, wir saßen in der Küche, dann kam alles auf den Tisch, worüber wie nie geredet hatten. Auch über meine neue Beziehung haben wir gesprochen. Malou war strikt dagegen. Also habe ich ihr auseinandergesetzt, warum Felicitas die Frau meines Lebens ist, das Größte und Schönste, was mir je hätte passieren können.«

Inzwischen laufen mir Tränen über die Wangen, Tränen der unendlichen Scham und der bitteren Reue. Ich würde alles dafür geben, diese Katastrophe ungeschehen zu machen, doch es geht nicht.

»Es wurde ein langer Abend«, fährt Johannes fort. »Wir redeten bis in die frühen Morgenstunden, danach hatten wir zwei Flaschen Wein geleert, so dass es fahrlässig gewesen wäre, ins Auto zu steigen. Natürlich habe ich Felicitas Bescheid gesagt. Sie freute sich für mich, denn auch ihr war daran gelegen, dass ich mich mit meiner Tochter aussöhne.«

»Dafür haben wir jetzt eine neue Eltern-Tochter-Baustelle«, fügt meine Mutter lapidar hinzu.

Danach herrscht Schweigen. Offenkundig erwartet man eine Entschuldigung von mir. Die üblichen Floskeln erscheinen mir jedoch zu matt, zu nichtssagend für das, was ich angerichtet habe. Ich muss weiter ausholen, wenn ich noch irgendetwas retten will, und kann nur hoffen, dass man mir wenigstens zuhört, statt mich in meinem Elend zurückzulassen.

»Ich möchte euch – inständig um Verzeihung bitten«, beginne ich stockend. »Es waren ehrliche Besorgnisse, die mich dazu getrieben haben, keine niederen Motive. Und ich gebe zu, ja, ich hatte Vorurteile wegen eures Altersunterschieds. Dumme, spießige Vorurteile.«

»Diese Einsicht kommt etwas spät«, sagt meine Mutter.

»Viel zu spät«, bekräftigt Tom eigentümlich heiser. »Vor allem, wenn man bedenkt, was in den letzten vierundzwanzig Stunden passiert ist. Da hätte ich etwas anderes von dir erwartet, Anne.«

Damit versetzt er mir den Todesstoß. Mir, uns, allem, was wir Wunderschönes erlebt haben und noch vor uns gehabt hätten.

»Ich weiß«, schluchze ich untröstlich.

»Was ist denn so Spannendes passiert?«, erkundigt sich meine Mutter, die neugierig zwischen uns hin und her sieht.

»Nichts von Belang, Felicitas.« Das Geräusch eines zurückgeschobenen Stuhls kreischt in meinen Ohren, als Tom auf eine furchtbar emotionslose monotone Art weiterspricht. »Manchmal täuscht man sich halt in Menschen. Du denkst, da wirft jemand seine Vorurteile über Bord, weil er seinen Horizont durch persönliche Erfahrungen erweitert hat. Doch dann musst du feststellen, dass er noch genauso engstirnig und vernagelt ist wie vorher. Schade. Sehr schade.«

Eine halbe Minute später sitze ich allein am Tisch. Niemand hat sich von mir verabschiedet, niemand hatte ein versöhnliches Wort für mich.

Nur ein paar Wimpernschläge ist es her, dass ich die Katastrophe hätte abwenden können, mich rausreden, etwas Nettes, Unverbindliches sagen. Aber ich musste ja unbedingt die Wahrheitsfanatikerin spielen. Ich bin wirklich das Allerletzte. Eine fehlgesteuerte Soziopathin, mit der keiner mehr was zu tun haben möchte. Recht so. Ich habe mich selber ins Aus geschossen.

Kapitel 45

»Nein, alles in Ordnung, Erika. Ja, es geht mir gut. Meine Stimme? Unsinn, die klingt doch nicht verheult. Ich glaub, ich habe mich erkältet. Ja, hier in Rom. Wieso, draußen Bullenhitze, drinnen Klimaanlagen, da fängt man sich ganz schnell was ein.«

Mit der Wahrheit nehme ich es heute nicht mehr so genau wie gestern. Völlig verheult liege ich auf meinem Bett und telefoniere. Seit Stunden habe ich nur geweint und konnte gar nicht wieder damit aufhören. Ich wollte auch niemanden sehen oder sprechen. Sämtliche WhatsApp habe ich ignoriert, auf keinen der Anrufe reagiert. Nur abwechselnd meinen Kopf ins Kissen vergraben oder mit hochgezogenen Knien in der hintersten Zimmerecke gekauert, um die immer gleichen Hätte-hätte-Fahrradkette-Gedanken im Kreis zu drehen.

Hätte ich doch bloß die Klappe gehalten. Hätte ich doch erst mal nachgeprüft, ob Werners Anschuldigung überhaupt hieb- und stichfest ist. Hätte ich doch früher erkannt, dass Johannes meine Mutter liebt und keine andere Frau will. Hätte ich doch zumindest Tom zuliebe mit meinem ach so brisanten Wissen hinterm Berg gehalten.

So was Ähnliches haben sie mir bestimmt alle geschrieben oder wollten es mir telefonisch mitteilen, womit sie mich nur noch tiefer ins Elend gestürzt hätten. Deshalb verweigere ich jede Kommunikation. Es geht mir schon schlecht genug. Auf Nachschläge kann ich gern verzichten.

Aber Erikas Anruf habe ich dann doch angenommen. Wenigstens soll Marvin kriegen, was er verdient, wenn schon alles andere den Bach runtergeht.

Nach wie vor hängt der Fall am seidenen Faden. Ein Haftbefehl wurde bislang nicht erlassen, so dass Marvin immer noch die Notbremse ziehen kann: die Caldera Corporation insolvent melden und sich irgendwohin absetzen, ohne jemals gefunden zu werden. Das muss ich verhindern.

Nur über das Desaster heute Nachmittag werde ich Erika gegenüber kein Wort verlieren. Ich bin einfach noch nicht so weit. Die Wunde ist zu frisch, sie brennt und pocht und muss erst mal heilen, bevor ich mich Erika anvertraue. Deshalb wische ich mit einem Zipfel der Bettdecke die Tränen aus meinem Gesicht, stopfe mir ein Kopfkissen in den Rücken und höre ihr weiter zu. Offenbar braucht sie dringend meine Hilfe.

»Marvin macht also Stress?«

»Und wie.« Sie stöhnt vernehmlich. »Jetzt will er sogar meine Kontoauszüge sehen. Als vertrauensbildende Maßnahme und damit er sicher sein kann, dass ich wirklich jede Menge Kohle auf der hohen Kante habe.«

Beim Wort Vertrauen spüre ich einen giftigen Pfeil im Herzen. Mir kann man nicht mehr vertrauen. Menschlich habe ich mich komplett disqualifiziert.

»Was soll ich bloß tun?«, jammert Erika. »Lange kann ich Marvin nicht mehr hinhalten.«

Obwohl mein Kopf gerade so leer ist wie mein Magen, suche ich angestrengt nach einem Ausweg. Wie könnte man Marvin noch eine Weile aufs Glatteis führen? Was ist seine Schwachstelle? Die Gier, ganz klar. Für so einen ist genug nie genug.

»Hör zu, Erika, es gäbe da vielleicht eine neue Hinhaltetaktik. Wenn es um krumme Touren geht, ist Marvin unersättlich. Lad ihn zu einem Kaffeekränzchen ein.«

»Um ihn mit Kuchen abzufüttern? Was soll das denn bringen? Und wäre es nicht viel zu gefährlich, ihm meine Adresse zu verraten?«

»Der weiß doch sowieso schon, wo du wohnst, weil er alles trackt, was sich bewegt«, erkläre ich, während ich aus dem Fenster schaue.

Der Ausblick ist bei Weitem das Beste an meinem eher schäbigen Zimmer. Ein typisch römisches Dächermeer in rötlichen und gelblichen Terrakottatönen, da und dort unterbrochen von verzierten weißen Türmchen und silbrig-grauen Palmwedeln. Jeder Tourist würde diesen Anblick feiern. Ich sehne mich nach der schartigen Mauer mit der Flaschenreklame. Nach diesen kostbaren Momenten, als wir aufwachten, Tom und ich, eingewoben in unseren Kokon aus Zärtlichkeit und Liebe. War das wirklich erst heute Morgen? Es scheint hundert Jahre her zu sein.

Mit der freien Hand male ich Herzchen auf die Bettdecke wie ein liebeskranker Teenager. Weil ich ein liebeskranker Teenager bin.

»Anne? Hörst du mir noch zu?«

»Ja, ähm, natürlich.« Ich sollte mich wohl lieber auf das Telefonat konzentrieren. »Folgender Plan: Lad Marvin zu Kaffee und Kuchen ein. In deinem Wohnzimmer warten dann schon lauter Damen deines Alters, die ihr Erspartes ebenfalls bei ihm investieren wollen. Angeblich. Wenn Marvin neue Opfer wittert – die ihn ordentlich auf Trab halten werden –, muss er seine Firma am Laufen halten. Und wir gewinnen Zeit.«

»Mein lieber Herr Gesangsverein.« Erika kichert ein bisschen. »Bei dir könnte sich sogar dieses ausgekochte Schlitzohr noch 'ne Scheibe abschneiden. Bleibt nur ein Problem: Was ist mit den Kontoauszügen?«

»Hm.« Meine Augen wandern zur Zimmerdecke, wo immer noch die tapfere kleine Spinne herumkrabbelt. Glück hat sie mir nicht gebracht. »Sag ihm, dass du die Auszüge erst mal in deiner Bankfiliale ausdrucken musst. Doch leider, leider hast du momentan so schlimm Hüfte, dass du es nicht bis zur Bank schaffst.«

Wieder kichert Erika ein bisschen, dann bricht ihr Heiterkeitsanfall abrupt ab.

»Öh. Schon mal von Online-Banking gehört?«

»Sogar schon darüber nachgedacht.«

»Und?«

»Will Marvin deine Konten online einsehen, sagst du einfach, so was hättest du noch nie gemacht, das wäre dir zu hoch. Er hält alte Leute für leichte Beute, weil er denkt, die wüssten nicht mal, wie man Internet buchstabiert.«

»Auch wieder wahr.«

»Noch etwas.« Ich nehme das Handy von der rechten in die linke Hand, weil mein rechtes Ohr schon glüht. »Deine anderen Gäste dürfen keine Mitglieder der Nordic-Walking-Gruppe sein. Marvin ist ein scharfer Beobachter, das macht einen professionellen Betrüger aus. Bestimmt hat er sich bei seiner kleinen Waldwanderung jeden Einzelnen unserer Truppe gemerkt. Kennst du vielleicht noch andere ältere Damen?«

»Denkst du etwa, meine sozialen Kontakte beschränken sich auf unsere Sportgruppe?«, entgegnet Erika pikiert.

Ja, ich muss zugeben, spontan hätte ich das für möglich gehalten. Ganz offensichtlich ist es mit der toleranten vorurteilsfreien Anne Stegner nicht weit her. Erst halte ich ohne Weiteres für möglich, dass Johannes durch fremde Betten steigt, weil er jünger als meine Mutter ist. Nun unterstelle ich Erika, dass sie als ältere alleinstehende Frau zur Einsamkeit verdammt ist.

Peinlich, peinlich. Ich strotze geradezu vor Vorurteilen. Ganz zu schweigen von den Vorurteilen gegen mich selbst. Habe ich mich gestern Abend im Fahrstuhl wirklich gefragt, ob ein intimes Zusammensein mit Tom mich überfordern würde, oder ob es sogar in eine Peinlichkeit ausarten könnte?

»Irgendwie wirkst du unkonzentriert«, höre ich Erikas Stimme dicht an meinem Ohr. »Ist da jemand bei dir im Zimmer?«

Ja, meine finstersten Dämonen. Ich grusle mich vor mir selber. Wie konnte ich meiner Mutter und ihrem Lebensgefährten, jawohl, er ist ihr *Lebensgefährte!,* so etwas Grässliches antun? Und auch gleich zertrampeln, was gerade erst ein zartes Pflänzchen war: die Liebe zwischen Tom und mir?

Neue Tränen fluten meine Kehle. Ich schlucke sie runter.

»Entschuldige, Erika, wo waren wir stehen geblieben?«

»Bei meinen Sozialkontakten«, schnaubt sie. »Nur zu deiner Information: Ich habe eine Doppelkopfrunde, in der regelmäßig die Karten gekloppt werden, eine Bowlinggruppe, mit der ich einmal pro Monat auf die Bahn gehe, außerdem meine Freunde aus dem Spanischkurs an der Volkshochschule. Und zwei beste Freundinnen, die du nicht kennst.«

»Ich bin beeindruckt.«

Bin ich wirklich. Seniorinnen von heute sind offensichtlich viel aktiver, als man so denkt.

»Du siehst, liebe Anne, es wird mir ein Leichtes sein, das gewünschte Kaffeekränzchen zusammenzustellen«, resümiert Erika mit einigem Stolz.

»Danke. Und nicht vergessen: Ihr müsst alle ziemlich tüddelig rüberkommen.«

Sie lacht leise in sich hinein.

»Das Gute ist ja: Ein geistig fitter Mensch kann ohne Weiteres einen tüddeligen spielen, umgekehrt wäre das wohl kaum möglich.«

»Wo du recht hast, hast du recht.« Auch ich muss kurz lächeln, trotz meiner Tränen. »Nochmals danke, Erika. Morgen fliege ich zurück, dann bekommst du einen großen Blumenstrauß von mir.«

»Schon gut, tue ich doch alles gern. Die Chose muss einfach klappen. Läuft nicht, gibt's nicht. Das Bürschchen wird gepflegt zur Strecke gebracht, wenn's nicht anders geht, eben mit Schwarzwälder Kirschtorte und Frankfurter Kranz.«

»Ach, sind das deine Spezialitäten?«

»Gott, bewahre. Ich bevorzuge Cupcakes, Brownies und laktosefreien Käsekuchen. Aber Marvin soll ja denken, dass ich von vorgestern bin.«

»Wow, du denkst wirklich an alles. Doch er ist schlau, gefährlich schlau. Deshalb solltest du aufpassen, dass du ihm nicht allzu sehr auf die Füße trittst.«

»Tut mir leid, für das Wohl seiner Füße kann ich nicht garantieren«, knurrt Erika. »Dann viel Spaß noch in Rom und gute Besserung.«

»Wofür?«

»Sagtest du nicht, du bist erkältet?«

»Ja, genau.« Vom Nachtschränkchen hole ich mir ein Taschentuch und schnäuze mich. »Ganz, ganz furchtbar erkältet.«

»Warum du in Rom sitzt und dir die Augen aus dem Kopf heulst, darüber reden wir dann ein andermal«, sagt Erika lakonisch, bevor sie das Gespräch beendet.

Womit sie einmal mehr unter Beweis gestellt hätte, dass man sie bloß nicht unterschätzen sollte.

Früher habe ich nie über solche Dinge nachgedacht. Ältere Menschen waren für mich Wesen von einem anderen Stern, die in Seniorenheimen wohnen, Seniorenhandys haben, Seniorenteller bestellen. Jetzt geht mir auf, dass die Leute heute tatsächlich ganz anders altern als frühere Generationen. Erika und ihre Freundinnen sind das beste Beispiel dafür. Sie denken gar nicht daran, rumzusitzen oder sich von Staubsaugervertretern übers Ohr hauen zu lassen. Selbst Tante Beate ist aktiv – auf Tinder, aber immerhin –, während mein Vater im Laufe der Jahre zur Couchpotato mutiert ist.

Mittlerweile verstehe ich meine Mutter so viel besser. Es sind wohl vor allem Frauen, die im reiferen Alter noch mal durchstarten wollen. Dafür brauchen sie natürlich einen Partner, der genauso aktiv ist. Einen wie Johannes. Ich sehe ihn immer noch vor mir, wie er heute in seinen Bermudashorts auf der Piazza di Trevi stand, vital, voller Energie und mit diesem Feuer in den Augen, das meiner Mutter, nur meiner Mutter galt.

Die beiden sind das perfekte Match, ganz so, wie Tom es gesagt hat. Ach, Tom. Ich hatte das dickste Brett vor dem Kopf, das jemals für eine begriffsstutzige Frau gesägt wurde.

Kapitel 46

Ich nehme Abschied. Von guten wie von grottenschlechten Erinnerungen, von einigen Illusionen, von Rom. Meine Tasche steht schon gepackt in der Pension. Weil ein Unglück selten allein kommt, dauert es allerdings noch einige Stunden, bis mein Flieger heute Abend abhebt.

Ziellos laufe ich durch die Straßen, blind für die Schönheiten der Stadt. In meinem Zimmer habe ich es nicht mehr ausgehalten. Die Nacht war grauenvoll. Ein einziges Stöhnen und Wälzen auf der durchgelegenen Matratze, gepeinigt von Selbstvorwürfen. In den frühen Morgenstunden habe ich dann zwei längere Nachrichten verfasst. Dass sie irgendeine positive Wendung in die verfahrene Situation bringen könnten, wage ich nicht mal zu hoffen. Aber ich wollte wenigstens aufrichtige Reue zeigen. Das war ich uns allen schuldig.

Liebe Mama. Wahrscheinlich willst Du nichts mehr mit mir zu tun haben. Könnte ich jedenfalls verstehen, denn ich habe Dir etwas Unverzeihliches angetan: Eure Liebe infrage gestellt, Euer Glück mit Füßen getreten. Statt mich für Dich zu freuen, habe ich von Anfang an nur quergeschossen und Deine Gefühle kleingeredet. Bis ich es endgültig zu weit getrieben habe. Du hast recht: Es war niederträchtig, mich mit diesen Hobbyspionen zu verbünden.

Das ging eindeutig unter die Gürtellinie. Meine einzige Rechtfertigung besteht darin, dass ich um Dich besorgt war. Ich liebe Dich und hatte Angst um Dich. Auch wenn wir uns jetzt wohl erst einmal nicht sehen werden, wünsche ich Johannes und Dir, dass Ihr für immer glücklich bleibt. Deine Anne

Schon diese Nachricht hat mich Schweiß und Tränen gekostet. Wesentlich schweiß- und tränentreibender waren jedoch die Zeilen an Tom. Ich musste sie mir regelrecht abquälen. Immer wieder habe ich die Entwürfe gelöscht und noch mal von vorn angefangen, bis ich nicht mehr konnte und die letzte Fassung einfach abgeschickt habe.

Hey Tom. Es fällt mir ungeheuer schwer, Dir zu schreiben. Deshalb mache ich es so kurz wie möglich: Ich habe meine Mutter verletzt, Deinen Vater, Dich. Das werde ich mir nie verzeihen. Die Stunden mit Dir im Hotel gehören zu den glücklichsten meines Lebens. (Meines dann doch schon ziemlich langen Lebens.) Dennoch habe ich Dich, der mir eigentlich so viel bedeutet, vor den Kopf gestoßen. Dich letztlich von mir weggestoßen. Ich war dumm, verbohrt. Es wäre eine lächerliche Untertreibung zu sagen, dass es mir leidtut. Ich habe den größten Fehler meines Lebens begangen. Vielleicht waren meine Ängste zu groß. Vielleicht hatte ich nicht nur Angst um meine Mutter, sondern auch um mich. Ja, vielleicht saß tief in mir die verdammte Scheißangst, dass ich Dich nicht verdiene. Und dann habe ich selber den Beweis dafür erbracht. Das soll keine Entschuldigung sein, nur ein Versuch, mein

Verhalten zu erklären. Egal. Du wirst immer in meinem Herzen bleiben, auch wenn das mit uns vorbei ist. Mit einem letzten todtraurigen Kuss, Anne

Das war morgens um fünf. Danach befiel mich eine so tiefe Erschöpfung, dass ich zwei Stunden lang nur auf dem Bett gelegen und die Decke angestarrt habe – auch die kleine Spinne, die so unermüdlich ihre Netze baute, als gäbe es noch Hoffnung. Nicht für mich. Ich habe mich selbst zur Wurst gemacht, zum allerletzten armen Würstchen. Damit muss ich nun leben. Wenn ich bloß wüsste, wie.

Da ich nicht mal weiß, wohin mit mir, lasse ich mich einfach treiben. Menschen laufen an mir vorbei, die meisten gut aufgelegt und vergnügt. Wenn man selber kreuzunglücklich ist, scheint die Welt von lauter glücklichen Menschen bevölkert zu sein. Ich hingegen fühle mich wie ein Zombie. Eine leere Hülle, die vom Touristenstrom mitgespült wird wie weggeworfenes Bonbonpapier in einem Bach.

»Bella Signora!« Ein fliegender Händler in bunten Fantasieklamotten hält mir einen Haufen gefälschter Designersonnenbrillen vor die Nase. *»Li vuole? Good deal!«*

»Nein, danke.«

Doch er lässt nicht locker. Auch als ich die Richtung wechsele, bleibt er mir dicht auf den Fersen.

»Sono occhiali da sole! Sun glasses! Good deal, Signora!«

Entnervt drehe ich mich um und schleudere ihm ein geharnischtes *»No, grazie«* entgegen.

Grazie für nichts. Das heißt, eigentlich könnte ich eine Sonnenbrille gebrauchen. Meine habe ich in der Pension vergessen und ich merke gerade, dass mir schon wieder die Tränen kommen. Also investiere ich zehn Euro in ein riesiges schwarzes Audrey-Hepburn-Gedächtnis-Teil, das meine nassen Augen und den größten Teil meiner feuchten Wangen verdeckt.

Seufzend schaue ich hoch zu den prächtigen Palazzi, geschmückt mit Säulen, Giebeln und Skulpturen. Welche Dramen mögen sich einst hinter den Fenstern dieser altehrwürdigen Gebäude abgespielt haben? Und ereignen sie sich nicht immer wieder aufs Neue, weil es so unendlich schwierig ist, das Einfachste der Welt zu leben: Liebe?

Schon gut, ich sollte nicht gleich mit den ganz großen Hämmern kommen. Für das Wort Liebe kenne ich Tom zu kurz. Aber dass ich in ihn verliebt bin, richtig verliebt, immer noch, ist nicht zu leugnen. Es hat mich schwer erwischt. Mit der Wucht eines Erdbebens, das ich mit einem Vulkanausbruch der Schuftigkeit getoppt habe.

Als ich mich auf die marmornen Treppenstufen einer Kathedrale setze, um ein wenig zu verschnaufen, vibriert mein Handy. Carina ruft an. In meiner Verfassung nicht gerade die Gesprächspartnerin der Wahl, doch ich fühle mich so einsam und sehne mich so sehr nach einer vertrauten Stimme, dass ich rangehe.

»Süße« gurrt es mir entgegen. »Du hast dich noch gar nicht aus Rom gemeldet. Wie läuft's?«

»So lala.«

»Was ist passiert? Du hörst dich schauderhaft an.«

»Ja, weil mein Plan, die Turteltäubchen zu stören, voll nach hinten losgegangen ist.«

»Wie das?«

In groben Zügen erzähle ich ihr von meinem Desaster, ohne allerdings Toms Rolle in dem Drama zu erwähnen. Zu intim. Danach ist es lange still in der Leitung.

»Was jetzt?«, fragt Carina schließlich.

»Ganz einfach, ich akzeptiere die neue Beziehung meiner Mutter. Sie ist glücklich, und ihr Lebensgefährte« – inzwischen kommt mir das Wort ganz leicht über die Lippen – »ist wirklich ein prima Kerl. Sie sind ein Herz und eine Seele. Mehr gibt es dazu nicht zu sagen.«

»Das ist ja ein starkes Stück.«

»Nein, ihre Liebe ist stark.« Nachdenklich betrachte ich den Trubel vor der Kathedrale, wo sich ganze Familien versammeln, um die reich geschmückte Fassade zu bewundern, händchenhaltende Paare einander küssen, Reisegruppen gleichsam im Stechschritt zum nächsten Besichtigungspunkt marschieren. »Wie hoch ist denn die Wahrscheinlichkeit, dass sich bei den Millionen und Milliarden Menschen auf dieser Welt genau die beiden Menschen treffen, die füreinander geschaffen sind?«

»Theoretisch gering«, antwortet Carina. »Praktisch …«

»… nehmen die Probleme danach erst richtig ihren Lauf.«

»Wieso denn das?«

»Sieh dich an. Du hast deinen Traummann geheiratet, und wo stehst du jetzt? Mit einem Bein in einem fremden Bett. Oder, drastischer gesagt: Mit einer Pobacke sitzt du schon auf der Bettkante eines anderen Mannes. Wie hieß er noch, Robin?«

»Das mit Robin ist vorbei.«

Ich presse mein Handy fester ans Ohr. Hier draußen vor der Kathedrale ist es so brüllend laut, dass ich mich bestimmt verhört habe.

»Dein Mann geht dir am Popo vorbei? Oder das mit Robin ist vorbei?«

»Die Sache mit Robin natürlich!«

Sie hat es fast geschrien, so dass ich das Handy kurz etwas weiter weg halte.

»Woher kommt das denn so plötzlich, Carina?«

»Ich habe nachgedacht. Eigentlich ist mein Leben doch ganz in Ordnung so. Ich habe ein schönes Heim, einen Mann, der mich verwöhnt, keine finanziellen Sorgen. Robin war eher ein, ein – hm, kennst du das, wenn du an einer Burgerbude vorbeigehst, und es riecht so lecker? Und dann kommst du in Versuchung, obwohl du weißt, dass fettiges Junkfood ungesund ist?«

O Mann, Carina.

»Entschuldige bitte, hast du Robin gerade mit einem Burger verglichen?«

»Ist doch so«, entgegnet sie kiebig. »Da gibt's nur eins: Man muss ganz schnell weitergehen, ein, zwei Nächte drüber schlafen, weg ist die Versuchung.«

»Also bleibst du beim Konzept Kinder, Küche, Cupcakes?«

»Durchhalten lohnt sich, Anne. Mein Leben ist langweilig, aber abgesichert. Ich wüsste nicht, was mich glücklicher machen könnte.«

Ich schon. Aber das muss Carina selber herausfinden.

»Du, bin spät dran, der Flieger«, schütze ich Zeitnot vor, weil ich dieses Gespräch immer trostloser finde. »Wir reden dann weiter, wenn ich wieder da bin, ja?«

»Unbedingt. Ciao, ciao, Anne.«

Uff. Das war anstrengend. Ächzend erhebe ich mich und wandere wieder los. Womöglich macht mich Carinas Einstellung deshalb so fertig, weil sie mir einen Spiegel vorhält: Genauso habe ich auch noch vor wenigen Tagen gedacht. Dass sich Durchhalten lohnt. Dass man eben die Zähne zusammenbeißen muss. Doch für mich gibt es keine Rückkehr in mein altes Leben mehr. So wenig, wie es eine Rückkehr zu Tom gibt. Ich habe alle Brücken abgebrochen.

Undeutlich, dann zusehends konturenschärfer formt sich der Gedanke in mir, dass ich am Nullpunkt angekommen bin. Tabula rasa. Alles auf Anfang. Nur, dass ich keine Ahnung habe, womit ich überhaupt anfangen soll.

Sobald ich wieder daheim bin, stehe ich vor einigen Fragen. Wie gehe ich die Trennung von Karsten an? Soll ich im Haus wohnen bleiben oder ausziehen? Welche Lösung würden Ella und Noah bevorzugen? Was ist mit meinem Wunsch, einen neuen beruflichen Weg einzuschlagen? Aber das sind im Grunde nur Äußerlichkeiten. Viel wichtiger wäre es, erst mal rauszufinden, wer ich bin oder wer ich sein könnte, wenn ich nicht gerade auf den Gefühlen meiner Herzensmenschen rumtrampele. Mehr als zwei Jahrzehnte war ich quasi fremdbestimmt. Habe getan, was man von einer Ehefrau und Mutter erwartete, ohne groß darüber nachzudenken, was ich mir selbst vom Leben wünsche. Jetzt stehe ich an einem Wendepunkt. Und habe prompt alles falsch gemacht, was man nur falsch machen kann.

Lautes Geplätscher lässt mich aufhorchen. Ich schaue mich um. Meine ziellose Wanderung hat mich zur Piazza Trevi geführt, ausgerechnet. Hier habe ich gestern gestanden, glücklich, erfüllt, voller Vorfreude, und Tom auf mich zulaufen sehen, mit ausgebreiteten Armen und einem Lächeln, das mich einhüllte wie eine federleichte warme weiche Decke.

Tränenblind trete ich an den Beckenrand. Alles verschwimmt vor meinen Augen, die gigantischen Skulpturen, das quecksilbrig bewegte Wasser, die schimmernden Münzen auf dem Boden des Beckens. Ich werde keine Münze hineinwerfen. Nach Rom, wo ich die schrecklichsten Momente meines Lebens durchstehen musste, will ich nie, nie, wieder.

Als jemand von hinten dicht an mich herantritt, zucke ich zusammen. Reflexhaft fahre ich meine Ellenbogen aus, um mir eventuelle Taschendiebe vom Leibe zu halten, und will schon entrüstet herumwirbeln, als mir jemand etwas ins Ohr flüstert.

»Nicht umdrehen, Anne.«

In mir implodiert etwas. Seine Stimme. Diese unfassbar schöne Stimme, in der so viel Gefühl mitschwingen kann, so viel Zärtlichkeit. Zwei Arme legen sich um mich. Dann schmiegt sich Toms Körper an meinen Rücken. Selbst ohne ihn zu sehen, würde ich ihn unter Millionen erkennen, allein daran, wie er sich anfühlt.

»Bitte immer noch nicht umdrehen, Anne.«

»W-warum?«

»Weil ein großer Löffel seit Stunden wie bekloppt durch Rom fährt. Weil er sein kleines Löffelchen vermisst. Und weil er es endlich gefunden hat.«

Kapitel 47

Es ist absolut erstaunlich, wie viel Tränenflüssigkeit der Mensch produzieren kann. Ich habe mal gelesen, dass Spitzenwerte bis zu einem halben Liter möglich sind. Pro Tag. Doch wahrscheinlich toppe ich selbst diesen Wert. Obwohl ich schon die ganze Nacht durchgeheult habe, öffnen sich erneut alle Schleusen und geben noch mehr Tränen frei.

Meine Erschütterung geht ja auch bis ins Mark. Noch immer kann ich nicht glauben, dass Tom mich gesucht hat. Mich, den Spaltpilz, das Hassobjekt. Warum will er sich überhaupt noch mit mir abgeben?

»Hey, nicht weinen«, raunt er in mein rechtes Ohr.

»Ich mu-huss a-haber«, schluchze ich.

Das ist nicht nur so dahergeredet. Ich habe keine Chance, mich dagegen zu wehren, die Tränen strömen einfach aus mir raus wie aus einer Quelle, ob ich nun heulen will oder nicht.

»Dann wein eben.« Sacht streichelt Tom meinen Nacken und pustet darauf wie bei einem Kind, das hingefallen ist. »Ich bin da. Ich gehe nicht weg.«

»Das habe ich gar nicht verdient.«

»Ich weiß, hab's gelesen. Deine Nachricht war diesbezüglich sehr konkret.«

»Weil ich es so meine. Darf ich mich jetzt umdrehen?«

Seine Arme umschlingen mich ein bisschen fester, und er legt von hinten sein Kinn auf meine rechte Schulter, so dass wir Wange an Wange dastehen, den Blick zum Trevi-Brunnen gerichtet.

»Nein. Lass uns so weiterreden, Anne. Manchmal hilft es, wenn man sich beim Sprechen eben nicht anschaut. Außerdem spüre ich dich so gern von hinten. Deinen Rücken, deinen Po. All das.«

Was *all das* sein soll, ist mir schleierhaft, spielt jetzt aber keine Rolle. Ich genieße jeden unserer parallelen Atemzüge, unsere Nähe, die Illusion, irgendetwas könnte noch gut werden. Was ganz sicherlich nicht der Fall ist. Vermutlich möchte sich Tom nur verabschieden. Mich ein letztes Mal an die Magie erinnern, wenn sich unsere Körper quasi selbsttätig miteinander unterhalten, bevor wir uns dann endgültig trennen werden.

Eine Weile betrachten wir stumm das quirlige Wasser, die Skulpturen, die Menschenmassen, die um den Brunnen herumwuseln. Bis es mich drängt, etwas zu sagen.

»Ich dachte, ich sehe dich nie wieder.«

»Dachte ich auch. Aber heute wollte ich dich noch einmal sehen.«

Also ein Abschied, wie befürchtet. Meine Tränen beginnen zu sprudeln wie der Trevi-Brunnen. Ich versuche, sie mit dem Ärmel meines T-Shirts zu trocknen, aber genauso gut könnte ich versuchen, einen Tsunami mit einem Wassereimer aufzuhalten.

»Ich hasse lange Verabschiedungen«, schniefe ich. »Wenn du mir einen verbalen Tritt geben willst, mach bitte schnell.«

»Habe ich nicht vor.«

»Nein?«

In diesem Augenblick klettert ein kleines Kind ins Becken, planscht ausgelassen darin herum und denkt gar nicht daran, auf seine Eltern zu hören, die es energisch auffordern, gefälligst rauszukommen. Sie sprechen Italienisch, doch die Sprache schimpfender Eltern ist universell. Natürlich tollt das Kind nur umso wilder im Wasser herum. Auch wir bekommen ein paar Spritzer ab.

»Ich möchte dich um Verzeihung bitten«, flüstert Tom auf einmal.

Ich bin so verblüfft, dass ich sogar aufhöre zu weinen.

»Du? Mich?«

»Als ich deine Nachricht las, habe ich zum ersten Mal begriffen, was für Ängste ich in dir ausgelöst habe. Für mich warst du einfach eine wahnsinnig begehrenswerte Frau, hübsch, interessant, besonders. Ich hatte keinen Schimmer, wie sehr dir der Altersunterschied zu schaffen macht.«

»Das habe ich doch gar nicht geschrieben.«

»Stand ja auch nur zwischen den Zeilen.«

Fast bin ich versucht, in Erika-Manier ein herzhaftes Mein-lieber-Herr-Gesangsverein loszulassen. Wie kann man denn bitte so herzensklug sein? Tom muss meine Nachricht, zweimal, dreimal, vielleicht auch öfter gelesen haben, um mich so gut zu verstehen.

»Ich würde dir gern deine Ängste nehmen«, sagt er mit einem Kuss auf meinen Nacken. »Ich möchte dir zeigen, dass du bei mir sicher bist. Ja, es besteht ein Altersunterschied. Aber wir sollten es miteinander probieren. Garantien gibt es sowieso nicht, doch so unsterblich, wie ich mich in dich verliebt habe, wirst du mich so schnell nicht wieder los.«

Es klingt wunderbar. Und irreal. Unwillkürlich versteife ich mich.

»Tom, ehrlich, ich kann das nicht richtig glauben, nach allem, was geschehen ist.«

»Du willst die hochoffizielle psychologische Erklärung? Im Grunde hast du sie schon selber in deiner Nachricht geliefert. Anfangs hattest du Angst um deine Mutter. Dann hast du gesehen, wie glücklich sie ist, wolltest es aber nicht wahrhaben, weil du selber glücklich warst, mit mir, und Angst hattest, dieses Glück könnte zerbrechen. Unbewusst, würde Doktor Freud sagen, hast du es dann lieber selbst zerbrochen, als abzuwarten, bis es passiert. Wie sollte ich dir das nicht verzeihen können?«

Ein kühner Gedankengang. Aber sicherlich irgendwie zutreffend.

»Das heißt, du willst es trotzdem mit mir wagen?«

»Was brauchst du denn noch? Hundert rote Rosen? Das ist doch gar nicht dein Stil, oder?« Weitere Küsse landen in meinem Nacken. »Vielleicht solltest du dich jetzt umdrehen, damit ich dir zeigen kann, wie ernst es mir ist.«

In einer einzigen Bewegung wirbele ich herum und fliege in seine Arme. Danach sind erst einmal keine Worte mehr nötig, denn wir küssen uns so leidenschaftlich, dass alles verblasst, was wir noch zu besprechen hätten. Eine zitternde Ewigkeit später löst Tom seine Lippen von meinen.

»Mein Liebling, ich vermute, wir haben denselben Billigflug zurück gebucht. Somit hätten wir noch gute zwei Stunden Zeit, bevor wir zum Flughafen fahren müssen. Was hältst du davon, wenn wir diese beiden Stunden im Hotel verbringen?«

Im Hotel. Spontan bekomme ich Schluckbeschwerden.

»Du meinst …«

»Genau das.« Seine Augen glitzern auf eine sehr vertraute, sehr verheißungsvolle Weise. »Lust?«

»Was sonst.« Wahrscheinlich glitzern auch meine Augen. »Aber es ist schon Mittag durch, wir sind ausgecheckt und haben keine Zimmer mehr.«

»Mit etwas Glück wird uns Salvatore weiterhelfen.«

»O wow, wie in einem Stundenhotel?«

»Könnte dir das gefallen?«

»Sehr. Ist doch herrlich unanständig.«

Zum Beweis küsse ich ihn forscher als vorher, auch wenn ich registriere, dass wir dabei von einigen Umstehenden gefilmt und fotografiert werden. Sollen die ruhig ihren Spaß haben. Wir haben ihn ja auch.

»Vorher müssten wir allerdings etwas Wichtiges erledigen«, lächelt Tom, während er sich mit dem Daumen über seine feuchten Lippen wischt.

Ich brauche ungefähr eine Viertelsekunde, um zu verstehen, worauf er anspielt.

»Die Münzen.«

»Genau.«

Mein Herz kobolzt plötzlich völlig unkontrolliert in meinem Brustkorb herum. Soll ich die entscheidende Frage stellen? Soll ich?

»Hey«, Tom fängt an zu grinsen, »du willst wissen, ob ein, zwei oder drei Münzen, richtig?«

»Ähm, ja.«

»Ich bin ja nur halber Römer, doch wir sollten es drauf ankommen lassen.« Mit einer Hand wühlt er in seiner Hosentasche und fördert zwei Fünfzig-Cent-Stücke sowie einen Euro zutage. »Los geht's. Bitte stell dich mit dem Rücken zum Brunnenbecken. Das ist Pflicht.«

Nachdem ich die korrekte Position eingenommen habe, drückt er mir die erste Münze in die Hand.

»Bitte schließ die Augen. Dann die Münze mit der rechten Hand über die linke Schulter werfen.«

»Geht's ein bisschen komplizierter?«

»Mach einfach.«

»Und das Kind, das im Becken rumplanscht?«

»Befindet sich außerhalb der von mir persönlich berechneten Wurfbahn. Jetzt mach. Oder willst du riskieren, dass wir nie wieder nach Rom zurückkehren?«

Selbstverständlich will ich das nicht. Mit Schwung werfe ich die Münze über meine linke Schulter und lausche dem feinen Ploppgeräusch, als sie ins Wasser fällt.

»Jetzt die zweite Münze.« Tom tippt mit einem Finger auf meine Nasenspitze. »Bedeutet: Du verliebst dich in einen Römer.«

»Halbrömer.«

»Immerhin spreche ich fließend Italienisch, das sollte reichen. Ohnehin ist es ja auch nur eine Sicherheitsvorkehrung, weil wir das mit dem Verlieben längst hinter uns haben. Hoffe ich jedenfalls.«

»Wäre möglich.«

Befreit lachend werfe ich die Münze, die wieder mit einem feinen Plopp im Wasser landet.

»Und nun?«

Er macht ein feierliches Gesicht, als wäre dies ein heiliger Moment. Ist er ja auch irgendwie.

»Deine Entscheidung, Anne.«

Die Luft zwischen uns brennt. Wie bei unserem Picknick im Hinterhof, als es zum ersten Mal so richtig zwischen uns gefunkt und gescheppert hat. Ich bin nicht abergläubisch, andererseits ist es schon eine mutige Sache, so weit zu gehen.

»Okay«, seufze ich, »spätere Heirat nicht ausgeschlossen.«

Bereits während ich die Augen schließe und zum Wurf aushole, spüre ich Toms Mund auf meinem. Wir hören erst auf, uns zu küssen, als die Umstehenden applaudieren.

»Buona fortuna!«, ruft ein mittelalter Mann und reißt die Arme hoch, eine junge Frau kreischt *»Tante care cose!«*, was ich selbst mit meinem dürftigen Restaurant-Italienisch als Glückwunsch verstehe.

Jeder hier weiß, was die Münzwürfe bedeuten, und der dritte wird als Verlobung gewertet. Ich muss vollkommen übergeschnappt sein. Wie viele Tage kenne ich Tom? Noch nicht mal eine Woche?

»Und jetzt ab durch die Mitte«, raunt er mir zu. »Die Vespa habe ich noch, die gebe ich erst später beim Verleih ab. Komm, schnell. Wir sollten keine Zeit verlieren.«

»Auf keinen Fall.«

Als wir uns durch das Gewühl gekämpft haben, auf die hellgrüne Vespa gestiegen sind und losbrausen, durchpulst mich ein völlig irres Glücksgefühl. So als würde ich abheben. Das Ganze ist surreal, nicht ganz von dieser Welt. Welche gute Fee hat mich aus meinem Ungemach erlöst? Oder hat mein Karma doch noch ein Einsehen gehabt und wollte mich nur ein bisschen ärgern, damit ich die Versöhnung mit Tom umso mehr wertschätze?

Wieder fährt er wie ein Henker. Ich liebe es. Ich liebe Tom.

Zehn Minuten und einige waghalsige Manöver auf den überfüllten Straßen Roms später parken wir direkt vor dem Eingang des Grand Hotels.

»Wird schon klappen«, sagt Tom und nimmt meine Hand. »Ich finde, wir haben uns jetzt etwas Glück verdient.«

Bereits als wir die goldene Pracht des Foyers betreten, entdecke ich Salvatore hinter dem Rezeptionstresen. Kaum hat er uns gesehen, da kommt er uns auch schon mit einer kleinen Verbeugung entgegen.

»Signora, Sie sehen blendend aus, wenn ich mir die Bemerkung erlauben darf. Was kann ich für Sie tun? Wünschen Sie zu speisen? Oder vielleicht einen Drink in unserer Bar?«

»Wir hätten, na ja, ein sehr spezielles Anliegen«, sagt Tom. »Ein Zimmer. Aber nur für circa zwei Stunden.«

»Um uns vor dem Abflug … also, auszuruhen«, füge ich errötend hinzu.

Salvatore, die Untadeligkeit in Person mit seinem eleganten schwarzen Anzug und der perfekt gebundenen rotseidenen Krawatte, hebt langsam eine Augenbraue. Für einen Moment sieht es fast so aus, als wollte er sich ein Schmunzeln erlauben, dann setzt er sein welterfahrenes Pokerface auf.

»Ein überaus plausibles Anliegen«, wendet er sich an mich. »Ich hätte auch schon eine Idee. Ihre Frau Mutter hat bereits nach dem Frühstück ausgecheckt. Ich könnte die Zimmermädchen bitten, sich mit dem Reinigen der Hochzeitsuite zu beeilen. Das wäre genau das Richtige für Sie, um sich, nun, auszuruhen. Zum Beispiel im Whirlpool. Oder auf dem Balkon mit dem schönsten Ausblick Roms.«

»Vielen, vielen Dank, sehr liebenswürdig, Salvatore.« Ich spüre den Druck von Toms Hand, was gar nicht nötig gewesen wäre. »Sofern es Ihnen möglich ist, hätten wir gern ein kleines Zimmer nach hinten raus. Einzelbett, kein Fernseher, keine Minibar, keine Aussicht.«

Salvatore gestattet sich nun doch noch ein wissendes Schmunzeln.

»Ah, verstehe, Signora. Das ist *vero amore*, da braucht man keine Suite. Sie können das Zimmer sofort beziehen. Wäre die sieben-null-acht genehm?«

Kapitel 48

»Noch etwas zu trinken?« Das professionelle Lächeln der Stewardess entkrampft sich zu einem Ausdruck echter Herzlichkeit, als sie sich zu uns herunterbeugt. »Einen Prosecco vielleicht? Bald beginnt der Landeanflug, dies wäre die letzte Gelegenheit.«

»Sehr nett, aber nein danke«, antworte ich.

»Für mich auch nichts mehr.« Tom legt einen Arm um meine Schultern. »Es war wirklich großartig, wie Sie uns geholfen haben, nebeneinander zu sitzen.«

Die Stewardess, eine Dame in den besten Jahren, betrachtet uns mit geradezu familiärer Sympathie.

»Nichts zu danken. Wir tun immer alles dafür, dass sich unsere Fluggäste wohlfühlen. Und der Herr, der eigentlich den Platz neben Ihrer Frau gehabt hätte, war ja auch äußerst kooperativ.«

Neben Ihrer Frau. Erleichtert stelle ich fest, dass sie nicht gesagt hat: neben Ihrer Mutter. Ein Überrest meiner Ängste ist noch immer da. Dass Tom unser Altersunterschied nichts ausmacht, hat er mir glaubhaft bewiesen, doch wie werden andere reagieren? Leute, die uns nicht kennen?

Das ist eines der vielen Themen, die mich bewegen, seit ich die dritte Münze in den Trevi-Brunnen geworfen habe. Aber an etwaige Komplikationen möchte ich jetzt nicht denken. Wohlig ermattet kuschele ich mich an Tom und schaue aus dem Fenster.

Der Himmel färbt sich schon dunkel, die letzten Sonnenstrahlen lassen die Riesenwattebäusche der Wolken rosa glühen. Ich möchte diesen Moment festhalten. So losgelöst von allen irdischen Problemen werden wir nicht mehr lange sein.

»Alles in Ordnung?« Tom haucht mir einen Kuss aufs Haar. »Du siehst besorgt aus.«

»Nein, nur ein bisschen müde. War ja auch ein wilder Ritt.«

Verschwörerisch lächeln wir uns an. Die beiden Stunden in unserem winzigen Zimmer haben wir weidlich ausgenutzt. Bis zur letzten Sekunde. Sogar eine gemeinsame Dusche war noch drin, inklusive eines kleinen Zwischenspiels hinter dem Duschvorhang, der inzwischen wieder an Ort und Stelle hängt.

»Was wirst du als Erstes tun, wenn wir gelandet sind?«, erkundigt sich Tom.

»Nach den Kindern sehen. Vielleicht holen sie mich sogar ab. Auch Erika weiß Bescheid, wann ich ankomme.«

»Klingt nach einem Empfangskomitee.«

»Könnte sein.« Ich sehe die Frage in seinen Augen und kuschle mich dichter an ihn. »Nein, wir müssen nicht so tun, als seien wir nur gute Freunde. Wir zeigen allen, dass wir zusammengehören.«

Dafür heimse ich einen langen innigen Kuss ein.

»Und sonst so?«, fragt Tom, nachdem wir uns aneinander satt geküsst haben, obwohl das eigentlich gar nicht möglich ist. »Wolltest du nicht beruflich etwas Neues anfangen?«

»Ja, ich werde die Juristerei an den Nagel hängen.« Mein Blick schweift kurz zu unserem Sitznachbarn am Gang, der seit dem Abflug pausenlos Süßigkeiten in sich reinstopft. »Mir schwebt etwas in Richtung Ernährungsberaterin vor. Gesundes Essen,

Health Food, kreativer Umgang mit Nahrungsmittelunverträglichkeiten.«

»Tolle Idee, mach das«, bestärkt mich Tom in meinem Plan. »Im Vegan Paradise ist das ein Riesenthema. Unsere Gäste wollen wissen, was sie essen, welche Zutaten wir verwenden und wie sie etwaige Krankheiten durch gute Ernährung beeinflussen können.«

»Genau das möchte ich thematisieren«, erwidere ich und staune, wie sehr wir auch in dieser Hinsicht auf einer Wellenlänge sind. »Mich interessiert beispielsweise die antientzündliche Ernährung. Damit kann man Mikroentzündungen im Körper vorbeugen und chronische Erkrankungen wie Rheuma vermeiden.«

»Phänomenal.« Tom scheint ehrlich beeindruckt zu sein. »Da haben wir ja eine ganz ähnliche Zielrichtung.«

Ja, so ist es. Es gibt so vieles, was uns verbindet, und selbst in dieser Hinsicht ticken wir gleich.

»Sag mal …« Mit der mir inzwischen so vertrauten Geste fährt er sich durchs Haar. »Man soll ja nicht Job und Liebe vermischen, aber hättest du nicht Lust, mit unserem Team zusammenzuarbeiten? Wir entwickeln gerade eine neue Speisekarte, bei der wir solche Faktoren noch deutlich stärker berücksichtigen wollen als bisher. Da könnte dein Input superhilfreich sein.«

Nachdenklich reibe ich meine Wange an seinem Jackett.

»Dafür müsste ich erst mal eine entsprechende Ausbildung absolvieren.«

»Sicher, müsstest du. Aber wenn du sofort anfängst, kannst du dein frisch erworbenes Wissen auch sofort einbringen. Natürlich gegen Honorar.«

Jetzt hat er mich doch tatsächlich sprachlos gemacht.

»Überleg's dir«, fügt er hinzu. »Ich fände es ideal. Oder …«

Fragend schaut er mich an, und wir beide wissen, dass wir mal wieder dasselbe denken.

»Ja, ich habe schon einmal mit meinem Lebenspartner zusammengearbeitet«, spreche ich den heiklen Gedanken aus, »und das ging gar nicht gut.«

»Wir müssen nichts überstürzen. Für Zukunftspläne ist es ja auch noch reichlich früh. Doch was auch immer du tun willst, Ernährungsberaterin, Handmodel, Fitnesstrainerin, Wasserrutschentesterin, Chirurgin für Penisvergrößerungen, ich werde hinter dir stehen.«

»Handmodel?«

»Du hast wunderschöne Hände.« Zärtlich küsst er meine Fingerspitzen. »Sag bloß, das habe ich dir bisher verschwiegen.«

»In der Tat.«

»Ist aber letztlich unwichtig«, lächelt er. »Ich will nicht die schönste Frau, ich will die Frau, die mein Leben am Schönsten macht.«

»Charming Boy«, seufze ich.

»Bekenne mich schuldig, Euer Ehren.«

Wir kichern ein bisschen, wie es Verliebte eben tun, weil sie sich über den letzten Blödsinn amüsieren können.

»Apropos Fitnesstrainerin«, greife ich einen anderen Beruf aus Toms Aufzählung heraus. »Ich finde es ausgesprochen honorig, dass sich dein Vater mit deiner Halbschwester aussöhnen wollte. Er ist wirklich ein integrer Mann.«

»Hmmm, das war er nicht immer.« Tom klaubt die Spucktüte aus der Sitztasche vor sich und faltet daran herum. »Ich sagte ja schon, dass er früher eigentlich nur gearbeitet hat. In meiner Kindheit habe ich ihn als einen verschlossenen verbiesterten Mann wahrgenommen. Entsprechend war die Ehe meiner Eltern auch nicht sonderlich glücklich.«

»Aha, deshalb hat deine Mutter gesagt, sie will Johannes nicht zurück.«

»Aus ihrer Perspektive verständlich. Doch mein Vater hatte vor Kurzem so was wie eine Midlife-Crisis. Dann traf er deine Mutter, und bäääm. Er ist vorzeitig in Rente gegangen, fing an zu meditieren und redete dauernd von Achtsamkeit. Weißt du, was ich glaube? Deine Mutter hat einen besseren Menschen aus ihm gemacht.«

»Vielleicht könnte ich ja auch einen besseren Menschen aus dir machen«, gluckse ich.

»Ganz schön frech.« Scherzhaft droht mir Tom mit dem Finger, bevor er weiter an der Spucktüte herumfaltet. »Warte, bis wir heute Abend im Bett sind. Dann werde ich dir zeigen, was ich von frechen Frauen halte.«

»Gehen wir zu dir oder zu mir?«

»Natürlich zu dir. Ich wollte immer schon mal einen Dreier mit einem Anwalt.«

»Du Scheusal!«

»Mein Schatz.« Galant überreicht er mir das Ergebnis seiner Faltkünste. »Schau, ein Kranich. Der bringt Glück.«

Die übliche Lautsprecherdurchsage vor der Landung unterbricht unsere kleine Kabbelei. Brav schnallen wir uns an, klappen die Tischchen hoch und beobachten stumm, wie die Maschine dichte Wolkenfelder durchfliegt, bis Wälder, Felder und Städte in Sicht kommen.

Versonnen drehe ich den Spucktütenkranich in meinen Händen. Ob er mir wirklich Glück bringen wird? Rom war ein Traum. Nun wartet ein Alltag auf mich, der erst einmal neu strukturiert werden muss. Auch die Sache mit Marvin nagt an mir. Es gibt ungeheuer viel zu tun. Sobald der Flieger den Boden berührt, ist es vorbei mit unserem Honeymoon.

Was kommt danach? Ja, wir werden unsere Liebe zeigen. Doch anders als Paare, bei denen der Mann wesentlich älter ist als die Frau, müssen wir mit Gegenwind rechnen. Sämtliche Vorurteile, die ich selbst hatte, werden uns begegnen. Das muss man erst mal wegstecken. Wird das, was wir jetzt empfinden, auch dann noch halten, wenn wir die Blicke bekommen, das Getuschel hören, weil unsere Liebe nicht zum gängigen Partnerschema passt?

Auch diesen Gedanken errät Tom natürlich.

»Wir lassen es langsam angehen, ja? Du bestimmst den Rhythmus. Wann du es deinen Eltern sagst, deinen Freunden, deinen Bekannten.«

»Danke.« Vorsichtig packe ich den Papierkranich in meine Handtasche. »Ich glaube, der richtige Zeitpunkt, es allen zu sagen, ist heute.«

Kapitel 49

»Bereit?«, fragt Tom, als wir eine halbe Stunde später aus der Sicherheitsschleuse in den Ankunftsbereich treten.

Die hohe, von Neonlicht beschienene Halle ist voller Menschen. Manche haben Blumen dabei, andere halten Schilder hoch, wieder andere schlurfen über ihre Handys gebeugt über den spiegelblank gewienerten Steinboden.

»Bereit.«

Wir fassen uns an den Händen, dann halten wir Ausschau nach bekannten Gesichtern. Als Erstes sehe ich Ella. Mit einem großen Herzluftballon stürmt sie quer durch die Wartenden auf uns zu, stoppt jedoch wenige Zentimeter vor uns, als sei sie vor eine Glaswand gelaufen. Mit großen Augen schaut sie auf unsere ineinander verschlungenen Hände.

»Mama?«

»Ich möchte dir jemanden vorstellen, Ella.«

»Jippiee! Es ist der Smartie aus dem Garten!«, jubelt sie los. »Du bist die Schärfste, Mum, ich freu mich so für dich!«

Überschwänglich umarmt sie mich, auch Tom kriegt was ab, danach winkt sie Noah heran, der in seinem uraltesten verwaschenen Hoodie angeschlendert kommt.

»Wette gewonnen, du Honk! Hab dir doch gesagt, dass Mama sich den Hottie aus dem Garten holt! Los, her mit den zehn Euro!«

»Wusste ja gar nicht, dass schon Wetten auf uns abgeschlossen wurden«, schmunzelt Tom.

»Glaub mir, ich hatte keine Ahnung.«

Noahs Begrüßung fällt wesentlich cooler aus als Ellas. Bei mir deutet er einen Wangenkuss an, dann klatscht er sich mit Tom ab.

»Hi, bin Noah.« Verschmitzt zwinkert er mir zu. »Krass, dein Neuer, find's echt super, auch wenn ich die Wette verloren habe.«

Während er einen Geldschein aus der Bauchtasche seines Hoodies kramt und Ella ungeduldig darauf wartet, ihren Wettgewinn einzustreichen, neigt sich Tom zu mir herüber.

»Kann ich davon ausgehen, dass ich die wichtigste Prüfung bestanden habe?«

»Sieht so aus.«

»Anne!«, gellt plötzlich ein markerschütternder Schrei durch den Wartebereich. »Gefahr in Verzug!«

Alle Anwesenden recken die Hälse, wer da so lautstark Alarm schlägt. Die beiden dunkelblau uniformierten Sicherheitsbeamten an der Schleuse legen ihre Hände ans Pistolenhalfter und nehmen Haltung an. Wie ein Kugelblitz kommt Erika angeschossen, verfolgt von Marvin, der mit wehendem Jackett und hochrotem Gesicht hinter ihr herrennt.

»Du alte Hexe!«, brüllt er. »Wusste ich's doch, dass du mit Anne unter einer Decke steckst!«

Keuchend erreicht Erika unsere kleine Gruppe.

»Tut mir so leid, Anne, ich hatte ganz vergessen, dass er mich trackt.«

»Blöde Kuh, hätten Sie mal besser Ihr bescheuertes Seniorenhandy ausgestellt«, höhnt Marvin, der uns nun ebenfalls erreicht.

Feindselig sieht er erst mich, dann Tom an. »Der Lutscher ist ja auch immer noch da.«

»Vorsicht«, zischt Tom. »Kommen Sie Anne bloß nicht zu nahe.«

Schützend stellt er sich vor mich, als auf einmal zwei Polizisten auftauchen.

»Marvin von Berenberg? Sie sind vorläufig festgenommen.«

»Verhaften Sie mal lieber die hysterische rothaarige Zicke da«, schreit Marvin. »Die macht hier nämlich den Terror.«

»Hier liegt offenbar ein Irrtum vor«, entgegnet einer der Beamten. »Die Anklage lautet nicht Gefährdung der Flughafensicherheit, sondern Identitätsdiebstahl und Anlagebetrug.«

»Waaas?« Marvins blitzeblaue Augen werden steingrau. »Scheiße, wie haben Sie mich gefunden?«

»Ist Ihnen das Tracking qua Handy geläufig? Sofern ein begründeter Anfangsverdacht besteht, ist es den Ermittlungsbehörden erlaubt, auf diese Weise nach jemandem zu fahnden.«

Für einen Augenblick sieht es aus, als wollte Marvin den Beamten niederschlagen. Dann lässt er die Schultern hängen. Absolut sehenswert. Was gibt es Schöneres, als wenn jemand mit seinen eigenen Waffen geschlagen wird?

»Interessanter Vorgang«, sagt Tom. »Am Ende siegt eben doch Einstein über Darwin.«

»Versteh ich zwar nicht, aber meinen Segen hast du, Mr. Superbrain«, erwidert Noah grinsend. »Mum ist der Knaller. Enjoy.«

»Ich hab extra Squats mit Mum geübt, für einen runden Po und so«, steuert Ella ihren Kommentar bei. »Sieht man schon was?«

»Musste es denn wirklich ein so junger Mann sein, Anne?«, japst Erika, die immer noch etwas außer Atem ist. »Von Weitem dachte ich, du hättest dir einen hübschen Au-Pair-Jungen aus Rom mitgebracht.«

Tom hüstelt ein bisschen, ich hole tief Luft.

Das geht ja gut los.

Epilog

Zwei Jahre später

»Möchtest du weiße oder goldene Servietten, mein Liebling?«

»Weiße.« Von der obersten Stufe der Leiter aus werfe ich Tom eine Kusshand zu. »Oder doch die goldenen? Würde mich an unser Kennenlernen bei der Goldenen Hochzeit erinnern.«

»Die keine war«, verbessert er mich lächelnd.

»Aber der Beginn von etwas sehr, sehr Schönem. Deshalb habe ich ja auch die selbstgebastelte goldene Fünfzig von damals aufgehoben.«

»Und damit es schön bleibt, kommst du sofort da runter«, sagt Tom mit gespielter Strenge. »Ich hänge die restlichen Lichterketten auf.«

»Danke, mein Ritter.«

Als ich die Leiter hinuntergeklettert bin, nimmt er mich erst mal in die Arme. Ja, sie ist immer noch da, die Magie, dieses unerklärliche Flirren, das wir von Anfang an gespürt haben. Und noch immer genießen wir die körperliche Nähe, so wie wir das Glück unserer Herzensverwandtschaft genießen. Es ist wirklich verrückt. Da trennen uns volle vierzehn Jahre, trotzdem denken und fühlen wir gleich und wissen auch immer, was der andere denkt und fühlt.

Könnte man Liebe nennen. Wir tun's.

Seit Stunden schmücken wir den Hinterhof des Vegan Paradise, wo wir heute meinen Fünfzigsten begehen werden. Genau jenen fünfzigsten Geburtstag, der mich noch vor zwei Jahren in Angst und Schrecken versetzte. Niemals hätte ich gedacht, dass ich ihn so leichten Herzens begehen würde. Mit Tom, dem Mann meines Herzens. Ich weiß, ich wiederhole mich.

»Und?«, fragt er. »Wie findest du deine Geburtstagslocation?«

»Ehrlich? Genial.«

Schon ohne die fehlenden Lichterketten wirkt der Hinterhof wie ein Märchenland. Überall stehen Tischchen und Sesselchen, beleuchtet von kleinen Solarlampen, die sich tagsüber aufladen. Zwischen die Büsche haben wir rötliche Leuchtskulpturen in Herzform gestellt, in den Bäumen hängen bunte Papiergirlanden, auf dem Buffet warten die roten Kerzen von drei mehrarmigen Kandelabern darauf, entzündet zu werden.

Kitsch as Kitsch can? Na klar. Na und? Eine repräsentativ stilvolle Location brauchen wir nicht. Es soll eine gemütliche kleine Party werden, mit leckerem veganem Essen, einem DJ, der die Kracher meiner Jugend auflegt, und Gästen aus dem engsten Familien- und Freundeskreis. Ausschließlich Menschen, die uns mögen und unsere Liebe akzeptieren.

Der Test of Time für diese Liebe läuft nun schon seit zwei Jahren. So lange wohnen wir auch schon zusammen. Um genug Platz zu schaffen, hat Tom damals die freigewordene Nachbarwohnung angemietet und eine Tür zu seiner Wohnung durchbrechen lassen. Es war die perfekte Lösung. Oft schauen die Kinder vorbei, die noch bei ihrem Vater wohnen, für genug Essen ist ja sowieso immer gesorgt.

Noah hat inzwischen sein Abi in der Tasche und will Jura studieren. Ella bereitet sich gerade auf ihre Abiprüfungen vor und überlegt, eine Kochlehre anzufangen, weil sie das Vegan Paradise so inspirierend findet.

Heute Abend hat das Restaurant natürlich geschlossen. Sämtliche Mitarbeiter bestanden dennoch darauf, uns bei der Geburtstagsparty zu helfen. Unermüdlich laufen sie zwischen Küche und Buffet hin und her, um die vorbereiteten Köstlichkeiten aufzutischen: Zitronengras-Nudelsalat mit Chili zum Beispiel, knackige Gemüse-Wraps, Dinkelbagels mit Kräuteraufstrichen, vegane Gemüseburger, Kürbisbruschetta, Minipizzen mit Tomate und Basilikum, pikante Tofu-Saté-Spieße, marinierter grüner Spargel mit Pinienkernen, weiße Bohnen in Tomaten-Rosmarin-Sauce, Couscous mit Zucchini und Rosinen.

Und natürlich Süßkartoffelpommes, gewürzt mit Erinnerungen an meinen ersten Besuch im Vegan Paradise.

»Sind wir noch gut in der Zeit?«, erkundige ich mich, während ich mir einen Dinkelbagel vom Buffet stibitze.

»Mittelgut, in zehn Minuten kommen unsere Gäste«, antwortet Tom mit Blick zur Uhr. »Ich hänge noch schnell die Lichterketten auf, du kannst dich gern frischmachen und umziehen.«

Als ich wenig später im Badezimmer vor dem Spiegel stehe, muss ich daran denken, dass ich einst mein Spiegelbild befragt habe, ob ich noch lebendig bin. Heute muss ich mir diese Frage nicht stellen. Mein Gesicht leuchtet, meine Augen strahlen. Manchmal kommt mir das alles unwirklich vor. Kann ein Mensch so viel Glück haben?

»Hey, du bist fünfzig«, flüstere ich meinem Spiegelbild zu.

»Gratulation«, lächelt es zurück. »Du hast nie besser ausgesehen.«

Das stimmt sogar. Möglich, dass ein paar Falten hinzugekommen sind und die ersten grauen Haare zwischen meinen blonden Strähnchen sprießen, die mir Gabo alle sechs Wochen nachfärbt. Doch meine Ausstrahlung ist eine völlig andere als noch vor zwei Jahren.

Das ist auch Beatrice und Carina aufgefallen. Unaufhörlich haben sie mich gelöchert, was denn mein Beauty-Geheimnis sei. Ein Botox-Treatment? Eine Unterspritzung? Vampirlifting? Fadenlifting? Face Contouring? Meine trockene Antwort, das Geheimrezept heiße Tom, fanden sie öde. Sei's drum. Unsere Freundschaft ist Vergangenheit, so wie unsere Videocalls. Nachdem sie mir ungefähr zum zehnten Mal sagten, ich sei auf dem falschen Dampfer, weil mich so ein junger attraktiver Mann eins, zwei, drei mit einer Zwanzigjährigen betrügen werde, habe ich um eine Pause gebeten. Es wird eine lange Pause werden.

Eilig trage ich ein wenig Lipgloss auf und bürste mein Haar. Nach wie vor trage ich den Pixie Cut. Er passt zu mir. Die alten Zöpfe sind abgeschnitten, jetzt freue ich mich auf das, was ich einst vermisst habe: meine Zukunft. Mit Tom. Und mit einem Beruf, der mich erfüllt.

Meine Ausbildung zur Ernährungsberaterin ist so gut wie abgeschlossen. Parallel setze ich mein Wissen bereits ein. Nach langer Überlegung habe ich mich allerdings entschlossen, dem Vegan Paradise nur als externe Beraterin zur Verfügung zu stehen. Ich wollte eigenständig arbeiten, eine selbstständige Existenz aufbauen. Mittlerweile habe ich einige Privatkunden, außerdem werde ich von Restaurants, Hotels und Fitnessstudios gebucht, die sich für mein Health-Food-Konzept interessieren.

Doch heute wird nur noch gefeiert. Während ich mir das farbenfrohe Kleid aus der Via del Corso überstreife – es ist immer noch Toms Lieblingskleid –, hake ich in Gedanken ein letztes Mal die Gästeliste ab.

Meine Mutter und Johannes sind immer noch glücklich. Ihre Scheidungen sind durch, das Zusammenleben hat den ersten Test of time mit Bravour bestanden. Mein Vater wohnt nach wie vor bei Tante Beate. Die beiden fetzen sich wie ein altes Ehepaar, doch ich vermute, es würde ihnen etwas fehlen, wenn es nicht so wäre. Manchmal schaut Toms Mutter bei ihnen vorbei. Alessandra geht dann meist mit meinem Vater spazieren, damit er mal rauskommt aus Tante Beates Nikotinhöhle. Mehr als Freundschaft ist aber nicht drin.

Und der Rest der Familie?

Karsten ist nicht eingeladen. Mit Bedacht. Unser Verhältnis beruht auf Sicherheitsabstand. Er könnte auch gar nicht kommen, weil er zurzeit mit seiner neuen Geliebten, nur wenig älter als Noah übrigens, in New York weilt. Irgendwie hat sie es geschafft, ihn, den ewigen Reisemuffel, zu einem Städtetrip zu überreden. Ich wünsche ihm nur das Beste. Was er daraus macht, zeigt sein bemerkenswerter Frauenverschleiß.

Meine Brüder glänzen mal wieder durch Abwesenheit. Dafür wird Malou kommen, Toms Halbschwester, die gerade Mutter geworden ist. Tom ist ganz vernarrt in seinen kleinen Neffen. Aber er hat mir versichert, dass eigene Kinder kein Thema für ihn sind, sporadische Onkelfreuden reichten ihm vollauf. Außerdem sei ihm das Wichtigste, dass es mit uns schöner und schöner wird.

Und das wird es. Vielleicht liegt das ja an dem Spucktütenpapierkranich, der auf der Ablage vor dem Spiegel in Ehren gehalten wird. Jedes Mal, wenn ich ihn anschaue, erinnert er mich an den Rückflug aus Rom, unseren ersten gemeinsamen Flug.

Auf die Nordic-Walking-Truppe haben wir heute verzichtet. Nach der unsäglichen Spionageaktion ist meine Mutter sofort ausgetreten, und auch ich lasse mich dort nicht mehr blicken. Nur Erika habe ich heute dazu gebeten. Ihre Kommentare sind immer noch ein wenig grenzwertig, aber letztlich hat sie das Herz auf dem rechten Fleck.

Neben Toms Freunden, die ich nach und nach kennen- und schätzen gelernt habe, ist ein sehr spezieller Gast Lulu Kornfeld. Genau, Lulu. Nachdem wir gemeinsam Marvin zur Strecke gebracht hatten, waren wir ein paarmal in Max' Kaffeebar verabredet und haben inzwischen so etwas wie Freundschaft geschlossen. Die Ex-Frau und die Ex-Geliebte. Keiner versteht es, wir amüsieren uns darüber. Mittlerweile fungiere ich als ihre Mentorin. Lulu will Jura studieren, berufsbegleitend, und hat sich in ihrer jetzigen Kanzlei schon emsig hochgearbeitet.

Mein Handy surrt.

> Es ist Dein Tag, Liebling, Du hast alle Zeit der Welt, doch die Gäste fragen schon nach Dir. Ich freu mich auf Dich. Und liebe Dich. Über alles. Wusstest Du eigentlich, dass runden Geburtstagskindern besondere Wünsche im Bett erfüllt werden?

Typisch Tom. In der Lotterie der Herzen habe ich zweifellos den Hauptgewinn gezogen.

Als ich nach draußen auf den Hinterhof trete, sind bereits alle Gäste versammelt. Ihr Stimmengewirr mischt sich mit den herrlich sentimentalen italienischen Songs der Playlist, die Tom und ich zusammengestellt haben, dazwischen hört man zartes Gläserklirren. Es gibt veganen Rosé-Prosecco, später einen toskanischen Rotwein, den Johannes ausgesucht hat.

»Da ist sie ja!«, ruft meine Mutter, die mich als Erste entdeckt. »Ein Hoch auf das Geburtstagskind!«

»Yeah, Mum ist jetzt ein sexy Fifty!«, kreischt Ella enthusiastisch.

Alle erheben ihre Gläser. Tom, atemberaubend gut aussehend in seinem dunkelblauen Anzug, reicht auch mir ein Glas.

»Ich glaube, du solltest ein paar Worte sagen«, flüstert er.

O nee. Ich habe noch nie eine Rede gehalten. Dafür bin ich einfach nicht geschaffen. Mein unüberwindliches Lampenfieber ist auch einer der Gründe, warum ich nie die Ambition hatte, mein Jurastudium zu beenden, um Anwältin, Richterin oder Staatsanwältin zu werden. Öffentlich sprechen ist nicht so meins.

»Rede, Rede, Rede!«, skandieren die Gäste.

»Du schaffst das.« Liebevoll legt mir Tom eine Hand auf den Rücken. »Sag einfach, was du auf dem Herzen hast.«

»Dich.«

»Dann sag eben das.«

Mit trommelndem Puls schaue ich in die vielen Augenpaare, die sich auf mich gerichtet haben. Also gut.

»Ihr Lieben, ich danke euch, dass ihr heute mit mir feiert …« Nee, ich kann das nicht. Doch Tom nickt mir zu, als wollte er sagen, geht doch. Also spreche ich weiter. »Dass ich den Mann meines Lebens gefunden habe, ist mein schönstes Geburtstagsgeschenk. Doch auch ihr alle seid ein Geschenk. Warum? Beziehung ist ein Mannschaftssport. Was wären Tom und ich ohne euch alle? Ohne euren Zuspruch, ohne eure mentale Unterstützung?«

»Was ihr wärt? Ein verdammt glückliches Liebespaar«, röhrt Tante Beate.

Dem ist eigentlich nichts mehr hinzuzufügen. Doch es gibt noch etwas, das ich sagen möchte.

»Tom und ich haben viel Gegenwind gespürt in den vergangenen zwei Jahren. Nicht jedem gefällt es, wenn man aus der Reihe tanzt. Ihr wisst schon, was ich meine.«

Viele Gäste nicken, manche formen mit Daumen und Zeigefingern ein Herz.

»Umso großartiger ist es, dass alle Anwesenden nicht auf unsere Pässe geschaut haben, sondern auf unsere Liebe. Dafür danke ich euch!«

Puh, geschafft. Sämtliche Gäste applaudieren, ich bin grenzenlos erleichtert, mein Körper ist leicht verschwitzt.

»Na, siehst du, hat doch gar nicht wehgetan«, lächelt Tom.

»Warst echt Spitzenklasse«, werde ich von Lulu gelobt, die sich in einem dezenten schwarzen Etuikleid zu mir durchdrängelt. »Solltest du öfter machen, ich kann das gern mit dir üben.«

»Nee, lass mal.« Ich tupfe mir ein, zwei Schweißperlen von der Stirn. »Wenn du mir ein besonderes Geburtstagsgeschenk machen willst, verrätst du mir heute endlich, wie sich Karsten den Fuß gebrochen hat.«

Tom, der in die unselige Unfall-Causa von damals eingeweiht ist, spitzt die Ohren.

»Das würde mich ja auch interessieren.«

»Erst ist Anne dran, exklusiv«, befindet Lulu. »Schließlich ist es ihr Geburtstag. Nur so viel kann ich schon verraten: Möglicherweise gehört das in die Kategorie ›Bitte nicht nachmachen‹.«

Jetzt hat sie meine volle Aufmerksamkeit.

»Los, erzähl's mir im Beet hinter dem Buffet, da sind wir ungestört.«

Nachdem wir uns in die Büsche geschlagen haben, buchstäblich, zuppelt Lulu an ihrem eleganten schwarzen Kleid, eine Angewohnheit, die sie seit unserer gemeinsamen Kanzleizeit beibehalten hat.

»Kennst du die Wiener Auster, Anne?«

»Nein?«

»So gut wie jeder praktiziert sie, kaum jemand kennt den Begriff.« Lulu presst ihre mokkafarbenen Lippen aufeinander, dann funkelt sie mich verwegen an. »Es war in der Teeküche. Wir hatten nicht viel Platz, und wir wollten es nicht auf dem Fußboden machen. Bist du eigentlich sicher, dass du es wissen willst?«

»Unbedingt. Seit zwei Jahren zermartere ich mir das Hirn darüber. Erlöse mich von dieser fixen Idee. Bitte.«

»Also gut. Ich lag mit dem Rücken auf der Arbeitsfläche, Karsten auf mir, wir machten die Wiener Auster. Dabei legte er sich mächtig ins Zeug, um als besonders toller Hecht rüberzukommen, und achtete nicht darauf, die Balance zu halten.« Ihr mokkafarben geschminkter Mund zuckt, als würde sie gleich in Lachen ausbrechen. »Das war eine Umdrehung zu viel. Er rutschte ab, ich hinterher. Doch ich fiel weich, auf ihn. Deshalb habe ich mir nur die Hand verletzt, während Karsten so unglücklich aufschlug, dass er sich den Fuß gebrochen hat.«

Hallo, da ist es wieder, mein Kopfkino. Allerdings nur sehr verschwommen.

»Was ist denn nun genau die Wiener Auster?«

Lachend stellt sich Lulu auf die Zehenspitzen und haucht mir einen Kuss auf die Stirn.

»Die kannst du nachher googeln, zusammen mit Tom. Aber seid bitte vorsichtig. Nicht, dass ihr euch noch das Genick brecht, ich möchte nämlich, dass ihr mindestens hundert werdet.«

»Das ist leider ausgeschlossen. Wenn ich hundert bin, ist Tom, warte, lass mich rechnen …«

»Sechsundachtzig«, übernimmt Tom, der sich in Pfadfindermanier an uns heranpirscht. »Ich habe euch belauscht, sorry. Und ich hätte da ein spezielles Anliegen. Unsere Gäste kommen bestimmt eine Weile ohne uns aus, Anne. Könnten wir vielleicht reingehen und die Wiener Auster googeln?«

»Aber nur googeln«, gluckst Lulu.

»Ich fürchte, das kann ich nicht versprechen, denn Anne hat heute einen besonderen Wunsch frei.« Ein sanfter Kuss landet auf meinem Nacken, so wie damals an der Fontana di Trevi. »Ab jetzt werden wir jedes Jahr an deinem Geburtstag etwas völlig Neues, Verrücktes ausprobieren, mein Engelchen. Und da das mit uns für immer ist, freue ich mich jetzt schon auf deine nächsten fünfzig Geburtstage.«